i
imaginist

想象另一种可能

理想国
imaginist

陈映真作品

赵南栋　陈映真

九州出版社
JIUZHOUPRESS

图书在版编目(CIP)数据

赵南栋 / 陈映真著 . -- 北京：九州出版社，2020.6（2024.5 重印）
ISBN 978-7-5108-8421-4

Ⅰ. ①赵… Ⅱ. ①陈… Ⅲ. ①中篇小说—小说集—中国—当代②短篇小说—小说集—中国—当代 Ⅳ.
① I247.7

中国版本图书馆 CIP 数据核字 (2019) 第 247916 号

赵南栋

作　　者	陈映真 著
出版发行	九州出版社
地　　址	北京市西城区阜外大街甲35号（100037）
发行电话	（010）68992190/3/5/6
网　　址	www.jiuzhoupress.com
电子信箱	jiuzhou@jiuzhoupress.com
印　　刷	肥城新华印刷有限公司
开　　本	850mm×1168mm 1/32
印　　张	14.875
字　　数	272千
版　　次	2020年6月第1版
印　　次	2024年5月第4次印刷
书　　号	ISBN 978-7-5108-8421-4
定　　价	79.00元

★ 版权所有　侵权必究 ★

1984年台北远景出版社出版

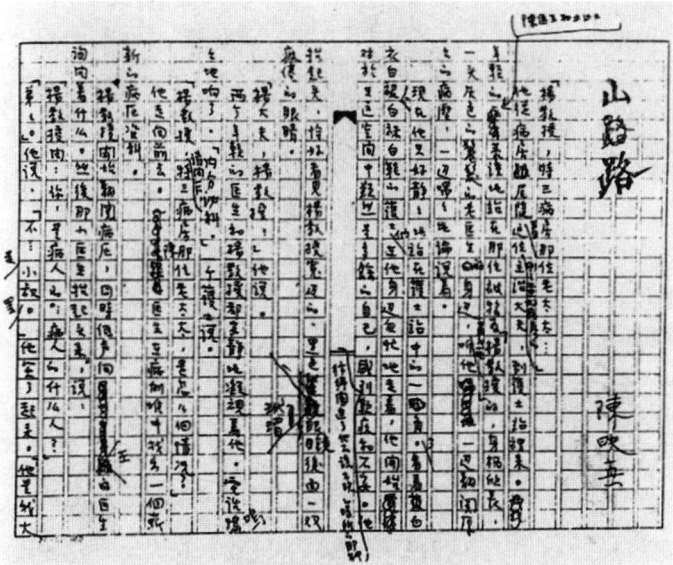

《山路》手稿

目录

001　铃珰花

043　山路

078　赵南栋

173　当红星在七古林山区沉落

226　归乡

284　夜雾

337　忠孝公园

433　后街：陈映真的创作历程 / 陈映真

453　陈映真文学年表

铃珰花

一九五〇年。

我一个人蹲在崁顶上一座废弃的砖窑旁边,看着早上九十点钟的太阳,透过十月的莺镇晴朗的天光,照在崁子下一片橙黄色的稻田。崁子上面的这废窑,隔着约略四十公尺的斜削的险坡,和崁下的一排林投树林相接。这一整个斜坡,数十年来,一直是这附近一带的陶窑丢弃它们烧坏了的陶器的场所。一大片或橙黑、或焦褐、或破损、或变形的陶器的尸体,在越发明亮起来的阳光里,越发散发出一片橘红色的微光,恍惚一看,竟把杂乱地生在斜坡上的野草,也烘托成橙黄的颜色了。斜坡的很远的一端,正有几个穷人的孩子,带着一只黑色的土狗,捡拾着可用的盘、碗、小瓮之类。有一个男孩轻轻地滑下斜坡,响起一阵轻脆的陶物相挤碰的声音,连同小孩的哗笑和狗的吠声,传了过来。

事实上，方才我也捡到了几样很好的东西：一只深咖啡色的煎药壶，一只稍微倾斜的、画着两只突睛金鱼的粗瓷大盘。我把它们都放在我和曾益顺共有的秘密储藏室——废窑里了。这时候，忽然从铁路那边的莺镇小学，飘来一阵又一阵琅琅的读书声。我的心中，蓦然泛起了一阵寂寞。我瞒着家里，天天跟着阿顺逃学，竟而已经三天了。

第一天逃学，实在是为了太想看看曾益顺饲养的小青蛇，才跟了阿顺到这废窑来的。

那一天，曾益顺拉着我的手走进了废窑。我终于看见了养在一个肚子上裂开了一条细缝的大水缸里的，暗绿色的小蛇。曾益顺得意地从另一个养着野蛙的水缸里，抓出一只只灰色或者土色的小蛙，丢到蛇缸里。那原本不住地慌忙着试图把头伸出缸外，却总是不到水缸的半腰就滑落到缸底的小蛇，在我还来不及看清楚的瞬间里，就把那不住跳动的泥色的青蛙，含在嘴中，只让两条挣扎着划动的蛙腿露在嘴外。青蛙"唧——唧——"地悲鸣着。那暗绿色的小蛇，却只消几个吞咽，就把整只青蛙吞食了。我看见那原本细瘦的蛇颈，因为一团蛙肉而胀大起来，并且十分缓慢地向着蛇身移动。就这样，我们把一只只青蛙丢进蛇缸里，直到小蛇再也吃不动了，懒懒地注视着两只青蛙瑟缩在身边，才爬出了废窑。

就是那天，曾益顺几经考虑，答应了让我也共有这个废窑，却不是毫无条件的。

"第一，要守秘密。"

比我高了一个头，黝黑而粗壮的曾益顺说：

"第二，要把自己最爱的东西，放到窑里去。"

第二天，我把一截姊姊做裁缝用的粉笔、一座日本人留下来的木雕弥勒笑佛，从家里偷出来摆在废窑里。但无论如何，我总觉得自己的贡献，怎么也比不上曾益顺的小蛇和一缸子野蛙，而感到羞愧。然而，曾益顺却对那一座抚腹大笑的弥勒佛十分称意，以为有了它镇坐在窑中，可以驱除夜中来到废窑里借宿的孤鬼和游魂。而从此，我们在进出废窑时，无端地多出一道向着废窑合十的仪礼了。

"不许这边走！听到了吗？回去……回去！"

听见曾益顺的声音，我霍地绕过了废窑。

"阿顺！"我叫着说。

我看见曾益顺伸开两手，背向着我，站在通往废窑的小径上，阻拦着满身褴褛的一个小女孩、两个较小的男孩和一条壮硕的黑色的土狗。

"这路也不是你的……"那为首的，抱着满怀捡来的瓦盆和大小陶碗的女孩说。

"这路是我开，这树是我栽……"

曾益顺唱着说。黑狗"汪汪、汪汪！"地叫了起来。"×你娘哩，你吠个什么×！"曾益顺怒声说，捡起石头，向着往后逃窜的黑狗掷去。女孩和男孩悻悻地调转头走了。

"凸肚尸,你半路死唉……"

女孩在半路上开始咒骂起来了。狗依然汪汪地叫着。

"这路若是你的,脱下裤子围起来吧!"女孩自恃必在石头扔不到的距离,大声叫嚷着,"你凸肚短命,没好死哟!"

曾益顺默默地向着废窑走来,额头上蓄积着一层单薄的汗珠子。当他走过我的身边的时候,我听见了束紧在他的腰上的鱼笼里,有东西不断地跳动,发出沉闷的"扑、扑"的声音。我知道,那是小青蛇的餐点——青蛙。

一阵微风带着时强时弱、时近时远的风琴声,向着崁顶上的废窑吹来。在琴韵中,我听见这整齐的歌声:

——太阳出来亮晃晃,

　中国的少年志气强,

　志气强唉……

啊,都第二节了,是中年级的唱说课,我想着。我于是想起了坐在风琴前时还能露出大上半身的、瘦高的陈彩鸾老师。她老是把"志气强"唱成"住气强"。我对自己微笑起来。

"……志气强——"我轻轻地唱了起来。然后又学舌地,摇晃着肩身,唱着:"中国的少年,住气强——唉……"

"早上,喂过了吗?"

曾益顺把头探出窑外,问着说。

"嗯。"我说。

"不要喂得太饱。"阿顺苦着脸说,"胀死了,找你赔。"

我看见阿顺爬出窑口,草草地向着黝黯的窑内合十一拜。风琴声和学生们的歌声又飘飘忽忽地传来。我们静默地望着崁下金黄色的、广阔的稻田;望着在十月的微风里无甚兴致地摇曳着的竹围,耳朵和心里却不约而同地倾听着从小学那边流泄过来的风琴声和歌声。

"明天,我不想来了。"

我望着远处稻田和溪埔相接的地方,悠悠地说。

阿顺吃惊地回过头来望着我。

"我想回学校去。"我低下头,嗫嚅着说。

"好嘛。"沉默了一会,阿顺说,"明天,我一定带笋龟来给你。"

"骗人。"

"为什么?"阿顺说,"咦呀,为什么?"

"因为十月里,没有笋龟,"我说,"你自己说过的。"

阿顺沉默了。

"有是有的。"阿顺终于说,"有是有的啦。只是要往尖山的山顶上的竹林去找。老笋龟,全在那儿。这么大……"

阿顺把两个拇指并排起来,以像老笋龟之大。

"真的?"

"真的。"阿顺说,憨厚的脸上,突然轻轻地暗淡了下来,"只是我二叔不能再带我上山去了。"他忧心地说,"我二叔,他快死了。"

"噢!"

两个多月前,台风带来连日的豪雨,使大汉溪水哄哄地上涨了。风雨一歇,阿顺的二叔和别的乡下小伙子,跳到汹涌的溪流中去钩拖大水冲下来的流木当柴火,不慎被一大块深山流下来的大材,从胸背猛撞了一下。及至被救上岸来,阿顺他二叔当下就吐了几口殷红的血水。据说就从那时直躺到现在,不能起来。

我们俩又沉默起来,听着呜呜的风琴声。

"我带你去看兵仔好了!"

"真的?"

"真的。"

"我不敢。"

我睁大眼睛说。

学校后壁,有一大片黑松林。就在松林下边,有五栋莺镇小学最古老的教室,全拨给了军队住着。学校三令五申,不准许学生过去。因此在学童的心中,黑松林下的一区,成了神秘的禁区。

"我都去看过好几回呢。"阿顺笑了起来。

"骗人。"我说,"你又骗人了。"

006　赵南栋

"骗你？"阿顺眯着眼睛说，"为什么？咦呀，为什么？"

我们于是把书包全扔进窑子里。阿顺没有书包，只用一条大白布巾将书本、簿子和便当扎实地打着一个小包。我们离开了废窑，沿着相思树林里的一条红土小路走下去，然后抄过一个长满了月桃花的小丘。我忽然闻到一股奇异的香味：混合着葱、蒜、辣椒的菜香。

"他们在吃饭哩。"阿顺说。

阿顺带着头慢跑起来。

"快去看，"阿顺说，"你就没看见他们怎么吃饭的。"

我们跑过了小丘，跳下一条废弃的旧铁路，在一片蔓草中来到一个陈旧的，已经封闭多时的学校后门。一进了后门，便是一个废弃的小园。园中竖立着一块石碑，纪念往昔日军侵台时北白川宫亲王在此营帐设立行宫的往事。台湾光复以后，碑石虽在，碑上的文字，却早被人用水泥涂去了。废园再过去，是一片古老的黑松林。驻军把五栋瓦顶木造的教室，分别设为厨房、军官办公室和营房。

我们躲在纪念碑的石台后面，看着士兵们围蹲成三个圈子，用铝碗、大漱口缸盛饭，就着摆在地上的菜盆里的菜吃饭。

"好香。"阿顺说。

"不香。好怪的味。"

我反驳说。

"好香。"阿顺说，"你不知道的，我吃过兵仔吃的饭。"

"你骗人。"

我说。我睁大了眼睛看着士兵们蹲在地上呼呼地吃饭。有些人也站着吃。我问阿顺:

"为什么他们不在屋里吃?"

"不知道。"

"为什么不找个饭桌吃饭?"

"不知道哩。"

"他们为什么现在才……"我说,"才吃早饭?"

"这你就不知道了。"阿顺说,"他们一天只吃两顿饭。"

"你又骗人了。"

"为什么?"阿顺又眯着眼,不耐其烦似的说,"咦呀,为什么骗你?"

"你听谁说的?"

"听我们曾厝那边一个人说的。"阿顺现在干脆就站着趴在石台上。"他每天都挑菜去卖给兵仔。"

"你还是蹲下吧。"我说,"你这样,他们会看到你的。"

"看到怎样?"阿顺笑了起来。

"他们会用扁担打死你,然后抬出去埋掉。"

"这还不是我告诉你的?"阿顺说。

阿顺曾说过,曾厝那个挑菜去卖给兵仔的人,有一回挑了菜去,正好有一个犯了军纪的兵,在另外的教室里挨打。哀号的声音,先是凄厉,继而衰竭,再继而是呻吟,只听得"辟扑、辟扑"的拷打声。过了几天,那兵死了,几个兵用毯子裹着死尸,用担架抬到公墓上埋了。

"其实,也未必是被打死的哩。我们曾厝那个人说的。"阿顺说。

阿顺接着说,兵仔里头有些人患下痢,治不好。"也是我们曾厝那边的人说的。到他们厕所挑出来的大肥,全是稀的多。"

我忽然觉得有些臭气。我看见一小间木造的厕所,斜斜地敞开着脱落了一个门钮的木门。一个步履蹒跚的兵,一边从厕所走出来,一边在系着腰带。

"走吧。"我吐了口水说。

我们于是悄悄地退出了那一扇废闭不用的学校的后门。一群白头翁在相思树林上喊喊喳喳地叫着。

"多嘴的白头翁,"阿顺不高兴地说,"多嘴的白头翁!"

阿顺于是捡起一粒碎石,往头顶上的相思树梢掷去。白头们振着翅膀飞走了,停在不远的树梢上,却又依旧鼓噪起来。

"我二叔,他死定了,"阿顺忧烦地说,"前年我们隔壁的阿冬姑要死了,这些死白头也来竹围里吵了两天的嘴。"

"其实,我也未必就非要那些老笋龟不可的。"

我仿佛歉然似的说。我于是也捡了几颗石头,远远地扔到白头们正在聒噪着的树影里。白头们果然鼓翼飞起了,在

铃珰花

树枝间跳跃了一回,就飞向更远的林间,又开始在更远处叽叽、叽叽地叫着。

走出相思树林,眼前一亮,通往桃镇的火车道,便长长地横在我们的眼前了。阿顺顿时忘却了白头聒噪的恶兆,三步两步跳上铁轨,伸开两臂平衡着自己,在铁轨上踩着细碎而熟练的步子。

"阿助,这样,你会吗?"

阿顺说。

我兴奋地踩上铁轨。我虽也本能地伸直了两臂,去平衡在铁轨上不住地摇晃的自己的身体,却总是踩了两步、三步,就要跌下来。而阿顺则不但已经在铁轨上走了好一段距离,还一边嗡嗡地唱着歌:

——张灯结彩喜洋洋,
胜利歌儿大家唱。
唱遍城市和村庄,
台湾光复不能忘……

我们上二年级的那年,台湾光复了。一时间,许多中国歌曲,以国民学校为中心,唱遍莺镇的每一个角落。那时候,学校和民众,动辄游行,挥舞着"青天白日旗",沿街高唱着例如这首《台湾光复歌》。可这几年来,却忽然唱得少了。

我想起一首直到四年级时男生们一玩"骑马战"时总要唱的一首歌。于是把两手插在口袋里，两只脚干脆就踏着枕木走着，一边大声地唱了起来：

——八年抗战，八年抗战，
胜利终是我。
……

阿顺和我，像这样地一个踩着铁轨——当然，即使阿顺的技艺再纯熟，间或也不免于跌下铁轨，格格地笑了起来——一个踏着枕木，一边走，一边唱着大凡想得起来的，让我们高兴的歌。铁路的一边，是长满了柔嫩的茅草的小坡地；铁路的另一边，则是由石头和水泥砌成的，约莫有一丈来高的路基。路基上有一条小路，间或有破旧的客运车走过，则总要扬起一片褐黑色的泥尘。

"阿助，不要唱！"在十数步前的曾益顺忽然大声叫了起来，"静静，不要唱！"

我疑惑地看着阿顺卧在铁路旁边，把右耳紧紧地贴着铁轨，笑着说：

"听！火车来了。"

我极目望去，在铁路的尽头，并不见火车的踪影。在晴朗的天空下，只看见铁道旁边的电线杆，齐齐整整地排成

铃铛花

一线，和铁道一齐向着莺镇以外的广阔的世界延伸出去。两只老鹰正在左近的天空慵慵懒懒地画着从容的、不落迹痕的圈圈。

"听！火车来喽！"阿顺说，"趴下来听，像我这样。"

我把耳朵贴上微温的铁轨，立即听见轰轰的车声从铁轨传到我的耳朵。那有节奏的车声，并且以固定的比率增加它的明快的节奏和音量。现在我们坐在枕木上，等待火车出现。远远地有不知名的鸟鸣传来。我们终于看见了一缕黑烟，在铁路的尽处袅袅地上升。

"来了。来了！"阿顺跳着站了起来，"你瞧！火车来了！"

我们终于看见了黑色的车头了。火车快速地向着我们驶来。我们跳到茅草坡上，聚精会神地看着火车越来越近，听着强力的蒸汽声和轰隆隆的车声。火车终于飞快地以优美而又雄伟的姿势，在我们的面前，顺着铁路转过微小的弯度，疾驰而去。

"嗬呀！嗬呀！喂呀！"

曾益顺在茅草地上向着疾驰的火车跳跃着，大声地叫嚷。当火车驶远，阿顺忽而默默地目送着它远去，脸上挂着一层的寂寥依恋。

"阿助，我问你。"曾益顺忽然说。

"嗯。"

"阿助，如果高东茂老师在火车上，他会看见我们——吗？"

"不知道。"我沉思着说,"我不知道。"
我确实不知道。有谁知道呢?

高东茂老师,是阿顺那一班"看牛仔班"的级任老师。我们上了五年级的去年,学校在家长会有力者的压力下,决定把在经济上和"智力"上无法升学的学生另外设立"职工班"。在校务会议上唯一的、极力反对分班的高东茂老师,志愿接下"看牛仔班"的级任。

"他教过我们唱很多歌,都是你们没教过的。"

曾益顺说着,便寂寞地、轻声唱了起来:

——枪口对外,
　齐步向前。
　不打老百姓,
　不打自己人。
　……

我其实也记得,高东茂老师除了教他们"看牛仔班"打算盘和记账之外,还增加图画、唱歌的课。高老师并且不顾校长的反对,带着全班学生到莺镇附近的卫星村庄如二甲和大埤,去帮穷苦学生的农家种地、整顿公共卫生;带着学生到田里学习种菜、施肥、除虫的知识。高老师并把学校公认

铃珰花　013

为"素行顽劣"、又贫穷、又调皮的曾益顺擢升为班长，要他向班级报告笋龟的生活史，使虽在"升学班"中而玩心仍重的我，在暗中钦羡不已。而正就在那时候，曾益顺的话里，突然多出了许多比较生涩的内容，例如说：分班教育是教育上的阶级歧视，说穷人种粮食却要饿肚子，说穷人盖房子却没有房子住……

"他打过你一个巴掌，你不会记恨吧？"曾益顺说。

现在我们仰躺在茅草坡上，看着远处峡镇的一抹青绿色的山。从小就听说那山是郑成功征台的时候，带着官兵路过住着鸢精的那座鸢山，被鸢精生吃了许多兵丁。郑成功一怒，开了火炮制服了鸢精，地方才平静下来。我沉默着，一面细细地咬着含在嘴里的一株细嫩的茅草茎，吸吮着淡淡的甜汁。分班何尝是我乐意的呢？尤其和素常要好的朋友——特别是和有满肚子精彩的鬼故事，一到了夏天，就可以把笋龟装满他那巨大的空饭盒，带来卖给住在镇上的我和别的同学；又特别知道去什么地方钓鱼，知道瞒着家人去河里游水之后要如何躲开家人的调查的曾益顺——分开，看着他们怀着卑怯和怒恨疏远，在我的幼小的心中，常常涌起自己无从解说的悲伤。

那年夏天，许多同学照旧向阿顺预订了笋龟。但一天天过去，阿顺就是若无其事地不带笋龟来。有一天，下了第三节课，五六个同学跑到"看牛仔班"找曾益顺要笋龟。

"笋龟全看牛去了，没有。"

曾益顺说着，斜着眼，挑衅地迎上前来。

"你明天带来好了。"我忙着解围说。

"明天也没有。后天也没有。大后天也没有！"曾益顺说，"没有。你爸爸我，不给。怎样？"

谢樵医院的儿子，高大的谢介杰冷不防猛然向曾益顺的肩膀一推，竟使曾益顺跌坐在四五尺远的地上，撞翻了一个书桌。他茫然地坐在地上，苍白着脸，显然不曾料到这突然的攻击。

"没有笋龟，还钱来！"谢介杰说。

就在这时，高东茂老师走进了教室。除了我一个人，来要笋龟的同学，全都一哄而散了。高东茂老师一个箭步欺了上来，挥出一记沉重的掌掴，准确地甩在我的右脸上。

"还没有到社会上去，就学会欺负穷人么？"

高东茂老师怒声说。

我觉得有些目眩。整个"看牛仔班"里，一时鸦雀无声了。当我惘然地转身离去，正瞥见阿顺一脸的惊惶和内疚。就是那天放学的路上，当我走过高大的邱记窑厂旁边的一条小路，高东茂老师和曾益顺忽然从车牌边走了下来。

"庄源助，老师对不起你。"高东茂老师微笑着说。我抬头望着高瘦的高东茂老师，看到他一张苍白的脸，用一双像是为了什么而长时忧愁着的眼睛望着我。

"分班是……大人做的坏事。"高东茂老师说,"老师的错,在于用一个坏事来反对另一个坏事。啊,不懂吧?总之,老师对不起你了。"

我自然是不懂的,可是不知道为什么,两个五年级的学生都同时流下了眼泪。

"我们都不要让别人教你们从小就彼此分别,彼此仇恨,"高东茂老师说,"啊,彼此……"

寒假结束以后,回到学校,却不见了高东茂老师。"看牛仔班"换了一个脾气暴躁的女老师。曾益顺被撤去了级长的职务,又开始恢复打架、闹事和逃学的旧态。但唯独在小径上经高东茂老师恢复起来的两个少年的友情,却从此不曾再松动过。学生中,没有人知道高东茂老师去了什么地方。看牛仔班的同学曾向任课老师问起过,却立刻被制止了。那一年,整个莺镇出奇地沉悒,连大人们也显得沉默而惧畏。即使平时喜欢和农会总干事许有义、谢樵医院的"谢先生"、邱记窑厂的邱信忠这些地方"有志",集中到被同学们的母亲们齐声咒詈的"秀凤酒楼"去喝酒打牌的我的父亲,也只待在家里,默默地吃饭,默默地到台北上班。

"高老师那么好,为什么不说一声就走了呢?"

我说。我吐掉嘴里的茅草秆子,重又挑了一支嫩茎放在嘴里,学着水牛在嘴里磨着。茅草在我的嘴外轻轻地摇曳。

天气逐渐炎热起来了。

"谁知道呢?"

阿顺说着,坐了起来,随手抓住一只大头蚂蚁放在自己的手掌上,任它张皇失措地爬行。事实上,曾益顺早已听说过,在旧历年前一个细雨的夜里,一辆吉普车开进了高老师家窄小的庭院,两三个人下来敲高家的门。高老师撞破了屋后的一扇窗子,冲出细雨中的暗夜,消失在通往大湖乡一带的稻田里。然而他把从大人的耳语中听来的这事,深深地锁在幼小的、迷惑的心里,即使对像我这样的好友,也不轻易吐露。

"有谁知道呢?"阿顺叹着气说,"如果你想跟我去抓青蛙,就不要再提高老师。"

这时忽而又有一列火车奔驰而来了。阿顺弹簧也似的跃了起来,对着火车,赌气似的尖声叫喊:

"嗬呀!嗬呀!唷!——呀……

"嗬呀!嗬呀!唷!——呀……"

我也跟着挥舞着两臂,向着火车高声叫喊。

等到火车去远,在一个光秃的红土丘陵边的弯口上消失,一切重又恢复到只能听见远处的鸟声时,我们俩便开始顺着茅草小坡往下走去。翠绿色的小蝗虫从我们走过的茅草床中,向着两边飞蹿,在空中留下劈劈拍拍的振翅之声。

"看!那只红衣的!"阿顺叫了起来。

一只硕大无比的、湛绿色的蝗虫,正从我们的眼前飞跃

铃珰花　017

而起。粉红色的内翅，在阳光中变成一团明媚的粉红色的彩球，悠然地飞向远远的茅草地上。

走下茅草小坡，就是一片经年囤积起来的溪埔了。白色和灰色的大石头，是历年来几次山洪留下的遗物。我们在一段段芒草丛中走着。白花花的、粗大的芒草花，就像古代驻扎的兵营插着的军旗，一排又一排，一团又一团，迎着西风，威武地飘扬着。一种不知其名的黄色的水鸟，在芒草秆上慌忙地跳跃，"哔！哔！哔！哔！"地叫个不停。

"阿助。"曾益顺说。

"嗯。"

"我看，打明天起，你还是回学校去的好。"

"……"

"我在想：高老师知道了，恐怕也是会生气的。"

"已经都三天没去了。"

"……"

"那，你呢？"我说，"高老师也不见得高兴你这个样。"

阿顺沉默地走着。他忽然唱起来：

——同胞们，
　请听我来唱：
　我们的东邻舍，
　有一个小东洋。

几十年来练兵马,

要把中国亡,

……

即使阿顺的歌声有些粗笨和沙哑,那歌听来犹原有些凄楚。

"教我唱。"我说。

"也是高老师教的啊。"

"教我唱吧。"

阿顺于是有一句没一句地教唱,而我也有一句没一句地跟。一直唱到最后一句:"一心要把中国亡呀伊唷嘿",我却呼呼地笑了起来。

"为什么是'伊唷嘿'?"我说。

阿顺抓着头皮,说:

"看,铃铛花!"

我一抬头,看见了一大片用溪石堆高的地基,周围用铃铛花树围成了篱笆。篱笆上开满了一朵朵标致的铃铛花儿。五瓣往上卷起的、淡红色的花瓣,围起一个婴儿拳头那么大的铃子。长长的花蕊,带着淡黄色的花粉,像个流苏似的挂在下垂的花朵上,随着风轻轻地摆荡,仿佛叫人都听见"叮呤,叮呤"的铃声。

篱笆里的狗,忽而凶狠地吠起来了。这使我有些骇怕,伸了一只手紧紧地拉着阿顺的衣角。

"屋里没人吗？"我说，"狗要是真冲出来，怎么办？"

"他们一家只母女俩，"阿顺说，"这个时候，应该全在园里做活。"

绕过铃珰花的篱笆，就望见在一片荒漠的溪埔上，开垦出三分地大小的菜圃。菜圃的周围，都用白色或者灰色的石头砌成矮小的围墙。远远地有一位穿着黑衣的老婆婆和一位穿着褪了色的花布衣裳的闺女，弯着身子，在园里做活。

"'客人仔番薯'这个人，听过吧？"阿顺说。

我们坐在铃珰花树的阴影里，解开上衣的纽扣，坐在石头上，望着在太阳底下细心地为园里的菜蔬浇水的母女。我摇了摇头，说不知道。

"你什么也不知道。"阿顺叹着气说，"真不知道你们升学考的是什么玩意。"

曾益顺于是讲了一个故事。这故事自然又是阿顺从他们曾厝那边的农民在晒谷场上吃晚饭聊天的时候听了来的。

约莫五年前吧，在全是"福佬人"世代麇居的莺镇，突然从南部的客庄搬来了一家姓徐的客家人。由于语言不通，又不免在福佬人的莺镇受一点点歧视，他们就选定了这片荒废的屯积溪埔地，盖起农舍，养着鸡鸭，把一片荒草和砾石之地，开成几分园圃，种起了番薯。由于据说是南方客庄带来的异种，种出来的番薯，倒也格外地香松。摆在市场上卖，

"客（家）人仔番薯"之名，非但竟不胫而走，甚且还成了镇上和四处村庄的人们指着这孤单地在荒乱的溪埔中开地种菜的一家人的称呼了。

但这初来莺镇时就带着胃病的徐阿兴，在把番薯园改种了各种菜蔬的那年，竟撒手死在胃病上。"奇咧，胃病也有痛死人的吗？"莺镇的人议论着说。但因着客家妇女勤劳刻苦的惯习，徐阿兴的女人和独一个闺女，在沉默的哀伤中，结结实实地接下了整地种菜的工作。

到了去年年末，莺镇上的兵忽然多了。徐阿兴的女人在菜市场上逢了一个出来采购菜蔬的、青年的、徐姓的炊事兵，便成了"客人仔番薯"家的客人，两相认起宗亲来。这年轻的炊事班长，每逢星期假日，便到溪埔的徐家帮忙挑水、整地、种菜。日子一久，徐阿兴的女人渐渐有意把女儿许配与他。每当节日，硬是到"国校"松林下的营区门口，央求着让那炊事兵出来过节，使那年轻的炊事班长成了弟兄们哗笑的对象。

"后来呢？"我说。

"可怜喂，那炊事小班长，也得了痢疾，拖了个把月，竟也是死了。"

这时，我看见了那穿着黑衣的妇人在园中直起腰来，用袖口擦去脸上的汗水。那是个高大的女人，太阳早已晒黑了她的脸。

"她们都是命中带克的女人。"

阿顺把嘴附在我的耳朵,细声说。

"克夫?"

"嘘!"曾益顺紧张地望着菜园里的女人,说:"轻一点说。笨!"

"什么意思?"我细声说。

"走吧。"阿顺无奈地说。

在我们离开"客人仔番薯"的家和菜圃之前,我尽情地采了两手满满的铃珰花。太阳爬得更高了。脚底下的泥沙开始有些烫人。好的是到处都有因为地下水而潮湿的、黑色的地带,使我们得以在觉得烫脚的时候,跳到黑色的泥沙上去歇歇。现在,我开始把铃珰花撕开了,撒在干燥的、白色的石头上。忽然间,我看见了一只土色的蛙,从我的身边纵身跃起,不消几个跳跃,便消失在石头的阴影里了。

"青蛙!"我高兴地说,"看,青蛙!"

曾益顺回过身来,面对着我,倒退地走着。

"肚子饿了。"他说,"你不饿吗?"

我想起来留在废窑中的便当,便说:

"回去吃便当吧。"

倒退着走路的曾益顺被一个石头绊倒了。猛一个筋斗,使他跌坐在地上。我于是不禁格格地笑了起来。然而坐在地上的阿顺，却一本正经地说：

"我们吃花生去！"

我们于是开始向着溪边跑了起来。比起我来，曾益顺跑起来又快又利落。由于不善于踩着比较大的石子跑，几次让尖硬的细石刺痛了脚底的我，不得不放慢了速度。"想吃花生的，就跑快些哟！"曾益顺欢呼着说。我终于跑到了溪边一片黑色的沙埔上。沙埔再过去，是一道约莫有六尺多宽的、混浊的溪水。溪水再过去，是一大片黑色的沙地。极目望去，除了防风的竹围，尽是翠绿色的花生园。园上隔着老远，便搭着一间以稻草盖成的看守的草寮。我看见早已脱得只剩下一条内裤的阿顺，向我招手。

"我游水过去对岸，偷些花生，"阿顺说，"你拿着我的衣服，一看见对岸上有人来，拿着衣服在草丛上胡乱地打，一面要高声喊叫：打蝗虫唷！打蝗虫唷！"

阿顺于是背着我脱下裤子，走进水里。走到水浸及他的早熟的腰身时，阿顺便开始蛙泳。他游得一点水声也没有，却坚定地向着对岸挺进。当他静静地抵达了对岸，迅速地回头望了我一眼，这才使我想到：自己的职责，应该在监看那一整片花生园。由于正午的暑气，现在花生园看来好像是隔着一个滚水的大锅一般，使得一片翠绿，整个儿在热气中轻微地颤动着。除了几只灰色的野鸽子，整个花生园子里，看不见人在走动的影子。

阿顺利落地匍匐着前进，把身体趴得很低。他一逼近花生园的边缘，就开始迅速地从黑色的沙地中，拔起一棵棵伸手可及的花生。由于沙地松软，他看来不必卖多少力气，就把一串串白壳的花生拔出泥沙。

现在他抱着满怀的花生，以立泳往回头游过来了。他依旧小心地、充满着阴谋那么样沉默地游着，只听见沉悒的水声，汩汩地流着。当他在这一边站出水面时，带起一片白花花的水，哗哗作响，使我紧张得拚命地向对岸张望。他抱着带叶带茎的花生，迅速地向着我所站立的岸上跑来。但是头一次，我看到与我同年龄的他的鸡鸡，竟发育得差不多像个大人了，在他的快跑中，很是累累地摇动着，使我惊异得目瞪口呆。

"哇——哇。"阿顺说。

阿顺堆着一脸狡慧的、兴奋的笑，把抱在怀中的一大把花生，丢在一大丛老芒草后面的沙地上。他伸手接过我递给他的衣裤，突然若有所思地，背过身子去穿起裤子。

"这些花生，够我们吃个饱了。"他说。

我惊魂甫定，才喃喃地说：

"阿顺，不想你已变了大人了。"

他先是一愣，继而便嗔怒似的说：

"×！不要笑我，你也会的。"

我其实竟没有丝毫调笑的意思的。那时候，我只感觉到一种于当时为无由言宣的，对于自然的敬畏罢了。他开始用双手在松软的泥沙地上挖起一个小坑，并叫我四处去找些干枯的芒草秆子，或者大水流来的碎木枝来，铺在坑洞里。他然后得意地从衣服口袋里摸出一盒火柴，点燃了柴火。我一面依他的指令，把花生的茎叶去掉，只剩下一个拖着大串大串十分丰实的黄白色的花生的根。等到最旺的火一过，我们便把所有的生的花生投入火坑中，迅速地用干燥的沙子封平了烫人的沙坑，并且还堆成小小的沙丘。

我们于是在不远的两棵茄苳树下并躺了下来。从树下这样完全地仰视，看得见明亮的、浅蓝色的天空，透过并不缜密的、又随着溪床上的风不住地摇曳的、茄苳的叶影，在我们的眼前开了又合，合了又开，久而竟觉得整个天地穹苍都在轻微地、温柔地摇动着、旋转着，仿佛幼小时睡过摇篮的记忆，都在这辽阔的天籁中苏醒过来了。

"其实呢，"阿顺说，"我一直到十岁了才入学的。"

他说，由于出生于贫乏的佃农家，一直到他十岁，台湾光复的那年，他都不曾入学。

"光复那年，我们曾厝那边，有一个远亲，被日本人从监牢里放了回来，"阿顺说，"看了我还不曾读书，就说：现在是咱中国的时代，人人都要读书识字，建设中国什么的……"

阿顺于是入了小学。据阿顺说，过了两年，他那"曾厝的远亲",牵涉了什么事变,就从此再没有回家过。

"那时,阿爸说,不读了。读书做读书人,做官有份,杀头也有份,阿爸说了,我们还是当憨牛,憨憨地过日好些。"阿顺说,"就是在三年级那年,阿爸把我拉在他身边种田,说是再也不让我读书了。"

阿顺说,又过了一年,二甲那边的高厝,从大陆回来了一个青年。他原是日本征了去大陆打仗的。可一去了大陆,却投到中国那边做事了。这年轻的人,恰好就是高东茂老师。

"二甲的高厝,同我们曾厝,因为我们先人拜过兄弟,彼此走得很近。"阿顺说,"阿爸这回又听了高老师的话,送我来上学的。"

"你不想再回学校吗?好歹先毕业了……"我忽然说。

他沉默了。过了许久,他忽然说:

"饿不饿?"

"嗯。"

"一直到高东茂老师当级任,我才开始觉得:庄里人,并不就是没路用的人。"

他沉思着说,把右腿翘在左腿上。太阳越发地亮丽了。现在他把左手臂弯起来遮住仰视着的他的双眼,而我则侧身而卧,正好看见不远的沙堆上半埋着一只深绿色的小汽水瓶,叫人想着嵌在瓶颈里的玻璃珠子。

"高老师走了。再没人把放牛的当人看哟……"阿顺唱歌般地说。于是他叹了一口气,坐了起来。

"饿不饿?"他终于说。

"嗯。"

两个小孩用枯树枝拨开闷烤着花生的沙坑。

"可当心!这沙还是烫人的啊。"他说。

我们又回到茄苳树下去吃花生。那些年,花生是最普遍的零食。沙炒的、盐水炒的、炒蒜泥的……几乎在每一家杂货铺子里,都用玻璃缸子分类盛着卖。你要买罢,老板就把手伸到玻璃缸里,拿起缸里的小茶杯,杯子里垫着厚纸,量给你的时候,他还把大拇指压进杯子里。就这样,算你一杯多少钱,几乎到处都这个卖法,也真不知道哪一个精灵的老板第一个想起来的办法。尽管人人都知道其中之"诈",可是爱吃花生的,却人人都认可了这个"诈"。

然而这火闷的花生,却有一切沙炒的、盐水炒的和蒜泥炒的花生所没有的香味:新鲜,带着一股生豆的香味,和被烧焦了的花生壳熏出来的独特的芬芳。

我们把花生吃满了两个肚子,还剩下许多,我们把它统统装进了每一个口袋。曾益顺开始打嗝。太阳早已爬到我们的头顶上,茄苳树的影子变得越发地小了。偌大一个溪床,开始燥热起来。每一个大石头辐射出来的热气,使周遭变得格外地燠热。

"回去，睡个午觉。"阿顺说。

"到我们的窑子吗？"

"嗯。"

我想起废窑里那股清洌的凉爽来。这两天，都是在那儿睡的午觉。头一次，总觉得养在水缸里的小毒蛇会随时探出头来，滑落在我的头上，紧张得睡不成觉。而阿顺却早已打着轻轻的鼾声了。这时候，不远的芒草丛里，忽然窜出一团土灰色的东西来。阿顺跳了起来，直追了出去。

"野兔子！"他叫着说。

他跑了几步，站立在那里，看着它飞快地消失在炎热的乱石中，只剩下一片白色的芒花，在风中若无其事地晃动着。

"×！野兔呢！"阿顺回过头来，兴奋地说，"好肥的一只，×伊娘咧！"

我站在茄苳树下，忽而在野兔消失的方向看见一座很小的山丘。在它的顶端，有一间仿佛小亭子似的黑色的影子。

"嘿！看见了么？"

我高兴地叫了起来。曾益顺困惑地寻着我看出去的方位。一点也不错，那就是"水螺台"了。在离开我家后面不远的地方，有一座小山，我们邻右的孩子们都称它为"后壁山"。

"看见了么？那就是我告诉过你的'后壁山'。"我叫着说，"看见了罢？"

"噢。"他说。

我从来也不曾知道，从它的后面看起来，"后壁山"上的相思树林看来会那么样地婆娑有致。从小到现在，我曾或者独自一人，也或者和几个玩伴，在那日本时代留下来的，专为了空袭警报器——人们称为"水螺"的——盖起来的山顶上的小亭子下，胡乱地眺望过我现在站着的这一大片荒芜的溪埔。但是从这溪埔反过来看山，则这是第一次。山底下有一小片细竹林，中间的一块，竟有些焦黄了。竹林旁边，生着一些杂木，犹记得其中的一棵还能在秋时先是开出一种四片的白花，其后便结出一种果肉硬涩的淡紫色的果子。从这杂木层往上，便是一片墨绿色的相思树林。在晴朗的天空下，相思树叶在瘦高、黝黑的枝干上，渲染着大大小小的、由叶子织成的球形。在它的最外层，又布置了一层嫩绿色的新芽，在明亮的阳光中，发出温柔的绿光。

我和曾益顺终于从"后壁山"的背后，登上了它的山顶，肩并着肩，坐在一个红砖亭下。亭子上头，就是一个木头钉好的小棚，装着废弃多时的警报马达。在战争的末期，每当美国的飞机出现，它就发出响彻整个莺镇的、骇人心魄的空袭警报。所好的是，真正落在莺镇上的炸弹合起来只有三颗：一颗落在集中了许多窑厂的、尖山一带，炸断了两三只窑厂的烟囱；一颗落在日本人所经营，于早已废置的"西松组"焦炭厂旁边的水稻田中，却不曾爆炸。

"另外有一颗就落在那边，"我指着山脚下靠右的派出所，说，"偏就是落在一个防空壕上，一口气炸死了几个日本人和台湾人警察，还有他们的家属。"

在这个亭下，我们可以看见绝大部分的莺镇东区所有人家的、陈旧的瓦屋顶。升着"青天白日旗"的地方，就是派出所了。现在看来，非但看不见轰炸的一点点痕迹，即连日本人经营过的院子里的一些花木，还茂盛地长高过派出所的屋顶。

"你来学学鸡叫。"阿顺忽然说。

我笑了起来。是我告诉他的。我喜欢在周日的清早，独自在这里学公鸡啼叫。在那个年代，即使在镇上，几乎每隔几家，就有人自己饲养着鸡鸭，准备在年节或者待客时使用。此所以每当我来这山上对着错错落落的、莺镇东区的屋顶，学着鸡啼时，立刻就有附近的公鸡炫耀似的、热心地应和起来。而它们的啼声，又得了更远一些的公鸡的响应。不要多久，差不多全莺镇的东区一带的公鸡，都此起彼落地唱和起来，使自以为得计的，这"后壁山"上的少年，独自享受着指挥者的快乐。

"喔、喔、喔——"

阿顺用两手护着嘴，笨拙地、沙哑地学着鸡鸣，然后独自笑了起来。

"不像。"我说。

"喔、喔、喔——"

"这种时候,鸡也不叫的。"我说。

然而偏是在山的西边,远远地竟有一声听起来还半大不小的公鸡的啼声,在风中传来。

"听!叫了,嘿!"阿顺高兴地叫了起来。

"喔、喔、喔——"

他又向着西边的屋顶尽心地学着。但不论他怎样地想学像些,回应他的,却单只有镇上的稀疏的市声罢了。

"看到了吗?那就是我家。"我说。

我指着山的西边的,从一个高高地突出于屋顶上的破旧的鸽子笼,往右边计算了四个同是灰黑色的屋顶,告诉他,那透露着老榕树顶的地方,便是我常提起的,我家屋后的深可二丈余的一口古井。

"两丈多深?"他摇着头说,"我不信。"

两丈多深,却是一点也不假的。在莺镇,尤其是在这东区,非但每一口井都有一两丈深,而且水质又不好。清晨打开水缸,常常可以看见在水面上浮着一层暗色的水锈,间或也漂着并不鲜艳的油光。也正由于井特别地深,铁辘轳的生铁轴心也就消耗得特别地快。把木桶坠下去,那辘轳总要发出好久的、悲切的"唧唧"声,才听见木桶甩在遥远的井底的沉滞的撞水声。而后妇女便得用双手去使出全身的力气,把臂部歪在一边,一节节从井中拉上装满了水的水桶。而由于水

铃铛花　031

少，井边妇女们吵架的事，尤其多见。

我也告诉阿顺，井边的一家，就是我说过的外省人金先生的家。

"你说是给他老婆做饭、洗衣服的金先生吗？"他说。

光复以后，在莺镇，也陆续来住过一些外省人。但也不知因何都终又搬了出去。金先生之不同，在于他是唯一的单身来到莺镇的外省人。他长得高大，头发总是光光鲜鲜地上着发油。由于语言不通，他总是用笑嘻嘻的脸，连比带写地同人谈话。而每值他笑开了口，便不由得要露出一排黄澄澄的、微暴的金牙来。他还常常喜欢穿着宽松的裤子、总是白色的棉袜，穿黑色的布鞋。即使是现在，我也不清楚当时他做的什么行业，但觉得在当时他似乎颇有些势力，连镇长、派出所里的人，都对他恭恭敬敬。

就是那年的夏天，那时已接近四十岁的金先生结了婚，租下了我家后院井边的一栋古老的日式房子。

"不是说，外省人租房子，一住就占着不放么？"他说。

大人们是常这样说的。不过，在莺镇，似乎也还不曾发生过这样的事。四年前才从上海回乡来的金先生的房东余义德，便是一向极力声言绝不租房子给外省人的人。但这回他却不但租了房子给了金先生，却连一个二十岁的女儿也嫁给了他。

"那房东，在上海的时候，是替日本做事的。"我回忆着大人们的耳语说,"说是在上海,全家住在日本人的住区,讲的全是日本话,不许儿女说一句中国话。"

"为什么哩?"

"不知道。"我说,"大人们,都是这样说啊。"

笑嘻嘻的金先生搬来后院那家日式房子的时候,我曾挤在小孩堆里去看过。金先生把桌子、椅子、床铺,一概搬到榻榻米上。上榻榻米的时候,金先生并不脱掉他那巨大的黑布鞋,也不怕踩脏了干干净净的榻榻米,从而颇引起左右邻舍的主妇们的议论。然则议论归议论,房东的余义德先生不久就当上了镇公所的户政课长,并且开始在官式的场合,以带着土音的上海话,谈着三民主义,谈着建设中国之类的事了。而婚后不久,金先生左右邻舍的主妇们,立刻又传出金先生如何竟会下厨做菜,如何竟帮着新娘洗衣服,如何整天对新太太轻声细气、体贴入微,而艳羡不已。

"哎唷,"在井边洗衣淘米的女人们惊叹地说,"外省男人怎么跟我们的男人全不同款哩!"

"我就不信,"阿顺不以为然地说,"我就不信外省男人都怕老婆。例如那个周宏时老师。哼!"

曾益顺果然举出了好例子。周宏时老师,是学校里唯一的外省老师。他的一口浓重的湖北口音——例如国家的"国"字念成"鬼"字之类——一时间使学校的"国语教育"弄得无所适从。而这周老师,就是成天皱着眉心,不只是动辄狠打学生的手心，回到那陈旧的教员宿舍也常对老婆、孩子拳打脚踢，高声咒骂。

太阳开始有些偏西了。在这小小的山上，风一直不断地从后面的溪埔吹来。向着左前方极目望去，尖山一带林立着的窑厂的烟囱，开始吐着黄黑色的浓烟。有一列长长的货车正向桃镇驶去，在远处的树影中忽隐忽现，而终至于消失了。我和阿顺就是这样地说着各自的见闻，消磨着长长的、逃学的午后。我带他去看过一个左侧山腰的灌木丛中的一个陈旧的鸟巢，告诉他，那一对鸟是怎样地比野鸽略小，胸前有着一片深红色的、发亮的羽毛，并且产下一对翠绿色的蛋，阿顺却只顽固地说：

"我不信。"

"骗你，就死！走不回家！"我赌咒说，"分明我还趁鸟儿不在的时候，把蛋摸出来放在手里玩过的。"

"我不信，蛋有绿色的？"他说，"那你说，后来呢？"

我于是又花了许多唇舌，告诉他母鸟知道人动过它的巢和蛋，赌狠不要巢和蛋，就一去不返了。

"这你就说到内行话了，"阿顺沉思地说，"鸟，是会这样的。"

我又带他去看一株我秘为"私有"的野番石榴树。在那个年代，凡小孩就必须自己到自然中找零嘴儿吃。酢浆草的又肥又长的白茎，嚼起来是酸中带着些甜的；早晨蝴蝶尚不曾采过蜜的牵牛花儿，拨开花瓣，用舌尖去舔花心，真有一丝蜜蜜的甜味。还有一种指头尖那么大的野草莓，贪心地采了一口袋，却让红色的甜汁染脏了衣服，而谁要是发现了一棵野番石榴树，总要秘为"私有"，直等到吃腻了，也或者快过了结实的季节，才漫不经心地对玩伴"公开"。我于是带着阿顺去找我那至今尚未"公开"的野番石榴树，一路上告诉他我初发现了它是如何结着累累的硕实；如何地上都烂着熟透的果子；如何每一个番石榴都留着鸟儿的啄印。但当我们走到，却出乎我意外地，树上连一颗待熟的、青涩的果子都没有。即连地上，也找不着一颗稍微成形的落实。

"看吧，"阿顺笑着说，"我说过，我就是不信。"

"不！你非信不可。"我着急地说，"一定让人找着了，采个精光。"

"我想拉屎。"他忽然叫人啼笑皆非地说。

他三步两步找到一个草不搔着屁股的地方蹲了下来。在这人迹罕到的野地，经他一说，自己也无端地想去蹲着。我于是也走到另外一头蹲下来。

"有蛇没？"他在那头笑着问。

"从没见过，除非在山洞里。"

"山洞？"

"对啦！"我高兴地想起来，"从这儿再往左边下，在半山腰上,有个碉堡。"

"碉堡?"阿顺又笑了,"我不信。"

"待会就带着你去,"我一边用力,一边说,"日本人怕美国人登陆,从峡镇那边打过来,炮口便开向峡莺桥那边……"

"我不信。"

"碉堡的旁边,隔十来步罢,开着一个山洞,直通到用水泥砌成的碉堡里。"

"嗯……"

现在轮着他在用力了。

"光复以后,洞里面塌过一部分。"我说,开始折下一截枯枝揩后面,"有时候,有野狗在里头生小狗呢。"

"可是你说的是有蛇住里头。"

"可不是,龟壳花!不骗你!"

"你又见过龟壳花啦。"他笑了起来。

"见过。当然见过!"

"什么样子,龟壳花?"

"细细的脖子,"我拉起裤子,眼睛往上翻,努力地想着那次点蜡烛跟邻居的陈大哥进山洞里"探险"那一遭所见过的龟壳花,"三角形头的嘛,肥肥的身,粗短的尾巴,像是被剁掉了尾,初初才好了似的。"

"是毒蛇,哪一种不是这样?"他又笑了起来,"我问你是什么花色?"

"蛇身上是六角形的花，"我不假思索地说，"花上带着一点点红。"

我听见他窸窸窣窣地穿着裤子。

"你说对了。"他走出草丛说，"带我去罢。"

"现在洞里面怕都塌得不成样子。"

"没关系。"

"也许有野狗住着。"

"也没关系。"

"我看，下回去罢，带着棍子和蜡烛。"

"要不就根本没什么碉堡了。"阿顺笑了起来。

我们于是一边踩着几乎要被怒生的羊齿漫遮了的小路，一边挑着结实的石头握在手里，由我带头，走向碉堡去。

阿顺终于看到了几乎要被杂草遮住的，水泥砌成的炮口。"啊，真是一个炮口。"他惊叹地说。如果不是在炮口上隔着三尺多深的水泥台，曾益顺一定会把他的手伸进那幽暗的炮口去的。我于是告诉他，从山洞走进去，如果没有塌坏，就可以走到这个碉堡里的。

然而当我们走近洞口，忽然看见一个人影正要夺着洞口冲出去。就在那一瞬间，我听见阿顺一声悲厉的叫声：

"高老师！"

那人紧紧地握着一枝短棒，收住正要奔逃的双脚，回过头来。啊！那是高老师么？脏脏的长发，深陷的面颊，凌乱而浓黑的胡须，因着消瘦和污垢而更显得巨大、散发着无比的惊恐的、满是血丝的眼睛。

"高老师……"

曾益顺开始流泪。我则只是傻楞楞地站在一边。现在我逐渐认出这鬼魂一般的人，确实是高东茂老师了。他开始以极度恐惧的神色，左右盼顾着。

"进去。"

他指着洞口说。那声音像是发自一个极其老衰的老人。阿顺毫不踌躇地走进洞口。

"进去！"

高东茂老师惊恐地，压低了声音，斥责犹豫不前的我。我终于挤在阿顺的身边，瑟缩地蹲着，把眼睛睁得大大地看着高老师弯着腰也走了进来。我逐渐闻到他身上发出来的异味了。他的一身衣服很单薄，污秽而且破烂。他靠着比较阴暗的一面石壁，坐了下来。他几次躲避了我们两双疑惑、哀伤而又同情的眼睛，终于低下了头。

"走吧。"他微弱地说，"走吧。"他忽然惊醒似的抬起头来，睁开寓藏着无量数的惧怖和忧伤的眼睛，"不要告诉别人好吗？不要告诉任何人。"

"高老师。"阿顺说。

"不可以告诉任何人。走吧。"高东茂老师说。

"高老师，要不要我们回去带些吃的东西？"阿顺说。

"不要。你们走吧。"

"我马上就回来。"阿顺央求着说。

"走吧！"高东茂老师似乎急躁起来，望着黑暗的山洞深处，对着自己絮絮地说着什么。

"高老师，"阿顺说。

"走，走！"高东茂老师忽然用高亢的声音说。他的一只手里紧紧地抓着木棒，却轻轻地抖动着。他的另一只手直指着洞口。

曾益顺满脸的泪痕，开始把每一个口袋里的花生掏出来，放在地上。我也学着他的样，把所有的花生全掏了出来，和阿顺的堆成一个小花生堆。

"高老师，明天早上，我送饭来。"阿顺拭着眼泪说。

"走吧！"高老师张着空洞的、愁苦的眼睛说。

阿顺和我出了山洞。天色逐渐地晚了。两个人从后壁山一直走到崁顶的废窑，一路上都沉默着，一句话也没说过。直到我们在废窑各自拿了书包，红肿着眼睛的曾益顺才说：

"阿助，我们谁都不能说出去。"他严肃地说，"明天一早，我们把我们的便当都拿去送他吃。"

"放心，我一定装一个结实的大便当。"我说。

第二天早上，我迫不及待地跑到山洞口，却看见曾益顺早已呆呆地坐在洞口。我走近一看，整个山洞里，除了乱石和一些沿着洞壁的岩石汩汩地渗落的水滴，在晨光中，却空无一物。

"高老师还在睡着罢？"我细声说。

阿顺摇了摇头，说：

"他早走了。"

"你没往里找吧？"

"找过了。"

"没在？"

他摇着头，忍着忍着的他的眼泪，就静悄悄地挂了下来。

我进了山洞，走了几步，恰好就在左转的一个小坑道上，看见一块铺在地上的破旧的毛毯，和几个粗糙的陶碗。碗边还留着三四个熟透了的番石榴，它们的浓香和山洞里独有的霉味，混合成一种奇异的气味，直向鼻前袭来。毛毯的另一端，是一堆剥开的花生壳。

我走出洞外，看见曾益顺早已走在几十步外了。

"阿顺！"我叫着，匆匆跟了上去。

他没有回答，只是一径拨开怒生了满地的羊齿，往山下走去。我默默地跟在后面，偶尔叫他几声，阿顺只是沉默地走着。我就这样跟着他一前一后地走在清晨的大汉溪埔上，看见他久久就抬一次手拭泪的背影。一直到我跟过了那满开着铃珰花的花树做篱笆的，"客人仔番薯"的女人的家，不知为了什么，忽然觉得我不应该再这样跟着阿顺。让他一个人吧，我忽然对着自己说。我缓缓地立定了脚，在那欣然地开着粉红色的铃珰花的篱笆下，目送着阿顺一边拭泪，一边走远了。

而那年的夏天，我考取了台北的Ｃ中初中部。这以后的一年中，我逐渐从大人的口中知道了逃离山洞的高东茂老师，不久就被捕获了。并且又在其后不久，有人在台北车站的一个告示上，在一排都被重重地用朱红的墨勾画过的名字中，找到"高东茂"三个字。而说来怪奇，就那一年，故乡莺镇的事故也特别地多。例如在铁桥下发生过一宗溪镇和桃镇的流氓火并的事件，把一条壮硕的汉子，用扫刀劈下整个肩膀，横尸在大街上；莺镇小学的那一大片漂亮的黑松林，忽然得了虫害，不消几个月，全部枯死了，被驻军砍了当柴火；笑呵呵的金先生的原配夫人忽然带着儿女从大陆来了台湾。被金先生遗弃的余义德的女儿，恰好就吊死在"后壁山"上。而余义德先生虽然离开了镇公所，却也坐到莺镇农会总干事的位子上去了。

至于曾益顺，则自从在铃珰花下的一别，三十多年来，一直都没有再遇见过。而我和我的全家，在我考取大学工科的那年，举家迁来这首善的都会。一直到近年来，偶尔在报章杂志上读到一些"反共"宣传文章，才在连自己都不甚了然的情怀中，重又想起高东茂老师来。而虽说是想起了他，其实再也无从清晰地想起高老师的面容。但唯独高东茂老师的那一双仓皇的、忧愁的眼睛,倒确乎是历历如在眼前……

      一九八三年三月二十日
    初刊于一九八三年四月《文季》第一期

山路

"杨教授,特三病房那位太太……"

他从病房随着这位刚刚查好病房的主治大夫,到护士站里来。年轻的陈医生和王医生恭谨地站在那位被称为"杨教授"的、身材颀长、一头灰色的鬈发的老医生的身边,肃然地听他一边翻阅厚厚的病历,一边喟喟地论说着。

现在他只好静静地站在护士站中的一角。看看白衣白裙、白袜白鞋的护士们在他身边匆忙地走着,他开始对于在这空间中显然是多余的自己,感到仿佛闯进了他不该出现的场所的那种歉疚和不安。他抬起头,恰好看见杨教授宽边的、黑色玳瑁眼镜后面,一双疲倦的眼睛。

"杨大夫,杨教授!"他说。

两个年轻的医生和杨教授都安静地凝视着他。电话呜呜地响了。"内分泌科。"一个护士说。

"杨教授，请问一下，特三病房那位老太太，是怎么个情况？"

他走向前去。陈医生在病历堆中找出一个崭新的病历资料。

杨教授开始翻阅病历，同时低声向王医生询问着什么。然后那小医生抬起头来，说：

"杨教授问你，是病人的……病人的什么人？"

"弟弟。"他说，"不……是小叔罢。"他笑了起来。"伊是我大嫂。"他说。

他于是在西装上身的口袋中，掏出了一张名片，拘礼地递给了杨教授。

李国木
诚信会计师事务所

杨教授把名片看了看，就交给在他右首的陈医生，让他用小订书机把片子钉在病历档案上。

"我们，恐怕还要再做几个检查看看。"杨教授说，沉吟着，"请你再说说看，这位老太太发病的情形。"

"发病的情形？哦，"他说，"伊就是那样地萎弱下来。好好的一个人，突然就那样地萎弱下来了。"

杨教授沉默着，用双手环抱着自己的前胸。他看见杨教授的左手，粗大而显出职业性的洁净。左手腕上带着一只金色的、显然是极为名贵的手表。杨教授叹了口气，望了望陈医师，陈医师便说：

"杨教授的意思，是说，有没有特别原因，啊，譬如说，过分的忧愁、愤怒啦……"

"噢。"他说。

转到台北这家著名的教学医院之前，看过几家私人诊所和综合医院，但却从来没有一家问过这样的问题。但是，一时间，当着许多人，他近乎本能地说了谎。

"噢，"他说，"没有，没有……"

"这样，你回去仔细想想。"杨教授一边走出护士站，一边说，"我们怕是还要为伊做几个检查的。"

他走回特三病房。他的老大嫂睡着了。他看着在这近一个半月来明显地消瘦下来的伊的侧脸，轻轻地搁在一只十分干净、松软的枕头上。特等病房里，有地毯、电话、冰箱、小厨房、电视和独立的盥洗室。方才等他来接了班，回去煮些滋补的东西的他的妻子，把这病房收拾得真是窗明几净。暖气飕飕地吹着。他脱下外衣，轻轻地走到窗口。窗外的地面上，是一个宽阔的、古风的水池。水池周围种满了各种热带性的大叶子植物。从四楼的这个窗口望下去，高高喷起的喷泉水，形成一片薄薄的白雾，像是在风中轻轻飘动的薄纱，在肥大茂盛的树叶，在错落有致的卧石和池中硕大的、白的和红的鲤鱼上，摇曳生姿。

寒流袭来的深春，窗外的天空，净是一片沉重的铅灰的颜色。换了几家医院，却始终查不出老大嫂的病因之后，他正巧在这些天里不住地疑心：伊的病，究竟和那个消息有没有关系。"啊，譬如说，过分的忧伤、愤怒……"医师的话在他的脑中盘桓着。然而，他想着，那却也不是什么忧伤，也不是什么愤怒的罢。他望着不畏乎深春的寒冷，一仍在池中庄严地游动着的鲤鱼，愁烦地想着。

约莫是两个月之前的一天，一贯是早晨四点钟就起了床，为李国木一家煮好稀饭后，就跟着邻近的老人们到堤防边去散步，然后在六点多钟回来打点孩子上学，又然后开始读报的他的老大嫂，忽而就出了事。那天早上，他的独生女，中学一年生的翠玉，在他的卧房门上用力敲打着。"爸！爸！"翠玉惊恐地喊着，"爸！快起来啦，伯母伊……"李国木夫妻仓皇地冲到客厅，看见老大嫂满脸的泪痕，报纸摊在沙发脚下。

"阿嫂！"他的妻子月香叫了起来。伊绕过了茶几，抢上前去，坐在老大嫂坐着沙发的扶手上，手抱着老嫂的肩膀，一手撩起自己的晨褛的一角，为老大嫂揩去满颊的泪。"嫂，你是怎么了吗？是哪里不舒服了吗……"伊说着，竟也哽咽起来了。

他静默地站在茶几前。老大嫂到李家来，足有三十年了。

在这三十年里，最苦的日子，全都过去了，而他却从来不曾见过他尊敬有过于生身之母的老大嫂，这样伤痛地哭过。为了什么呢？他深锁着眉头，想着。

老大嫂低着头，把脸埋在自己的双手里，强自抑制着潮水般一波跟着一波袭来的啜泣。"嫂，您说话呀，是怎样了呢？"月香哭着说。李国木把双手放在惊立一边的女儿翠玉的肩上。

"上学去吧。"他轻声说，"放学回来，伯母就好了。"

李国木和他的妻子静静地坐在清晨的客厅里，听着老大嫂的啜泣逐渐平静下来。

那天，他让妻子月香去上班，自己却留下来陪着老嫂子。他走进伊的卧房，看见伊独自仰躺着，一双哭肿的眼睛正望着刚刚漆过的天花板。搁在被外的两手，把卷成一个短棒似的今早的报纸，紧紧地握着。

"嫂。"他说着，坐在床边的一把藤椅上。

"上班去吧。"伊说。

"……"

"我没什么。"伊忽然用日本话说，"所以，安心罢。"

"我原就不想去上班的，"他安慰着说，"只是，嫂，如果心里有什么，何不说出来听听？"

老大嫂沉默着。伊的五十许的、略长的脸庞，看来比平时苍白了许多。岁月在伊的额头、眼周和嘴角留下十分显著的雕痕。那是什么样的岁月啊!他想着。

"这三十年来,您毋宁像是我的母亲一样……"

他说,他的声音,因着激动,竟而有些抖颤起来了。

伊侧过头来望着他,看见发红而且湿润起来了的他的眼睛,微笑地伸出手来,让他握着。

"看,你都四十出了头了。"伊说,"事业、家庭,都有了点着落,叫人安心。"

他把伊的手握在手里摩着。然后双手把伊的手送回被窝上。他摸起一包烟,点了起来。

"烟,还是少抽的好。"伊说。

"姉さん。"

他用从小叫惯的日语称呼着伊。在日本话里,姉姉和嫂嫂的叫法,恰好是一样的。伊看见他那一双仿佛非要把早上的事说个清楚不可的眼神,轻轻地喟叹起来。他一向是个听话的孩子,伊想着。而凡有他执意的要求,他从小就不以吵闹去获得,却往往用那一双坚持的眼神去达到目的,伊沉思着,终于把卷成短棒儿似的报纸给了他。

"在报纸上看见的。"伊幽然地说,"他们,竟回来了。"

他摊开报纸。在社会版上,李国木看见已经用红笔框起来的,豆腐块大小的消息:有四名"叛乱犯"经过三十多年的监禁,因为"悛悔有据",获得假释,已于昨日分别由有关单位交各地警察局送回本籍。

"哦。"他说。

"那个黄贞柏,是你大哥最好的朋友。"

老大嫂哽咽起来了。李国木再细读了一遍那一则消息。黄贞柏被送回桃镇,和八十好几的他的瞎了双眼的母亲,相拥而哭。"那是悔恨的泪水,也是新生的、喜悦的泪水。"报上说。

李国木忽然觉得轻松起来。原来,他想着,嫂嫂是从这个叫作黄贞柏的终身犯,想起了大哥而哭的罢。也或许为了那些原以为必然瘐死于荒陬的孤岛上的监狱里的人,竟得以生还,而激动地哭了的罢。

"那真好。"他笑了起来,"过一段时间,我应该去拜访这位大哥的好朋友。"

"啊?"

"请他说说我那大哥唉!"他愉快地说。

"不好。"老大嫂说。

"哦,"他说,"为什么?"

伊无语地望着窗外。不知什么时候下起霏霏的细雨了的窗外,有一个生锈的铁架,挂着老大嫂心爱的几盆兰花。

"不好,"伊说,"不好的。"

可是就从那天起,李国木一家不由得观察到这位老大嫂的变化:伊变得沉默些,甚至于有些忧悒了,伊逐渐地吃得甚少,而直到半个月后,伊就卧病不起,整个的人,仿佛在

山路　049

忽然间老衰了。那时候,李国木和他的妻子月香,每天下班回来,就背负着伊开车到处去看病。拿回来的药,有人劝,伊就一把一把驯顺地和水吞下去;没人劝着,就把药原封不动地搁在床头的小几上头。而伊的人,却日复一日地缩萎。"……啊,譬如说过分的忧愁、愤怒啦……"李国木又想起那看来仿佛在极力掩饰着内心的倨傲的陈医师的话。他解开领带,任意地丢在病床边,月香和他轮番在这儿过夜的长椅上。

——可是,叫我如何当着那些医生、那些护士,讲出那天早晨的事,讲出大哥、黄贞柏这些事?

他坐在病床左首的一只咖啡色的椅子上,苦恼地想着。

这时房门却呀然地开了。一个怀着身孕的护士来取病人的温度和血压。病人睁开眼睛,顺服地含住体温计,并且让护士量着血压。李国木站了起来,让护士有更大的空间工作。

"多谢。"

护士离开的时候,他说。

他又坐到椅子上,伸手去抓着病人的嶙峋得很的、枯干的手。

"睡了一下吗?"他笑着说。

"去上班罢,"伊软弱地说,"陪着我……这没用的人,正事都免做了吗?"

"不要紧的。"他说。

"做了梦了。"伊忽然说。

"哦。"

"台車の道の夢を、見たんだよ。"伊用日本话说,"梦见了那条台车道呢。"

"嗯。"他笑了起来,想起故乡莺镇早时的那条蜿蜒的台车道,从山墺的煤矿坑开始,沿着曲折的山腰,通过那著名的莺石下面,通向火车站旁的矿场。而他的家,就在过了莺石的山墺里,一幢孤单的"土角厝"。

"嫁到你们家,我可是一个人,踩着台车道上的枕木,找到了你家的哟。"伊说。

在李国木的内心不由得"啊!"地惊叫了起来。他笔直地凝视着病床上初度五十虚岁的妇人。这一个多月来,伊的整个人,简直就像缩了水一般地干扁下去。现在伊侧身而卧,面向着他。他为伊拉起压在右臂下的点滴管子,看着伊那青苍的、满脸皱皮的、细瘦的脸上,渗出细细的汗珠来。

"那时候,你一个人坐在门槛上,发呆似的……"伊说,疲倦地笑着。

这是伊常说,而且百说不厌的往事了。恰好是三十年前的一九五三年,一个多风的、干燥的、初夏的早上,少女的蔡千惠拎着一只小包袱,从桃镇独自坐一站火车,来到莺镇。"一出火车站,敢问路吗?"伊常常在回忆时这样对凝神谛听的李国木说,"有谁敢告诉你,家中有人被抓去枪毙的人

山路　051

的家,该怎么走?"伊于是叹气了,也于是总要说起那惨白色的日子。"那时候,在我们桃镇,朋友们总是要不约而同地每天在街上逛着。"伊总是说,"远远地望见了谁谁,就知道他依然无恙。要你一连几天,不见谁谁,就又断定他一定是被抓了去了。"

就是在那些荒芜的日子里,坐在门槛上的少年的李国木,看见伊远远地踩着台车道的枕木,走了过来。台车道的两旁,尽是苍郁的相思树林。一种黑色的、在两片尾翅上印着两个鲜蓝色图印的蝴蝶,在林间穿梭般地飞舞着。他犹还记得,少女蔡千惠一边踩着台车轨道上的枕木,一边又不时抬起头来,望着他家这一幢孤单的土角厝,望着一样孤单地坐在冰凉的木槛上的、少年的他的样子。他们就这样沉默地,毫不忌避地相互凝望着。一大群白头在相思树林的这里和那里聒噪着,间或有下坡的台车,拖着"嗡嗡——格登、格登!嗡嗡——格登、格登!"的车声,由远而渐近,又由近而渐远了。他,少年的、病弱的李国木,就是那样目不转睛地看着伊跳开台车道,捡着一条长满了野芦苇和牛遁草的小道,向他走来。

"请问,李乞食……先生,他,住这儿吗?"伊说。

他是永远都不会忘记的啊。他记得,他就是那么样无所谓好奇、无所谓羞怯地,抬着头望着伊。他看见伊睁着一双微肿的、陌生的目光。有那么一段片刻,他没有说话。然后他只轻轻地点了点头。他感到饥饿时惯有的懒散。可就在他向着伊点过头的一刻,他看见伊的单薄的嘴角,逐渐地泛起了诉说着无限的亲爱的笑意,而从那微肿的、单眼皮的、深情地凝视着他的伊的眼睛里,却同时安静地淌下晶莹的泪珠。野斑鸠在相思树林里不远的地方"咕、咕、咕——咕!"地叫着。原不知跑到山中的哪里去自己觅食的他家的小土狗,这时忽然从厝后狠狠地吠叫着走来,一边却使劲地摇着它的土黄色的尾巴。

"呸!不要叫!"他嗔怒地说。

当他再回过头去望伊,伊正含着笑意用包袱上打的结上拉出来的布角揩着眼泪。这时候,屋里便传来母亲的声音。

"阿木,那是谁呀?"

他默默地领着伊走进黝黯的屋子里。他的母亲躺在床上。煎着草药的苦味,正从厨房里传来,弥漫着这个屋子。他的母亲吃力地撑起了上半个身子,说:"这是谁?阿木,你带来这个人,是谁?"

少女蔡千惠静静地坐在床沿。伊说:

"我是国坤……他的妻子。"

在当时,少小的李国木虽然清晰地听见了伊的话,却并不十分理解那些话的意义。然而,僵默了一会,他忽然听见他的母亲开始呜呜地哭泣起来。"我儿,我心肝的儿喂……"他的母亲把声音抑得低低的,唱颂也似的哭着说。他向窗外望去,才知道天竟在不知不觉间暗下了大半边。远远有沉滞的雷声传来。黄色的小土狗正敏捷地追扑着几只绿色的蚱蜢。

一年多以前，在莺镇近郊的一家焦炭厂工作的他的大哥李国坤，连同几个工人，在大白天里抓了去了。一直到上两个月，在矿场上当台车夫的他的父亲，才带着一纸通知，到台北领回一捆用细草绳打好包的旧衣服、一双破旧的球鞋和一支锈坏了笔尖的钢笔。就那夜，他的母亲也这样地哭着：

"我儿，我心肝的儿喂——"

"小声点儿——"他的父亲说。蟋蟀在这浅山的夜里，嚣闹地竞唱了起来。

"我儿喂——我——心肝的儿啊，我的儿……"

他的母亲用手去捂着自己的嘴，鼻涕、口水和眼泪从她的指缝里漏着往下滴在那张陈旧的床上。

"嫂，"他清了清在回想中哽塞起来了的喉咙，"嫂！"

"嗯。"

这时病房的门谨慎地开了。月香带着水果和一个菜盒走了进来。

"嫂，给你带点鲈鱼汤……"月香说。

"那时候，我坐在门槛上。"他说，"那模样，你还记得吗？"

"一个小男孩，坐在那儿。"老大嫂说，闭起眼睛，在她多皱的脸上，泛起淡淡的笑意。"太瘦小了点。"伊说。

"嗯。"

"可是,我最记得那天晚上的情景。"

老大嫂说,忽然睁开了眼睛。伊的眼光越过了李国木的右肩,仿佛瞭望着某一个远方的定点。

"阿爸说,怎么从来没听阿坤说起?"伊说,"我说,我……"

"你说,你的家人反对。"他笑着说。这些故事,从年轻时一直到四十刚过,也不知听了老嫂子一次又一次地说了多少次。

"我说,我厝里的人不赞成。"伊说,"我和阿坤约束好了的。如今他人不在,你要收留我,我说。"

月香从厨房里出来,把鲈鱼装在一个大瓷碗里,端在手上。

"待一会凉些,吃一点鲈鱼,嫂。"伊说。

"真麻烦你唷。"老大嫂说。

"阿母死后,那个家,真亏了有你。"李国木沉思着说,"鲈鱼汤里,叫月香给你下一点面罢。"

"不了。"伊缓缓地阖上眼睛,"你阿爸说了,这个家,穷得这个样,你要吃苦的啊。看你也不是个会做(工)的人。阿爸这样说呢。"

他想起那时的阿爸,中等身材,长年的重劳动锻炼了他一身结实肌骨。天一亮,他把一个大便当系在腰带上,穿上用轮胎外皮做成的、类如今之凉鞋的鞋子,徒步到山墺里的"兴南煤矿"去上工。一天有几次,阿爸会打从家门口这一段下坡路,放着他的台车,飕飕地奔驰而去。自从大嫂来了以后,阿爸开始用他的并不言语的方式,深深地疼爱着伊。

每天傍晚，阿爸总是一身乌黑的煤炭屑，偶然拎着几块豆腐干、咸鱼之类，回到家里来。

"阿爸，回来了。"

每天傍晚，听见小黄狗兴奋的叫声，大嫂总是放下手边的工作，一边擦手，一边迎到厝口，这样说。

"嗯。"阿爸说。

打好了洗澡水，伊把叠好的干净衣服送到阿爸跟前，说：

"阿爸，洗澡。"

"哦。"阿爸说。

吃了晚饭，伊会新泡一壶番石榴茶，端到阿爸坐着的长椅条旁。

"阿爸，喝茶。"伊说。

"嗯。"阿爸说。

那时候啊，他想着萤火虫儿一群群地飞在相思树下的草丛上所构成一片莹莹的悦人的图画。而满山四处，都响着夜虫错落而悦耳的歌声。

现在月香正坐在病床边，用一只精细的汤匙一口口地给老大嫂喂鲈鱼。

"还好吃吗？"月香细声说。

老大嫂没有作声。伊只是一口又一口驯顺地吃着月香喂过来的鲈鱼，并且，十分用心地咀嚼着。

这使他蓦然地想起了他的母亲。

自从他大哥出了事故，尤其是他的父亲从台北带回来大哥国坤的遗物之后，原本羸弱的他的母亲，就狠狠地咯了几次血，从此就不能起来。大嫂来家的那个初夏，乞食婶竟也好了一阵。但一入了秋天，当野芦苇在台车轨道的两边开起黄白色的、绵绵的花，乞食婶的病，就显得不支了。就那时，大嫂就像眼前的月香一样，一匙一匙地喂着他的母亲。不同的是，老大嫂躺在这特等病房里，而他的母亲却躺在那阴暗、潮湿、弥漫着从一只大尿桶里散发出来的尿味的房间。此外，病重后的他的母亲乞食婶，也变了性情。伊变得易怒而躁悒。他还记得，有这样的一次，当大嫂喂下半匙稀饭，他的母亲突然任意地吐了出来，弄脏了被窝和床角。"这样地命苦啊，别再让我吃了罢，"伊无泪地号哭了起来，"死了罢，让我，死——了罢……"伊然后"我儿，我的儿，我心肝的儿唷——"地，呻吟着似的哭着大哥，把大嫂也弄得满脸是泪水。

然而，他的母亲竟也不曾拖过那个秋天，葬到莺镇的公墓牛埔山去。

"阿木，该去牛埔山看一回了。"老大嫂忽然说。
"哦。"

他吃惊地抬起头来，望着伊。月香正细心地为伊揩去嘴边的汤水。算算也快清明了。在往年的清明，大嫂、他和月香，总是要乘火车回到莺镇去，到牛埔山去祭扫他阿爸和阿母的坟墓。直到大前年，才正式为大哥立了墓碑。而大嫂为他大哥的墓园种下的一对柏树，竟也开始生根长叶了。

"高雄事件以后，人已经不再忌怕政治犯了。"

老大嫂说，就这样地决定了在为他父亲捡骨立冢的同时，也为他大哥李国坤立了墓碑。

"整整吃了一碗鲈鱼咧。"月香高兴地说。

"今年，我不陪你们去了。"伊幽幽地说。

伊仰卧着，窗外逐渐因着阴霾而暗淡了下来。

"嫂，如果想睡，就睡一下吧。"月香说。

他不自觉地摸了摸口袋里的烟，却立刻又把手抽了回来。他的老大嫂子，从来不曾像月香一般，老是怨幽幽地埋怨他戒不掉烟。但是，在病房里，他已有好几次强自打消摸烟出来抽的念头了。出去抽罢，又嫌麻烦。他沉默着，想起牛埔山满山卑贱而又顽固地怒生着的杂草和新旧坟墓的聚落。从土地祠边的一条小路上走去，小馒头似的小山的山腰，有一小片露出红土的新坟。立好墓碑，年老的工人说：

"来，牲礼拿过来拜一拜。"

他和月香从大嫂手中各分到三支香，三人并立在新冢前礼拜着。然而，在那时的他的心中，却想着墓中埋着的、经大嫂细心保存了二十多年的、大哥遗留下来的一包衣物和一双球鞋。他把拜过的香交给月香，插在墓前的香插子里。大嫂和月香开始在一旁烧着一大堆银纸。他忽然想起家中最近经大嫂拿去放大的大哥的相片：修剪得毫不精细的、五十年代的西装头，在台湾的不知什么地方的天空下，坚毅地瞭望着远处的、大哥的略长的脸，似乎充满着对于他的未来的无穷无尽的信心。这个曾经活过的青年的身体，究竟在哪里呢？他想着。上大学的时候，偶然听起朋友说那些被枪毙的人们的尸首，带着爆裂开来的石榴似的伤口，都沉默地浮漂在医学院的福尔马林槽里，他就曾像现在一样，想到大哥的身体不知在哪里的这个惘然的疑问。

那时候，大嫂毋宁是以一种欣慰的眼神，凝视着那荒山上的新的黑石墓碑罢。

    生于一九二八年三月十七日
    殁于一九五二年九月
    李公国坤府君之墓

                子孙立

老大嫂说，人虽然早在五〇年不见了，但阿爸去领回大哥的遗物，却是在五二年九月，记不得确切的日期了。他问道："为什么不用民间的干支表示年月？""你大哥是新派的人啊！"老大嫂说。至于大哥的子孙，大嫂说，"你的孩子，就是他的孩子。"他还记得，那时月香不自觉地低下了头。自从翠玉出生之后，他们就一直等着一个男孩，却总是迟迟不来。

"倒也真快,"老工人站在他大哥的新冢边,一边抽着一截短到烫手的香烟,一边说,"二十好几年啰,阿坤……"

"嗯。"老大嫂说。

老工人王番,是他爸爸的朋友。莺镇的煤炭业,因为石油逐渐地成了主要的能源而衰退时,他和他的父亲是第一批失了业的工人。李国木的老父,先是在镇里搞土水工,之后就到台北当建筑零工去了。而阿番伯却把向来只当副业的修墓工,开始当作正业做了起来。刚上大学的那年冬天,李国木他阿爸从台北闹市边的一个鹰架上摔下来死了,就是阿番伯修的墓。他还记得,那时候,在一边看着一铲铲的泥土铲下墓穴,在他阿爸单薄的棺木上发出钝重的打击声,站在他身边的阿番伯用他自己的肮脏的手,拭着流在面颊上的泪,低声说:"×你娘,叫你跟我做修墓,不听嘛,偏是一个人,跑台北去做工……×!"

以为睡着了他的老嫂子,这时睁开了眼睛。

"翠玉仔呢?"伊说,微笑着。

"还没下课。"月香说,看看自己的腕表。"晚上,我带伊来看你。"

"你们这个家,到了现在,我是放了心了。"大嫂说。

"嗯。"他说。

"辛辛苦苦,要你读书,你也读成了。"伊说。

他苦笑了。

小学毕业那年,他的爸爸和阿番伯要为他在煤矿场里安排一个洗煤工人的位置。大嫂不肯。

"阿爸,"伊说,"阿木能读,让他读罢。"

然而,老阿爸就是执意不肯让他继续上学。大嫂于是终日在洗菜、煮饭、洗衣的时候,甚至在矿场上同老阿爸一块吃便当的时候,总是默默地流泪。有一回,在晚饭的桌子上,阿爸叹着气说:

"总也要看我们有没有力量。"

"……"

"做工人,就要认命,"阿爸生气似的说,"坤仔他……错就错在让他读师范。"

"……"

"说什么读师范,不花钱。"阿爸在沉思中摇着头。

"阿坤说过,让阿木读更多、更好的书。"伊说。

他看见阿爸放下了碗筷,抬起他苍老的面孔。胡子楂儿黑黑地爬满了他整个下巴。

"他,什么时候说的?"阿爸问。

"在……桃镇的时候。"

长久以来,对于李国木,桃镇是一个神秘而又哀伤的名字。他的大哥,其实是在一件桃镇的大逮捕案件的牵连下,在莺镇和桃镇交界的河边被捕的。少年的时候,他不止一次地去过那河边,却只见一片白色的溪石,从远处一路连接下来。河床上一片茫茫的野芦苇在风中摇动。

"都那么多年了,你还是信他。"阿爸无力地说,摸索着点上一根香烟。

"我信他,"伊说,"才寻到这家来的。"

大嫂默默地收拾着碗筷。在四十烛的昏黄的灯光下,他仍然鲜明地记得:大嫂的泪水便那样静静地滑下伊的于当时仍为坚实的面颊。

老阿爸没再说话,答应了他去考中学。他一试就中,考取了台北省立 C 中学。

"我来你们家,是为了吃苦的。"

伊说。室内的暖气在伊消瘦的脸上,涂上了淡淡的红晕。伊把盖到颈口的被子往伊的胸口拉着,说:

"我来你们家……"

月香为伊把被子拉好。

"我来你们家,是为了吃苦的。"老大嫂说,"现在我们的生活好了这么多……"

他和月香静静地听着——却无法理解伊的本意。

"这样,我们这样子的生活,妥当吗?"

老病人忧愁地说,在伊的干涩的眼中,逐渐泛起泪意。

"嫂。"

他伸出手去探伊的前额,没有发烧的感觉。

"嫂。"他说。

病人安静地闭下了眼睛。月香坐了一会，蹑着手脚去厨房里端出了另一小碗鲈鱼。

"剩下一点，你吃下去好吗？"伊和顺地说。

他接过鱼汤，就在床边吃着。细心着不弄出声音来。也许是开始糊涂起来了罢，他思索着大嫂方才的无从索解的话，这样地在想着。窗外下着细密的雨，使他无端地感到某一种绵绵的哀伤。

"杨教授！"在厨房洗碗的月香轻声叫了起来。

瘦高的杨教授，和王医师一块推了门走进来。

"饮食的情况呢？"杨教授拿起挂在病床前的有关病人饮食和排泄的纪录，独语似的说。

"还算不错的。"王医师恭谨地说。

"睡眠呢？"杨教授说，看着沉睡中的病人。"睡了。"

"是的。"月香说，"刚刚才睡去的。"

"嗯。"杨教授说。

"杨教授。"李国木说。

"对了。"杨教授的眼睛透过他的黑色的玳瑁眼镜，笔直地望着他。"想起来没？关于伊发病前后的情况。"

他于是一下子想起那个叫作黄贞柏的，刚刚被释放出来的终身犯带给老大嫂的冲击。

"没有。"他望着老大嫂安详的睡脸，沮丧地、放弃什么似的说，"没有。想不起来什么特别的事。"

"哦。"杨教授说。

他跟着杨教授走到门边，恳切地问他大嫂的病因。杨教授打开病房的门。走廊的冷风向着他扑面吹了过来。

"还不清楚，"杨教授皱着眉头说，"我只觉得，病人对自己已经丝毫没有了再活下去的意志。"

"啊！"他说。

"我说不清楚。"杨大夫说，一脸的困惑，"我工作了将近二十年了，很少见过像那样完全失去生的意念的病人。"

他望着杨医师走进隔壁的病房，看见他的一头灰色的鬓发，在廊下的风中神经质地抖动着。

"不。"他失神地对自己说，"不会的。"

他回到他的老大嫂的床边，看见月香坐在方才自己坐着的椅子上，向病人微笑着，一边把手伸进被里，握住被里的伊的枯干却是暖和的手。

"睡了没？"月香和蔼地说。

"没有。"大嫂说。

想着在杨教授来过都不知道、方才的老大嫂的睡容，月香笑了起来。

"睡了，嫂，"月香说，"睡得不长久，睡是睡了的。"

"没有。"病人说，"净在做梦。"

"喝水吗？"月香说，"给你弄一杯果汁罢。"

"あの長い台車の道。"老嫂子呢喃着说，"那一条长长的台车道。"

月香回头望了望伫立在床边专注地凝望着病人的李国木,站了起来。

"让你坐。"

月香说着,就到厨房里去准备一杯鲜果汁。他于是又坐在病人的床边了。"很少见过像伊那样完全失去生的意念的人。"杨教授的话在他的耳边萦绕着。

"嫂。"他轻唤着说。

"嗯。"

"僕もな、よくその台車道を夢見るのよ。"他用日本话说,"我呀,也常梦见那一条台车道呢。"

"……"

"难以忘怀啊,"他说,凝视着伊的苍黄的侧脸。"那年,嫂,你开始上工,和阿爸一块儿推煤车……"

"哦。"伊微笑了起来。

"这些,我不见得在夜里梦见。但即使在白日,我也会失神似的回忆着一幕幕那时的光景。"他用日本话说,"嫂,就为了那条台车道,不值得你为了活下去而战斗吗?"

伊徐徐地回过头来,凝望着他。一小滴眼泪挂在伊的略有笑意的眼角上。然后伊又闭上了眼睛。

窗外愈为阴暗了。雨依然切切地下个不停。现在,他想起从矿山蜿蜒着莺石山,然后通向车站的煤矿起运场的、那一条细长的、陈旧的、时常叫那些台车动辄脱轨抛锚的台车道来。大嫂"进门"以后的第三年罢,伊便在煤矿里补上了一个推煤车工人的缺。"别的女人家可以做的,为什么我就不能?"当他的爸对于她出去做工表示反对的时候,大嫂这么说。那时,小学五年级的他,常常看见大嫂和别的女煤车工一样,在胳臂、小腿上裹着护臂和护腿,头戴着斗笠,在炎热的太阳下,吃力地同另一个女工把满载的一台煤车,一步步地推上上坡的台车站。汗,湿透了伊们的衣服。学校里没课的时候,幼小的他,最爱跟着大嫂出煤车。上坡的时候,他跳下来帮着推;平坦的地方,他大嫂会下来推一段车,又跳上车来,利用车子的惯性,让车子滑走一程,而他总是留在车上享受放车之乐。下坡的时候,他和大嫂都留在车上,大嫂一边跟他说话,一边把着刹车,注意拐弯时不致冲出轨道……

夏天里,每当车子在那一大段弯曲的下坡道上滑走,"吼——吼——"的车声,总要逗出夹道的、密浓的相思树林中的蝉声来,或者使原有的蝉声,更加地喧哗。在车声和蝉声中,车子在半山腰上一块巨大无比的莺石下的台车道上滑行着。而他总是要想起那古老的传说:郑成功带着他的部将在莺石层下扎营时,总是发现每天有大量的士兵失踪。后来,便知道了山上有巨大妖物的莺哥,夜夜出来吞噬士兵。郑成功一怒,用火炮打下那怪物莺哥的头来。莺哥一时化为巨石。从那以后，它就不再骚扰军民了。每次台车打莺石底下过，少小的他，仍然不免想象着突然从莺石吐出一阵迷雾来，吞吃了他和大嫂去。

运煤的台车的终站，是设在莺镇火车站后面的起煤场。由几家煤矿共同使用的这起煤场，是一块宽阔的空地。凡是成交后要运往中南部的煤，便由各自之台车运到这广场中各自的栈间，堆积起深黑色的煤堆，等候着装上载货的火车，运到目的地去。

有好几回，他跟着大嫂和另外的女工，把煤车推上高高的栈道，然后把煤倒在成山的煤堆上。从高高的台车栈道上往下看，他看见许多穷苦人家的孩子，在以旧枕木围起来的栈间外，用小畚箕和小扫把扫集倒煤车时漏到栈外的煤屑。而大嫂总是要乘着监工不注意的时候，故意把大把大把的煤渣往外拨，让穷孩子们扫回去烧火。

"同样是穷人，"大嫂说，"就要互相帮助。"

在放回煤矿的空台车上，大嫂忽然柔声地、唱诵着似的说——

"故乡人，劳动者……住破厝，坏门窗……三顿饭，番薯签。每顿菜，豆脯盐……"

他转回头来，奇异地看着伊。太阳在柑仔园那一边缓缓地往下沉落。大半个莺镇的天空，都染成了金红的颜色。风从相思树林间吹来，迎来急速下坡的台车，使伊的头发在风中昂扬地飘动着。

"嫂,你在唱什么呀?"他笑着说。

那时候他的大嫂,急速地吐了吐舌头。他抬着头仰望他大嫂。伊的双腮因为竟日的劳动而泛着粉红,伊的眼中发散着并不常见的、兴奋的光芒。

"没有哇,"伊朗笑了起来,"不能唱,不可以唱哦。现在。"

"为什么?"

大嫂没说话。在一个急转弯中,伊一面把身体熟练地倾向和弯度相对反的方向,维持着急行中的台车的平衡,一边操纵着刹车,刹车发出尖锐的"唧……唧"的声音。远处有野斑鸠相互唱和的声音传来。

"你大哥教了我的。"

滑过急弯,伊忽然平静地说。一团黑色的东西,在相思林中柔嫩的枝条上优美而敏捷地飞蹿着。

"嫂,你看!"他兴奋地叫喊着,"你看,松鼠!松鼠唉!"

"你大哥教了我的。"大嫂说,直直地凝望着台车前去的路,眼中散发着温柔的光亮,"这是三十多年前的三字歌仔,叫作《三字集》。你大哥说,"大嫂子说,"在日本时代,台湾的工人运动家用它来教育工人和农人,反对日本,你大哥说的。"

"哦。"他似懂非懂地说。

"你大哥,他,在那年,正在着手改写这原来的《三字集》。有些情况和日本时代有一点不同了，你大哥说。"伊独语似的说，"后来，风声紧了，你大哥他把稿子拿来托我收藏。风声松了，我会回来拿，你大哥说……"

"……"

台车逐渐放慢了速度。过了湳仔，是一段从平坦向轻微上坡转移的一段台车路。大嫂子跳下车，开始轻轻地推车子，他则依旧留在台车上，落入与他的年龄极不相称的沉默里。

后来呢？后来，我大哥呢？那时候的少小的他，有好几次想开口问伊，却终于只把疑问吞咽了下去。甚至于到了现在，坐在沉睡着的伊的病床前，他还是想对于有关大哥的事，问个清楚。长年以来，尽管随着年龄和教育的增长，他对于他的大哥死于刑场的意义，有一个概括的理解。但愈是这样，他也愈渴想着要究明关乎大哥的一切。然则，几十年来，大哥一直是阿爸、大嫂和他的渴念、恐惧和禁忌，仿佛成了全家——甚至全社会的不堪触抚的痛伤……而这隐隐的痛伤，在不知不觉中，经过大嫂为了贫困、残破的家庭的无我的献身，形成了一股巨大的力量，驱迫着李国木"回避政治""努力上进"。使一个原是赤贫、破落的家庭的孩子的他，终于读完了大学。经过几年实习性的工作，他终于能在七年多以前，取得会计师的资格，在台北市的东区租下了虽然不大，却装潢齐整而高雅的办公室，独自经营殷实的会计师事务所。他带着大嫂,迁离故乡的莺镇住到台北高等住宅区的公寓,也便是在那一年。

三个多月以后,李国木的大嫂,终于在医学所无法解释的缓慢的衰竭中死去。

把老大嫂的尸体送到殡仪馆的当天晚上,他独自一人在伊的房间里整理伊的遗物,却在一个收置若干简单的饰物的漆盒中,发现了一个厚厚的信封。信封上有伊娟好的字写成的:"黄贞柏先生"。他不知不觉地打开不曾封口的信封,开始读着大嫂用一种与他在大学中学会的日语不同的、典雅的日文写成的信。

拜启

我是蔡千惠。那个被您非常温霭、真诚地照顾过的千惠。

您还记得罢?在很久很久以前的一个夜晚,在桃镇崁顶的一个小村庄,您第一次拉着我的手。您对我说,为了广泛的勤劳者真实的幸福,每天赌着生命的危险,所以决定暂时搁置我们两家提出的订婚之议。我的心情,务必请您能够了解啊,这样子说着的,在无数熠熠的星光下的您的侧脸,我至今都无法忘怀。

那夜以后的半年之后,您终于让我见到了您平时一再尊敬和热情的口气提起的李国坤桑。

事情已经过去了三十年多。所以，在前日的报纸上看见您安然地释放回到故里的现在，不论在道德上和感情上，我都应该说出来。那时候，您叫我称呼国坤桑为"国坤大哥"，我却感到一种惆怅的幸福的感觉。"好女孩子呢，贞柏。"记得当时国坤大哥爽朗地笑着，这样子对您说。然后，他用他那一对浓眉下的清澈的眼睛，亲切地看着早已涨红了脸的我，说，"嫁给贞柏这种只是一心要为别人的幸福去死的家伙做老婆，可是很苦的事。"和国坤大哥分手后，我们挑着一条曲曲弯弯的山路往桃镇走。在山路上，您讲了很多的话：讲您和国坤大哥一起在做的工作，讲您们的理想，讲着我们中国的幸福和光明的远景。"喂，千惠，今天怎么不爱说话了？"记得您这样问了我吗？"因为想着您的那些难懂的话的缘故。"我说着，就不争气地掉下了眼泪。

当然，您是不曾注意到的。在那一条山路上，贞柏桑，我整个的心都装满着国坤大哥的影子……他的亲切和温暖，他朗朗的笑声，他坚毅而勇敢的浓黑的眉毛，和他那正直、热切的眼光。因为事情已经过去，因为是三十年后的现在，因为您和国坤大哥都是光明和正直的男子，我以度过了五十多年

山路

的岁月的初老的女子的心，回想着在那一截山路上的少女的自己，清楚地知道，那是如何愁悒的少女的恋爱着的心（切ないの女の恋心）！

可是，贞柏桑，倘若时光能够回转，而历史能重新叙写，我还是和当初一样，一百个愿意做您的妻子。事实上，即使是静静地倾听着您高谈阔论，走完那一截小小而又弯曲的山路，我坚决地知道，我要做一个能叫您信赖，能为您和国坤大哥那样的人，吃尽人间的苦难而不稍悔的妻子。

然而运命的风暴，终于无情地袭来，由于我已回到台南去读书，您们被逮捕检束的事，我要迟到十月间才知道。我的二兄汉廷也被抓走了。我的父母亲为此几乎崩溃了。但其后不久，我终于发现到……我的父亲和母亲的悲愤，来自于看见了整个逮捕在当时的桃镇白茫茫地开展，而曾经在中国大陆体验过恐怖的他们，竟而暗地里向他们接洽汉廷自首的条件。而汉廷，我那不中用的二兄，一连有几个深夜，同他们出去，直到薄明方回。他瞒住了他的好友、他的同志的您和国坤大哥，却仍然不免于逮捕。

贞柏桑，请您无论如何抑制您必有的震骇和愤怒，继续读完这封由一个卑鄙的背叛者（裏切者）

的妹妹写的信。

半年后,苍白而衰弱的汉廷回来了。他一贯有多么地疼爱我,您是知道的。熬不过良心的呵责时,醉酒的我的二兄汉廷,陆陆续续地向他妹妹说出了一场牵连广阔的逮捕。

为了使那么多像您、像国坤大哥那样勇敢、无私而正直、磊落的青年,遭到那么暗黑的命运,我为二兄汉廷感到无从排解的、近于绝望的苦痛、羞耻和悲伤。

我必须赎回我们家族的罪愆。贞柏桑,这就是当时经过几乎毁灭性的心灵的摧折之后的我的信念。

一年多以后,我从报纸上知道了国坤大哥,同时许许多多我从不曾听您说过的青年(其中有两个是我记得和您在崁顶见过面的、朴实的青年),一起被枪杀了。我也知道了您受到终身监禁的判决。

我终于决定冒充国坤大哥在外结过婚的女子,投身于他的家,绝不单纯地只是基于我那素来不曾向人透露,对于国坤大哥的爱慕之心。

我那样做,其实是深深地记得您不止一次地告诉我,国坤大哥的家,有多么贫困。您告诉过我,他有一位一向羸弱的母亲,和一个幼小的弟弟,和一个在煤矿场当工人的老父。而您,薄有资产的家族和您的三位兄长，都应该使您没有后顾的忧虑罢。然而，更使我安心地、坦然地做了决定的，还是您和国坤大哥素常所表现出来的，您们相互间那么深挚、光明、无私而正直的友情。原以为这一生再也无法活着见您回来，我说服自己：到国坤大哥家去，付出我能付出的一切生活的、精神的和筋肉的力量，为了那勇于为勤劳者的幸福打碎自己的人，而打碎我自己。

贞柏桑：怀着这样的想象中您对我应有的信赖，我走进了国坤大哥的阴暗、贫穷、破败的家门。我狠狠地劳动，像苛毒地虐待着别人似的，役使着自己的肉体和精神。我进过矿坑，当过推煤车的工人，当过煤栈间装运煤块的工人。每一次心力交瘁的时候，我就想着和国坤大哥同时赴死的人，和像您一样，被流放到据说是一个寸草不生的离岛，去承受永远没有终期的苦刑的人们。每次，当我在洗浴时看见自己曾经像花朵一般年轻的身体，在日以继夜的重劳动中枯萎下去，我就想起早已腐烂成一堆枯骨的，扑倒在马场町的国坤大哥，和在长期监禁中，为世人完全遗忘的，兀自一寸寸枯老下去的您们的体魄，而心甘如饴。

几十年来，为了您和国坤大哥的缘故，在我心中最深、最深的底层，秘藏着一个您们时常梦想过的梦。白日失神时，光只是想着您们梦中的旗帜，在镇上的天空里飘扬，就禁不住使我热泪满眶，分不清是悲哀还是高兴。对于政治，我是不十分懂得的。但是，也为了您们的缘故，我始终没有放弃读报的习惯。近年来，我戴着老花眼镜，读着中国大陆的一些变化，不时有女人家的疑惑和担心。不为别的，我只关心：如果大陆的革命堕落了，国坤大哥的赴死，和您的长久的囚锢，会不会终于成为比死、比半生囚禁更为残酷的徒然……

两天前，忽然间知道您竟平安地回来了。贞柏桑，我是多么地高兴！三十多年的羁囚，也真辛苦了您了。在您不在的三十年中，人们兀自嫁娶、宴乐，把您和其他在荒远的孤岛上煎熬的人们，完全遗忘了。这样地想着，才忽然发现随着国木的立业与成家，我们的生活有了巨大的改善。早在十七年前，我们已搬离了台车道边那间土角厝。七年前，我们迁到台北，而我，受到国木一家敬谨的孝顺，过着舒适、悠闲的生活。

贞柏桑：这样地一想，我竟也有七八年间，完全遗忘了您和国坤大哥。我对于不知不觉间深深地堕落了的自己，感到五体震颤的惊愕。

就这几天，我突然对于国木一寸寸建立起来的房子、地毯、冷暖气、沙发、彩色电视、音响和汽车，感到刺心的羞耻。那不是我不断地教育和督促国木"避开政治""力求出世"的忠实的结果吗？自苦、折磨自己，不敢轻死以赎回我的可耻的家族的罪愆的我的初心，在最后的七年中，竟完全地被我遗忘了。

我感到绝望性的、废然的心怀。长时间以来，自以为弃绝了自己的家人，刻意自苦，去为他人而活的一生，到了在黄泉之下的一日，能讨得您和国坤大哥的赞赏。有时候，我甚至幻想着穿着白衣，戴着红花的自己，站在您和国坤大哥中间，仿佛要一道去接受像神明一般的勤劳者的褒赏。

如今，您的出狱，惊醒了我，被资本主义商品驯化、饲养了的、家畜般的我自己，突然因为您的出狱，而惊恐地回想那艰苦、却充满着生命的森林。然则惊醒的一刻，却同时感到自己已经油尽灯灭了。

暌别了漫长的三十年，回去的故里，谅必也有天翻地覆的变化罢。对于曾经为了"人应有的活法而斗争"的您，出狱，恐怕也是另一场艰难崎岖的开端罢。只是，面对着广泛的、完全"家畜化"了的世界，您的斗争，怕是要比往时更为艰苦罢？我这样地为您忧愁着。

请硬朗地战斗去罢。

至于我，这失败的一生，也该有个结束。但是，如果您还愿意，请您一生都不要忘记，当年在那一截曲曲弯弯的山路上的少女。谨致

黄贞柏样

千惠上

他把厚厚的一叠用着流畅而娟好的沾水笔写好的信，重又收入信封，流着满脸、满腮的眼泪。

"国木！怎么样了？"

端着一碗冰冻过的莲子汤，走进老大嫂的房里的月香，惊异地叫着。

"没什么。"他沉着地掏出手绢，擦拭着眼泪。

"没什么。"他说，"我，想念，大嫂……"

他哽咽起来。一抬头，他看见放大了的相片中的大哥，晴朗的天空下，在不知是台湾的什么地方，瞭望着远方……

一九八三年七月十四日

初刊于一九八三年八月《文季》第三期

赵南栋

1 叶春美

一九八四年九月七日

昨日上午7:20,心绞痛再次发作,呼吸急促,颜面及指端一度轻微发绀。突发性剧痛由前脑辐向左肩、左臂,终于昏厥。

医学检查呈:心搏96/min;血压110/72mmHg。心音规律。无明显杂音。左肺底部有不确定之湿性啰音。

心电图呈现V1至V3明显Q波;V3至V5R波降低。导程I、aVL以及V1至V6之ST节段升高;T波倒置,疑心室前壁心肌梗塞。

……

吃过中饭,叶春美从石碇乡搭公路局到台北市,再转搭一趟公车,来到东区的J医院。抬起腕表,差几分钟就是两点。汗水把她的衬衫黏在她发了福的、五十三岁的背上。比起石碇仔,台北市可是真热啊。她想。

凭着上个礼拜来探望过的记忆,她从西栋的电梯上了十楼,穿过护理台,找到一〇〇二病房。医院的中央系统冷气,使她流汗的身体,感到分外凉爽。

她轻轻地推开这头等病房的门。那位矮小的、山地籍特别护士静悄悄站了起来,对着她微笑。在逆光的她的脸上,山地人民特别鲜明的、双眼皮的、澄澈的眼睛,漾着安静却是逼人的光彩。

叶春美无声地笑着。可是当她那急忙搜索的眼光停在病人的面容上,她的笑意立刻转变成一脸的错愕。

"噢!"她嚓声惊喊起来了。

她看见赵庆云的脸,竟然整个儿阴翳下来了。她想起才上个星期,赵庆云还能在病床上谈笑,坚持着要削一只苹果给她。

"什么时候,变成这样的?"她沉默了一会,嗫声说。

"昨天上午。"

"噢!"她忧愁地说。

老护理了。她那专业的眼睛知道:赵庆云的病况,已经危笃得很了。他看来整整削瘦了一圈。脸色在阴翳中透着尸黄，使他的白发越是显得干枯而且秽乱了。他的鼻腔装着氧气管子。在高而蓬松的枕头前，他的脖子极不舒适地拗折成四十五度，沉重地呼吸着。赵庆云竟而已经落入那无边的昏迷里了吗？她想着：为了不使痰块堵住昏迷病人的气管，才会让病人这样屈拗着脖子睡……

叶春美把两包今年石碇比赛入了围的春茶，搁在病床旁的茶几上，在床边的椅子上坐了下来。

"哦，好嘛。你倒是拿一点来我泡泡看。我是福建人。茶，我是从小就知道一点的。"

上礼拜来的时候，说到她家里在石碇乡种茶、焙茶，赵庆云就笑着这样说。

没想到认真叫二兄准备了两包今年入选的春茶，赵庆云却两臂和右腿上都插上了点滴管子，不省人事。

"医生，"她望着于今她又记起来叫作邱玉梅的特别护士说，"医生，他怎么说？"

"昏迷。"

护士邱玉梅翻着她那清澄得发青的、美丽而鲜明的眼睛，肃穆地说。叶春美望着沉沉于昏迷之中的赵庆云，沉默起来了。

"赵先生好亲切。"邱玉梅静静地说。

"哦。"叶春美说。

"没看过那么会忍耐痛苦的人。"邱玉梅说，"明明就是，痛得满头的汗珠子，对待人，却总是笑着，说：谢谢，辛苦，谢谢……"

"他儿子,来吗?"

"嗯。每天。有时上午,有时下午。"邱玉梅看着自己的腕表,"下午来的时候多啦。四点、五点、七点……不一定呢。"

叶春美看见腕表上的时间是两点四十五分。她说,"小儿子呢?"

现在邱玉梅用她那清澄的大眼望着她了。

"来的总是那个赵先生。"

"噢……"叶春美说。

她默然了。她们都安静地看着病床上沉重、却也还不失均匀地喘息着的病人,在静默的病房中,倾听着冷气和鼻息之声。

这回,无论如何,一定要问问小芭乐的消息。叶春美这样想着。

一九七五年七月,有史以来头一次大批特赦减刑了政治犯。叶春美也从那个机关里回到石碇的老家。十九岁上被保密局带走,回来时她已经是四十四岁的中年妇女了。在报纸上,叶春美知道宋大姊的丈夫,被判决终身监禁的赵庆云,也回了家。

"怎么也放心不下呢。你是多半能活着出去的。记住哟,大稻埕林内科。平平在他那儿。这小芭乐也一定在那儿吧。拜托。"

在南所的时候。宋大姊一边乳着小芭乐,一边私语似的说。每次宋大姊这样说,那时才二十不足的叶春美,总是忍不住吧嗒吧嗒地掉泪。

她于是低下头,用力摇着,说:

"宋大姊,不要说,不要……"

就那年春天,一个清寒的早上,押房的门锁,忽然咔啦啦地响了。铁门呀然地打开。

"宋蓉萱,开庭吧。"

麻子班长说。在门外,叶春美看见多了一个潮州人王班长。在打开的门扇遮住的地方,细看还有一两个人影。叶春美的心立刻紧缩了起来。她感到一阵狂乱的悸动和眩晕。她忽然记起宋大姊提起过,开门叫人的时候,凡是门外另有班长、宪兵时,总是来带人枪决的。何况昨天晚上,监狱官还特地带着一本蓝皮的名簿,来点过名。点完名,全房的人竟夜在沉默中嘀咕,可怎么地没想着就是宋大姊……

"让我梳梳头,好吧?"

宋大姊沉静地说,脸色逐渐泛成凝脂似的苍白。她默默地对着一堵没有镜子的墙壁,梳理着在三十八岁上未免早白了些的、她的不失油光的长发。整个押房和门外的甬道,都落入某一种较诸死亡尤为寂然的沉静。麻子班长和王班长眈眈地凝视着宋大姊梳过头发,看着她跪在墙角上的自己的铺位,替沉睡中的小芭乐拉上小被。

"赵太太,把芭乐子抱去,开过庭再抱回来。待会儿醒来要妈妈,我们谁也别想哄住他。"

在新竹一个中学教书的许月云老师脱口说。多么机智的试探!叶春美开始背过脸去,向着墙壁流泪了。如果班长答应了,宋大姊就肯定是真开庭的……

"不用!"麻子班长以怒目斥责许老师,然后一改而以柔声说:"一会儿就回来。"

叶春美在模糊的泪眼中,看见宋大姊给她一个母亲最郑重诚挚的、托付的一瞥,走出了押房。在死一般的寂静中,甬道上传来迫不及待的、上铐的金属声音。

当押房的门沉重地关上,叶春美全身无法自抑地颤抖起来。她始则流泪、饮泣,而终于怎么也不能不抱着自己铺上的、用旧衣包扎起来的枕头,紧紧地咬着,吞下自己那挣扎着要从生命的最内里冲溃而出的恸哭。

一只手轻轻地搁在叶春美的背上,温柔地捏抚着。

"勇敢些。"

许月云老师用日本话,悄悄地这么说。

这时候,远远地从楼下男监传来激亢的政治口号声。接着一阵殴打着肉体、钝重的声音,使口号蓦然断绝。

坟墓一般的沉默啊。叶春美抬起头来,望着依旧漆黑的、窗外的凌晨的天空。忽然也是从楼下男监传来了从紧绷的喉咙唱出来的《赤旗》。然后又一阵怒骂和殴打的声音,猝然

赵南栋

打断了才开始不及三句的日语歌词。叶春美想起不曾嘶喊、静静地走出押房的宋大姊,在那生命至大的沉默的一瞥里,向她极清楚不过地留下了她这样的遗言:

——春美,小芭乐子的事,无论如何,就拜托你了……

宋蓉萱是在台北 C 中学的教员宿舍,和丈夫赵庆云一块被捕的。那是一九五〇年的春天,宿舍区里的几棵老榕才开始新添嫩绿的叶芽。

"他们来的时候,小芭乐还怀在肚子里。四个多月吧,才。老大平平,还傻乎乎地跟在我们后头,想跟我们一道上吉普车哪。这儿有钱,肚子饿,买东西吃。回去吧,平平。他爸爸这样说。把口袋里的钱全掏给了平宝。吉普车,就那么着,把我们开走了嘛!"

在女监里,宋大姊最爱讲这一段,叶春美想着。可也好几回,宋大姊一边说,一边笑呀,眼角上的泪,却兀自簌簌地打她结实的脸颊上挂下来。

小芭乐有个名字,叫赵南栋,是宋大姊纪念孩子生在当时叫作"南所"的看守所押房,起的名字。又因为婴儿长得小而且分外地结实,像个台湾野番石榴,女监里的台湾姊妹,便"芭乐仔、芭乐仔"地叫顺了口。

一个高瘦的护士进来换点滴筒子了。邱玉梅上去帮忙着。九月的阳光，极其明亮地打在病房的极为洁净的窗玻璃上。看来，外头是个大热天吧，可是病房里的冷气，反而使这一窗明晃晃的阳光，显得奇异地虚幻。叶春美凝望着病床上赵庆云的脸。他看来仿佛以无比的专注、深深地沉睡着，像是一个跋涉了千万里旅途而未曾有过片刻憩息的旅人，终于放心任意地躺下来休息了似的。

叶春美想起了七八年秋天，终于寻到赵庆云的家，初见赵庆云的印象。

即便是在那个时候，赵庆云也已经是个六十多岁的老人了。但和现在弥留在床上的他相形之余，乍焉初见当时的，宋大姊口中的"老赵"，是多么朗硬，充满着一股极为审慎的、对于自己的余年的某种信心。

"等哪一天，你出去，见到他，就给他这张照片。我们老赵呀，小心得很。没有这张照片，就怕他能客客气气地，硬是不认你。"

有一回，在女监的押房中，宋大姊这样笑着说，把怀里的一张照片塞给了叶春美。"不能怪他。从我们年轻的时候起始，老赵吃了多少亏。不怪他怕呀。"宋大姊叹息似的说。

那是一张泛黄的，四吋大的照片。照片上面纵横的皱褶，诉说了它曾经怎样在动乱和摧折的岁月中历经的坎坷。照片上是一个方脸的青年，戴着一副旧时代的圆框眼镜。他的头发不逊地往后梳着。他那厚厚的嘴唇,紧紧地、认真得有些叫人发噱地抿着。身上是一袭厚厚的棉袍。光线从右上方打下来,使他左半边的脸,全打上一层阴影,让他那向着镜头逼视的双眼,显得特别地精神。

一九七八年去看过去听惯宋大姊嘴里"老赵、老赵"地说起、却从不曾谋面的赵庆云以前,叶春美每天有好几回,在石碇家里宽敞的她的房间里,掏出这皱褶的小照,仔细端详。"至少,见了面,让心里有个感应:就是他,宋大姊她的老赵……"叶春美这么想。

然而等待见了面,叶春美却只能在赵庆云那满头的白发,因为双颊下陷而使整个的脸庞显得拉长了的,布满了皱纹的他的脸上,勉强看见残留在照片中赵庆云少年的,极为牵强,却又真实不讹的影子,认出了他。

那时候,她记得,是一个四十模样的男人出来打开这公寓第九层右侧的镂花的铜门。

"有一位赵庆云先生吧?"她说。

"叶阿姨吧?"男子笑出一排整齐的牙齿。她走进玄关,一眼就看见一套沉重的、栗色的沙发,摆在宽敞的客厅里。于今想来,它们就像五只栗色的、毛皮干净而又珍贵的,不知名的巨兽,静静地踞卧着似的。从一个贝壳镶成的、巨大的灯罩里,温蔼的灯光,让客厅里的一切,打上一层橄榄的浅黄颜色。

在这温馨、舒适的客厅里,叶春美和赵庆云,以及理当是宋大姊口中的老大"平平",坐成一个很适合说话的三角。但是怎么也不听使唤的叶春美的眼泪,却不时涟涟地掉着,让她没法儿说话。

"真是对不起……"

叶春美一边擦着泪,一边说。她怎么也不曾想到过,自己会在这完全陌生的环境、这完全初见的人的跟前,这样流着、流着眼泪,而毫无办法。

两个男人安静地等待着叶春美的心情平静下来。叶春美把眼镜摘下,在皮包里掏出了一面深黄色的镜布,低着头仔细地擦着眼镜片子。这时候,一个女佣人端上三杯咖啡和一小碟西点。咖啡的、现代的清香,立刻在客厅里弥漫起来了。

叶春美把眼镜重又戴上,用叠好的手绢细心地揩拭着她那发红的鼻子。现在她从手皮包里找出一张从宋大姊手上接过,在她的怀里摆了近三十年的照片,交给了赵庆云。

"哦。"她还记得,接了照片的老赵,先是一阵讶然,继则仔细端详着那陈旧的、四吋大的、自己四十多年前的面影时,叹息似的,这样说。她看见了他那骨节很大的手,轻轻地颤动起来。她一抬头,蓦然看见老赵的眼眶,含蓄着那老去的、艰涩的泪光。

"宋大姊给了我的。"叶春美以哭过之后的、浓重的鼻音说,"总算交还给了你。"

她的眼眶、鼻子都红肿着,但已没有了伤怀。赵庆云的长子尔平,不知道在什么时候,悄悄地退出了客厅。她和老赵二人,于是乎沉默起来了。

"蓉萱,她,说了些什么吗?"

把照片慎重地放在皮夹里,他终于这样说。叶春美想起了宋大姊走出押房之后,再也不曾回来过的那个凌晨。不,她什么也没有说。她想着。她还记得很清晰,宋大姊怎样地在麻子班长的眈视中,沉默地面着没有镜子的、囚房的墙壁,梳理长发……

"没有。"叶春美注视着看来忽而有些呆滞的老赵的脸,低声说,"没有呢。"

宋大姊只是安静地走出押房罢了,她想。但那沉默,哦,五〇年代初叶,台北青岛东路口军事监狱里的,世纪的沉默啊,不是喧嚣地述说了千万册书所不能尽载的,最激荡的历史、最炽烈的梦想、最苛烈的青春,和狂飙般的生与死吗?

"宋大姊临走,最惦记的,是小芭乐吧。"她说。

"……"

"我盘算,小芭乐,都二十八岁的人了。"叶春美笑了起来,眼中闪亮着某一种母亲似的温柔,"成亲了吧?上大学没?"

那时刻,赵庆云孤单地笑了。他说老二赵南栋五专毕了业,正在南部学生意。

"噢。"叶春美说,"哪天他回来,打电话给我,我要看看他。"

可一直到现在,叶春美一直还不曾见过老赵的这个孩子。就上星期,她来这病房看他,满以为老二一定会在病床边陪侍着吧,却意外地让她失望了。

"他,昨天才走的。"

那时候,老大赵尔平笑着说。他从盥洗室间端出不知什么时候他竟削好的水梨,摆在叶春美旁边的茶几上。

"这么不凑巧啊。"她寂寞地说。

她仔细端详老赵,看他精神好着,便絮絮地说起宋大姊。

叶春美于是对病房里的爷儿俩说,宋大姊在那一段最难挨的、被人拷问的时候,因为一心想着肚子里的婴儿,常常忘记了肉体的痛苦。

"他们说我受过专门训练,问不出口供。在地上,他们踢我,踹我。我把身体蜷起来呢,两手死命地护着肚子,只担心他们踢坏了我的孩子。他们踹我的头,我的腿,我的背……哦,可只要不踢着我的肚子,我似乎竟不觉得痛了……"

记得那是一个冬天的晚上,在看守所的女监里,大家争着要抱那时才过三个多月的小芭乐,一边谈起母性的愚爱时,宋大姊这样说。

被拔去指甲的时候,惦记着要用胸腔而不是用腹肌哀叫;

赵南栋

被拴着拇指吊起来的时候，尽力收着下腹……十几天，几套拷问下来，因为使了太多的体力和精神去抵挡痛楚，去护卫怀中的、将生的婴儿，"一天下来，往往都瘫痪成一堆湿泥似的，坐都无法坐直……"宋大姊说。

叶春美还记得，由两个女班长搀扶着送到她的押房来时的宋大姊，两条大腿都赭红、肿胀。用细铜丝捆成的荨鞭，不极用力地抽打囚人的大腿。第二天，双腿竟发炎肿胀。拷问的时候，审讯的人用手在炎肿的大腿上捏、打，"眼泪、小便，全痛出来了。"叶春美说。

宋大姊怀孕的身形，立刻引起押房每一个姊妹的关心。

"春美，你是护士，拜托哦……"

那时还在押房生着病的许月云老师，用日本话这么说。望了望围绕在她身边的女犯们，勉强挤出一丝衰竭的笑容的宋大姊，嗫嚅地说："真对不起……"，就昏睡了过去。叶春美摸向她的额头，宋大姊正发着高烧。

连着几天，宋大姊的烧，就是退不下来。宋大姊总是醒醒睡睡。许月云和叶春美，整晚上轮流为她在额头上敷冷面巾。

"知道拷问终于停止了，觉得剩下来的发烧、身上的伤和痛，比较起来，都算不得什么了。但是，那样睡睡醒醒的吧，我却一直挂着，要喝水呀，要吃东西呀。怀里的宝宝陪着我那样被拷问，现在，我这母体，可要快快朗壮起来……"

叶春美记得，宋大姊一边奶着小孩，一边回忆着说。

三十多年前了。叶春美看着小芭乐含吮着的、白皙的、淡淡地拉着青色的静脉的、宋大姊的硕实的乳房，忽然感到不知道怎么去说的温暖。

眼看着宋大姊的烧怎么也退不下来的时候，叶春美突然想起了一个主意。她叫房里的每个人假装或者坏了肚子、或者牙龈发炎……到医务室去要一种叫Diazine的消炎锭剂。叶春美把这些磺胺制剂收集起来，用饭碗压碎，磨成细粉，然后挤出半条牙膏，当作基剂，调成药膏，敷在宋大姊大腿炎肿、溃烂的伤口上。

才过三五天，宋大姊的腿开始消炎、褪肿。烧也随着一身又一身的冷汗，迅速地退下来了。

"四个多月后，班长来把宋大姊送出去住院生产。全房的姊妹，竟全都希望宋大姊带回来一女婴儿。宋大姊偏是产了一个男孩儿回来。"

叶春美说着，在回忆里欢快地笑了起来。

那天，连送宋大姊和婴儿回来的江苏人女班长，脸上都带着笑意。不曾结婚生子的许月云老师抢着把婴儿抱了过去。

"日本人说婴儿是'赤ん坊'（红通通的孩儿），真的啊。看他一身都是红红的……"

许月云老师把软若无骨的、这初生的婴儿抱在怀里，诧异地对叶春美说。

"就那天,宋大姊头一回,仔细地说起了你呢。"就上星期,叶春美在这病房里这样对凝神谛听的赵尔平说。那时候,她想起了那湮远的、荒芜的五○年代,在那天神都无从企及的,一个噤抑的角落里,日日逡巡于生死之际,却无比真切地活着的押房里的姊妹们。叶春美叹息了。

"爸爸,他都不说。他,什么都不肯说。"赵尔平低声说。

叶春美笑了。"他又不跟我们关在一道。"她说。

"不。他那一部分,也总不说。"

叶春美回头看着那时的病床上的老赵。赵庆云却正对着病房门口,脸上堆着热心的笑容。

"回来了。你姐姐难得来,为什么不多陪着她?"赵庆云说。

那时候,特别护士邱玉梅的手上,抱着两条饼干,推门走进病房来。赵庆云解释说,邱玉梅有一个胞姊,打屏东来台北玩,顺便找到医院来看她。"我这儿有人陪着,你还是伴你姐姐去。"赵庆云说。

邱玉梅拆开锡箔包装,让病房里的每个人都取了一片发散着浓郁的乳酪香味的饼干。

"谢谢。"护士邱玉梅的大而深的、山地人独有的眼睛,闪亮着喜悦,"那我去陪姐姐了……"

病房的门,谨慎地在她的身后关上了。病房中的三人,于是开始安静地吃着那片带着乳酪酸味的饼干。

"我说。我要说。这回病好了,我要说给你听听。"赵庆云注视着手上的、薄薄的饼干说,"其实,不是我不说。整个世界,全变了。说那些过去的事,有谁听,有几个人听得懂哩?"

"一九五〇年离开的台北,和一九七五年回来的台北,是两个完全不同的台北。"那时,较之今日远远要健朗的老赵,这样回忆着说。他说甚至他被捕时任教的C中学,也完全改变了面貌。校地扩充了。日据时代留下来的,学校的木头建筑,拆得一栋也不剩,全盖了水泥大楼。整个台北市,他还能一眼就认得的,就只剩那红砖盖起来的、永远的"总统府",和一九四七年他方才来台湾就赶上的,"二·二八"事变的次日那清冷的早上,他一个人穿过的新公园。他还记得,七五年回家以后,长子尔平用车子载着他绕过新公园时,他特地要儿子把车停在公园正门对面。他看着那也不曾改变容颜的、园内的博物馆建筑,耳边却响起了一九四七年台北骚动的鼓声⋯⋯

上个星期,叶春美头一次到医院来探望老赵,便也这样地谈起出狱后跳接到一段完全不同的历史的苦恼。

"日本人有一个童话故事。说是有一个叫浦岛太郎的渔夫,到海龙宫去了一趟。回来发现自己眉须皆白,人事已非。"老赵说。

叶春美笑着,惊异地问他何以也知道日本童话的故事。

老赵说，一九三二年，上海"一·二八"事变，二十三岁的赵庆云，决心修习日语。"那时候，是想要彻底了解强敌日本吧，"他有些羞赧地说，"在日语课本上，读浦岛太郎的故事。"

在病床上昏睡着的赵庆云，忽然因浓痰哽塞，涨红了原本蜡黄的脸。叶春美和邱玉梅连忙为他抽痰的时候，她看见老赵的身体在抽痰机吸痰的强震中抽搐着显然完全没有了知觉的身体……

是了。叶春美回到座位上，望着重又安静而沉重地呼吸着的老赵，这样回想。就是在抗议"一·二八"日本打上海的学生运动里，宋大姊认识了老赵的。"那时候，老赵呀，终日皱着个眉头。'到底，全中国还有什么地方是个太平地方？'他老是爱这样说。"有一回，宋大姊也是面向押房里那片灰色的墙壁，扒梳着她的那一头温柔的长发，一面这样叙说着她初识老赵的光景。现在，叶春美还记得那堵根本没有妆镜的押房的墙壁上，斑斑点点，尽是被打死的、饱食了人血的蚊子的、黑色的渍迹。

应该比赵庆云还要熟悉日本童话故事的叶春美，却并不曾想到以"浦岛太郎"来比喻出狱后她自己沧海桑田的感受。叶春美的感想，毋宁是更悲愁的一种吧。那阵子，她怎么也无法不感觉到，在她长期监禁中，时间、历史、社会的变化，已经使回到故里的她，在她的故乡中，成了异国之人……

一九七五年，她回到石碇老家，看见乡下的故乡，起了很大的变化。在半山上的街道里，那幢日据时代留下来的木造的邮局，早已拆除了，改建成一排青灰色的水泥民宅。少女时代的春美，曾经就在那木造的邮局寄出许许多多的信给慎哲大哥。往往是寄出去七八封，都由慎哲大哥的兄嫂代收，等着在那激荡的时代中四处奔波的他回到八堵的老家，才一封一封读完她的信，再回她或是很长、或是简短的信。

"到底写着些什么，有那么多的话说啊！"

有一次，宋大姊一边为小芭乐换下尿布，一边促狭地这样逼问叶春美。

那时的叶春美，低着头，捂着嘴笑了起来。这一生里，叶春美再也没有像当时那么用功过……

一个深秋的晚上，一个少女的叶春美并不认识的青年，突然出现在她的、点着油灯的、黝黯的家。

"慎哲桑叫我把这送给你。"他说。

她目送着那连一小杯茶都没喝完的青年，消失在石碇乡陡斜的石头小路上。她打开报纸，是一本由川内唯彦和另外一个于今竟记不起叫作永田什么的日本学者共译的、破旧的《辩证唯物论之哲学》。

那是一本极为难读的书。她还记得很清楚，她往往把一句话读上好几次，却依然怎么也不能理解其中的奥义，而苦恼不已。她把她不能理解的，把她以为理解了、却毫无自信的部分，写在长长的信上，寄去给慎哲大哥。但除了书本上的那些，她偶尔也写野鸭在春天的溪流上远远地划游的景致。慎哲大哥回信的时候，有一次，就这样写过：

"较乎哲学，你看来是比较倾向于文学吧。能把黄昏的溪畔，写得那么样地安静，我以为是不容易的。不过，要当勤劳者的文学家，还是需要哲学的呢……"

"您照料过病人。"

端出一瓶罐装果汁，邱玉梅这样说。

"嗯！"叶春美淡淡地说，"小时候，当过几天护士……"

"噢！"邱玉梅说，"怪不得呢……"

小学毕业那一年，经人介绍，到八堵林内科诊所，学当护士。林老医师没有生育，收养了两个孩子，当时读着中学的慎哲大哥，是林内科的第二个养子。

慎哲哥哥，为了他明显地无心学医，常常挨脾气暴烈的养父的责骂，但他却总是低头不语，不怒也不悲。有一回，也不知为了什么，挨了林老医生的骂之后，慎哲大哥却若无其事地，把一本日译本高尔基的《母亲》，塞到调剂室的小房间里给她。直到现在，偶尔想起慎哲大哥装着一脸糊涂，漫不经心地把《母亲》摔进她那小小的调剂室时，叶春美至今偶尔也会觉得眼热喉塞。慎哲哥哥，为少女的叶春美唤醒了对于知识和语文之美的饥饿。然而，两个纯洁地相互吸引的少年，终于不能瞒过门户偏见极重的、白发的林老医生的眼睛。

少女的春美被即时辞退了。当她拎着包袱、洒着羞辱和寂寞的眼泪，低着头走出林诊所的时候，叶春美忽然听见被禁闭在二楼上的慎哲哥哥，放肆地用日本话这样叫喊着：

"不要被打垮啊！"他大声地说，"つぶされるなよ——！"

"'不要被打垮呀！'从那时起，我就攀死着这句话，再没有松过手。"那时候叶春美对宋大姊说。从八堵回到山乡石碇，她下田做活、到煤矿场洗煤渣子，最后，叶春美一个人拎着包袱摸到基隆去一家诊所当用人兼护士，慎哲大哥的一封封信，也奇异地，辗转送到了她的手里。

"那时啊，离开八堵的林诊所，一年多了。"在狱中的叶春美，对轻柔地拍着小芭乐睡觉的宋大姊说，"彼此也没什么约束，可就是那样一直撑下来了。不要叫人打垮了呀。那个人，就只留给人家那么一句话……"

信上说，慎哲大哥离开了家，经过了一九四七年的动乱。"路过石碇附近，怎么也没法打消想去看看你的念头。"信上用日本语这样写，"知道你真的没有被打垮，很高兴呢……"

其余的，是一些简单却亲切的、鼓励的话。

"哭了吧？"宋大姊叹息着说。

叶春美咬着下唇，腼腆地点了点头。她记得那以后，他们通信的次数更多了。有时候，他会托人带些书籍给她。直到那一年，慎哲大哥突然来到基隆。

"他看来黑了，瘦了。可是改变的并不只是他的模样。在他的眼中，我觉得，仿佛燃烧着某种熠人的，我所不曾识得的火光……"叶春美说，"本以为在二·二八事变中不见了的祖国啊，又被我们找到了。慎哲大哥这样对我说。"

然而，一年之后，她终于还是不曾读完那本对她而言是极为生涩的《辩证唯物论之哲学》。勉强读完头一章的培根，第二章的霍布斯才开始读了一半，慎哲大哥就被捕了。半年后，他的家属到台北领回已经腐败多时的慎哲大哥的尸体。隔月，整个基隆市落入森森的恐怖。有一天，叶春美在大街上知道基隆K中学的金校长被捕的消息，没有回诊所辞行的叶春美，立刻搭车回到石碇的山村，却在那天的半夜，在自己的家里被逮捕了。而她那惜乎一直未能读懂的《辩证唯物论之哲学》，也跟着被搜走了。一直到今天，叶春美时常还记得那本书的霉朽破损的封面。

"那本书，现在到哪里去了呢？"几十年来，这样的疑问，不时会涌上叶春美的心头。

哦哦！这样的事，这样的人，这样的时代，于现在的社会，怕是比任何奇怪的古谈还要不可思议，还要无从置信吧。七五年回到山村石碇之后，每次走过那往时明明有过一座日本式木造邮局的小街，叶春美总会觉得像是被谁恶戏地欺瞒了似的，感到快然。在她不在的二十五个寒暑中，叫整个石碇山村改了样，像是一个邪恶的魔术师，把人们生命所系的一条路、一片树、一整条小街仔头完全改变了面貌，却在人面前装出一副毫不在乎、若无其事的样子。

"你演过戏吧？"

上星期来，赵庆云忽然笑着这样问叶春美。

"演戏？"

"舞台剧。台湾，好像不兴舞台剧是吧？"他说，"我们当学生的时候，为了抗日，常常演戏。"

"……"

"全国抗战，各种条件都很困难。舞台的条件，尤其简单。前台和后台，只隔着一些布幔或者其他简单的东西。"赵庆云说，"后台的工作人员，常常不小心就走到正在演戏的前台去……"

赵庆云说，有一回，在后台工作的他，不知不觉走上正在盛演的前台。台下是黑压压的观众。"好在那一场戏，台上的角儿很多，热闹得很。"他回忆说。那时他只好默默地站在一个角落上，若无其事地站着，一句话也不说。

"主要是，整台戏里，没有我这个角儿，我也没有半句词儿，你懂吗？"他说，"关了将近三十年，回到社会上来，我想起那一台戏。真像呢。这个社会，早已没有我们这个角色，没有我们的台词，叫我说些什么哩？"

那时候，三个人于是不觉又沉默起来了。扩音器在这寂寥的整栋病房里，不知第几回了，呼叫着一位姓汤的医生。

"汤大夫。真是个忙人，"赵庆云忽然对叶春美说，"我的主治大夫呢，他是。两天了吧？也没见他来看过我。总是张大夫代他来……"

"可是，我还是以为，爸应当讲出来。"

赵尔平安静地说。

"……"

"不讲，我们都陌生了。"

"……"

"我们，和你们，就像是两个世界里的人。我们的世界，说它不是真的吧？可那些岁月，那些人……怎么叫人忘得了？说你们的世界是假的吧，可天天看见的，全是闹闹热热的生活。"叶春美说，"在那些日子里，怀着梦死去的人，像是你妈吧……反倒没什么问题。活着的人，像是老赵，像是我吧，心心念念，想了几十年，就是想活着回来，和亲人生活在一起。"

"……"

"我不是说了吗？回来了，好。可是你找不到你的角色，你懂吧。整出戏里，没有你的词儿，哈！"

那时候，赵庆云倚在病床的枕头上面，抓着他那一头短而且硬的白发，这样说。叶春美记得，当时他看来开始有些疲倦了。整个儿脸，也有些暗淡了。"老赵，你累了，躺下来歇歇。"叶春美说。赵庆云愉快地呻吟着，平躺了下来。他望着天花板，然后幽幽地说：

"尔平，方才我还在盘算。说吧。怎么跟你说呢？如果现在我还在押房里，你进来陪我坐着，我大概还可以一样样说给你听。"他说，"我出来了。这些年，我仔细看，也仔细想过，那个时代，过去了。怎么说，没人懂的。"

"……"

"我只能这么说。九·一八那一年，你妈十六岁吧。来年，是一·二八，再隔三年，一二·九。"他依旧凝望着病房里的雪白的天花板，低声说："那是日本人年年进逼的历史啊。我们生活在那个历史里吧，满脑子，只知道搞抗日，搞爱国主义。我们这一辈，一生的核心，就只有这。"

赵庆云微微地闭起眼睛。现在想起来，叶春美可以感觉到他对自己的话挺不满意吧，因为他晓得，这样说，尔平是不会懂得的。老赵初识宋蓉萱，正是中国全面抗战的前夕。老赵说过他隐约觉得宋大姊参与运动的历史和经验，比长了她六岁的自己长久、而且丰富。胜利的前一年，春天才过，在福建长乐干新闻工作的年轻的赵庆云，有一天，一个工友拿着一张名片上楼来，说是有客人在报馆的会客室求见。赵庆云离开了自己的座位，就这样被人带走了，从此就没再回报社去，却不知道宋蓉萱早他一天也在福州城被捕了。"那时候，尔平才满月不久。"赵庆云说，"在号子里头蹲了足足三百天，才知道人家怀疑你在抗日活动中的组织关系。不明不白，后来也放人了。"

那时候，宋大姊发了疯似的想着他这头生的婴儿。宋大姊说过的。叶春美想。窗外的天空，灰白却也亮丽。叶春美抬起腕表，都快五点了，尔平还没有来。她想起赵尔平一身整齐的西装领带。

叶春美想起那一年宋大姊被送到医院生产，抱着小芭乐回来的那天，许月云老师抱着新生的婴儿，宋大姊却因格外思念当时才六岁大，托人养育的长男尔平，整个晚上，不住地流着泪。

全房的人，这才知道了宋大姊还有个小孩在外头。

"怎么不把他带进来，和我们住？这儿准许女号带孩子的。"许月云老师着急地说。

"我和老赵，命都不保。不能让孩子因为我们的生、死，送进来，又送出去……"宋大姊红着眼圈，这样说。

宋大姊说过，老赵一家在一九四六年末来台湾，在一家报馆工作，认识了一个热心要认识中国文学的，在当时的台北大稻埕开林内科医院的林荣医师。四七年三月，二十一师登陆基隆，镇靖民众蜂起，赵庆云把多少牵涉到"处理委员会"的林医师全家，带到现时台北市厦门街宽敞的报社宿舍里庇护。

"不料这一点友情,竟然使林荣悄悄地把平儿带回去养大。"上星期来时,谈起这件事,赵庆云侧身睡在病床上,看着明净的病房的窗子,独语一般地说,"后来蓉萱死了,他们在台湾找不到任何人来带孩子。这回他们主动把孩子给林荣抱过去了。"

病房的门,呀然地开了。进来了三个医生,两个护士。带头的医生,头发有些灰白,却梳理得很整齐素净。另外一个年轻的医生把老赵的病历档案呈了上去。

"是林大夫吗?"叶春美站起来,礼貌地说。

"……"

"他的情形……"

那头发灰白的医生,温和地笑了笑。

"我们和你们,都尽了力了。"他说。

护士老到地为病人取血压和脉搏,计量从导尿管流出来的尿液的质量。然后他们都安静地站在老赵的病床旁边,祈祷也似的,沉默地站着。他们然后又静悄悄地离开了病房。

"他是汤大夫。"邱玉梅为老赵拉好被单,静静地说。

"哦。"

"看来,赵先生也没有什么痛苦了。"

"嗯。"叶春美说,"赵先生,我是说他的孩子,今天,来吗?"

邱玉梅抬起手来,看着腕表。

"他每天都来。"她说,"只是,有些时候,来得晚些。"

"他的小儿子,来过吗?"叶春美说。

"他,还有一个孩子吗?"

邱玉梅诧异地问。

"噢。"叶春美说着,轻轻地叹息了。

叶春美想起宋大姊被带走的那天,小芭乐睡得特别香甜,一直安静地睡到快中午才醒。尤其奇怪的是,当时叶春美最担心婴儿醒来啼哭。她骇怕她会整个崩溃。可是那一天的小芭乐,却只是那么安静地醒来,瞪着充分睡眠后的、特别澄清的眼睛。全押房的姊妹都围在小芭乐小小的被褥边,有人忙着替婴儿换尿布,叶春美则忙着打报告,要求为一向吃母奶的小芭乐申购奶粉;再要求准许她代替宋大姊担起母亲的责任。那一夜,她把自己的铺位移到宋大姊的位置上,整夜看着又复酣睡的小南栋、小芭乐子,流了一夜的眼泪。

就这样,小芭乐安安静静地过了三四天,从来也不哭、不闹。尿湿了,小芭乐也只哭一下,就安静下来了。直到有一天,小芭乐跟过去他亲娘在的时候一样,涨红着小脸,扯开嗓子大哭。这一哭,把押房里的姊妹们的泪,全逗出来了。叶春美紧紧地抱着婴儿,一边摇着恸哭的小芭乐子,一边在押房里来回地走,泪如雨下。

"他,哭了。"叶春美独语一般地说,"哭呀,没人叫你不哭呀……这几天,你,都不哭,找妈……妈,我们,反而,担心……"

几个同房的姊妹,坐在自己的铺盖上拭泪。许月云老师搁下她手上的书本,望着叶春美怀中的婴儿,微微地笑着,眼圈泛着红湿。

从那以后,小芭乐开始会笑,也会使劲地让同房姊妹们抱来抱去,在他胖胖的脸颊上,又亲又捏。

两个多礼拜之后,有一天下午,押房的沉重的铁门打开,门外是麻子班长和那留着直直的头发,从来不施脂粉的江苏女班长。

"把孩子抱出来。"麻子班长说。

押房里鸦雀无声。

"我们已经找到人,养这个孩子。"江苏女班长和气地,这样说。

许月云老师把正在她的怀中的小芭乐紧紧地抱着,脸色青苍。

"你们要把他,送给谁?"她说。

"咦,管得着吗?你!"

麻子班长用那一串大钥匙,怒目逼人地指着许月云老师,这样子说。他那肥厚的嘴唇,因怒气而往外挂着。江苏女班长没有脱鞋,踩着干净的地板,沉默地走进押房,从许月云老师的怀里抱起婴儿。小芭乐开始激烈地哭了起来。

押房的门重重地关上了。一阵沉重的上锁声之后,叶春美听见小芭乐那原应足以安慰天下父母心的、非常健朗的哭声，在监房外的甬道上，渐去而渐远了。

在叶春美的记忆中，只有这一次，向来持重、坚定的许月云老师她哭了。她用双手捂着脸，始则泫泣，继而失声。

"人殺し！"她喃喃地用日本话说，"杀人者……杀人者！"

啊，许月云老师！对于她如何牵涉到当时的台大医学院案件，即使在押房里，也一贯守口如瓶的许月云老师，在叶春美的回想中，只有在南所的时候，眼见蔡孝乾的招供不断地造成一批又一批新的逮捕时，曾经近于歇斯底里地，在押房里这样哭喊过：

"人殺し！"

叶春美凝视着病床上的，沉重地呼喘着大气的赵庆云。她忽然想，如果人终须一死，是经过这样的昏迷的过程才死好呢，还是像宋大姊她们那样，在刑场上，在一瞬间死去好呢？

恰恰是小芭乐被抱走的，第二天的清晨。一阵急促而刺耳的开锁声，惊醒了全押房的姐妹们。

"许月云……"

麻子班长说着，把叼在嘴角上的香烟摘下来，丢在地上，用他的布鞋狠狠地踩着。

许月云老师安静地背对着押房的房门，换上一套干净的洋装外套，叠好被铺，站着跟大家说：

"请多保重。"

她然后走出了押房。楼下的男监，传来听不真切的、怒鸣的口号声。忽然间，从甬道上传来了她的安稳的歌声——

人民の旗

あかはたは

戰士の屍つつむ

東雲のあけぬ間に

戰いは　はやおきぬ

……

人民的旗帜

红色的旗帜

包裹着战士的尸体

东云未晓

战斗早已开始

……

许月云老师是那年十一月份走了的。次年初春，叶春美那个案子决审。五个人死刑。她被判终身监禁。

"赵先生，是还有一个么儿子。"

看着护士邱玉梅专心地打着毛衣，叶春美忽然这样说。

赵南栋

"哦。"

"从来没来看过赵先生的吗?"

"没。"

"……"

"没听见赵先生提过。也没听他们父子俩谈起过。"

"噢。"叶春美说,"这个么儿子,小时候,我抱过呢。"

"嗯。"邱玉梅和善地笑着说。

"还有,好多阿姨,都抱过他……"

叶春美细语一般地说。邱玉梅体贴地从赵庆云床边的茶几上,拿了几张卫生纸,递给了叶春美。

"三十几年,没看过那孩子了。"

叶春美用卫生纸轻压着她那欲泪的眼眶,笑着说。

"哦哦。"

终身刑确定之后,押房的姊妹十分为她高兴。"总算由你开了个例,我们房,从此不要每次发下来都是死刑了。"一个姓姚的姊妹这样说。可是叶春美发愁:只以一小步躲过死刑的她,终身监禁,虽然活着,却怎么无法为宋大姊去看顾小芭乐了。后来她被派往军事监狱附属工厂车衣服。一年半之后,她被送到东部的一个小岛上,编入"女生大队"。一九六〇初,她和全部女政治犯被送回本岛的板桥。这一路上,叶春美不时打报告问小芭乐的消息,却总是以她和婴儿无直系亲属关系，拒绝她所提出与婴儿的养家通信等等的要求。送到板桥后，她被指派医务室司药和护理的工作。在她恳切的要求下，她终于获准和当时尚在东部外岛的老赵通了一次信。

老赵的来信告诉她，那时赵南栋已经叫十岁，满九岁。他的哥哥赵尔平已经十六岁。他们都在已经从台北搬到花莲去了的林荣医院。"一九六二年，你刑满释放，尔平十八岁，南栋已十二岁矣。"赵庆云的来信这样说，"蓉萱已托孤，尚祈出狱之后，时加探视督责……"叶春美回信，告诉赵庆云她和他一样，是终身监禁。两个礼拜后，老赵从小岛上写来的回信，只有寥寥数行。他向她致歉，说男生队上普遍谣传叶春美只判十二年。她从来信的简短，体会到他的悲哀。这以后，叶春美再写信，政战室就退还给她。"按照规定，非直系亲属不得通信"，退回来的信上，这样批着一小行猩红的字。下面是刻着"毋忘在莒"的蓝色的图章。

一九六五年四月间，政战室请她去个别谈话。某个侦讯单位想调用她去当医务室的司药。"不是我们利诱，调到那边，办减刑的机会不能说一定有吧，但蹲在这儿，可是绝对没有那机会的。"上校刘保防官用一口浓重的东北口音这样说。叶春美想起小芭乐。不管他多大了，宋大姊既然吩咐，如果能看看他……她想着。

一个星期后，叶春美被调离板桥，主持一个对她来说是十分现代化的调剂室。她睡在调剂室隔壁的,被一些医疗器材和尚未开箱的药品占去半间的套房里。一旦有案子进来,不论白天、半夜,有班长拿医生的处方单来,她就得配药:强心剂、各种心脏血管疾病的药剂、抗高血压剂、消炎、消肿剂、止血剂、抗瘀血剂、镇静剂……她想起在南所的日子。对待被拷问者的医疗质量,比起五〇年初,真是不可同日而语了。她常这样感慨。

叶春美看着手表。快五点半了。然而病室窗外的阳光,却依旧亮晃耀眼。她站了起来,走近老赵的病床,看见他的眼角挂着一抹红黄色的分泌物。插着喂食的导管的嘴角上,因为在昏迷中磨咬,干枯的嘴唇上淌着细细的血水。她随手抽出茶几上的雪白卫生纸,细心地为老赵把眼角和嘴角擦干净。

"我得走了。"叶春美说。

"哦。"邱玉梅亲切地站了起来。

"我给你留电话。"叶春美说,"万一……请快打个电话告诉我。"

"噢。"

"我住得远。"叶春美说。

"我知道。"

叶春美又站了一会。她忽然想起下次来,一定要问赵尔平宋大姊的骨殖摆在哪里。

"对了,一定要去拜一拜……"

叶春美这样想着,安静地离开了赵庆云的病房。

2　赵尔平

一九八四年九月十一日

　　意识持续昏迷,继续嗜睡状态。

　　检查显示心搏 84/min;心律偶见不规则跳动,属束枝传导阻滞现象。血压 104/68mmHg;呼吸 26/min 病况稳定,治疗持续进行。

　　目前鼻管供氧,21/min;动脉血氧气分压 42mmHg;二氧化碳分压 54mmHg。心电图 ST 节段渐呈平缓;I&Q 保持平衡状态。

　　脑部 X 光呈现蝴蝶状阴影,有明显肺叶裂线,疑为心肌梗塞并发轻微水肿。

　　继续保持心电监视器。

　　Dopamine 微滴及利尿剂投与……

赵尔平一走进病房,就迫不及待地端详着父亲赵庆云的脸色。这两天多,一直都没有来探望,但见父亲的脸上又清瘦了许多,头发显得更为枯索而且秽乱。病人的脸上,绷着一张在日光灯下发着微亮的,单薄如膜的,几乎完全失去血色的面皮。眼眶明显地下陷，并且笼罩着一圈淡淡的阴翳。塞着氧气管的鼻孔、咬着喂食导管的嘴角，都渗着淡淡的、无言的血水。

也不过才三天，怎么竟而就变成这个模样呢？赵尔平这样想着，感到一阵无以说明的痛楚。这些天里，虽然不能来，可是几乎每天都打电话来问过邱玉梅。"医生说，还没有很大变化……算是平稳的……"邱玉梅差不多总是这样说。

父亲七五年被释放回家，七七年开始有心绞痛的毛病。嗣后就隔几个月发作一次。两个月前，发作次数增加了，到J医院看病，门诊建议住院作检查和治疗。父亲住院之后，将近一个月来，情况都算好的，而他几乎可以说没有一天不曾来探望的。人都说，以他工作责任的沉重、工作量的繁多，这样照料父亲的病，于现代社会的现代人，是难得的孝行。现在，他坐在父亲弥留的病床前，忽然感到一种极为熟稔的孤单。从小被寄养在林荣阿叔家，就知道自己的母亲以在这个社会上无法说出口的方式死去；而自己的父亲，则被囚羁在台湾东部的一个遥远的小岛上，也许要到父亲在那个岛上死去，父亲才可能从那个于他为极其奇异的监狱中出来。这样的命运，使他早熟。这一直要到他二十七岁那年，他初可自立，而绿岛监狱已被移到台东的一个叫作泰源的山林中的监狱时，带着新婚的妻子去重新相会的父亲，一直成为他的生命中的某种中心。

如今，这三十年来的，赵尔平所赖以活过来的"中心"，即将殒失于无有。往后的他的生涯，自然未必就因而产生恐慌。但他却不能已于感到孤单，一种自幼小以来，经常陪伴着他的孤单。

护士邱玉梅从这头等病房里的小橱，端出一杯冰过的果汁给了他。

"谢谢。"他轻声说。

"这是上个礼拜的账单。"

她递给他的一小叠医院的账单，这样说。赵尔平职业性地、细心地看每一笔账。他然后从公事皮箱中拿出了支票本子，开具了一张八万四千元的票子，交给邱玉梅到住院部结清这个礼拜的医药费。

他想起就在这几天里，差一点就完全被颠覆的他的生活构成。他把支票本子重又放回公事皮包。这两天，为了死命保卫自己在公司濒临溃灭的地位，紧张布置和工作，终于初步渡过了险滩之后的、彻骨的疲乏感，顿时向他袭来。

才三天前，总经理 Finegan 先生的秘书南西，急急忙忙向公司总经销商晖煌行的少老板蔡景晖透露，公司北区业务经理 Fred 杨，和几个业务员联名向总经理密告，说蔡景晖以经销总额固定比率的回扣，向赵尔平行贿，以换取独占这德国 Deissmann 大药厂的经销权，严重影响公司在台湾西药市场上的开展。

"我看你脸色都白了。这样子,不行!"

连夜把赵尔平召到他与南西在各自的家庭外租赁的精美大套房,告诉赵尔平这骤生于肘腋的大变时,蔡景晖一边为他倒了半杯 Chivas Regal,一边这样说。

他们三人在台北东区这名贵的宅邸区的套房里,做了整夜的密商和部署。下班前,Finegan 先生要南西打了一通电报到香港的 Deissmann 亚洲区总部,要求紧急派遣稽查小组,在至迟九日前抵达台北,十日一大早,到晖煌行突击查账。蔡景晖和赵尔平于是商议着最迅速而严密的,务必在九日前完成的证据湮灭行动,一边打电话给留在晖煌行彻夜待命的 Frank 张,终夜清理、烧毁和重制有关的纪录和账册。

"我真为你的父亲难过,Edie。"第二天,Finegan 先生在一项例行会议之后,对赵尔平这样说,"可是你显然太疲倦了……"

Finegan 先生的,灰色的、枭鸟似的眼睛,深深地注视着赵尔平的脸,锐利地想要读出这曾经深为他们倚重,而今却有背叛和渎职之嫌的中国人 Edie 赵的眉目后深深隐埋的欺诈和狡诈。

"谢谢你。"

赵尔平平静地说,微笑着。他放胆凝视这年龄与自己不相上下的,经常把下巴剃得有如冬天的高丽菜一般青绿的德国人 Aldof. M. Finegan 先生。他看着 Finegan 先生站了起来，眼睛迅速地瞟向端来两杯咖啡的南西，装着漫不经心地说，"早上这个会，开得不错，可不是？你的工作，做得挺好，Edie……"

"谢谢。"

他收拾桌上的卷宗，假装没有看见 Finegan 先生会心地、恶戏地瞟向南西的眼神。

"为了家父住院，谢谢你容许我每天去医院看他……"赵尔平说。

"那没什么。你尽管去医院看他，特别是这两天，公司没有什么大事。"Finegan 先生慷慨地说，"南西，你当然有医院病房的电话。"

"是的，先生。"

南西若无其事地说。

"呃，"赵尔平突然说，"事实上，我的父亲已经在弥留的状态了。如果你不介意，我想，这两天，以扣除年休的方式，在医院照料，你知道……"

Finegan 先生忙不迭地说，他为这样一个不好的消息感到难过。他说赵尔平尽可以请假，而且"不必动用年休，多请几天"。

"Nancy！"Finegan 先生说。

"Yes."南西说。

"Edie需要两天时间，在医院，你知道，"Finegan先生抑不住兴奋的语调，"你帮他照料请假的手续……"

赵尔平离开了Finegan先生宽敞的办公室，回到自己的房间。只有一小瞬间，他感到对自己、对眼前这一切事情的，极度的厌恶。赵尔平叹了一口气，忽然想起另一个计策来了。他开始写一份备忘，交代他不在的这两天内，行销部和业务部待办事项的指示。在其中的一项，他特别建议，下半个会计年度开始之前，应该检讨总经销晖煌行的管理和营运方式。正本：Fred杨。副本：Aldof M. Finegan先生……

没有来医院探视的那两天多，他和蔡景晖日以继夜地战斗，把蔡景晖和南西的小公馆当作作战指挥本部，在南西不断暗地提供公司迅速的攻击计划的情报下，赵尔平第一次感觉到，这壮年得意的德国人Finegan先生，在面对他和蔡景晖的联手阴谋下，显得出乎意外地脆弱。香港Deissmann远东本部的稽查小组，到十号下午才到台湾。住进公司特约的Astar饭店后，在Finegan先生带领下，稽查小组杀到晖煌行去。蔡景晖把Frank张所率领的整个会计部，全部撤走。

"我把整个会计、财务部门全部撤走，Finegan先生，以便避开一切嫌疑，只留Frank供你们查询。"蔡景晖拉长着脸，用流利的英语说，"可是你必须为我，为晖煌行的名誉负全部责任！"

蔡景晖于是拂袖而去。

十一日上午，稽查小组做出了这样的结论：晖煌行没有任何营私、渎职的据证。小组附带提出若干改善晖煌行财政工作的建议。

十一日下午，四时许，南西溜到公司外头打电话到小公馆来，Finegan 先生已经下达命令，密告者业务部台北区主任 Fred 杨和相关的其他五人，立即开革。另外并打好了由 Finegan 先生署名的道歉信给蔡景晖。"刚刚打完开革信。"南西在电话里说。

蔡景晖挂上电话，走到酒柜前新开一瓶 Chivas Regal，和赵尔平沉默地对喝。

"他 × 的！我们赢了。"

蔡景晖叹了一口气，这样说。

"哦。"赵尔平说。

赵尔平到浴室里刮胡子。他在镜子里看到自己那满是烟熏的、油腻的而疲惫的、方形的脸孔。他回到小餐桌上，用一条新的干毛巾擦着刮过胡子的下巴。蔡景晖从冰箱里拿出两罐加拿大进口的猪肉罐头。

"你开罐头。我去洗个澡。"蔡景晖说，"他 × 的！"

赵尔平啜饮着满杯的 Chivas Regal，脑筋里一片空茫。下一步怎么办？他用心地想着。下一步，他想道：他得对于公司对他的不信，表示抗议，不，还得提出辞呈！Finegan 先生非留他不可，他对自己说，否则对香港总部也不能交代。

香港总部那个美国老头 Marston 先生对他不错，Finegan 先生不是不知道……

蔡景晖从浴室里出来，只围着一条浅蓝白花的瑞士浴巾。他一身白膘，背上有一块拳头小的、暗红色的胎记。他从冰箱里拿出一大碗冰块，丢进自己和赵尔平的杯子里。

他们沉默地互相举杯，吃加拿大的罐头猪肉，抽烟，慢慢地喝酒，直到门铃怯生生地响了两三声。

蔡景晖去开门。南西回来了。大门关上后，南西把皮包丢到客厅的沙发上。蔡景晖拥抱她。

"我好怕，"南西说，"你不知道，我好骇怕……"

他们开始接吻。蔡景晖的浴巾忽然掉在地毯上，赵尔平看见了蔡景晖怒然勃起的男性。他抓起衣服，默默地绕过他们俩，独自开门走了。

就这样，他在这荒芜的三天之后，开着车子回到医院来。

现在，他看着病床上弥留不去的、生命的细丝。他的父亲赵庆云，依旧沉落在那至深无可测度的、生命的昏迷之中。赵尔平觉得，现在，病人呼出来的气，似乎比吸进去的多。可是吸进去的，全是氧气筒里的纯氧吧。他这样安慰着自己。

这时邱玉梅推开门进来了。她把两三张不同颜色的住院部的收据，默默地交给了赵尔平。

赵尔平于是无端地想起了被赤裸的 Ken 蔡抱在怀里的南西。

"我今晚住这儿。"赵尔平忽然说,"你就回去吧。"

"噢。"邱玉梅说。

她安静地从病房的柜子里,取下一张折叠的行军床,把垫被铺上去,再盖上印着浅紫色碎花的白被单。她然后把干净的枕头和毯子,搁在行军床上。

"谢谢。"赵尔平说。

邱玉梅微笑着离开了病房,"赵先生再见。"她说。赵尔平看着那干燥、洁净的行军床,忽然感到三天来不曾回去洗澡的自己的龌龊。

看这个样,父亲的终末,恐怕是三五天里的事了。他凝视着病床上的父亲,这样想。他于是想起了他的弟弟南栋。

"找他回来,我要看看他。"

两星期前的一个晚上,趁着邱玉梅在病房浴室里洗水果,他的父亲在用过医院准备的晚餐后,叹息似的这样对他说。

六岁那年,他第一次看到弟弟。那是一个深冬的上午吧。林荣阿叔和阿婶,带着他到警备总部军监去。"带弟弟回来哦,"出门前林荣阿婶关心说。他还记得,大门两边,有两个岗哨子。林荣阿叔和阿婶掏出身份证,岗哨的兵打手摇的电话和里边联络。他们于是被带到一个会客室里。林荣阿婶用抖颤的双手把弟弟接了过来,抱在怀里,轻轻地摇着。包裹在破旧却是干净的襁褓里的他的小弟弟,于今想来,大约是哭累了才睡着的吧,小脸蛋上,还残留着未干的泪痕。

上小学四年级时候,弟弟都四岁了。大约是打那时起,弟弟的秀美,就受到大稻埕街坊上一切人们的注目。大而清澈的眼睛,朱红的、小小的嘴唇,笑起来就露出一排细细的白牙齿,深黑柔软的头发……他记得弟弟出奇地安静,却总不羞赧。那时候,他宝贝似的带着弟弟在林荣诊所的、古老的、大稻埕的亭子脚玩,听着邻居的姐姐、婶婶、阿姨们夸他弟弟长得俊,他就打心里得意。"真像个女孩儿哩!"她们总爱这样说,并且总要塞给弟弟一两片糖果,而他总也能分到他的一小份的。

弟弟一向温驯地向着他。从很小的时候起,赵尔平就感觉得,如果弟弟不依附着他,仿佛就无法存活了。记不真切是从几岁开始的啊,少年的赵尔平,就立下一个强烈的志愿:早日自立,成家立业带着弟弟长大……

小学以后,弟弟日甚一日地秀美,成了T小学里的不知道疲倦的骚动。他给住在遥远的小岛上的父亲写信,寄去弟弟的照片,信誓旦旦,要让弟弟"幸福地成长"。初中毕业那年,弟弟忽然长得颀长捷健,长着一头浓密却不改温柔的黑发。他有两道浓而粗健的眉毛,一对有些女性化的、在下眼睑躺着两小条卧蚕的眼睛,经常漾动着某种丝毫不知道心机的纯粹和温柔。而他的唇红与齿白,却自小就不曾变过。

"爸!"

赵尔平在这孤单的，寂静得只能听见冷气机、氧气管和病人艰辛而重苦的呼吸声的病室里，忽然这样对着昏睡的病人叫唤起来。他俯身向前，抓住那只在重重的被褥下仍然冰冷的，父亲的多骨节的手。

"爸！"他说。他乍然感到喉咙哽塞了。他在被子底下捏揉着那一只冰凉的手，竟而蓦焉想起了一九七五年那个夏日的一天早上，他接到管区派出所的通知，说是父亲得到特赦减刑，要家属在第二天下午五点半，到警察局领人。

和一屋子的家属在警察局三楼上的干净、宽敞的会客室里，一等就是两个钟头。然后忽然由两个安全人员带进来一群服装、鞋裤和神色都和现社会完全不接头的男人们。他一眼就看见满头白发的父亲。赵尔平快步走到父亲跟前。

"爸。"

他把跟他一般高的父亲一把拥进自己的怀里。"爸，"他泪如雨下，咽哑地说："爸爸……"

他终于放开父亲。就在这时，他看到父亲硕大的、多骨节的双手，紧紧地一手提着一只古旧、笨重的旅行皮箱，一手提着那一盆倔傲有致的，后来据说是那小岛上的特产的矮榕盆栽。哦哦，父亲就是那样地站着，艰涩的眼泪从他那一副旧式的眼镜框边，沿着他那坚瘦的面颊，淌了下来。父亲的发红的鼻尖下，鼻水任意地漫着他那微微抖颤的嘴唇。

那时的赵尔平，连忙掏出西装裤口袋里的手绢，为父亲揩着脸。

"爸……"

他说。他接过父亲右手上的那一只古旧而笨重的旅行皮箱,走到几个态度亲切的女办事员那儿,填写着保释表格……

然而,于今回想起来,由于赵尔平早从开始知道出事的时候起,就理解到那特殊的命运:他有一个活生生的父亲,却永远不能在父亲还活着的岁月里,回来团圆,因此,他的少年和青少年时代,毋宁是为了他这俊美、温良的弟弟,努力地活过来的吧。

二十岁那年,赵尔平从师范毕了业,一过暑假,就被派发到罗东一家乡下的小学任教,分得一幢小小的、古老的木造日式宿舍。就是那年,他带着十四岁大、身形却直逼着一七五的自己的、沉默而朗俊的弟弟,因为电视节目的影响吧,双双跪在林荣阿叔和阿婶的跟前,涕泪滂沱地磕头谢恩。第二天,弟兄俩便带着简单的行李,上罗东镇去了。那天深更,赵尔平给那远远地住在岛上的老父亲写信。"我终于做到了:十五年前失散的赵家,初步又撑起来了……"他写道,"这才是个开始呢,爸……"

成家,立业。他比他同龄的哪个同学都渴想。打从上了初中,一直到上公费师范,他猛念着英文,每天都听一两个空中英语教学节目。在师范时代,他的英文在全校各年级中出了名。那时候，赵尔平总以为教小学不是他终生的倚附。搞英文，是他想到可以有一天脱离"师范—小学老师"这个既定轨道的，唯一的门径。

一九六九年，他考上德国 Deissmann 大药厂的业务代表。他把没考上大学的弟弟送进补习班，兄弟俩在当时的台北市基隆路上租了一个小房子。虽然赵尔平没有药学的背景，可是英文文献和文件，他读得比别人快，表现自然就好。两年之后，Deissmann 要在台湾上市一种全新的，据说是长效、安全，却差尚未通过美国 FDA 核可的止痛消炎剂，特地从香港派了当时负责国际行销工作负责人 Marston 先生来台湾，做密集的推销训练。四天集训，这个头发灰白的美国佬，从头到尾，哇啦哇啦，全是英语，使得平时根本不用英文工作的全省二十四个业务代表，目瞪口呆。赵尔平却在这时候脱颖而出，在一场模拟推销演练中，应付自如。

隔日早上，赵尔平被召唤到总经理室。Marston 先生和当时的总经理 Albright 先生等着他。

"我和 Ted 谈过了，决定调你当业务经理。"Marston 先生说。

"我怕,不能胜任。"赵尔平结结巴巴地涨红着脸，这样说。

Marston 先生和总经理都笑了起来。

"你知道吗，Edie，"Marston 先生说，"你以为，我生下来就会做这个营生吗？"

"……"

"你想我学的是什么哩？"Marston先生说，"法律。哈！"

Albright先生说赵尔平根本不用担心。"命令发布下去，一定会有人抵制。"他说，"在哪都一样，这种事，一定会有人不快乐。"他说下个月初恰好在东京有远东区销售经理训练会议，"你最好趁早办手续，"Marston先生说着，伸出他那多毛多肉的手，"恭喜你！"他说。

天色已经暗下来了。赵尔平开始感到饥饿。他打开柜子，里面摆着探病的访客送来的各种厂牌的牛奶、可可……他找到一罐已经打开过的阿华田，却在瓶瓶罐罐的旁边，看到显然是父亲带来看的几本旧书。他取下其中一本他犹记得是往年父亲托他买了，寄到那个小岛上去给他的《台湾福建话的语音结构及标音法》，再为自己泡了一大杯浓浓的阿华田。

赵尔平在病床另一头的椅子上坐下来了。把滚烫的杯子搁在病床床头的小柜子上，就着床头的灯光，翻着书本。

他发现曾经在福建各地住过的他的父亲，在书上仔细地画过线，写过眉批，在练习题上作过答。忽然间，他翻出了夹在书本里的，往时他寄到岛上去给父亲的，弟弟赵南栋的彩色照片。不知道在什么地方拍下来的，过去还在一个五年制专科读书的弟弟，穿着花格子衬衫和深蓝色的牛仔裤，一头秀逸的长发，对着镜头，紧抿着嘴微笑着。

——亲爱的爸爸，生日快乐。儿南栋敬贺。

1971.6.7

照片的背后，弟弟以仿佛小学低年级生的稚恶的字体，这样写着。

赵尔平拿起床头小柜上的阿华田，慢慢地喝完。他于是喟然叹息了。

一九七一年，恰好是那一年，二十七岁的他正式升任业务经理，结了婚，买了房子。他不断地给当时移监东台湾一个山坳里的父亲写信，报告自己在事业和家庭上的成就。但关于弟弟赵南栋，他已经有好些年在给父亲的信里说谎了。他对弟弟的报告，越来越简略，总是说他"一切正常，请释远念"。

那个时候已经二十一岁的他的弟弟，还在好几个专科学校中间流浪着。重修、退学、降级、转学……每次都要赵尔平出面收拾解决。而父亲的来信，总只是说些"青年要有从民族和国家的出路去思考个人出路的认识"之类的话。

哦，赵南栋。老实说，弟弟赵南栋长得出奇地俊美。他高大，颀长，健壮。不只是女孩子为他着迷，在街上，公车上，弟弟的出现，总会吸引不同年龄的妇女的眼光。黏在他身边的女孩，容貌、身份、年龄、省籍总是不断地变换。家里的电话，十有八九，全是女孩打来找他的。几乎每天，家里信箱总是摆着几封洒着香水的信。他喜欢吃，喜欢穿扮，喜欢一切使他的官能满足的事物。但他不使大坏。他不打架，不算计，不讹诈偷窃。最主要的是，噢，有谁相信呢，他的弟弟甚至是"善良"的。

他那睫毛很长的、澄清而仿佛微酣的眼睛，总是热心地注视着每一样他所欲求的东西和女人。而且，仿佛魔咒一般，那些一旦被他热切地凝视过的女人和东西，到头来，都会被他所享有。他的零花不为多，但在他出奇零乱的房间里，有电动玩具，有收录音机，有音响，有意大利手工制造的吉他，有各种名牌进口衣饰，有绸质的男性内衣和名贵手表，有各种各样精巧珍奇的小玩意和饰物。总是有无数的女孩，省吃俭用，送给他一切他所喜爱的东西来取悦他。

但是，举凡一旦得手的，不论是人和物品，他总是很快地、不由自已地丧失热情。那些贵重、精巧的东西，在他的房间里乱成一堆。质地高贵的衣服，穿过之后，不知道拿出来洗濯，摆在床脚下任它们发霉变黑；两三个烧制精巧的陶瓷烟灰缸里，堆满了陈旧的香烟蒂；几条黄金和白金项链，在地毯上被任意地踩来踩去。女孩子写来的信，或拆阅，或不曾拆阅，随地弃置……

不知道从什么时候起，弟弟从经常夜不归宿，变成带着不同的女孩回来住。第二天早上，赵尔平夫妇一道出门上班，看见客厅里零食、啤酒罐、香烟蒂和强力胶的空锡管狼藉。弟弟和女孩则在他的深锁的卧室里沉睡。

有一天，赵尔平因为感冒发烧，提早在中午下班。一进客厅的门，一股强烈的、强力胶的辛辣，扑鼻而来。他皱着眉头，从弟弟卧室半掩的门里望进去，赵尔平不觉愕然呆立了。一再仔细地凝视那黑暗的卧室里的弟弟的床上，不论怎么看，也是两个死尸一般沉睡着的、赤裸的男体。弟弟颈上，挂着沉重的金项链，在暗室中发出沉沉的光亮。

那霎时间的赵尔平感到一阵动悸、愤怒和羞恶所造成的眩晕。他"啪"地打开了弟弟卧室里的电灯开关。卧室内一时灯火通明。他看见弟弟半张着惺忪、错愕，却不失美俊的睡眼，仓皇地抓着被单遮盖自己的身体。

"混蛋！畜生！你们都滚！"赵尔平疯狂也似的怒吼着，"给我滚！滚——！"

赵尔平用力把弟弟的房门关上，颠颠踬踬地上楼，和衣瘫趴在他的卧床上，一连发了几天怎么也退不下来的高烧。

就这样，弟弟赵南栋悄悄地离开了他的家。一直到今天，即使自己的妻子秀蕙在内，赵尔平都没有告诉过任何人，弟弟为什么，在什么样的情况中离开了家。一个月、两个月、四个月⋯⋯半年过去了，弟弟从高雄来了信，以他那歪歪斜斜的字，弟弟温顺地说他在一个音乐教室教吉他。他没有问他要钱，可是赵尔平还是按址寄钱给他。两个礼拜后，他终于说服了自己，依址寻去。而那竟是一个风尘女子的公寓。

然而，一个叫作嫚丽的女子告诉赵尔平，他的弟弟，才在两天前，和一个他新认识的女子走了。

"我知道，他，并不是个骗子。"嫚丽坐在她那仿佛是电视剧中才能看到的、恶俗的华丽的大双人床上，强忍着哽咽，这样说，"我从来没有碰见过，一个男子，像他那样，真心地，爱惜人家……"

"……"

"他陪着我，红着眼圈。嫚丽，他说，我喜欢了别人，不知道怎么办才好。"她说，低着头用手背擦泪，"我不是故意的，他说。他走了。"

坐在这套房里唯一的沙发上的赵尔平叹气了。嫚丽在床头柜上拿起一包香烟，为自己点上火。

"抽烟吗？"她羞涩地笑着说。

赵尔平摇摇头。"不，你请便。"他说。其实，他是抽的。不是那个心情，他不想抽。他开始想着在林荣阿叔的医院里，相依为命地长大的弟弟阿南，感到不曾吟味过的寂寞。

"我也不知道，为什么，像我这样，在外面做的女人，竟会当真用了感情，"她腼腆地、低徊地说，"因为我爱了他……让我觉得，我也和别的那些比我好命的女人，是一样的。他走了……"

她开始在极力自制下，轻咬着她那稍微肥厚的嘴唇，不能自已于抽泣了。

赵尔平沉默地看着她那因为深深地低着头而显露出来的,她那出奇地白的颈项。

"……他走了。可是,看见他经常说起的大兄,你不要见笑才好,觉得,像是我的亲人……"她终于抬起头来,歉然地笑着说,"才这样地失了体态。真对不起哟。"

"对不起的,是我。"他说着,沉默了一会,"他怎么说起我的呢?"

嫚丽说他的弟弟经常会提起自己的大兄,说是从小父母早亡,和这大兄相依为命,由大兄带着他长大。"他说他大兄和蔼慈爱,很疼惜他。"嫚丽说,"说他大兄刻苦读册,事业很发展,不像他,没出息。他这样说。"

"哦。"他说,"叫他回来一趟,如果你再看见他。"

他们互相留电话。他于是说他要走了。那自称为嫚丽的女子说,她诚心意想留他晚饭,但是怕他拒绝,不敢勉强。

"以女人家的愚憨,我总相信,有一天,他终于会再回到我这儿来的。"她寂寞地说,"你瞧,他的电吉他、衣服,全还留在我这儿呢。"

赵尔平站起来告辞。果然在套房的墙角下,看见装在黑色的、薄薄的箱子里的电吉他,和一对崭新的扬声器。

赵尔平起身打电话到餐厅部。

"一个生菜色拉,乡下浓汤吧,还有奶油面包。"他说,一面看着病床右侧已经快滴罄的点滴筒。他放下电话,打开呼叫的开关。他然后上洗手间,在镜中看见自己的、多肉的、疲乏的脸。

"有事吗?"

一个年轻的,一脸想必为之十分苦恼的痘子的护士,走了进来,这样说。

"有一个点滴,快滴完了。"

"噢。"她说。

她于是走了出去。不久,她进来新装上一瓶滴剂,安静地为父亲取脉搏和血压。她把体温计插进病人的腋下。赵尔平这才又真切地感觉到,父亲除了尚存的一息游丝,已经是没有了任何知觉的躯体了。然而正也唯独是那一息游丝,使他和父亲维系着活着的、人与人之间、儿子与父亲之间的关联。他专注地凝视着父亲的微弱的、沉重的呼吸。他觉得,父亲每呼一口气,都像是一次忧愁的叹息。

第一次告诉父亲弟弟赵南栋的真相,父亲喑然地沉默了良久,终于也是这样忧愁地叹息了。

一九七二年吧,父亲忽然来信说,他们又被从台东的泰源调回火烧岛去。"在台东时可惜未看到南儿,殊为遗憾。"父亲写道。接着,父亲说他的身体尚健,不用他兄弟俩担挂;

勉励他们要做一个"正直、刚健,蔚为民族所用的儿女"。父亲并且说离岛迢远,两兄弟不必奔波长途去看他。

那是弟弟阿南离家出走的次年吧。赵尔平竟反而因为父亲的远调,舒了一口气。每次到那台东的深山去见缧绁中的父亲,父亲总会以看似不经意的表情问:

"南儿好吗?"

头一回,他说弟弟的学校没有假。第二回他说弟弟正在工厂实习,走不开。可是他真不知道第三回以后该怎么说了。

父亲回家的那一年,当报纸上开始传出"立法院"正在草拟减刑特赦办法的时候,赵尔平就不住地写信到岛上去,问父亲有没有合于特赦的条件。"该有的,跑不了;不该有的,想了也没用吧。"爸爸的回信这样写。赵尔平开始到处打听弟弟的下落。他想起了叫作嫚丽的那个女子。打了电话过去,那一头说电话的主人早已经换了人。就在毫无弟弟的线索的时候,父亲突然回来了。

"真不巧。弟弟接受为期一个月的教育召集去了。"

父亲回来团圆的那天,赵尔平请餐厅外烩,摆上一桌丰盛的海鲜宴席时,大约是那一天的第三次,他这样流利却言不由衷地撒了谎。因为预想在一星期、半个月里一定会找到弟弟,所以赵尔平一边为父亲倒酒,一边接着说——

"一个星期,半个月内,总要回来一趟。电话总是要打一个吧。"他说,"他,人在部队里,特别为爸回来,写信进去,

赵南栋

怕政治上影响他在部队里的处境……"

那时候，父亲忙着点头称是，他却感到黯然了。这前一年春天，Albright 先生调韩国，赵尔平在 Albright 先生手中再升为行销部经理，而香港的 Marston 先生也从 Deissmann 远东区行销部升调为整个远东区最高负责人。到桃园机场去接 Finegan 先生来台履新的时候，赵尔平早已经换了车子，换了办公室，也换了一间台北东区又贵又大的房子。就在这前后，公司总代理晖煌行年轻的老板 Ken 蔡向他伸手过来。蔡景晖的方式单刀直入，没有忌讳，更没有羞耻。"洋人，我看得多了。一切只看你的实力，没有感情的。"蔡景晖说，"只要有实力，公开的，要赚；私下的，也要赚。我看准你的脑筋好，只要肯放开学，你这个人，也能狠。我，老实说，也不差。我们是绝配！"

就这样，赵尔平步步为营地，滑进了一个富裕、贪嗜、腐败的世界。他对金钱、居所、器用、服饰和各种财货的嗜欲，像一个活物一样，寄住在他的心中，不断地肥大。赵尔平忽然感觉到，男人一旦有了预知其可以源源而来的金钱，他最容易满足的欲望，竟是女人。他开始逢场作戏。初涉欢场，他亢奋、羞涩，对场子里的女人讲客气，讲理。可不多久，他就和欢场老手一样，不把欢场女人当人。那些女人只是他的活的玩物、配件、摆谱的道具，满足男子的自私、骄傲和野性的活工具。又不久，他开始狎养情妇。但由于他没有真正玩家的阔绰，也缺少真正玩家的风流，赵尔平的女人，总是没有多久就和他各自西东。赵尔平的堕落和不贞，像毒素似的毒蚀着夫妻关系。借着妻子秀蕙担心父亲的政治背景影响她公务员考绩，赵尔平借题发挥，和妻子秀蕙仳离。

在极为贫困的师范生时代，只是受了贫困和囹圄中的父亲的，每次都为少年时代的他带来悲伤情绪的家信之激励，他曾立志磨砺人格人品。在他的宿舍的桌子上，压着他用颜体写的"立业济世，答恩报德"。对于那时长着满脸青春痘，涨红着脸大谈女人的同侪，他是轻蔑的。

现在，他自信还没有否定过学生时代的、自己的这样的主张："只知道沉迷于奔逐异性的人，基本上，是心智没有充分完成的人。"但是，除了这一点，他的少年时代对进德修业的生命情境的向往，于今竟已随着他戮力以赴，奔向致富成家的过程中，崩解净尽了。

一九七三年冬天，林荣阿叔一家，终于结束了在台湾几十年的诊疗业务，举家迁美。赵尔平在台北一家新开张的欧式大饭店里订下贵宾套房，在登机前一日，请林荣阿叔全家住进了去，第二天亲自开车送到松山机场。那天晚上，在饭店里摆下酒席，宴请林荣阿叔一家。

"阿叔，阿婶，"赵尔平举杯用台湾话说，"养（育）的（人，恩）大于天……我和阿南弟弟，代表爸爸妈妈敬您……"

他哽咽起来。林荣婶婶的眼圈红了。林荣叔叔默默地喝尽了杯中的酒。

"写信告诉你爸爸,我在美国,等待着他平安回家的一天。"林荣叔叔说。

那时候,他看着因皮肤黝黑而益发显得头发银白的、林荣叔叔的脸,觉得自己已远非林荣叔叔心中端正奋进的孩子,感到自己心灵的黯黑。其实,第一次编出弟弟南栋因教育召集不能出席的谎言,便是在那个晚宴上。

赵尔平对于能够若无其事地,在自己尊爱的亲长前泰然地说谎的自己,感到了厌恶的情绪。赵尔平依稀地觉得,自己心灵的腐化,其实是在自己滑入这"成功入世"的、贪欲而腐败的生活之后产生的性格吧。

这时候,他忽然听见审慎的敲门声。餐厅部送来了晚餐。赵尔平请女侍把晚餐摆在沙发边的小几上,付清了账。当女侍轻轻地掩上房门,他顺手打开电视机,调低音量。荧光幕上映出一个短发的、好看的年轻女孩,因为某种常识问答猜奖,得到九千多元奖金,一脸感激惊喜的表情。忽然间,荧光幕上跳接了一个特写的脸庞。那少女的眼中,闪耀着极为喜悦的泪光。

赵尔平随意把电视转向另一台,开始吃晚饭。这回荧光幕上播着美国节目。一个高大俊逸的男人,一身深黑色的礼服，雪白的衬衫，暗红颜色的蝴蝶领带……

他想起了弟弟赵南栋。

父亲回来的第一个礼拜，他在下班后，和两三个同事加班的办公室里，接到弟弟的电话。

"哥。是我啦……"电话的那一头说。

"噢。"他坐直了身体，急迫地说，"你现在在哪儿？"

"台北。"

"爸回来了。"他抢着说。

"……"

"爸回来了。"他说，他的握住电话机的手，轻微地颤动着，"爸爸，他回来了。"

"哦。"弟弟说。

弟弟在电话的那一头茫然地、不住地问："真的吗？"赵尔平把旋转座椅转向墙壁，压低了声音，告诉他父亲蒙特赦减刑回来的整个情况。弟弟显然对这么大的新闻毫无所知。他问弟弟的近况。弟弟告诉他在一个俱乐部当经理。他记下电话号码和地址。

"我马上过去看你吧。"他说，挂上电话。

俱乐部在台北一家最大的饭店第十二层楼上。走出电梯，他看见弟弟站在电梯口等着他。

"哥。"

赵南栋说。他看见微笑着的、弟弟的温柔的眼睛，荡漾着骨肉间最为友爱的光辉。弟弟看来瘦了。他的长长的头发，干净而且蓬松。一身深黑的西式礼服，暖蓝色的、大型的蝴蝶领带，雪白的丝质衬衫。他看来英伟倜傥，腰板子结实而挺拔。

从很高的俱乐部客厅的拱形天花板上，安静地悬垂着四套华美的水晶吊灯。在三面墙壁中央，有欧式几台，台上都摆着西式插花，高可三尺余。在壁灯下，花团锦簇，辉映着幸福、奢华的，鲜美而又闹热的颜色。弟弟阿南领他到客厅中一个舒适的角隅，在全客厅一式红木欧洲样式的沙发上，坐了下来。

不曾见过面，合计已经四年多了的他的弟弟阿南，据说是为了一个"朋友"请他"帮忙"，来这儿担任柜台部的经理，已经有四个月了。

"怎么也打不起勇气，打电话给你。"弟弟安详地低着眉，这样说，"可是，有时候，真想家……"

弟弟阿南于是笑开他那依然仿佛上了薄薄的胭脂也似的、他的红色的嘴唇，露出一排白实的牙齿。

然而，已三四年间，赵尔平早已经从一个因着少时破家的悲剧，而曾经淬励自己的意志与品德的青年，一变而为贪取苟得、营私逐利的人。虽然未必沉溺，赵尔平也知道了狎欢于一个又一个女人的糜腐的生活。现在，当他面对着这么不可思议地美俊的弟弟，忽然感觉到，那一年，他借以愤怒地把弟弟逐出家门的,他心中的伦理的构造,已经风化、崩坏了。

"这两天,无论如何,你得回来一趟。"

他喝着冰冻过的香槟酒说,友善地笑着。

"嗯。"弟弟说。

"再找不着你,我真不知道怎么跟爸爸说。"赵尔平轻微地叹气了。"你得记着,你还在接受后备军人点召。"

"嗯。"弟弟说,一边为他的大型高脚酒杯熟练地添加香槟酒,让细细的泡沫在杯沿上慌张地腾跃,却总不溢出杯外。

"衣服,穿随便一点。"赵尔平说。他明显地感觉到三年前残留下来的、对弟弟的怒意,早已消失了。"还是那么多女朋友吗?"

弟弟不说话,却只顾皱着眉心微笑。

"人说,命中带的桃花,我总不信。"他喝着香槟酒,环视着俱乐部的大厅。"可你这个人,活桃花啊。"

"哥。"

"你要嘛,就好好的,"赵尔平说,"好好地干……"

"哥,"弟弟说,"爸,他都在干什么?"

"一天看两份日报,一份晚报。"他说,"没见过有人看报像他那么仔细。"

"哦。"

他的父亲看省内要闻,看国际消息,看经济版……偶然和他谈起他的公司里的工作,父子俩不觉就谈起中国制药工业。谈了好一会,赵尔平才发现,当父亲说着"中国",大陆和台湾总是不分家的。他先是感到诧异。可继而一想,在理论上,大陆和台湾,是不分家的。他这才感觉到,很多的场合,当人们说"中国",不知不觉之中,其实指的就是台湾。中国大陆,从什么时间起,竟而消失了呢?"毕竟还是英语清楚,"他想起公司里大量收发着的英文文件,对自己这么嘀咕,"Taiwan Deissmann Lab. Ltd. 好家伙……"

他和弟弟说着这些的时候,他逐渐知道了弟弟虽然也专注地听着,却只是在礼貌地倾听着某些远远超出他所熟悉的范围里的事物。这时俱乐部的门口,逐渐出现了衣着极为入时的男女。

"哥,你坐着,我去招呼一会儿。"弟弟说,"你坐着哟……"

他看见弟弟迎上前去,并不卑屈地向着来宾欠身。

"嗨,handsome boy,好啊?"

一个肥胖却不失壮硕的绅士,向弟弟阿南大声叫嚷。绅士边的一个妖娇的女人,挨到弟弟的身边,踮起银色高跟鞋,勾着弟弟的脖子,用她的脸去贴着弟弟的面颊。那个壮硕的男人呵呵地笑着,挽着女人走到里间。他看见弟弟微微低下他那特别颀伟的身体,亲切地倾听来客的谈话,适如其分地笑着,利落地为绅士和淑女们点上香烟,带着客人到他们专属的、装潢殊异的房间。当大厅上的士绅渐多,不知什么时候,乐质绝佳的探戈舞曲，不动声色地、轻柔地响起。赵尔平站起身来，走到了弟弟的近旁。

"特别为你带来的。"

一个丰艳的，全身白色丝绸的女子，把一朵腥赤的玫瑰，插在弟弟的西装口袋上，这样说。她袒露着整个细白的背，没有穿戴胸衣的、丰硕的乳房，在她白色的丝绸中沉睡。

"谢谢。"弟弟并不阿谀地笑着，微微地欠着身。

现在赵尔平把空了的杯盘刀叉端出病房，轻轻地搁在门外的左侧地板上，让餐厅的侍者来收拾。忽然间，他仿佛听见了一声轻微的呻吟。他忙着把电视关掉，站在父亲的床前凝神谛听。然而，不论他如何用心地屏神凝视和倾听，却总是中央冷气系统从风口吹着冷风的声音、氧气筒执拗而又忠实的输气声，以及，啊，父亲那忧愁的、叹息似的、孤单的呼吸之声。

……啊，他是在等待着阿南弟弟吧……

赵尔平忽而惊醒了似的这样想。他一贯不曾相信鬼神，却忽然想到，父亲这苦痛的弥留，竟或者真是为了等待弟弟最后的一见吗？他于是决定明天出去找寻这距今已经有四年余没有丝毫音讯的弟弟。

而那一回，阿南弟弟如约回到家里。

"爸。"他说。

"嗯。"

坐在沙发上的他们的父亲于是低下头来，流了眼泪了。在赵尔平眼神的指使下，弟弟踌躇着走上前去，坐在父亲旁边的、那重大的栗色的沙发上，怯怯地伸出两只和父亲酷似的、多骨节的大手，覆盖在父亲那紧紧抓着沙发把手不放的、衰老的、嶙峋的手上。

"坐吧。"

父亲终于说。他取下眼镜，细心地擦拭。他开始端详着弟弟。

"让你们孤儿似的长大，真对不起。"父亲平静地说，"政治上，让你们有很多不便……"

"爸。"赵尔平说，"我现在，不是挺好的吗？"

阿南弟弟坐在父亲的正对面。小时候，在几个求学阶段，每逢着语文老师出了有关学生的父亲或者母亲的作文题，他就必定要默默地逃学一阵子。赵尔平告诉父亲，因为点阅召集，所以弟弟阿南可以留住一头长发；告诉父亲弟弟目前有一份好工作……而阿南弟弟，自始至终，却出奇地沉默。阿南弟弟只是勉强掩饰着他在这完全陌生的父亲之前的局促，安静地坐着，听着父亲涣漫、晦涩地又说着抗日；说着逃难；说着他们的母亲，在女学生时代，就参加了上海租界里的抗日游行……

第二天，赵尔平打电话到俱乐部，问他为什么昨天上桌吃饭，就一直沉默无语。

"我不知道。"弟弟沮丧地说，"我觉得心慌。爸爸那种人，知道我过的生活，一定生气。"

"……"

"从小到大，我只觉得你亲……"弟弟笨拙地说，"还有，林荣大叔。"

"胡说。"他并不生气地说。

两个月之后，阿南弟弟忽然因为被控保存和贩卖毒品和侵占罪，被判处四年六个月的徒刑。一个叫作莫葳的，在一家外国航空公司当空姐的女子，在与赵尔平约见的咖啡店里，告诉了赵尔平这令他震惊的消息。阿南弟弟，有一次开车送他的情妇、也是俱乐部的老板的曹秀英到桃园机场出国时，在机场的咖啡室认识了莫葳，于是开始了无法遏止的热恋。曹秀英嫉恨之余，控告赵南栋贩毒和侵占，终于因为证据确凿，判决确定，发监执行。

"他真吸毒吗？"赵尔平绝望地问。

"等他出来，我可以劝他，劝他改掉。"莫葳说。她看来三十左右，褐黄色的、柔软的头发，高高地盘在她的头顶上。他想到父亲。噢，他该怎么对父亲说明呢？他沮丧地想着。

"他在龟山监狱，让我来照顾他。"莫葳说，"反正离机场近。请不必担心。"

莫葳拿着他从没见过的、长方形的鳄鱼皮包,踩着噔、噔的高跟鞋走了。她看来丰美,有效率,忙碌而且果断。

那天晚上,他告诉父亲弟弟遭遇的"真相"。他设法告诉父亲全部的故事。弟弟的生命,不必说对于在囹圄中度过将近三十年的父亲,即使对于他自己,也难于全部理解的。他只能说弟弟涉世不深,再加上受人诱陷,致遭噩运。

他还记得,那时候,父亲坐在餐桌上,凝望着赵尔平,嗒然地沉默着,而后忧愁地叹息了。

现在,赵尔平开始在病房的浴室中放热水。他要好好地、彻底洗一次澡了。他从病房的衣柜里拿出干净的浴巾和睡衣,打了三回肥皂,从头到脚,洗了个干净。他然后躺进浴缸的温水里,想起毫无线索的、弟弟阿南的下落。也许现在弟弟阿南不知道在什么地方,正被什么样的女人奉养着吧,他想,也或许……啊!也或许弟弟已经被一个嫉妒的丈夫,被一个不甘情变的女人谋杀,尸骨无存。他被这自己的未必是无稽的想象,先是吃了一惊,旋即独自对着在浴室中弥漫着的白色的水雾苦笑了。

阿南弟弟坐牢之后,他的公司为了适应政府的 GMP 政策和药物进口上的新限制,决定在台湾觅地设厂生产。为了筹建新厂,赵尔平和 Finegan 先生忙碌地来往于纽约与波昂之间。初时还去探望过被剃了光头的、狱中的弟弟,继而也逐渐疏于探监,只是按时寄些金钱、食品和日用品进去,日子竟然一年一年地过去了。快到第三年的六月间吧，赵尔平在桃园机场送走了一个英国籍的 Deissmann 远东区医学部长 Cobern 博士后，碰到了和三两个空姐，拖着小小的行李车走过他眼前的莫葳。

他们于是在机场二楼的餐饮部坐下来了。莫葳说其实她偶尔也看见过他在机场忙着赶飞机。她于是佯为嗔怒地说，"怎么你就不会想到买我们 K 航的票呢？"

"噢，"他恍然大悟了似的说，"真对不起。买机票，都由公司财务部办，我没注意。"

他们沉默了一会，赵尔平掏出香烟来，让了一根 Dunhill 给她。他为她点火，看见火光使她的指甲上的淡紫色的蔻丹，发出微光。他想问她关于弟弟阿南的近况时，才感觉到不知道了为什么的、自己的无责任深为疚责，而难于启齿。然而他终于还是问了。

"他已经出狱，你竟不知道吗？"

莫葳睁大了涂抹着淡淡的、咖啡色的眼影的眼睛，吐出长长的青烟，愕然地这样说。

莫葳说，对于"赵南栋那种人"，监中的日子，简直是地狱。

"剪了光头以后，他觉得自己丑，难看，简直痛不欲生。光是为了他那个光头，他撞过墙，想自杀。真撞的……"莫葳说，摇着头笑，"伤口包扎好了，他硬是说他太难看，不肯见我。我带着大包小包吃的、用的，到龟山去看他，排了半天班,狱警出来说,莫小姐,人家不见你,我没办法……"

"胡闹嘛。"赵尔平说。

莫葳说她只好委托她的妹妹莫莉,代她去探监。"茉莉花儿的莉。"她说。心疼他在监里度日如年,莫葳花了大把钱请律师,想尽了一切办法,搞非常上诉。"打了半年多的官司,把刑期减下来了,改判两年半。"莫葳说。

"哦。"他说。

"我在飞机上到处飞。而人家就能和我那才二十出头的妹妹莫莉,在探监会面的时候,两个人隔着玻璃,用电话谈起恋爱呢。"莫葳笑着说,"前前后后,我全被蒙在鼓里了。等有了假释,莫莉居然瞒着我去保他出来。打那以后,就不知道他们躲到什么地方过日子了。"

赵尔平感到一种真切的羞耻。他想起被弟弟阿南的学校当作学生父兄,召到学校去听着教务处或者训导处抱怨弟弟的行为和成绩的往日。那时候,每一次,他都会觉得对不起在流放的岛上的父亲,而感到悲伤。但现在,他却格外地觉得对不起像莫葳这样,一再不可思议地爱上弟弟的女人们。

"对不起你……"赵尔平低着头说,才想起为已经冷却了的咖啡倒上奶精。

莫葳叹息了。大厅上传来报告班机即将起飞的中、英、日语广播。赵尔平趁隙看了看莫葳的脸,觉得不知道为什么,在那张鹅卵似的、肤发洁净的、姣美的脸上,竟没有一丝被弃的女子的萎暗。

"别这样说。方才，你说他胡闹的吧。"莫葳一边啜饮着被她那一丰绵的、却略微黝黑的手掌环抱着的，长脚杯子里茶青色的柠檬汁，幽然地，这样说，"我却想，胡闹的，怕不只是赵南栋一个人呢。譬如说，噢，就在这个餐饮部呀，我第一次遇见了赵南栋。然后……我，不也是，胡闹的吗？"

"……"

"如果我不曾胡闹，那时候我就不该看不清楚：赵南栋那个个性，太像我爸……"莫葳说着，对一个从台边走过的，显然平时熟识的女侍，点了一客草莓蛋糕。"你点什么？"她对赵尔平说，"飞机上，没吃过午饭。"

他也点了一客草莓蛋糕。他说飞机上的东西，长年累月吃下来，想必也腻人。

"不。"莫葳用小汤匙挖着细致而松软的蛋糕说，"我在节食呢。"她笑了起来。

"不论如何，我还是觉得很对不起你。"沉默了一会，赵尔平小声地这样说。

赵尔平想了又想之后，开始向莫葳概略地述说他从不曾向任何即使是再要好的朋友（例如 Ken 蔡吧）诉说过，他的家族的故事。回想起来，这不仅仅因为莫葳是一个只要相对二十分钟，就会令男子觉得好看，而且很可以依赖的女人；还因为如果话不从头说起，赵尔平就无法让莫葳理解到他一

赵南栋　145

再为阿南弟弟表示歉意的诚恳了。他喁喁地,却也流利地述说着他和弟弟阿南的,忧愁的童年;说着自己的父亲和母亲,说着林荣阿叔一家的恩情……当他说起那一年他把弟弟带出来,让失散了十五六年的赵家重新自立的时候,他甚至激动却并不失态地哽塞了。莫葳专注地,安静地倾听着。"噢、噢",她不住地这样发出忧伤的叹息。

"有时候,我总觉得,除了自己的身世,一般人们长大的故事,总是大同小异吧,"沉默了一会,莫葳这样说,"真不能相信,你们竟是这样长大的……"

莫葳于是也说着她的家世。她的母亲,是八堵一带旧煤矿老板的独生女儿,现在是台北著名的时装和成衣公司的老板。"我爸是个上海人。台湾光复,跟着在福建省政府当官的亲戚来台湾时,也不过十几岁。我妈说他是个不论说话、做事、做人,都空泡泡的人。"莫葳说,"我妈常说,我爸可以当着许多人,睁着眼,说些不难马上被戳破的、浮夸的话。有时被人当面戳破了,他老人家干咳几声,也能若无其事。我妈说的。"

莫葳的爸爸跟人家合伙做过几次生意,却没有一次成功,非但血本无归,而且还捅出一大堆债,留给莫葳的妈妈收拾。四十五岁以后,莫葳的父亲性情大变,专找年轻的女孩厮混。

"我妈很生气,管住他的钱包,管着他的行踪。我爸就能带着我妹妹,当时九岁了的莫莉当作掩护,到旅馆去见他的女人。"莫葳说。

莫葳说大人在做爱,小莫莉久了也能见怪不怪,自己躺在旅馆的地毯上看小人书,回到了家,却绝不泄露一点秘密。"莫莉长大以后,才告诉我这些。Poor girl。"莫葳说。

"噢。"他吃惊地说。

"从小,莫莉变得什么都引不起她的好奇心,什么都无所谓。You know,我和妈妈都恨死我爸了,可莫莉独独向着他。爸可怜嘛。除了找女人瞎搞,他还能用什么证明他是个男人?莫莉常常这样说。"莫葳说,"我可以叫一杯 Dubonnet 吗?"

"当然,"赵尔平说,向柜台上的女侍挥手,"我点……Chivas Regal。有吗?"他对走上来服务的女侍说。

长发的女侍点点头,在账单上写着字。现在整个机场餐饮部只剩六七个人了。那长发的女侍绕了个大圈子,送来两杯酒。莫葳啜着那暗红色的甜酒,笑着说,"Dubonnet 让人开心,you know。"

"Sure."他说。

"可莫莉读书比我强。F 大外文系毕业以后,七转八转,她跑去一个女性月刊杂志社干编辑。"莫葳说,"还没领到薪水呢,她就跟我妈吵着要搬出去住。一个月,顶多万把块钱吧,她却可以自己租下小套房,除了月刊社的工作,她可以接出版社、大唱片公司的企划案回来做。把个小套房改装得有鼻子、有眼睛……"

莫葳说莫莉任意随兴地生活，没有限制，没有约束。莫葳说莫莉最大的疾病是她不能爱。"被我爸害的。莫莉无法了解男女之间，除了上床，还有什么。"莫葳说，"她跟男人上床，却拒绝去爱他们。"有时候，莫莉会在妈妈的气派的办公室出现，"妈，有四万块吗？"不管是什么理由，莫葳说她妈妈总是如数给足。

"我妈知道，其中有一大部分是我爸要的。可她不说破。"莫葳说，"这样的婚姻，我们闹不懂，是吧？"

莫葳说，以一个月万把块钱的收入，莫莉把赵南栋带到她租着住的小套房，日子就逐渐过不下去了。

"有一天，莫莉跟赵南栋说，小赵，我们分手吧。梳妆台抽屉里有五千块钱，你暂且拿去用。我上班去了。我妹妹莫莉说。"莫葳喝着第二杯Dubonnet说，"那天下班，莫莉带一个女孩回家。咦，你怎么还没有走呢？我妹妹说。赵南栋笑着，没说话，继续看他的电视。我妹妹莫莉把他的东西收拾好，搁在门外。小赵，你走喽。这是后来莫莉跟我说的。"

莫葳说，那时赵南栋的脸色发白了，默默地离开了莫莉的住处。赵尔平听得发了呆。弟弟阿南，什么时候让女人撵走过？

"外面下着大雨呢。过了半个多钟头，我妹妹莫莉发现梳妆台的抽屉里，还躺着那五张千元票子。她急忙拿着钱赶下公寓的一楼,看见赵南栋站在走廊上发呆。"莫葳说,"莫莉把钱塞进他的裤口袋,帮着他叫了一部计程车。你告诉司机上哪,我妹妹莫莉对赵南栋说,为他关上车门。我妹妹莫莉看着车子踌躇不决地开动,然后向着大雨中的台北市,飞快地开走。这全是莫莉说的。"

第四杯甜酒 Dubonnet,已经使莫葳的两颊和整个眼圈囊不知打什么时候起,就飞上一片焕然的霞红了。她用两手捧着自己的面颊。满脸全是姣媚的春天啊,叫人心动,赵尔平想。"I'm on, you see. Dubonnet makes you high and happy…"她说,笑着,"我上劲儿了,你瞧。Dubonnet 叫人开心。"她要第五杯甜酒。"不耽搁你的时间吧?"她眨着她那漾动着媚人的笑意的眼睛这样说。

"没问题。我就怕你说,我得走了,我得上飞机。"

"不。我刚下的飞机。"她笑着说,"我跟你说过的。你没专心听人家说话。""我忘了。"他说。

"你怎么不问,莫莉抢了你的男人,恨不恨?"她说。

"好,算我问过了。你说,恨不恨?"他说。

"好恨,起初的时候。我找别的男人止痛。通常都有效的。"莫葳说,"况且,我们早上在汉城,下午就到了澳洲……"

"我那弟弟阿南,他摔开人家的时候多……"赵尔平说,"莫莉知不知道现在他在哪?"

"莫莉是,是个双性恋,你懂吧?莫莉跟一般女孩不一样……"莫葳说。

"你说什么?"

"算了。可是莫莉跟赵南栋是一类的。他们按照自己的感官生活,"莫葳说,"我说不清,反正。怎么说好呢?他们是让身体带着过活的。身体要吃,他们吃;要穿,他们就穿;要高兴、快乐,不要忧愁,他们就去高兴、去找乐子,就不要忧愁……身体要 make love,and they make love……"

"嗯。像痴人一样,是吧?你一定明白我在说什么。他们有什么欲求,就毫不、毫不以为羞耻地表现他们的欲求。他们用他们的眼睛、心意和行动,清楚明白地,一点也不会不好意思地说,我要,我要!"赵尔平想着他的弟弟阿南,这样说,"你明白吧?"

"嗯。"莫葳点着头说,"你知道吗?我妹妹莫莉,很早就嚷着说,到了三十岁那年,她一定自杀。问她为什么。够了,三十岁,再活下去,多无聊!莫莉说的。最近她改口了,斩钉截铁,说等到四十岁,她一定自杀,绝不再延期。她一点也不悲伤地这样说的。"

"他们找快乐,找满足,找青春美丽、健康……就像原野上的野羊,追逐着青翠的草地和淙淙的水流……"赵尔平说。他觉得三杯 Chivas Regal 使他声音高亢。这他不喜欢。他以为,和像莫葳这样的女子,应该私语似的、喁喁然说话才好,"其实呢,谁又不是?我们全是这样。有时候,我在想:

整个时代，整个社会，全失去了灵魂，人只是被他们过分发达的官能带着过日子，哈……"赵尔平说，"只不过是，我弟弟那样的人，就是一点也不掩藏，一点也不觉得害羞，赤裸裸地告诉人：我要，我要！就是这样……"

"噢。"莫葳新点上一支烟，叹息着说。

"……就是这样的。你明白吧？"他说。他有些酒醉了。

"赵南栋。才几年前嘛，喏，就在这儿，我遇见他。他用他那双眼睛Oh, Christ，盯着你看，你知道。温柔，大胆，自私，充满了欲望。"莫葳说，"我在美国和韩国、日本、中国飞来飞去。在飞机上，在机场里，找一夕欢的'旅人之爱'，我瞧多了。可是他让我发疯了。那时候。"

"……"

"他不同。他看着你，那眼光，坦白而贪欲，单刀直入，告诉你，嗨，我要你。"莫葳说，"他像是你在梦里常见过，或者想要遇见的男人。大胆，自私，温柔而又粗鄙。可你一点也不觉得他无聊，不觉得他对你很色。迷人，你知道。"

"莫莉呢？"

"莫莉。没有赵南栋那么……那么纯粹吧，"莫葳说，"她还知道去上班，还去混，暂时还不要自杀。她搞双性恋。她不能爱，官能又容易麻木，她去找女人试。她是个双性恋，你知道。她在她们那个圈儿里，好多女孩对她着迷……"

"对了。你说什么来着，"赵尔平说，"She's...She's a...What？"

赵南栋 **151**

"算了。"莫葳叹了一口气,笑了笑,说,"她经常换roommate,也经常关着自己租的套房,跟这个女孩住几个月,跟那个女孩住几个月……"

赵尔平有些懂了。他忽然想起那一年,他在弟弟的卧室里,看见他和另一个男孩,死了一般地,赤裸裸地睡在那幽暗的床上。

"哦。"他说。他有些想呕。不能再喝了。他想。

他们于是乎沉默了。机场餐饮部的人,逐渐又多了起来。有送行的人替脖子上挂着花圈儿的,要走的人,拍照,青白色的闪光灯不住地闪动。

"我看,我们得走吧……"赵尔平喟然地说。

"嗯。这个秋天,我要辞掉工作了。"莫葳柔媚地笑着说。

"哦。"

"嫁人。"她说着,在她的手提包里翻出了她的皮夹。莫葳把放着一张男子的相片的她的皮夹,递给了他。

他端详着那照片。一个东方人的,正襟危坐的半身照。

"Hey, who's the lucky man?"他夸张地说,"这走运的男人是谁?"

"日本人。做生意的。"

"嗯。"

"叫 Fukamizu,"莫葳说,"汉字的写法,是'深水',深浅的深,水火的水。有这种怪名字……"

莫葳笑了起来，酣态可掬。

赵尔平把在澡缸里泡得发红的，微胖的身体擦干，换上干净的睡衣，把浴缸里的水放掉。他走到父亲弥留的床前。他看见父亲的脸色又更其灰黄了，暗暗地吃了一惊。

"爸。"他无声地说，"你一定得再撑两天。我去找阿南回来。"

……

3　赵庆云

一九八四年九月十二日，上午 9∶00

上午 6∶30　记录：

血压 100/70mmHg，心跳 78/min，input 量 1720c.c.；output 量 1340c.c.。Dopamin 投与减量。理学检查显示，肺部啰音有改进迹象。

呼唤反应增强，动脉血中氧气及二氧化碳分压有正常化趋向。7∶20，发现病人脸色转白，极少量血色分泌物发现于眼角及嘴角……

赵庆云睁开了眼睛，看见一室温蔼的亮光。他看见了妻子宋蓉萱，坐在病床对面的椅子上，聚精会神地看着一本书。

她看起来像是早年他们在上海读书，两人初识的模样。短短的、干净的、黑亮的头发，一张花瓣似的光细的、少女的脸，淡花的唐衣，黑色的长裙，白色的袜，黑色的布鞋。在日本侵华战争和中国抗日战争连天的烽烟里，这瘦小、年轻的女子，在上海的南京路上，列在抗议示威队伍前卫的宋蓉萱，被巡捕房抓去，提起公诉，却被一个爱国的法官当庭开释。自己就是和当时还这么年轻的蓉萱结婚的吗？赵庆云惊异地想着。他看着她热心而专注地读着，料想那必定是一本历史之书。在台北那一家中学教书的时候，蓉萱她就具体地感觉到甫告光复的台湾，中国历史教材严重缺乏。那时候，赵庆云建议她就开明书店的几本著名的中学生历史参考教材，为台湾的学生重新编写一本。

"不。我们得从台湾史写起。"那时候的宋蓉萱这样说，认识中国，先认识台湾和中国的历史关系⋯⋯"

"到底还是你那时的想法正确。"

看着她专心地读着一本看起来十分陈旧的、深蓝封皮的书，赵庆云独白似的这样对她说。宋蓉萱似乎在一边读书，一边沉思着。

"我正在看你在福建三元监狱写的日记本⋯⋯"

"啊，不。那本日记本，在还没有到台湾的时候，我们为细故争吵，被你烧掉了。"赵庆云笑着说。

"你说，太阳出来了。号子里的人都趁着放风的时间抓虱子,捏杀臭虫,晒干衣被。"

"对了。还有疥癣虫,那却是你抓不到的。痒啊……"赵庆云说,"我从号子里的外役听说,你在女号子里,从帮助别人,得到生活的力量……"

"最有趣的一段,是说有一个从建瓯迢遥地赶来的女人,为了在号子里已经断了气的男人,号啕大哭,引起你的悲悯。"宋蓉萱说,抬起头来。"第二天的日记上,你记着说,那男人昨天深夜还了魂,这建瓯的女人,转悲哀为悍泼,硬逼着他那濒死的男人把地契、财产,全交出来。"

"你那时那么地小,怎么我就娶了你呢?"他爱惜地望着宋蓉萱,这样说。

"你这样写:沿途一路递解而身无分文的人;身穿单衣,在隆冬的号子里颤抖着的人,噙着眼泪互相叮咛的人……"宋蓉萱读着手上的书,这么说,"新来了一个难友,铐着一副脚镣。铁链碰撞的声音,不时打动着我的心——你这样写着。"

"可是,蓉萱,你一直没有告诉我一件事。"赵庆云深锁着眉宇说,"你找到了党,入了党吗?否则,为什么……"

"你说:号子里每有变动,你总是心绪不宁者数日。"宋蓉萱幽然地说,"苦难的中国。你写着:昨夜有人因疟疾死。死前惨呼,声凝寒夜。"

"否则,为什么判决下来,你竟是死刑!"赵庆云激动地说,"我一人独生,却又无法照料孩子们。"

"孩子们。啊,我的小芭乐呢?"她说着,怆然地望着明亮的病室的窗外,"三元监狱一连下了十几天的雨,从昨天起,竟是一晴如洗了。我好想福州的老家啊,老赵……"

"我知道你准不会说的,问了也是白问。这是你们的纪律,是不是?"赵庆云叹着气说,"在福建的三元监狱,我曾跟一个中学的音乐老师学作曲,却老是没学会。在台北青岛东路军监里,我跟张锡命学。他是留日的音乐学生,日本大阪音乐专门学校的高才生……"

现在赵庆云看见张锡命对着病房的门口指挥着。那时候,押房里的人们用日本腔的英语称他为Conductor。他穿着白色的,旧了的香港衫,瘦高的个子,闭着眼睛挥甩着指挥棒子,仿佛真有一个大交响乐团就在他的跟前似的。他一定又是在指挥着德米崔·D·萧斯塔科维奇的降E大调第三号交响曲 *May Day*……赵庆云想着,因为从张锡命温柔的、深怕吵了别人的安静似的指挥手势中,赵庆云终竟听见了竖笛流水似的独奏,仿佛一片晨曦下的田园,旋转流泻而来,开始了《劳动节》交响曲的导引部分。

对于赵庆云来说,张锡命是个最有耐性的音乐教师。他曾经为赵庆云在福建三元的,满是虱子号子间里写成一首小诗《狱雀》,谱过曲子。那是一首调皮而揶揄的小曲子,描写号子檐下的麻雀,看见人们竟而在大好的春天里,局促在樊笼之中，而大为嗔奇。在跟Conductor同房的两个月中，赵庆云知道了出身台南佳里地主之家的张锡命，原是单纯地想到日本学习音乐的，不意在日本成了抗日革命的青年。他奔向辽阔的东北，寻找抗日战争中祖国的乐音。在杭州的一家音乐专科学校，他进一步认识了新俄第一个天才萧斯塔科维奇的音乐，沉湎日深，无法自拔。

"这时候，竖笛双重奏就逐渐寂静了。整个曲趣，于是就开始起变化了。"张锡命一边闭目挥动着以竹筷权充的指挥棒，一边喃喃地解说，"弦乐器在这时像是苏醒一般地，像是喜悦的呼唤，徐徐地响起……"

赵庆云简直听见小号的朗敲刚毅的声音了，像是在满天彤旌下，工人欢畅地歌唱，列队行进。他感到了音乐这至为精微博大的艺术表现形式，是那样直接地探入人们心灵，而引起最深的战栗。

"Conductor，你曾说，你要写一个交响曲《三千里祖国》，"赵庆云说，"描写自己在寻找民族认同过程中觉醒、抗争、寻访、幻灭、再起，以及在胜利的历史足音前的赴死……"

"听！听这一段！"张锡命喃喃地说，"这英雄式的宣叙调……"

他忘我地挥舞着用拇指和食指捏拿着的指挥棒，看来激越、热烈而且孤单。那时候，赵庆云还清晰地记得，每天一早，张锡命就把衣服穿整齐，在押房肃静地等待催命的点呼；

赵南栋

对被叫走的人无言地、敬谨地用双手握别，然后在自己的铺位上沉默地闭目枯坐。中饭以后，他才开始在他的笔记本上默写德米崔·D·萧斯塔科维奇的某一个交响曲的片段，然后或坐、或立地开始指挥……

"Conductor，"赵庆云说。

张锡命没有说话。他专注、无我地挥划着指挥棒。一场暴风，一场海啸，一场千仞高山的崩颓，一场万骑厮杀的沙场……在他时而若猛浪、时而若震怒的指挥中轰然而来，使整个押房都肃穆地沉浸在英雄的、澎湃的交响之中。

那时候，每天看着那一大早换好衣服，等待着死亡的点名，而一到下午，又能全心投注在萧斯塔科维奇的张锡命，为自己未必死而又未必不死的，悬而不决的命运所苦的赵庆云，有一天，虽难以开口，毕竟这样问了张锡命：

"这样天天在死亡的隙缝中生活，如何不苦呢？"

Conductor沉默了。"以我的案情，我自分必死。"他说，"我等待的，只是死的时间。你等着的，是他人对你的生或死的决定，自然比我焦虑。"他以比起赵庆云远为年轻的手，轻轻地拍着赵庆云的肩膀，"不必为自己的焦虑感到羞耻的。"Conductor温和地说。赵庆云流泪了。两天以后的早上，张锡命被叫走了。他无言地把他还没有开的两罐炼乳，略为羞涩地推到赵庆云的跟前。而因为早已穿好了衣服，张锡命第一个走出了押房。

"お大事に……"他用日语向同房的朋友道别。"请保重。"

现在,赵庆云忽而看见了林添福和蔡宗义两个暌违了三十多年的老难友,默默地在病室的地板上下着象棋。对于蔡宗义,赵庆云有一份尊敬和感激。他没想到三十四年之后,他竟而又见着了老蔡。他惊喜地说:

"是老蔡吗?许久不见了。"

蔡宗义仿佛没有应答,又仿佛像过去那样愉悦而又亲切地应答了。但他却一直没有改变坐在地板上沉思着与林添福对弈的,雕刻或者化石一般的姿态。那一年六月,朝鲜战争爆发了。消息传到押房里来,几乎在每个押房里,都在讨论着这巨大地变化着的历史和局势。那时候,赵庆云就曾提出这看法:美国介入台湾海峡,介入台湾军事,美国为了安抚台民,为了美国毕竟是一个"崇尚民主的国家",可能迫使减少、甚至停止对政治犯的严厉处决。张锡命和林添福,似乎以不同的理由,基本上可以算是支持了赵庆云的看法。然而,蔡宗义却在这个问题上显现了同囚数月以来素所未见的悲观。

"第七舰队如果真的已在海峡巡弋,我想,历史已经暂时改变了它的轨道了。"蔡宗义有些忧悒地,这样说。

那时候,在青岛东路军监幽暗的押房里,蔡宗义和林添福也正坐在押房的地板上对弈。他们下了两盘棋之后,把剩下的半盘棋废在纸棋盘上,开始了对于局势的讨论。

"因为战后日本的革新翼指导层,没有看准美国占领的反革命性格,欢快地把美国当成日本的民主解放者,"蔡宗义沉缓地说,"日本左翼,把日本战后的民主化与和平化改革的动力,完全寄托在美国占领当局,而不是放在日本的勤劳民众……"

在那个时候,押房里的人都聚精会神地倾听着。一连十数天来,老蔡仿佛竟日落在困悒的沉思之中,对于同房难友提出的,有关朝鲜战争态势的看法,始终不曾表示过意见。"让我再想一想。"他总是忧悒、却仍然和蔼地这样说。

"结果,从去年开始,"蔡宗义说,"麦帅总部在日本各部门掀起了措手不及的肃清,日本的工会和社共双方,都遭到严重的打击……"

当时赵庆云是不服的。他在战后的重庆和福州,都认识过这几个美军人员。他的印象是,美国同情中国的改革……

"在那个时候,老蔡呀,我没说话。但我想这一次,也许只有这一次,你错了,老蔡。"赵庆云躺在病床上,无声地这样对着一尊石像似的对弈着的蔡宗义这样说,"可是,你的哲学性的思辨性格,你那令我这个外省人知识分子也讶异的、知识上的渊博,使我在当时没有向你的朝鲜战争分析,加以质疑。"

蔡宗义和林添福,依然不动如山地,以同样的姿势,俯视着地板上的棋局。啊,这难道不是对弈了将近四十年的棋局吗？赵庆云在恍惚诧异地想着，这两个公认在当时的押房里头脑最好的人，从军监的日子开始，就和历史对弈了四十年呢。赵庆云想着。

在凝视中，赵庆云忽然看见棋盘上的棋子，竟而在自动地厮杀着。

"哦，你们是用意志产生的动力，在下着棋的吧。"赵庆云赞佩地说，"善弈者，有洞烛机先的识力。老蔡，你毕竟看对了。可是我得一直要到十年后才看清楚，那一切的屠杀和监禁，都和战后四十年间享尽了自由、民主的美名的美国，有深切关系……"

这时候，赵庆云忽而听见林添福促狭而豪放的笑声。包管是个性诙谐、乐天的林添福，在棋盘上占了便宜的缘故吧。他记得林添福是个出身麻豆的年轻的医生。他和散居在其他各押房里的、清一色外省人的、张白哲那一案的人们一样，以他们在拷问中的不屈；以他们在押房生活中的优秀风格，以他们赴死时的尊严和勇气，安慰和鼓舞了许许多多在押房中苦闷、怀疑、挣扎着的台湾籍年轻的党人。有一次，经过数日长谈之后，一个台中来的年轻人，泪眼模糊地对林添福说：

"谢谢。"年轻人说，"一旦又找着了中国，死而无憾。"

"混蛋！"林添福佯为生气地，用日本话说，"你以为，我是个神父吗？"

押房的人全都笑了。赵庆云叹息了。对了，林添福啊，即使在那以死亡和恐怖为日常的环境中，总也是每天一定要让别人至少笑一次才能甘心的人。也正是以这诙谐促狭，使他这留日的医生，没有成为"望之俨然"的"先生"，而成为深受麻豆地方群众拥戴的领袖。在押房里，林添福总是有想不完的点子开玩笑。赵庆云记得最清楚的一次，是他在押房里扮刽子手，别人当被决犯。林添福站在那儿，严肃认真地模拟举枪瞄准，却像个照相师似的说：

"靠左一点，再靠左……不，请再往右一点……"他正经八百地说，"好。很好。现在，肩部要放松。把头稍微抬高些。好……现在，笑，对了，笑呀，像一个英雄……砰！"

啊！林添福就是这样的一个人。赵庆云想着，即使在生命已到了倒数着日子的时期，他也一直活生生地保持着那不可思议的朗爽。一九五〇年十二月，一个湿冷的清晨，林添福和蔡宗义都被叫了出去。赵庆云再也忘不掉两人的不可置信的从容。

"君もか！おしいな。"林添福穿好了衣服，用日本话惋惜似的对蔡宗义说，"你也走，真可惜啊！"

蔡宗义亲切地笑着拍他的肩膀，仿佛在说，又来了，你的玩笑……

走出押房的林添福，露着牙，跟凝重地从角木栏栅向被叫出去的人们注目惜别致敬的，各个押房里的人，用朗悦的声音说：

"お——い、行って來るぞ！"他说，"嗨，我走啰！"他们一干被叫出去的在口号声中被带走了。忽然间，人们再次听见林添福那仿佛无限惊喜的喊声：

"お——い、月が出ているぞ！"他叫着说，"哇！有月亮呢！"

"几十年来，幸存下来的人们，还时常在押房里讨论，一个迎接死刑的人，看见了月亮，犹能那样地喜悦，到底不是痴人，便是大智。"赵庆云对林添福说。

这一般过程，虽然是后来懂得日语的同房难友，红着眼眶，为赵庆云解释才知道的，但赵庆云却一样地大受震动。这样朗澈地赴死的一代，会只是那冷淡、长寿的历史里的，一个微末的波澜吗？

"不！"那时候，赵庆云常常在沉思中这样地怒吼过。

"将军！"蔡宗义的声音。

"噢！"林添福是被谁狠揍了一拳似的呻吟着，"噢——哟！啧，啧！"

"回不回手？"是老蔡含笑挑衅的声音。

"不！"

"棋谱，只是个规律吧，真正下起来，棋局的变化，就太多样了。"蔡宗义忽然说，"历史也一样吧。"

"别讲那些自以为聪明的话吧，"林添福说，"我把炮火拉开了。哼！该你！"

"……"

赵南栋

"哦。"林添福沉吟着说。

"将军。"蔡宗义平静地说。

"噢！"是林添福悲痛而又不甘心的呻吟声。

"三十多年前，我并没有能力预想到，今天的台湾。"蔡宗义忽然沉缓地说，"历史的时间，同个人的时间的差距，老赵，你应该有很具体的实感吧。"

"民族内部互相仇视，国家分断，四十年了。"林添福朗声说，"羞耻啊……"

"每回有人被叫出去，我在押房里唱过：安息吧，亲爱的同志，别再为祖国担忧……我们走的时候，老赵，你们也这样唱，"蔡宗义无限缅怀地说，"快四十年了。整整一个世代的我们，为之生、为之死的中国，还是这么令人深深地担忧……"

病房里忽然沉默起来了。赵庆云感觉到四十年的历史的烟云，在整个病房里回绕着，像高山上的云海，像北漠呼啸的朔风……

"超越了恐怖和怒恨，歌唱着人的解放、幸福的光明之梦，度过了最凶残的拷问，逼向死亡的，我辈一代的人间原点。"蔡宗义独白似的说着，而后忽然激愤地、战栗地啸吼起来："燃烧起来哟，在台湾、在全中国、在全世界，高高地烧起来哟！"

"嘘——！！"张锡命说。他一身都是淋漓的汗。汗水湿透了他的头发和衬衫。"安静！《劳动节》交响曲最后的终场合唱声部，就要开始了！"

赵庆云听见管弦乐部分，在轰隆的打击乐背景下，以高亢、激动的齐声宣叙中结束。中板合唱声部于是展开了。女高音、女低音，男高音和男低音浑厚宽宏的合唱声，从地平线，从天际，带着大赞颂、大宣说、大希望和大喜悦，从宇宙洪荒，从旷野和森林，从高山和平原，从黄金的收获，从遮天蔽日的旗帜，蜂拥奔流、鹰飞虎跃而来。张锡命的脸上是涔涔的汗水，热泪满眶。赵庆云在病床上哽咽不能成声。宋蓉萱、蔡宗义和林添福都在病房会客沙发上，僵直地坐着，失神、震诧地凝望着用指挥棒挥甩出去一波又一波江河海洋似的合唱声部的蔡宗义，热泪挂下他们冰冷了三十多年的脸颊上。

恍惚之际，赵庆云感觉到有人为他擦拭眼泪。他看到护士邱玉梅张大了她那台湾曹族人民的、秀美的眼睛，凝望着他。他感到激动过后的平安与祥和。他看到窗外的天空，清蓝如靛，万里如洗。

"好清朗的天气！"

赵庆云对邱玉梅说。他于是感到疲惫了。他听见邱玉梅急切地叫唤着他："赵先生，赵先生！"今天，我说了，太多话了，他想，不过，住院以来，可能从来没有，这么样，舒畅过呢……

他睡了。

早上七点二十分，邱玉梅为赵庆云更换点滴针剂的时候，才注意到赵庆云的眼珠子，在他那紧闭的眼皮里，始则缓慢，继而迅速地转动着。他的脸面，甚至偶尔也会抽搐一下。邱玉梅立刻跑到医护站去报告。汤主任大夫还没来上班。当班的小刘大夫和护士长赶到了病房。他们为他把脉，量血压……他们的表情有些紧张，有些兴奋。邱玉梅看见他们忙碌地为他打针……而医生和护士终于走了，叮咛邱玉梅密切注意病人的情况。八点刚过，赵庆云的脸上，开始有了淡淡的红晕。在紧闭的眼皮下的病人的眼珠子，转动得更其忙碌了。

八点十分，她看见赵庆云的眼中流出一条细串的眼泪。他的脸色红润了起来，鼻尖因充血而发红。邱玉梅用卫生纸为他擦去眼泪的时候，她看见赵老先生就那么地睁开了眼睛！

"哦，上主！"邱玉梅几乎不相信自己的眼睛，她的心快速地跳跃着。她祈祷似的、喃喃地说："亲爱的上主！哦，他醒来了！"

她仿佛看见赵庆云用他的眼睛向她微笑着。她然后看见他的眼睛望着下着大雨的、病房窗外阴暗的天空，眼中散发着愉快的光彩。她仿佛深怕眼前的一切终是一场幻觉似的，凝神盯着他看着。他的插着导管的嘴，和善地翕动着，仿佛在向她说什么。

"赵先生，赵先生！"邱玉梅看见他像一个禁不住渴睡的小孩一样，重又无法抵抗地闭下嗜眠的眼睛的时候，大声地这样叫唤着他，"赵先生！"

邱玉梅打开的紧急呼叫红灯，使汤大夫和小刘大夫、护理长全奔进了赵庆云的病房。邱玉梅看着他们忙碌地处置着。她看着脸色迅速变得尸黄、呼吸不断转弱的赵庆云，感到晕眩。"亲爱的上主……"她无声地说。

"马上送ICU！"汤大夫面无表情地说。护理长开始打电话到加护病房。

"通知家属！"护理长对邱玉梅说。

"家属——"邱玉梅说，"他儿子今天一早打电话去我家，说他要到南部去找一个人。"

"他没有留下南部的电话吗？"护理长说。

"没有。"邱玉梅说。

"万一……请快打电话告诉我。"邱玉梅记起了叶春美的叮咛的话。

4 赵南栋

一九八四年九月十二日，下午6：50

上午7：20，病人脸色突然转白，在眼角、口角发现部分血色分泌，血压迅速下降，至难于测出血压。心搏缓慢化和不规则化。

加以紧急急救，送加护病房。

加强强心剂投与，使用人工呼吸器，并安置颈静脉管。

下午6∶10，病人心跳突告停止。值班医师给予心肺复苏急救，并投与肾上皮质素心脏注射，并同时施行电击。20分钟后，病人仍未能恢复生命征兆。6∶45宣布死亡。

死亡原因：心肌梗塞，多次发作。

从台北市一个叫作猪屠口的、阴暗、荒芜而破落的社区中，一个被人弃置的屋子里，赵南栋像一具苏醒的僵尸，感到焦躁和不安宁。他终于站了起来，穿上厚厚的、破旧的西装上衣，走出他蛰居的，黑暗而又闷热的屋子，走向烈日和烟尘的台北街道。他走路，他搭公车……汗水拓湿了他污秽的领口、腋下和脊背。他下车，他走路，寻找合适的公车站牌。他终于来到了J医院，在询问台上，问到了赵庆云的病房号。

昨天下午，赵南栋打电话到哥哥的公司。哥哥不在，公司的同事说，他到J医院去了……

他搭电梯到达了西栋十楼。

他走进没有关着门的一〇〇二病房。病房里空无一人。他在病房里孤单地站了一会。他走出病房，找到护理室。

"赵庆云，送加护病房了。"

那个满脸痘子的护士，淡然地这样说。她告诉他加护病房的方位。赵南栋游魂似的上电梯、下电梯，走了两个长长的、医院的回廊。回廊外，种着整齐地对排着的苏铁树。他然后又上了电梯，下了电梯，向右拐。

护理人员问了他的身份，疑惑地为他穿上消过毒的白衣。

他走进加护病房，在第三个床位上，他看到他的父亲赵庆云。

两个医生从赵庆云的床边走开，从呆立着的赵南栋的身边走过，离开了加护病房。两个护士开始利落地拔去病人身上的输氧管、导管和点滴管。他们掀开床单，从病人的右侧腹拉下一条满是血水的导管。

赵南栋看见父亲瘦削、灰黄，在几个导管口上流着血水的尸体。父亲紧闭着双眼，长期咬着导管的嘴唇，依然空茫地张开着，露出了从一片幽暗的口腔中微微外吐的、白色的舌尖。父亲的嘴唇青灰。细细的、粗硬的胡楂子，爬满了父亲嘴唇的四周和下颚。他的头发秽白而无光泽。细大的、青白色的四肢，毫无气力地，任意地搁在沾着血污的白色床单上。平生第一次，赵南栋看见父亲那衰败的、被导尿管弄得有些发炎的器官、在芜乱的体毛中，安静地死亡着……

护士用一条全新的白被单，盖住赵庆云的尸体。一个年纪轻轻就开始秃头的医生，正在厚厚的病历上的最后一页，奋笔疾书，一个穿着灰色制服的卫生服务员，开始把病床推出加护病房。

赵南栋梦游似的跟在病床后头走着。一个小护士追上来要回穿在他身上的，消过毒的白衣。他加快脚步，追上运搬着父亲的死尸的病床，和他们挤进了电梯。

他们走过一条长长的、下坡的廊道，走出了大楼后门，来到一处空旷的、医院后壁的小广场。小广场上，停着一部陈旧的运尸车子。他们走上一条窄小的水泥路，送进一间孤独的、灰色的水泥房屋。陈旧的木头看板上，写着褪了漆色的"太平间"三个颜体字。

他们把用白床单包裹的尸体，推进冰尸的箱子里，而后锁上了那厚重的、不锈钢小箱的门。

护士和卫生服务员匆匆地离开了太平间。太平间里的一个老管理员，用浓重的河南口音问："你是……亲戚？"

赵南栋沉默地凝视着那严密地锁上了的、冷白色的、不锈钢的小门。他于是回头离开了太平间。

走了几步，赵南栋又站住了。火烧似的太阳下，在一身上下厚厚的冬季衣服里，他可以感觉到冷冷的汗水，从他的脊背和胸口各处流淌着。他的汗衫和衬衫全湿透了。他用西装袖口擦着脸上的汗。他走到太平间右侧的一棵老榕树下，跌跤似的坐了下来。

赵南栋始终没有流眼泪。他坐在树荫下，时而低头，时而仰望。他开始感到眩晕，而他的手开始颤抖。他感到气喘，脸色青苍。麻雀在老榕树上聒噪地叫着。一阵热风，在太平间门外，扬起了一片灰色的沙尘。

现在他开始在上衣口袋里摸出两条没有开封的强力胶。他迫不及待地拆开黄色的包装盒子,打开强力胶的锡管。他从裤袋里摸出一个塑料袋,开始把两个锡管里的黄颜色的强力胶,全部挤进塑料袋里。

他用颤抖的双手搓揉着塑料袋,把鼻子凑近袋口,睁大着那晦暗而空洞、却依旧不失秀丽的眼睛,贪婪地吸气。

"哦……"他轻轻地呻吟起来了。

他像呼吸困难的病人吸取着氧气一样,一口接着一口,把强力胶辛辣的挥发气体,贪嗜地吸进他的肺叶里。他的眼睛越睁越大,直直地凝视着黄灰色的,医院大厦。从医院的墙外,传来了繁忙的汽车和机车的声音……

一个小时之后,叶春美从医院大厦的后门,慌忙地,快步走来。她带着惊惧、苦痛的表情,走在通往太平间的、狭窄的水泥道上。在靠近太平间的门口时,叶春美蓦然地站住了。她微喘着气,看见了在榕树周围晃晃摇摇地走着的,眼睛直直地、空茫地望着前方的赵南栋。

"宋大姊,哦,宋大姊,这是你儿子!"叶春美的心中狂喜般地呐喊了。"我从没见过的小芭乐!我一眼就看出来了,宋大姊……"

她缓缓地走向前去。她站在赵南栋的跟前,看着他那一头垢污的长发、苍白而瘦削的脸。她的眼中发散着温暖的光彩,像是母亲看见了自己的骨血。她拉起他的无力的手,从

赵南栋

宽松的袖口上，看见他胳臂上几处用烟头烫触的伤口。

"小芭乐，我的孩子，"她喃喃地说，"啊，宋大姊，老赵，我终于找着他了。"

她费力地扶着瘦弱、一身汗臭、神志不清的赵南栋，走向开在医院围墙边的后门。

哦，宋大姊，她愉快地想着，你不是要我照顾小芭乐吗？毕竟，你让我找到他了……

她在医院的后门外，拦下了一部计程车。她把赵南栋安顿在后座内侧，等自己坐稳了，用力关上了车门。

"石碇仔。"她说。

初刊于一九八七年六月《人间》杂志第二十期

当红星在七古林山区沉落 *

一九四九年底,台湾"省工委"开始瓦解,刽子手们在岛内展开无忌惮的逮捕、拷问、投狱和刑杀时,苗栗客家佃丁和贫农优秀的儿子们,在三湾、狮潭、大湖险峻山区工作、逃亡,终至覆没。

徐庆兰在六张犁公墓上的孤冢,揭开了沉落在七古林山区的半天红星……

一九九三年五月廿七日,苗栗县铜锣乡人曾梅兰,在台北市六张犁公墓荒蔓的一隅,果然就寻到了他苦苦到处寻找了三十年的、他的胞兄徐庆兰一方猥小的墓石。墓石只有

---

* 一九九三年曾梅兰于六张犁寻获其兄长徐庆兰之墓石,并发现其他受难者的坟墓。陈映真据此叙写曾、徐等人参与组织逃亡被捕之事情,借此写成报告文学。

十五公分宽。略微倾圮地露在地面上的部分，约莫只有三十来公分高。泥土把墓碑上的字都糊上了，只露出比较清晰的"徐"字。

曾梅兰用他那几十年泥水师傅的厚实的大手，随手抓了一把墓地蔓生的野草，用力在墓石上搓。墓石上的字逐渐清楚了。他睁大眼睛辨读。石头上写着：

一九五二年八月八日
徐庆兰

曾梅兰忽而哭了。满脸都是眼泪和鼻涕。他用客家话一边哭，一边说，"阿哥哇，我找你找得好苦啊……"

曾梅兰不顾默默地站在一旁的公墓徐姓老"土公仔"（捡骨师），尽情地哭泣。

"阿哥哇……你，几次托梦……你住在，竹丛下哦，阿哥……"

徐老头望着这伤心的弟弟，一边望着离墓石十步远的一小丛野竹。他掏出香烟点上，在心里无声地对自己嘀咕：

——其实，离开墓前两步，那片竹丛才叫大。盖房子的时候，全铲去了。

年轻时，吹得一手好箫……

哭了一会，曾梅兰想到要下山买一些金箔线香，先就地奠拜一番。他于是从一个塑料袋里拿出一把镰刀，把悒密的野草割了，好有一块空地可以烧金箔冥纸。然而不料把野草割开两三步见方，赫然就发现另外一块几乎一模一样的墓碑，静静地斜站在那儿。

捡骨的徐老头这回也呆住了。他说，"这就是了。从前我也光是听说。现在有两个坟，就有一大片……"徐老头也拿起镰刀，帮着砍密密麻麻的菅草、芒草、野芋和野月桃。挨着徐庆兰的第三个墓碑出现了，曾梅兰用割下的芒草搓净石面。他"啊"了一声，惊讶地说：

"黄逢开！"

依李敖出版社出版的《安全局机密文件：历年办理匪谍案汇编·下》（一九九一），黄逢开在一九四九年八月间参加了中共台湾省工委苗栗地区铜锣支部，在廖天珠的领导下，展开活泼的工作。一九五○年三月，他转入地下逃亡。一九五一年四月，密潜在张秀锦经营的苗栗七古林山区一个香蕉园石窟内时被捕，于一九五二年八月八日，与徐庆兰同一天仆倒在国民党肃共恐怖的刑场上。

曾梅兰最后一次看见他亲爱的二哥，是一九五二年八月七日。他当时被关在台北市青岛东路三号台湾省警备总司令部看守所第十房。早上四时许，在睡梦中听见打开邻近押房铁门沉重的金属声。他一跃而起，挨着门缝窥望他二哥关押的第十四房。他早知道他二哥已依"惩治叛乱条例"第二条第一款起诉，巴巴地在押房里等待死刑的点呼已经数月。因此，曾梅兰虽自知他自己情节不重，罪不致死，但仍然和死囚一样，每天四点钟大清早就起来，挂心他二哥被押出去。

狱卒和宪兵打开了十四房。曾梅兰屏息从门缝里凝望。押房里陆续走出四个戴脚镣手铐的人。其中有一人果然就是他无限敬爱的二哥徐庆兰。

曾梅兰把手用力捂住自己的嘴，避免哭出声音来。他以泪眼贪婪地盯着二哥的背影，无如四个人很快就走出了他极为有限的视界。但四个人脚踝上的铁镣拖地的铿锵之声，在凌晨囚房的长廊上，声声都打在号哭的他的心版上。他噤声哭号。他用客家话呼唤：

——阿哥啊，阿哥……你莫走唉，阿哥……

同房的难友都劝他——那时还只不过是二十出头的小子不要伤心，要为他二哥善自珍重。翌月，他出去开庭，捐回来十年有期徒刑。

即便是把国民党，特别是在五〇年代初大量制造冤、假、错案当作一种常识，人们还是难于理解曾梅兰的不白之冤。

一九五二年春，家里才听说被带走后乘隙逃亡年余的二哥又被捕，但却没有半点音讯。过了数月，徐庆兰才从台北市青岛东路三号有信寄回家。弟弟曾梅兰还两次老远从铜锣到台北的警备总部看守所探望二哥，送些旧衣和粗食。就那一年的初夏五六月间，曾梅兰竟而也被捕了。

现年已经六十多岁的曾梅兰回忆，他二哥被带走之后，原已贫困的家道，也益发艰难了。他和三兄每天夜里出去电鱼，天亮了，把电回来的鱼交给母亲拿出去市场卖了，换取粮食。白天，兄弟俩在家睡大觉。

一夜，有一个姓谢的同村人央他隔日送一封信到铜锣街上的文林医院。为什么要曾梅兰送信？"我每天早晨电鱼回来，一定要骑单车上铜锣街上去为电鱼的电池充电。那人说，你骑单车，快，又顺路。"曾梅兰说，"乡下人从来不防着人家。我答应了。替人顺道送封信，这有什么？"

他把电池充上电，揣着人家托的一封信，到文林医院去。他看见很多病人在急诊室等着。他到挂号窗口挂上号。轮到他看病了，医院院长伸手摸他的额头。没发烧呀，院长说。他把揣在怀里的信交给院长。院长看完信，把信还给了他，说：

"他要的药，我这儿没有，你去别家试试。"

曾梅兰把信放进衬衫口袋，蹬着单车回家。"我们虽然只公学校（小学）毕业，别人的信不能看，这个道理我懂的。"曾梅兰说。踩了半天单车，热出一身汗。回到家，他就把衬衫脱下来。岂知他一个嫂子顺手把汗渍的衬衫往一堆待洗浸泡在水中的衣服里扔。待他想起,从水中捞起衬衫,那信早已泡得又软又糊。曾梅兰急出一身汗,把湿漉漉的信拿到炉火上烤烘,竟而不小心把信烧了。

才过上午十一点,铜锣派出所就来了一个警察,要曾梅兰上派出所走一趟。"人一到了派出所,他们就问起被我烧毁的那封信。"曾梅兰说,"我想了,也不过是人家托我拿药的信嘛,怎么警察也知道,叫人来问话?"

曾梅兰据实把整个始末都说了。"人家警察却说我连编个故事都不会,问我那么荒唐的情节我自己信也不信。"特务说曾梅兰分明是湮灭罪证,烧了那封信。接着就是夜以继日的酷刑拷打,要他把信交出来。交不出信来,也要招出信的内容。

"他们把我两个大拇指捆绑结实了,把我吊起来,让我的身体离地三尺。他们也叫我半跪,用木棍横在腿肚上,人上去又辗又踩。"曾梅兰说,"每一次拷问,痛得你一身屎尿、一身汗、满脸的泪,惨叫到神志都昏竭……"

曾梅兰沉默了。他点了一支烟。然后他继续说他后来又被送到新竹宪兵队,再送"保密局"。接着脸上被蒙上黑布,送到一个至今他也弄不清楚的、阴暗的地下室。不久,再送刑警总队,最后才送到青岛东路那个看守所。每个单位重复地讯问同样的问题,也用几乎同样的拷刑侍候他。每次拷讯,也莫不屎尿涕泗俱下,迨声嘶力竭而后已。

"他们叫你两手虎口卡着桌子,两个拇指用绳勒住,从桌面下拉紧,你的一手四指、双手八指,就扣死在桌面上了。"曾梅兰平静地说,把香烟搁到烟灰皿上,然后把自己的双手扣在桌沿上。"然后他们用针刺进指甲下的嫩肉……"

他安静地诉说,你却仿佛听到了那痛彻心腑、屎尿俱下的惨号。曾梅兰被送到看守所的时候,断在他左手无名指里的残针,引起严重的发炎感染,"整个无名指头肿得有半个乒乓球那么大。"他说。到了看守所,医生为了开刀取出刑针,不能不切去他的小半个指头。

"我年轻的时候,吹得一手好箫哦。"曾梅兰笑着说,"可是剪掉小半截指头,再也不能吹箫了。"

我看到他矮了一截的左手小无名指,在长年泥水匠的生活中磨砺,看来干净、硕实,只留下一小片灰暗色的指甲。

他被叫出去开庭宣判的那一天,法官看着他的案卷直皱眉头。

"你这个案,只你一个人。调查纪录上说你开了会。"法官问,"一个人,他妈的你跟谁开会?"

曾梅兰说,那全是侦讯机关逼他说的。

"那你怎么在口供上都捺了手印?"

曾梅兰说他受到刑讯。特务强拉他的手在口供上捺指印。

"判你十年吧。褫夺公权十年。"

当红星在七古林山区沉落　179

在庭上为他通译的一个人说，"十年，不会死了，不错啦。"但曾梅兰至今始终没收到起诉状，也没有判决书。

小姜

这贫穷的苗栗客家农民的小儿子曾梅兰，很受到囚房中难友的爱护，协助曾梅兰在狱中学普通话，学习代数、几何、三角和微分，兴味盎然。"我学得很勤。"他说，"我坐牢学了知识，不吃亏。"有难友要教他学英文。他在狱中的政治也提高了。"我反对美帝国主义，不要学英语。"他说。有一位难友在狱中专攻英语，出狱后，可以译书译文章生活了。"我学的数学，出了狱全派不上用场，久了也生疏了，换不了钱。"他笑了起来。

曾梅兰在狱中也学唱歌。《国际歌》《洪湖水》……他全学会了。

"他们说这是共产党的歌。谁管那么多？"他说，"他们不明不白，把我关起来。不是共产党，也要唱共产党的歌。"

问他在狱中十年，最记得什么人。他说他最记得新埔一位姓姜的台湾大学学生。"这小姜，我们客家人哩，"他说。这姓姜的青年教他学普通话，学作文写信，为他绞尽脑汁写答辩状，教他唱歌，叫他一定要保重身体，说他案情轻，不要担心骇怕。"但是人家是'二条一'，就等着宪兵来叫他出去枪毙……"曾梅兰说，把香烟用力在烟灰皿上挤熄了。

一天清晨，曾梅兰从身边异样的骚动中，张开了眼睛。他看见两三个班长趁全房熟睡，摸到睡在他身边的姜姓青年，压住他的四肢，捂住他的嘴巴。

全房的人纷纷起床坐起，在死一般的沉默中，看着这青年整衣、上镣，让出通路，让小姜被一伙强盗带出囚房。

"我走了。"

青年安静地说。"他的脸上没有任何一丝忧惧。平平静静，走出了押房。"曾梅兰说。他说要是在外头，谁对小姜这样，他就同谁拼命。"在牢里，你只能默默地让别人把他带走。"曾梅兰说。押房的铁门沉重地关上，曾梅兰就把脸捂在被头里，哭个不停。"哭得被头上全是泪水和鼻涕。×你妈。"他轻声地用客家话诅咒了。

何处竹丛

一九六二年四五月间，曾梅兰获假释出狱。判决定谳，发监执行的七八年间，他在狱中搞过洗衣、烫衣和裁缝的劳动。每天工资新台币两块钱，到了他出狱的时候，竟也攒下了三四千元。

他从新店安坑的军事监狱出来，拎着旧衣、旧被和几箱子书本，徒步走到台北车站，弄到一张车票回到铜锣。

曾梅兰回到了阔别的老家，真叫作"又哭又笑"。哭的是他触景伤情，想起了眼看着他拖着脚镣出去赴死的二哥。笑的是他果真回到十年间梦魂萦绕的老家。

回去的老家，境况依旧窘困，仅仅是三餐差可为继的情况。而堂上两位老人，为老二庆兰的非命之死和老么梅兰的狱灾，长年忧愁，几年来变得衰弱而又苍老。等待曾梅兰回到了家，习俗上消灾补运的一碗猪脚面线还没吃完，父母就叮咛他把老二的骨殖寻回来安葬。

他这才知道，二哥庆兰的尸骨，从来没回来过。家人告诉他，那一年他二兄被枪决，铜锣警察局的人来报，限家属带一千元在一个钟头内办理领尸。

"那时候，一天的工资十一元。一甲地也才八千元。一千元可以买下两分地。"曾梅兰说。

曾梅兰想起，即使在狱中，他也几次梦见过二哥对他说他住在一个竹丛下。回家后，这梦更为频繁，也都说住在竹丛下呢。尸身没回来，台湾到处是竹丛，叫他到哪里的哪个竹丛下去寻好呢？

回家后不久，曾梅兰考上了石油公司接油管的工作。工作挺好，但人家查出他的罪科，隔天就请他走路。他一生气，向一位好朋友借了一百元，上了台北。曾梅兰和他爸爸学过一点泥水匠的活。"事隔十年，泥水活的材料、技艺都改变了，进步了。"曾梅兰说。他到工地上干挑砖头拌水泥的粗活,从头干起,暗地里偷偷观察,学新活,学新手艺。

另一方面,上了台北的曾梅兰更加坚心要找二哥的骨殖。他一边打工找生活,一边想到了,有时间了,就到处去找。他首先到马场町旁的公墓上找。他看着马场町的沙洲和风中的芒草,想着二哥和黄逢开在凌晨的星月下倒下的情景。那就一定在马场町就近掩埋吧。可他找遍了马场町附近公墓也没有下落。他到新店军人监狱的墓地上找,到过三张犁的靶场去找。"我错将靶场当刑场哩。"曾梅兰抓着尚未秃透的方圆的头颅说,"人说那地方是'打枪的'所在。福佬人不就说人带去枪毙,叫拖去'打枪'吗?"他调侃地笑他自己。

有一回,他听人家说被枪决的无主政治犯尸身,都送到"国防医学院"去当解剖材料。他也听说"国防医学院"的学生,曾经在福尔马林槽中认出被特务带走,没了消息的同学的身体……他左思右想,打定主意到"国防医学院"找去。但是曾梅兰在"国防医学院"大门口,就被守卫的宪兵拦住了。

"我要见院长。"他说。

宪兵问他的身份,有没有事先约定,见院长什么事。曾梅兰说他有要紧的事,非见院长不可。"你看我一个乡下人,身上也没有凶器,你怕我有什么不法?"曾梅兰跪下来说,"你得让我进去,让枪兵押我进去也行。"宪兵不断地给里头打电话。院长说可以见,里面派出来一个医官带他进去。

"他们把我带到院长的办公室了。"曾梅兰回忆说。他把来意说了一遍。

"我知道，如果我阿哥的尸身已经解剖了，骨头、肉一定也找不到了。那没关系。"他对院长说，"我只要看你们的文书，确认我二哥的尸身真在这儿处理过，你们让我在这儿即使抓一把泥土回去祭拜，我，对我爸、我妈，都有个交代……"他哭了。

院长听完他的话，只说"国防医学院"从来没有解剖政治犯尸身的事，自然也没有什么文书。尽管曾梅兰听说时是绘声又绘影，"但是人家说没有这回事，我能怎么办。"曾梅兰说，"我只好回家去，心里想，我阿哥真不灵圣。"

其实，院长说谎了。是有人到"国防医学院"领回被解剖过的政治犯尸身。

曾梅兰一九六二年出狱时，年三十三岁。他四十岁上讨了一个好"婆娘"*，四十一岁，得一子。

"这期间，我阿哥常常来托梦哟，他老说他住在一个竹丛下……"曾梅兰说，"从梦里醒来，常常叫人苦苦思量：是什么地方的竹丛，阿哥他总要给个明示或者暗示……"

而每每做了这样的梦，他的心就悒闷、焦虑。他想，他二哥徐庆兰的骨身一定也不知叫人怎么糟蹋，必定十分不适、不安。于是他就会骑着摩托车在台北近郊的公墓兜着、转着，

---

* 客语：妻室。

到处找人问，也问不出个道理。"三十年来，我几乎没有一年、一月，把找我二哥的事忘了。"曾梅兰说。

一九八一年，他把家搬到六张犁公墓下。这两年，有个老捡骨师傅住到邻右来。"但是因为彼此工作不同，很少相借问。"曾梅兰说。

有一天，曾梅兰在公墓走道旁看见这隔壁的老"土公仔"在捡洗骨头。"其实，我阿爸也为人捡过骨。他嘱咐他儿子们一辈子怎么也不要干洗骨捡骨的活。"曾梅兰停下摩托车，和老土公仔攀谈起来。他这才知道老头姓徐，"也是我们客家人咧。"他说。

曾梅兰问徐老头，他捡洗一把骨头能挣多少钱。老头说，连洗、连晒、连入骨坛，一把七千元。

"不知道这行当比干泥水匠好哩。"曾梅兰说，"我问了阿广伯——他叫徐锦广嘛。我对阿广伯说，有没听说埋葬一九五一年、一九五二年……被政府枪毙的尸身的地方……"老阿广伯竟而说：

"听说过。"

"在哪里？"

"就在这六张犁公墓上。"

"公墓里的什么地方？"曾梅兰睁大眼睛问。

"这我就不明白。听老一辈我们土公仔说过。"徐老头说。

曾梅兰把他三十年来苦苦探寻他二哥骨身的事，细细地说了一遍。

"我阿哥叫徐庆兰。"曾梅兰告诉徐锦广哪个"庆"字、哪个"兰"字,"什么时候你找着,你叫我一声。"

这以后的一年多,爱吃蜗牛的阿广伯,为了炒蜗牛要加紫苏叶,他就到公墓一个角落上去采野紫苏,无意间在紫苏丛边找到一个小小的墓石。他随意一看,是个姓徐的墓石。"那阿梅兰他哥叫徐什么来的?"徐老头漫不经心地嘀咕起来。他早把人家的名字忘了。

第二天,阿广伯找到曾梅兰。

"阿梅兰,我昨天找到一个姓徐的墓。"老头说,"什么名字,我看不清……"

就是这样,曾梅兰找到了他苦苦寻找三十年的他二哥徐庆兰的一方猥小的墓石,又不意扯出了两百零贰个和徐庆兰一样,在喑哑的黑暗中大批被刑杀的、五〇年代初极少数是真的、大多数并不是真的、台湾的共产党人和他们的同情者的墓冢。

对于被湮没、弃置、潦草掩埋在台北郊外公墓最荒陬的一隅的尸骨,在找不到任何线索的蛛丝马迹,特别在长期政治恐怖下,有谁能像曾梅兰那样,三十年来,坚不气馁,坚不放弃,苦苦寻觅?如今,事实越发明白:没有这三十年来不知灰心丧志的、曾梅兰的寻寻觅觅,就揭不开这石破天惊地证言了五〇年代肃共恐怖的、震动千万人心灵、逼迫着人们去再思那一页暗黑的历史的两百多个坟冢。

这当然和客家贫农的儿子曾梅兰独特地执着、坚忍、"硬颈"的个性有关，但和曾梅兰、徐庆兰两兄弟在贫穷中自小培养起来亲密逾恒的骨血兄弟友爱之情，更有关系。

二哥忽然噗通地跪下

曾梅兰说，他听说过祖父是个瞎子。但关于他从未一见的祖母，他就不清楚了。祖父母只生下一个女儿，那就是曾梅兰和徐庆兰的母亲，叫曾草妹。因为曾家只这个独生女儿，招赘了青年徐阿祥，生下兄弟四人，两个冠父姓，另外两人冠母姓。这就是徐庆兰和曾梅兰亲兄弟俩姓氏不同的缘由。

这一家人原本佃赎了三甲多的地，虽然终岁辛苦，三餐基本上是可以吃上饭的。孩子们的爸还是个有名气的泥水师傅。曾梅兰的三哥在农闲时能打些柴草供应砖窑子烧火。家里养了两条精壮的大牛牯，老么曾梅兰就负责放牛饲草。在农地改革之前，佃农徐阿祥一家的生活，还是可以的。一九四八年底，钟姓地主家，有个儿子在竹南警察分局里干局长。人在官衙，消息自然灵通，先知道了政府就要颁布法令，搞农地改革。五〇年新历年开年，地主就来"起耕"（地主收回佃放的田），强迫徐家退耕，伪称收回地来家族自耕，以保护钟家的田产。"种田人老实嘛。否则如果我们抗不退耕，

拖个上把月,'三七五'政策发布,我们就分到田了。"曾梅兰说。但这时二哥徐庆兰却愤懑地说:

"起耕就起耕,咱们不求他!不种田,打工干活,照样活人,不信不耕地主的田就饿死人!"

因此徐阿祥一家人,佃耕三甲多地的大佃农,在"三七五"减租以及嗣后的农地改革过程中,竟而分不到一寸土地。从此全家在农村打工为生,从佃农而沦为农村工资劳动者。父亲徐阿祥重拾泥水匠的活,小儿曾梅兰跟父亲学手艺。大哥在战前被征调到南洋当日本兵,尚未返来,二哥徐庆兰也从原日本兵复员,到邻村的花生油坊去当打油的工人,三哥打柴草供砖窑烧火。

"二哥到花生油坊去做,认识了一个罗坤春,两个人变得十分要好。"曾梅兰回忆着说。油坊离家约莫三千公尺,徐庆兰开始夜里不回来睡,睡在油坊,和罗坤春聚谈竟夜。第二年即一九五一年,这位罗坤春忽然逃亡了。"罗坤春逃亡后不久,听说自首了。"曾梅兰说,"我们估计我二哥和罗坤春有些关系,不久也离家逃亡。"

罗坤春乍看也和曾梅兰一样,是个硬朗的客家人庄稼汉。他诚恳、坦率,说话不闪烁冗繁。他曾涉及一九四七年的二月蜂起事件,被送到当时台北大直的劳训队去,折腾了半年才回家。一九五〇年五月,中共在台地下党、即中共台湾省工作委员会全面瓦解，蔡孝乾、陈泽民、洪幼樵等人联名公开投降，劝服在全省地下党员停止工作，出面自首，结束了"省工委"在台湾短促的、足足四年的生命。

可是没有多久，在一九五〇年五月间，一个以陈福生、萧道应、黎明华等人为核心，在极度艰难的条件中，奋力展开党的重建工作。就是在这困难的时刻，陈福生找到了罗坤春，共同展开再建的工作。

罗坤春和徐庆兰是日制小学（"公学校"）的同学，从小就住得近，在同一个学校读书。罗坤春的家庭是自耕兼佃农。徐庆兰家则是纯粹的佃农。"我们的家道贫困，过着只是差堪维生的生活。"罗坤春说。

一九五一年，罗坤春的叔叔同一些别人鸠资在村子里办了一家榨油坊，罗坤春和徐庆兰都在油坊劳动。

"徐庆兰是公学校时代的同学。"罗坤春平静地回忆，"他这个人重朋友，为人耿直，很有正义心，人的品质很好。"一九五一年春天，陈福生的新核心进行了一系列思想、政策、路线的总检讨，规定了以艰苦的劳动建设基地、求生活、求发展的路线和方针，工作取得了明显的发展。以油坊工人掩护工作的罗坤春担负了在苗栗山区发展据点、建立基地、布建外围群众的任务。

"在油坊里的日日夜夜，我和徐庆兰谈了许多。"罗坤春回想着说，"他虽然受的教育不多，但是，对于一个贫困佃农的儿子，生活早已为他上过深刻的功课……"

罗坤春说，特别在那个困难的时代，党很需要像徐庆兰这样的好群众。"党是鱼吧，群众就是水。没有水，鱼儿怎么也活不成。"罗坤春说，"徐庆兰求知如渴，他对于解放穷人的政治和知识，有不知饱足的追求……"

罗坤春望着窗外，沉默了。

"今年这个夏天，特别热。你们用点茶。"他说。

"谢谢。"

"但没多久，再建的党组织从新竹开始遭受破坏。陈福生一干人全抓进去了。"他平静地说，"国民党特务开始四处在找我，我只好潜下去，走路了。"

罗坤春说，新竹、竹南、竹北遭破坏的组织，向苗栗方向涌来大量从地下逃亡的同志，罗坤春得一边逃亡，一边为逃亡的同志安顿避身、工作的据点。临走之前，他向徐庆兰交代过，要他密切注意自己的安全，必要时，他也得走。"我把当时地下党几个据点所在、联系的方法告诉了他。"罗坤春说。

显然是罗坤春潜入地下逃亡不久，徐庆兰察觉有异，也开始潜身地下。

"二哥躲了这么两三个月，铜锣警察局开始到我家来找人了。"曾梅兰说。有一天，铜锣派出所差了一个小工友来叫人，要徐庆兰到派出所去一趟。"一连几天，来了三趟，父母央人去传他,二哥也不肯出面。"曾梅兰说。

到第四回,铜锣派出所来了四五个警察。

"没什么事啦,请他去一趟,问几句话就回家……"他们说。

警察们的和气,使曾梅兰的父母对老二生了气,叫人四处去找,果然就把徐庆兰找回来。

"好汉做事好汉当。人家说明白了,去问问话,就回来。"徐阿祥对老二说,"你给我去一趟!"

四五个警察于是带着徐庆兰走上院子里的晒谷场,父母在后头送客人。不料到了院子门口,徐庆兰噗通地向着父母跪下,正襟三拜,口里说:

"阿爸阿妈,孩儿怕以后再没有机会孝顺您们了,请您们保重……"

警察连忙把他扶起来,再三保证晚上一定送回来。

"那时我在一边都看得很清楚,"曾梅兰说,"现在想来,我阿哥那时分明知道自己的噩运已经降临!"

刑警把徐庆兰带走。走了约莫四五十公尺远,看见徐家父母都进了屋,才把徐庆兰的双手铐住,步行到铜锣派出所。"我一直远远地尾随察看,"曾梅兰说,"从此,二哥就失去了音讯。"

当红星在七古林山区沉落　　**191**

大便当盒子

今年六十四岁的曾梅兰，想起他自己在二十岁出头的那一年，长距离尾随被刑警带走的二哥徐庆兰的往事，至今历历如在眼前。小时候，曾梅兰和同学打架，打不赢人家，第二天起就不敢上学，大他五个年级的徐庆兰就会为他撑腰。"二哥叫我一个人走在前头上学，他抄附近可以看到我的小路走。"曾梅兰在回忆中笑着说，"欺负我、找茬来的同学出现了。当我们又打起来的时候，我二哥就出现了。从此，再没人敢欺负我了。"

可是，生平有两回，眼看着二哥遭了大难，做弟弟的曾梅兰却只能流泪袖手。第一次就是刑警带走他二哥，他只能流着眼泪紧紧尾随，从家里直跟到铜锣街上，看见铐着双手的徐庆兰被粗暴地推进派出所。"另外一次就是在看守所，在门缝里看着阿哥挂着脚镣，被带出去打枪，而我只能捂着嘴巴大哭。"他说。

曾梅兰上日制公学校一年生的时候，徐庆兰六年级。兄弟俩共带一个大便当。中午吃饭，六年级的徐庆兰先吃，留下一年生曾梅兰的份，再轮到他吃。"家里穷，两个孩子只能共一个便当。"曾梅兰说，"阿哥总是尽量把菜留多了给我。"他们每天一块儿走半小时的路上学，中午一块吃便当。一点点萝卜干炒蒜花儿，兄弟俩还让来让去。

徐庆兰毕业以后,到地主家去当长工,帮人放牛饲草。到十七八岁,徐庆兰的爸,多佃了一块地。少年佃丁徐庆兰很会干庄稼的活。"村子里出了名。他力气大,耘田的lakdakk有多重,他一个人揹起走。"曾梅兰说,"呵,插秧比快,比面积,比好,他老是第一。"

徐庆兰是个孝顺儿子。

"我二哥从小学毕业后,就出社会挣钱。"曾梅兰说,"一直到他在花生油坊,每个月挣的钱,一个钱不留,统统交给俇*阿妈。"

徐庆兰对村子里的长辈都恭谨有加,也是出了名的。二战末期,日本人调动老百姓,榨取人民的无偿劳动,要人们出丁出力"奉公"(义务劳动)。有一回,日本人要赶建水尾的军用机场,来了单子调人,要徐庆兰他阿爸徐阿祥去机场"奉公"。徐庆兰代父出工,到了现场,看到的净是些村子里的老人家在劳动。年轻力壮的徐庆兰,一方面要赶自己的活,一方面忙着帮别的老人家去推上坡的台车,挑重担子,因此,很得村子里老一辈人的夸赞。

战争末期,徐庆兰被征去当日本海军。经过几个月训练,调到新竹一个日本海军机关管厨房的事。有一次,曾梅兰代替老父到新竹的南寮去"奉公"二十天。当时才十六七岁的

---

* 客语:我。

当红星在七古林山区沉落　　193

曾梅兰就利用上工之余,去新竹海军机关找他二兄。"当时正是因为打仗生活十分困难的时代,"曾梅兰说,"人都每天三餐吃番薯签饭,其实很难看见几颗米粒。"找上在海军厨房的二哥,嗣后曾梅兰就每天晚上去二哥厨房吃大白米饭。"过了几天,我阿哥干脆在南寮和新竹之间,找到一个草丛,要我每天夜晚到草丛那儿搬军用沙丁鱼罐头。"曾梅兰说,"你想吧,那是什么时候!沙丁鱼罐头!"

一九六二年曾梅兰出狱回家,明探暗访,把徐庆兰被押送铜锣分局后伺机脱逃的始末摸清了一个梗概,并且亲自按照这个梗概,自己也走了一遭他二兄逃亡的苦路。

徐庆兰从家里被押到铜锣警察局,初步问过口供,当夜十一点左右,由两个警员押着坐火车转送苗栗。"从铜锣到苗栗,经过南势之前有一段急陡坡,火车飞快。"曾梅兰说,"我哥同押人的警员说他要上厕所。警察在火车厢里的厕所门外等着,我二哥却从厕所的窗子跳下急行中的火车,跑人了。"

徐庆兰跳下火车,沿着一条小溪水往前跑。在日本海军里锻炼过的徐庆兰,到一九五一年,已经从铜锣翻了一座山,过了一条水,到了公馆的福基,伪装农村散工,帮当地农民割稻子,晚上睡到地下党的群众赖福相的家。忽一日,侦警掩至,"我阿哥身上怀着一颗日本式手榴弹,正想拉开保险扣,和敌人同归于尽,"曾梅兰说,"他突然想到两个地主家的儿子也在一个房里睡,手榴弹炸开,一定害及无辜。"徐庆兰这一犹豫,侦警就扑上身来,把徐庆兰上了铐,反扣在一张沉重的红木桌子的桌脚下,好让他们继续去搜索整个地主家的宅院。

"我哥他居然就能趁他们搜屋时挣断手铐,大模大样往院子里走出去。这是后来人家告诉我的。"曾梅兰说,眉飞色舞了。徐庆兰走了二三十步,蓦而开始向黑夜的山丘狂奔,一时枪声大作。"我阿哥边跑边往后扔石头,警察以为他扔的是手榴弹,纷纷趴下,要不就往后撤人。"曾梅兰说,"你瞧,又让他跑了!"曾梅兰说,两眼闪耀着赞赏的光辉。那时候,正是大雨倾盆,刑警们终于知道他身上没有手榴弹,力追不舍。徐庆兰跑到一条溪边,看见原先一条小溪竟在大雨中变成轰轰怒吼的大水。"可是我哥他纵身一跳,跳进湍急的洪流。警察料定徐庆兰必定丧命在大水中。"曾梅兰说,"没想到不多久,徐庆兰我二哥,他就在对岸叫人了:有种的,过来找我!"

人们眼睁睁看着他消失在对岸滂沱大雨的水雾中。抓不到徐庆兰,"窝藏"过"奸匪"的小地主赖福相就被抓走了,后来判了十年徒刑。一九五二年,徐庆兰由罗坤春带到大湖的咸水坑,同另外一个在地下行走的党人黄逢开白天里在一个蒸香茅油的作坊干苦活,晚上则在一个张秀锦家香蕉园里一个石头洞里睡。

"那时节,香茅油的价钱多好!一斤香茅油能换一百斤谷子。你去算吧。"曾梅兰说,"别人不知道,这香茅油是人的血膏蒸出来的。"工人白天割香茅草,晒香茅草,晚上蒸香茅油,一蒸就是大半夜,工作十分辛苦,"工作太苦了。黄逢开和我二兄每天倒头就睡死了。"曾梅兰说,一个漆黑的半夜,十来个特务摸到蕉园的石窟,七手八脚压在两个人的身上,徐庆兰没有完全醒来前就被扎扎实实地捆起来。"黄逢开趁隙遁走,跑向荒山里。特务开了枪,打中了他的腿肚。两人就那样被绑走了。"

曾梅兰点上一支烟。我们一时又沉默了。

可是跳下火车,一个人徒手逃亡的徐庆兰,怎么能一路上就他身上掏出一颗日式手榴弹,又怎么和黄逢开逃到一处去?

除了罗坤春,和徐庆兰同属于一个地下党"小组"的谢其淡回答了这个问题。

又一个苦命的孩子

和徐庆兰一般样,谢其淡也是苗栗铜锣贫困的佃丁。他九岁丧父,母亲是苦命的童养媳,是个从一数不到十的文盲。日制"公学校"毕业以后,谢其淡就到乡中一个地主家当小长工看牛。地主家隔壁大户人家有一个少爷,年龄相仿,就学高等工业学校。少年长工谢其淡每夜贪婪地看这小少爷做功课。"他待我很好。他一边做功课，一边教我……"谢其淡回忆说，"我当了两年长工，也读了两年书。"

小长工的工价，是头一年八百斤谷子，第二年升为九百斤，以年计算。"我看人家做功课，学知识，常常遭地主家责骂嘲笑。他们说，你如果有读书的命，今天还用来当长工？"谢其淡说。每次受到嘲骂，心如刀割，羞忿得无地自容。"但回想起来，这么小的年纪，做什么那么贪恋读书。"他说，"心痛，羞耻，但第二晚还是老着小脸皮，噙着眼泪，挨着人家聚精会神地、贪心地学知识……"

那么多年过去了，吃了那么多苦，在国民党围剿的坎坷里走了多少艰苦的山路，但回想起这一段忍辱求知的童年，谢其淡嘴上虽是笑着，眼眶却闪烁着颤动的泪光。

谢其淡有两个叔叔，早年奔到日本去工读。光复前不久回来，带回来新的思想。"记得一个叔叔让我读了日文本孙文的《三民主义》，还记得当时我有这激动的感想：三民主义所许诺的生活，直如天堂的生活！"谢其淡说。光复后不久，后来也知道叔叔们都参加了地下党。"当时叔叔就说，孙文的三民主义，和当下国民党的三民主义，不是一般样！"谢其淡说，笑了起来。

一九五〇年，他二十一岁。当时政府颁布了"三七五"减租办法，很多地主消息灵通，想方设法，在正式施行减租前强迫佃农退耕，收回土地，逃避分田，非法保住田产。谢其淡的一位穷亲戚便是这样的受害佃农中的一个。年轻的谢其淡很替这位佃农亲人不平，竟出面依法抗争。谢其淡说，地主和佃农全是谢家的人。到了最后，争讼两造全上桃园的地政机关相诉，地主请来了二三十个士绅、教师和名望人为地主作证，七嘴八舌，发言长达三个钟头，"轮到我们佃方发言，才开口讲话不及五分钟，他们就百般驳斥干扰，我有了很深刻的感受。"谢其淡说。

地主乡绅们的专横，更加激发了青年谢其淡的斗志。他到处去查访搜证，以确凿的铁证，证明地主是个不在乡地主，历来从未自耕。这终于使佃方胜诉，青年谢其淡也一时名动乡里。

但是谢其淡当然不知道地下党正以赞赏和关怀的眼睛观察着他。有一天，一个行脚药商来找谢其淡。这行脚药商正是罗坤春。

艰难的生活，不平的社会，贫困而充满侮辱的佃丁的童年和少年生涯，早已为他积下对于公平、幸福和光明生活的、强大的感性渴望。和徐庆兰一样，罗坤春成了头一个点燃了他思想的火花，相信了透过穷人自己最坚定的斗争，去改变世界，扭转命运，创造美好生活的可能的人。

"这以后不久，我就被带去参加了读书会。那是一个穷人的读书会，对解放的知识，如饥如渴。"谢其淡回忆说，"和徐庆兰，就是在这读书小组认识的。"

但他记忆中的徐庆兰和他并不十分熟识。"他身体魁健，有异常人。他沉默、勤劳、正直。"谢其淡说，"那个时代，乡下贫困农民，大半都是这样，诚实、牢靠。但一旦觉醒，英勇异常。"

然而，也是一九四九年底，早在朝鲜战争尚未爆发之前，台湾地下党蔡孝乾核心就遭到致命性的破坏。省工委最高指导者蔡孝乾、陈泽民、洪幼樵和张志忠先后被捕，北部各地各级党组纷纷遭到严重破坏。大量的同志被捕。翌年，朝鲜战争以来，报纸上更是日日月月刊出组织破坏和同志殉死于刑场的消息。"在读书会不久，北部、新竹、竹南地区重建后的党组织又纷纷受到破坏，四处逃亡避难的同志们，一批又一批大量地向苗栗一带疏散过来。在幽暗的地下，四处窜奔着从溃散的火线上潜来的同志们……"谢其淡回忆说。

也就在这时节，台北（松山）机场的组织破坏了。侦警迅速地到谢家寻找逃亡中谢其淡的二叔。机灵的谢其淡，也不能不抛下年轻的妻子和襁褓中的幼儿，开始了在苗栗东势山区、卓兰一带逃亡和重劳动的生活。"徐庆兰和新竹方面撤退下来的黄逢开，估计是在地下党的协助与安排下，在大湖基地咸水坑一带游走，躲开豺狼的侦骑，和我又全不在一条路上了。"谢其淡说。

这和罗坤春的话是一致的。

罗坤春说，他得到通知，知道形势已经在往不利的方向迅速扩大。为了接纳行将大量撤退下来的同志,他因必须安排基地的整备,而潜入了地下。"临走前,我特地把几个万一之际可以退避藏身的基地外围点,告诉了徐庆兰。"罗坤春说。因此,脱逃后的徐庆兰,不消多久,就找到了罗坤春。罗坤春带着他在大湖一带,窜走于咸水坑、七古林等地,安排他同撤下来的黄逢开在七古林一家群众所经营的蕉园地住下来。

"当时,我忙着巡走在各基地之间,和黄逢开、徐庆兰也不能经常相见。"罗坤春用他独有的,和缓、简洁的语调说,"曾经告诉过他们的,两个人一道,一定不能同时都睡着了。一定要一醒一眠,轮番守护。一个睡白天,一个睡夜暝。"

这时候,罗坤春的神色闪现了一瞬间忧伤的暗淡之色。他轻微地叹了一口气。"一直到今天,我还弄不清,他们是怎样暴露了身份。"他独语一般地说。

徐庆兰是怎么暴露了身份,引起侦警到迢隔的山区抓到了徐庆兰和黄逢开?其实曾梅兰也老早问过这个问题。

一九五〇年,曾梅兰辗转被送到台北的警总看守所。他给二哥徐庆兰送过衣物饭食。待自己被捕后住进十号房,就嚷着十四房里有他的二兄徐庆兰。

押房外头有个大院子,每天早上,看守班长一房房开门,限极短时间中让囚人盥洗。"我关进来的消息,经善心难友辗转告知了我二兄。"曾梅兰说。第二天一早,我从窗缝里看见二哥在盥洗台上,背着看守,向我用手指比"二·一"。同室的难友说,那意味着我二哥已经以"惩治叛乱条例"二条一款起诉。"二条一",在当时就是死刑的意思。

"从此,我知道我哥原来已经活在天天等待着来点呼赴死的日子里了。"曾梅兰说,"我天天早上贪心地从窗口看着在盥洗中我那不知明日尚能存活也否的二哥。我二哥也每天在盥洗时间默默地凝望着他的小弟。很多时候,洗脸和抹泪对我常常是一回事……"

但是年轻的曾梅兰终于不能忍受这生离又是死别的苦痛。有一天,曾梅兰在全房放出来漱洗时,趁隙不顾一切地冲到他二哥的十四房。"我渐渐听说很多案情是经人密报而招来被捕。我冲到十四房,问二哥有谁密告或者招供了他。"曾梅兰说,"我同二哥说,我会为他报仇。"

曾梅兰说,他哭着问二哥,语无伦次。"我二哥说,没有人相害。这条路是我自己走的。我二哥说,阿梅兰,阿爸阿母都好吗?他们都还好,阿哥放心了。我说。"曾梅兰说,声音哽哑,"我说阿哥,这怎办?不怕,我哥说,我走,你要跟,要跟到底。我二十年后,又是一条好汉。要勇敢。我阿哥说。"

曾梅兰因此被看守班长拖走,挨了一顿好打。"这以后不到两个月,我哥就被带出去了。"曾梅兰说,"和黄逢开同一天,同一时,走的。"

当红星在七古林山区沉落

阿坤哥

六张犁公墓上，在绝命四十多年后，徐庆兰和黄逢开的猥小的墓石相并出土。报上刊出了曾梅兰的述怀。

"我一直到一九五三年才出来自首。"罗坤春平静地说，"是整个地下党、连整个再建后党核心也早已彻底被破坏近一年后才出来的。应该可以说，我是最后一个人了。"

罗坤春没有明说的，是从新闻报道上曾梅兰的叙述中，他知道曾梅兰有所误会。"我一九五三年才出来。徐庆兰一九五二年五月在七古林被捕，当然不是我出来后泄漏了阿庆兰的行踪……"他沉静地说。

一九四九年底开始，"省工委"逐次崩坏。一九五〇年中叶，以陈福生为中心的地下党劫余干部，展开了党的重建工作，至一九五〇年底，全岛各地的组织竟能恢复粗略的规模。但是到一九五一年四月，这个重建核心在新竹、竹北的支部开始被国民党侦警逐一侦破，终于在特警全面、细密的布置下，在一九五二年四月间，重建的地下党因领导核心全部被捕而终告瓦解。

这时，失去上级领导的罗坤春开始寻找可能残存的下级组织。当他在地下且走且寻，逃亡至鸭母坑一带时，突然遭到八十余宪警的围捕。他在惊险中开枪拒捕脱走。但一路上相伴而行的党群众，却在混乱中失散。这时整个苗栗地区早已密布着敌人的侦探，形势极为险恶。身上的盘缠已尽，在严峻的形势下，群众已经很难再掩护逃亡的干部。"而我们也忌讳再去叨扰群众，以免祸及他人。"罗坤春说。在诸路断绝的时刻，一个漆黑的深夜，罗坤春摸回了自己的家。

在如豆的灯火下，罗坤春的父亲静静地听着面目黧黑削瘦落肉的儿子要求取得盘缠，立刻再奔赴逃亡的路。"出人意外的是，父亲没有半句责骂的话。我阿爸说，目前情况，危机四伏。只有最危险的地方，才是最安全的地方。这是我父亲说的。"罗坤春说，音声平静，却若有所思，"他竟要我就躲在自己家里。"

罗坤春的哥哥当夜在宅院的后园，挖开了一个隐秘的地洞。"从此，白天里在地洞中躲藏，入夜出来洗澡、吃饭、活动筋骨。"罗坤春说。这时节，报纸上大量出现组织破坏，同志被杀、自首、自新的同志群出、和政府不断号召自首恫吓的消息。他在屋后黑暗、闷湿的地窟中，切肤地感受到整个形势在迅速而难以挽回地崩解。

一天夜里，他从地洞中出来吃饭洗澡。忽听得有人轻声相唤："阿坤哥……"

罗坤春霍地拔出身上的手枪，准确地指向声音的来源。他看见那发声的黑影轻轻地叹息了："阿坤哥，是我……你要开枪，我也认了。"

罗坤春很快地认出是他早听说已经出面自首的两位老同

志。他想到，如果开枪把这两个人打死在罗家后院脱逃，老父亲和一家人都要遭到残酷的报复。

"这一犹豫，命运就起了变化。"罗坤春独语似的说，"是老钟和另外一个同志。他们说，咱组织全垮了……"

徐庆兰和黄逢开，据"安全局"的材料，是另一个黄姓的自首后被运用的人，密报徐黄两人在大安乡竹林村七古林的行踪，布线侦察，终至逮捕。

我忽然记起第一次到苗栗铜锣乡罗坤春家采访，主客坐定，说明了来意。

"我是共产党人。"罗坤春平静地说。

"……"

"世人都说共产党多么坏。"他说，"我不那么想。"

到外双溪采访谢其淡，他也劈头就说：

"我走过的路，是我自己选的。自己决定的。"

"是。"

"别人说，什么人受到共产党'邪说'的欺骗、迷惑……"他说，"我就不是。我照我的思想去做……"

我想他抛妻弃子，在险峻崎岖的苗栗山区艰苦、勇敢地在危机四伏的地下跋涉，遇到农民的番薯田，同志们只挖瘦小的果腹。"共产党不该拿人民的粮食。肚子饿了，没办法了，也只挑小番薯……"谢其淡说。回到社会，他照样奋力向前，从一个染工,升到整染技师,载誉退休。

"我曾经问过徐庆兰的大哥,问他关于徐庆兰的一些事。"罗坤春以他一贯平稳的语调说。

我沉默地记着笔记。罗坤春又为我们倒了一轮新茶。

"说是,黄逢开、徐庆兰,同一天叫出去。"

"是的。"我说,"说一说,你对徐庆兰的印象……"

他沉吟了半晌。

"他,很老实,很正直……"这大半天来一直心绪平稳、说话不疾不徐的罗坤春,这时忽然泪流满面,怎么也无法自抑。"很勇敢,很好的,青年……"他哽咽地说。

罗坤春忙着掏出手绢揩着满脸不能自已的泪水。"对不起……"他说,"我,失态了。"

我沉默地、轻轻地摇了摇头,看着罗坤春低下头奋力吞声。我移目窗外,那是暮夏一个晴朗的天空。"不,罗先生。即使号啕失声,也不为失态的。"我心中无声地说。

"我们的群众真好"

一个多月来的采访中,不时听这些五〇年代的地下党老战士说起苗栗山区的七古林、神桌山、清水坑和大河底等"基地"和"据点",耳朵听着,手上记着,可心里却一直有个疑问,像个疙瘩梗着,怎么也不容易吞下去:难道在那时候,台湾的地下党果真发展了赤色的游击武装和基地,在台湾的山区,自有政治、军事、社会、经济和文化体系?

九月中旬方过,罗坤春和谢其淡应记者的要求,陪记者一道,花了两天的时间,走了苗栗县大湖、狮潭和三湾一带山区,重点摆在口述资料较少的黄逢开游走过的脚踪上。

从苗栗到三座厝附近,我们拜访了徐庆兰的故宅。往时颓圮的草房,如今已改成坚固漂亮的水泥楼房。就在附近的罗坤春家的老房了,倒是保留了往时红砖小三合院的旧貌。现在老家住着发鬓皆白、身体却依旧朗健的罗坤春的大哥。我们到屋后去,当年窝藏了罗坤春近于一年的地窖,早已填平,并且在旁边盖起了一小栋水泥房。距此不远,谢其淡的老屋旁则早已让人改成土鸡场,旧址则只剩一片草木繁盛的小坡,在微风中送来稀落的蝉鸣。

车子离开铜锣,开始向大湖山区走。这一路上,才知道苗栗大湖、狮潭一带的山有这般俊美。山势诡奇而陡峻,有些地方,甚至勉强可以仿佛昆明的山景,层层叠叠,雄奇险峻。而在层叠有致的山与山之间,有溪有涧,山上有一片又一片自日据时代以来的保安山林,尤其是成片的桂竹密林,在极目之内,迎风婆娑。这样的地理环境,不但令人赞叹,即从游击基地的观点看,似乎也是十分有利的地带。我四处张望着这幽静险峻的山区,想着,当年真有一群青年,以自己的青春为燃料,燃烧着对于解放和幸福最坚决的信仰,在这山恋、保安林和溪涧中激动地蹿奔的情景，一种历史风云的某种不可思议的实感，一时在胸膺中潮涌不已。

"现在山路都拓成了产业道路，"谢其淡说，"要在我们那时候，这半天路，上午出发，深夜才到。"

一九五一年四五月以后，情势一天天恶化。竹北、竹东、新竹的事业单位、交通部门里的党组和地委纷纷瓦解。五月，云林、桃园、莺歌的机关也遭到沉重的破坏，形势极为险恶。"原先开辟山区据点，绝不是为了消极避难逃亡，是为了实践重组后新的工作方针：开展农村山区工作，以劳动求生存、求隐蔽、求工作发展。"罗坤春说，"但是到了这时，组织系统遭到全面破坏。我们逃窜在山区，到后来完全成了逃亡求生以待时机，生活就越来越艰苦了。"

黄逢开、徐庆兰和谢其淡一样，都是地地道道的农村工人，自小就是在农村里以两条结实的胳臂的劳力换饭吃的。"他们从外貌、生活、语言看，就是农业工人，谁见了都不起疑。"罗坤春在颠簸的车上说，"当时领导部要我们'运用劳动方式建基地，在劳动中求生活、求安全、开展工作'，这就要靠他们了。我，就差一点吧。"罗坤春自嘲地笑起来。他当然不算是地主少爷，可也不是农村佃丁长工。模样、劳动架势就跟人不太一样。而现实上，当时苗栗周边贫苦农村中，也确实有大量的农村工人涌向苗栗山区的香茅油作坊打工。黄逢开他们掺杂在这些山中作坊的工人中，以杰出、沉重的劳动生活,在山区里打开了社会关系和工作关系。"他们劳动好,为人好,生活好……很容易取得作坊业主和工人们的好感。待人和环境都熟悉了,他们就搞宣传鼓动。"罗坤春说。

"怎么宣传？"我问。

"宣传大陆的土改彻底,穷人彻底翻身。"

"嗯。"

"宣传新民主主义。"谢其淡说,"穷人讲给穷人听,说起来滔滔不绝。"他笑了。他说现在反倒忘却了不少。

"黄逢开的口才好。"罗坤春若有所思地说,"他很会说。"

"还宣传什么？"

"宣传反对美国帝国主义。"

"哦。"

罗坤春点了一支烟,顺手把车窗摇开一道缝。四十年前,在这荒陬的山上,穷人对穷人谈反对美帝国主义,而四十年来,在都会里有多少文明的知识人,从来只说美国亲、美国好。谁要说美国是帝国主义,谁就是可笑又复可怜的"义和团"。从洋知识分子来说,"民族主义"是用来骂人的脏话。

"宣传反对美国帝国主义。你刚说的。"

"嗯。我们说,美国打压中国人民和朝鲜人民,不让两国的穷人站起来。"

"……"

"美国帝国主义扶助日本人再搞帝国主义,将来叫日本人再侵略,压迫咱中国人。"

这山洼洼里贫困已极的客家农民听得懂吗?

"当然听得识。"谢其淡说。

谢其淡说像他这样的党人和别的农业工人就生活在一个工寮里,在一个蒸油坊里工作,一块汗流浃背,在一个锅里掏饭吃,有完全一样的语言、一样的思想感情。"咱干的活,绝不比人差,而且还常常比别人好、比别人累。"他说,"群众觉得我们的生活、命运都一样,但又觉得我们想得比人多些,看得比人要深些、远些。"这往往很快就取得工人们的信赖。

"我们的群众真好。"罗坤春安静地说。

"真好啊。"谢其淡虔诚地说。

"群众很聪明。他们识字或者不多,但真聪明。"罗坤春说,"他看你做工、说话、生活,他就知道你是什么人,为什么、为谁在吃苦、工作。"

谢其淡说,没有群众的同情、爱护、支援,"到了吃紧那几年,你要在那么大的山区'走路',是完全不可能的。"他说。

"他嘴里不会说,但把你当亲人。不,比亲人还亲。"罗坤春说。

山村里来了陌生人,问东问西,他来告诉你。邻村邻乡抓走了人,他来通报。桥头、街角多了几个摆摊子的人,他来警告。里民大会发了通缉犯名单,单子上有你的名字,他来告诉你。"当我们不能不往地下潜去,半夜三更,轻轻敲他的窗门,他让你快快扒两碗冷粥,带走一包盐巴,一块洗衣皂,拎走几件御寒的衣服,"谢其淡说,眼眶红了,"默默地不说一句话。我们为了安全,常常拿了东西,掉头就走。那时候年轻,咬着牙,忍着满眶的泪。"他嘴上笑,一边伸手揩泪。

中午,我们到十分崟山区一家半山腰上的孤独农家。不久,主人家的女人摆出一桌酒菜,两大盘亮着黄油的白斩土鸡。一群工人先上桌吃了。再添肉添汤,轮到我们吃。主人的女婿殷勤劝酒。席间,知道这种山的农家,把满山的柿子园和柑橘园荒着,在山下租了地种"观光草莓"。方才桌上的工人,就是雇来种草莓的农业劳动者。

野姜花香

吃过中饭,谢了主人,我们的车子就沿着山路开向公馆、大湖、狮潭交界的山区。

"方才这一家,就是当年我们发展出来的群众的一门亲戚。"谢其淡说。他说老主人方才还告诉他,那些年,侦探警察每次在山区有行动,一定会上他们家问东问西,穿堂入户找人。"可是今天相见,对我们还是热情友好,和当年绝不相差。"谢其淡说。我想起整个席间他们都用客家话谈得热络。啤酒使主客的脸都发出喜庆样的红光。

车子在窄小的山路中走,两边都是密密切切的桂竹林。桂竹皮上有一层带着粉雾般的、浅浅的墨绿。竹林的地上是一层厚厚的、枯灰的落叶。罗坤春说,那些年,他常常就在这桂竹林中一走就是两三天。"脚步轻,速度又快。"谢其淡说。天大亮以后,走路的党人就在密密的竹林深处砍那么几根竹子,用竹枝竹叶和山芋叶,盖个避雨的小篷睡下。"天黑下来,人醒了。精神抖擞,继续赶路。"谢其淡说。

"你就看看这些竹林好了。"罗坤春看着车窗外的浓浓的竹荫说,笑了起来。"那些年,我们在里面走,像走大路,他们怎么抓得到人?"但是在竹林中窜走,还不能骚动竹子。有一回,被几十个警察包围住了。"什么地方竹子摇动,子弹就飞什么地方。"罗坤春说,"他们从山上往下看,只要没有风,一眼就可以看到竹梢因人骚动的方向……"

车子在山路上走,一个拐弯,一条山涧在右面的山坡下出现。山涧里开满雪白的野姜花。谢其淡说,逃亡的时候,只要有条件,争取每天洗澡。

"野姜花爱沿着有水的地方开。花开的季节,深夜里,在那独特的野姜花香中洗澡,至今不会忘。"

谢其淡回忆说。洗澡不只是对卫生健康好,一旦隔日预定要经过山中人家或下山走村路,不但要洗澡,还得用肥皂洗个干净。"否则你身上因为久不曾洗澡积存的体味,一定引来邻近饲狗最凶猛的狂吠,"谢其淡说,"惊动谧静的深夜里的村庄,引来侦警的注意。"

"肥皂,不容易入手呢?"

"群众给。洗衣肥皂就是。平时也舍不得用。"罗坤春笑着说。

群众供盐,供火柴。谢其淡说盐比什么都重要。"你可以一年吃不上米饭,不能几天没盐吃。"他说。

"没有盐吃,一个人就会浑身无力。"谢其淡说。

在山区"走路",长年营养不良。"脚趾甲因营养不良,先是变黑,后来就全脱落了。"谢其淡说。但是,当他们回忆,他们到今天都无法解释当时他们哪里来的好体力。他们翻过一个又一个山,走长长的山脊棱线,走崎岖的溪埔,终年吃番薯、菅草心和少量鱼虾,"可是一年到头,就不生病。在山区走一趟,从一个据点到另一个据点,就是两夜三天,却一点不叫累。"谢其淡说,"有时候,一连三天雨,你就一连三天身上没干过。"

哭了整整一夜

现在我们从九分崠下来,沿着一条宽阔的后龙溪上游河边的大车道走。人不在山中,远看清水坑山区,山峦起伏,陡峭错落的山脉,大片大片茶绿色的桂竹林在风中摇曳着温柔的筱浪。就是在这个苗栗山区,仅仅是四十年前,多少贫困农民优秀的儿子,在心中沸腾着解放自己、解放台湾、解放全中国、解放全人类的信念,忍受饥寒艰险,游走于山区的地下。

"知道朝鲜战争爆发,美国人封锁了台湾海峡,不觉得大势已去吗?"

"不。"谢其淡说。

我们找了一处树荫停车,喝水拍照。罗坤春说,朝鲜战争发生后,据说中央曾要求台湾的同志停止一切活动,不要再发展。"但是听说陈福生他们没有传达。"罗坤春说,"这是我后来听说的,确实也否,也不知道。"

一九五一年四月开始,再建后的省工委基本上瓦解,无法就具体形势和政治,发挥指导作用。许许多多像罗坤春、谢其淡等在党的青年,仅仅怀着坚定而简单的信念,含辛茹苦,在不断恶化的环境中坚持生存,坚持继续组织的命脉。"是因为我们有一个理想。"罗坤春说,"穷人应该过好日子。旧社会要整个翻造过。中国要强大起来。帝国主义再不能欺负我们中国。"

谢其淡就是为这样的理想抛下妻儿,在艰险的山区奔窜,从来不叫一声苦。"特务们人多,枪多,但就是逮不住我们。"他说,"为什么?因为他来是为了一份薪水,同我们在山区捉迷藏，叫苦连天。我们，是为了穷人自己的解放……"谢其淡要在这个宽阔的溪埔照几张照片，因为他对这溪埔有难忘的回忆。今年全省苦旱，这后龙溪的源头也不例外。"那些年，再旱也旱不到清水坑。"罗坤春大声说。溪埔中心有个沙石场，传出轰隆隆的声音。四十年前，在党的年轻人要碰头、约见，常常挑这个地方。

"这儿视野辽阔，一目了然。"罗坤春说，"一旦发现异样，容易躲藏。"

溪埔到处是大石头。特务开枪，随便躲在石头背后，安全无虞。"到处的菅草丛，一侧身，敌人就看不见。一转眼，你已经涉过水，利利落落地往荒山跑了。"罗坤春说。

一九五二年，陈福生的领导核心已经出去"自新"，垮了一年。谢其淡和他尊敬的老黄见面，也在这个溪埔里。谢其淡比约定的时间早大半天就来到溪边，躲在一个战略位置，屏息观察有没有伏计。一直到半夜，老黄来了，谢其淡立刻带老黄到一个荒山炭窑里。两个青年在破窑里谈了一整夜。老黄告诉他，路已经走完了。党也彻底瓦解了。就义赴死，无济于事。"而这时，你出来，不用供人，不用害人。不用你供，敌人全知道了。"老黄说。

谢其淡最坚强的斗志终于迅速瓦解。"我哭了。哭了整整一夜。老黄也陪着流泪。"他说，"怎么是这个下场？委屈啊。"

在张秀锦的妻子指引下，我们的车子在河床上突跳颠踬。

经过了沙石厂，再走一截，也不能不停在一条没有旱干的流水边。利用简便的缆车度过对头，我们开始徒步爬上七古林。罗坤春步履尚健。心脏开过刀的谢其淡就走得很缓慢了。他们对于山路如今也成了水泥产业道，十分惊讶。路的两边，依然是密密麻麻的桂竹林。大约在一九五〇年底，黄逢开来到大湖山区潜隐，由并不知情的他的一位堂叔，把黄逢开介绍给住在七古林的张秀锦。经张秀锦的介绍，黄逢开在更深一点的山里一个香茅油坊找到工作，安顿下来。而在东势一带跳火车脱逃的徐庆兰，不久也在地下找着了罗坤春，由罗坤春带到七古林来。

"张秀锦是地下党的同情者。他把黄逢开和徐庆兰都安顿在他自己的香蕉园里一个石窟里住。"罗坤春说，"形势越来越紧。我吩咐，夜里两个人要分段睡，互相守卫。这我已经说过了……"

张秀锦在前些年过世了。因为"窝藏"了"匪谍"，他被判刑十年。张太太和儿女早都迁下山去了。现在张太太十天半月上来老屋看看。屋后是一片柿子园。市价太贱，一树一地的好柿子没人理睬。罗坤春偷偷告诉我，张秀锦夫妻感情自来不好。从绿岛回来，张秀锦另外带着一个女人窝在这山洼子里过日子，很少下山。"一家大小，都是这老张太太含辛茹苦在山下带大。"罗坤春说，话中不免有些批评和无奈。我想起半路上在张秀锦太太家打尖喝水，在墙上看到张秀锦后生的结婚照。新郎和新娘模样都很好。

"神桌山下苦别离"

一九五二年四月,"重整"以后的省工委,在国民党特务大量策反的"内线"深入渗透下,迅速瓦解了。四月二十二日,老黄被出卖,持枪负隅抵抗不果就逮,二十六日,陈福生中计被捕。

"老洪"(陈福生)被捕的消息在苗栗山区地下快速地传开。罗坤春想到了黄逢开。"黄逢开是三湾人。一九五一年四月,竹南机关遭到破坏以后,黄逢开受命来咸水坑这一带开辟据点。"罗坤春回忆说。他们俩相识,也自这时始。现在老洪抓起来了。罗坤春急着到三湾的大铳柜去摸具体情况,顺便约定和宋松财同几个潜走地下的同志会个面。

"三湾是黄逢开的本居地,地头上他比我熟。我要到三湾摸情况,想到找逢开带路。"罗坤春说。

时间在一九五一年八月。罗坤春和黄逢开会合,在估计入晚可以抵达三湾的时间,由咸水坑出发。"夜晚入三湾,安全嘛。"罗坤春说。入夜,两人到了距黄逢开家不远的一个刘姓的党的群众家。罗坤春先问有没有什么情况。"这刘登兴竟说什么情况也没有,说一切很平静。怎么可能?整个领导部都抓了,山路、溪边、村庄路口,侦警密布。再问,他还是那老词，没有事，一切平静。"罗坤春说。他本能地对刘起了疑心。吃过饭，一无所得的罗坤春只得准备就寝，心里盘算，无论如何要半夜三点起程，摸黑回七古林去。刘登兴要罗坤春在屋里睡，机警过人的他俩谢绝了，主张在刘家屋后的破炭窑里睡。当他们睡下，再睁开眼睛，已是半夜三点过了五分。罗坤春匆匆叫了黄逢开，却发觉刘登兴竟在前屋没睡。"再细看，他们家前院有戴斗笠的人影，在月光下晃动。"罗坤春说。他拔起身上的枪。踩着猫步，出了大厅。"正欲跨出厅门，一排枪就打过来了。"罗坤春说。他回了几枪，跑回屋后破炭窑，而黄逢开早已不知去向，他只好窜向荒山，在枪声中逃逸。

后来，记者见到现年八十一岁的宋松财。他是三湾乡大河村出身的贫穷佃农的儿子。早在一九四九年，他就参加神桌山上一个据点里的读书会。"那时黄逢开还小，我们读书讨论，他在外头负责安全警戒。"他说。据他说，黄逢开和罗坤春在刘登兴家遇伏失散，黄逢开奔跃闯下山时，把上身衣服扯破了。黄逢开在山与山间的溪涧潜行，听到身后有人行的溅水声，黄逢开和来赴约的宋松财就见了面。他们俩结伴而逃，上了神桌山，"在那儿，两个人躲了一天一夜。黄逢开衣服破了，裸着上身，我最记得。"宋松财说。

两个青年倾谈竟夜。都谈了些什么呢？

"他谈他在香茅油坊的生活。"宋松财说。

"还有呢？"

"不很记得了。"宋松财说，"他比我小，但见识、思想、理论，都比我高。"

"最记得他还说了些什么？"

宋松财向我比了比他的大拇指。"他是个人才。"他扶了扶眼镜说。他然后用客家话说了一段话，神情肃然。罗坤春在一边为我通译。

"他说，黄逢开讲，打内战是同胞相杀，破坏自己国土，损失自己人民田园财产。"罗坤春说，"黄逢开还说，我们的斗争啊，是要阻止内战，把国家统一起来……"

"黄逢开说，中国一定要强才行。一国分成两头相打，最为可耻。"宋松财改用福佬话说，"我们是为使穷人过上人的生活，使中国富强，在斗争，黄逢开这样讲啦。"

四十年前神桌山上的一席话，在幸活下来的宋松财的记忆中，留下巨大的重量。宋松财小时穷得连公学校都没能毕业，有些字还经常忘记怎么写，却不知道他竟怎样地学做了旧体诗。

他在一本小笔记本上抄下他作的好几首并不工谨，却深情溢乎言语和格式之外的旧汉诗。有一首记这次神桌山别后的诗：《三个月再忆逢开》，有这句子：

怀念当时事尽悲，神桌山下苦别离。

两人分手难相见,来日吉凶未可知。

宋松财回忆说,在山上一日,终须作别。宋松财惦记罗坤春遇伏后的安危,想留三湾打探消息,但黄逢开却想往危险的咸水坑去。

"黄逢开,他在香茅油坊预支了一点工资,如今工还没做完,工资还不曾抵平,失信于群众,不好。"宋松财说,"他竟为了不负群众,再入虎山。"

"第二天,我就在七古林见到了前日在三湾失散的黄逢开。"罗坤春接着说。四个月后的一九五二年二月间,黄逢开和徐庆兰双双在张秀锦蕉园里的石窟中被捕,离开宋松财在逃亡途中写怀念黄逢开的诗才一个月。

第二天,我们开车从苗栗经明德水库到三湾,探访黄逢开的胞弟黄逢银先生。就在快到三湾的路上,我们看见了宋松财屡次提起的神桌山。远远眺望,神桌山果然像一只大神桌,在起伏的山脉中竟有一段长长的平台,平台两头还有翘起的桌沿,像是古厝屋檐的燕翅,看来就是大户人家正堂上供着神明和祖宗牌位的"红格神桌"。最早,宋松财和一些贫穷的农民青年在神桌山里开会、读书。他在《念旧日读书会》为题的一首诗上写道:

旧日书堂何处寻？神桌山下柏树林。
田畑青草春色满，空山蓁林鸟啼喧。
同志共论天下计，群英激越爱国心。
几多志士遭难死，长使壮士泪沾襟。

诗有农民素人诗的拙粝，却读之震动。另外一首《一九七一再上神桌山》，诗中有这几句：

半生痛苦等闲过，空留遗迹在人间。
多少同志空论政，头颅落处血斑斑！

这种事，他不干

罗坤春和谢其淡以神桌山为背景，拍了几张纪念照片，感慨殊深。再上山路，不到一个小时，就到了桂竹林下半山腰上的黄逢银，即黄逢开胞弟的家。

一九五〇年八九月间的一夜，七八个特务、警察摸到了黄家。黄逢银说，早有戒心的黄逢开一直不在家屋中，而在屋后一间粗纸作坊里睡。不谙途径的警察，在黑夜中踩了一个空子，整个人摔倒了。黄逢开在睡梦中闻声窜奔，消失在漆黑的竹林里，自此展开了开辟据点和潜逃地下的生活。大哥走后年余，黄逢银在荒山上割草喂牛，顺近到刘登兴家讨水喝，不料就在刘家撞见了当时也潜逃中的彭南华。因为是大哥黄逢开的朋友，彼此寒暄了几句。不料数月之后，彭南华从潜遁中"出来"了，供出逃亡途程时，提到了在刘家碰到过黄逢银的事。"事后他们就来家里逮人了。'知情不报'，判了十年。"黄逢银说，"那时离我哥脱走，已有两年。"

兄弟相继一个逃亡，一个投狱。"养家活口的重担立时都在当时小学才毕业的大妹身上。"黄逢银说。父亲忧病而死，母亲竟日以泪洗面。而黄逢银被捕后一星期，又传来大哥黄逢开在狮潭七古林一带被捕的消息。时在一九五二年的四月间。又四个月，黄逢开和徐庆兰双双刑死。"哥哥的死讯，是二妹在小学朝会上训导老师的训话中听到的。"黄逢银说，一边给罗坤春递烟，点上火。

黄逢银从囹圄回家后，曾听得刘登兴讲的一段母亲劝降的事。

说是黄逢银被带走后，特务来唆使黄母劝降黄逢开，保证不杀。刘登兴带的路，地点也在狮潭咸水坑的溪埔。老太太走了这么长的路！

"谁说的？"罗坤春诧异地问。

"刘登兴。"

"是他！"罗坤春说，"见到你哥不？"

"见到了。"

"你妈她也见到了？"

当红星在七古林山区沉落

"见到了。"黄逢银说,"我哥说,不能降。他说,他逃亡了两年,在七古林,他有多少群众关系!"

"这话对。"罗坤春说。

"他出降,可得拖出多大一串人!这种事,他不干。"黄逢银说,"我哥对我妈说,他只有一死。这种事,他不干。别再来劝了。我哥说。"

黄母忧戚地看着大儿子快速地遁走,消失在白茫茫的菅草花丛里。她走向等在一丈多远的刘登兴。刘登兴知道黄逢开不降,生了气。

"我们这怎么交差?"刘登兴说。

"有什么办法。"黄母说,"回去吧。"

"回去?"刘登兴苦笑,忽然指着对面的小山,"你看看……"他说。

黄母细看了对过的山,逐渐在树影中辨别出好几个便衣,慢慢地走下山来。

"我早就嘀咕,这刘登兴……"罗坤春皱着眉头说。

话说着说着,厨房里竟备好了一桌饭菜。黄逢银和罗坤春一起用客家话回忆着黄逢开。赤贫山村农家的孩子,小学("公学校")从一年级到六年级都拿第一名。个性刚毅,言而有信,酷爱读书,口才尤好。

"我的程度远远不如我阿兄。我什么也不懂,乡下小孩。"黄逢银说,"我哥又什么也不对我说。"

罗坤春和谢其淡都说，"不对你说，是爱护你。"黄逢银不住地向客人劝酒，说着当时失去两兄弟的家道，如何更其赤贫，告贷无门，邻里亲朋，无人敢来闻问。

当红星在七古林山区沉落

从苗栗山区回来不久，见到了领导过黄逢开的彭南华。据说几十年来，他绝口不再提过往的事。然而见到长年未曾相见的老战友宋松财，似乎怎也难似抑止重逢的喜悦。

彭南华说他认得黄逢开，是早在一九四九年的事。"他出身小自耕农。党性极强。"他简洁地说。他说黄逢开是个热血青年。"听说，临刑还高呼口号。是真的吧？"他低声说。坐皆默然。

很多的时候，彭南华和宋松财都以客家话说着往事，显得心情欢愉。

"有一回，在逃亡的小路上，突然和黄逢开碰上了。"彭南华忽然改用闽南话把他才向宋松财说过的话，向我再说一遍。"这以前，我们彼此曾相约要见，没见着，以为今生要相见，怕是难了。所以那次我们不期在地下的路上见到了，都极为高兴。黄逢开还哭了。那么一条大汉。高兴的。"

"他很重感情。"宋松财说。

"热血青年啊。"彭南华说。

他们于是又用客家话叙着旧时岁月。讲了许久，彭南华改用普通话说起他最后一次看到黄逢开的情景。他说在他"出来"以后，都快一年了。有一天，警察来找，说是逮获了黄逢开，要彭南华劝他"合作"。

"我去了。能不去？当着警察，我挑些门面话讲。"彭南华细声说，"黄逢开只是笑。他看来，很安静。"

"……"

"他决定要死了。"他说，眼睛看着手中的茶杯，"你一看就知道。"

宋松财就是在这时从口袋里掏出那几首旧体诗的本子给我。《神桌山上逢开留金言》的一首，最后的两句竟是：

明知此去风波险，也要风波险处行。

"这几十年来，我最怕夜里失眠。"彭南华忽然说，"你想来想去。想着死的人死了，关的人关进去了。"

这时，彭南华忽而流泪了。宋松财紧抿着嘴，定定地看着窗外的绿树。而座中都沉默不语，听彭南华的哽咽。

没有解放区，没有武器，更没有游击军队。即使从一九四六年算起，到"省工委"彻底破灭的一九五二年，总共也不过短短的六年。一九五〇年六月，当朝鲜战争爆发，美帝国主义封断海峡，"省工委"也不过四岁，但历史却早已注定了"省工委"不可挽回的败北。

在那些年的台湾，成千上万的青年一生只能开花一次的青春，献给了追求幸福、正义和解放的梦想，在残暴的拷问、扑杀和投狱中粉碎了自己。另有成百上千的人，或求死不得，含垢忍辱，在严厉的自我惩罚中煎熬半生，坚决不肯宽恕自己。有一些人，彻底贪生变节，以同志的鲜血，换取利禄，而犹怡然自得。

那是一个崇高、骄傲、壮烈、纯粹和英雄的时代，同时也是一个犹疑、失败、悔恨、怯懦和变节的时代。

而受到独特的历史和地缘政治所制约的、这祖国宝岛的继日帝下台湾共产党溃灭以来的第二波无产阶级运动的落幕，当红星在七古林山区沉落，多少复杂的历史云烟，留待后人清理、总结、评说和继承。

一九九三年九月卅日定稿

初刊于一九九四年一月《联合文学》第一一一期

归乡

太极拳

连日来,卓镇三介宫后面的公园里忽然来了一个"太极拳打得极好的老头"的消息,很快就传遍了卓镇的早觉会。据人说,有一天清早还不到五点半,三介宫公园的草坪上,照例有许多早觉会的中老年人,打拳的打拳,练功的练功,慢跑的慢跑。但是,不知不觉间,散落在公园各角落,照常练太极拳的一些人,都被老樟树下一个灰白头发的老头的拳式所吸引。

"没见过人打太极拳,打得那么沉稳、圆活。"

卓镇唯一的一家机车行的老板张清说。他是早觉会的领袖之一。他有一张灰色的方脸,浓眉大眼。早觉会聘什么老师练什么功,都透过他计划张罗。早觉会里有一班人打去年春天起开始练太极拳,也是张清去请了一个白胡子福州人老头教了三个月。其中,张清练得最勤,最起劲。

"你看他一式接一式,连贯得多顺畅,流水似的。"退休快两年的郝先生说。

自此而后,每天清晨,在三介宫后壁公园的草地上,凡练着太极拳的老老少少,竟不约而同地在老头的身后,静谧、虔诚地跟着老头从"揽雀尾"接"单鞭"之式,双手顺缠,内向合抱而成"提手上"式,然后接上"白鹤亮翅"……

第四天,一套十八式拳二十来分钟打完了,张清就趋前向灰白头发的老头说:

"这位师父……"张清瞪大眼睛,谦和地说,"我们从来没见到过你呢。"

"呃。"灰白头发的老头有些腼腆地说。

天色开始明亮起来,照得半山的相思树林婆娑生姿。白头翁远远近近地叫着。几个玩画眉的人挂在矮树枝上的、覆盖着鸟笼罩子的笼子里,传出凶猛地争吵一般聒噪的叫声。

"这位师父……"张清说。五六个原只默默地、崇敬地隔几步围着的人们,受到张清搭讪那灰白头发的老头的鼓舞,都围拢上来了。

"不敢当。"老头说,"叫师父,不敢当呀。"

"这位师父,"张清自顾说,"我们才学太极拳不久。看你提腿,收腿,双肘内缠、外缠……我们全看傻了。"

归乡

"哪里话。胡乱比画,锻炼身体。"老头说。他发现他被五六个热心于太极拳的陌生人圈起来了。"年纪大了,不锻炼,不行。"他有一些不知措手足地说。

人们于是开始提问。问什么是"意欲向左,必先右去",什么又是"前去之中,必有后撑"。出人意外,那灰白头发的老头竟说不出个太大的道理。但他的身体示范,却生动而更富于说明。他先把右腰落实,右胯微微向右旋转扎实,把整个重心落到右腿上,而后左足轻提开胯,随之徐徐迈出右足……

"高呀。"郝先生看着老头示范,由衷地说。

"在太极拳里,有很多上、下、左、右,虚、实、开、合……"老头说,"这些完全对反,却又互相结合的观念和动作。"

张清他们簇拥着老头儿,缓步走到相思树林边一个早点摊子。

"师父,我们请你用早点。"张清说,"一定要赏光。"

"不了。"老头有些诧异地说,"我谢谢大家。"

"虽然不是每天,我们常常在这儿用过早点才走。"郝先生说,"师父您,不要客气了。"

说着,五六个人挑了一张大圆台子坐下了。不一会,早点摊的老朱端上来小笼包、烧饼和豆浆。正吃着早点,张清忽然说:

"这些天来,我们私下都在说,再叫一个班,跟师父学……"

"噢哟，那不敢。"老头把要送进嘴里的小笼包放回小碟子上，慌忙地说。

五六个人都把筷子搁下，诚心应和着要拜师学艺。三介宫公园里要赶着上班的人，三三两两地走了，另外上来了显然没有职场生活的羁绊的人们。然而太阳已经远远地露了脸，天光越发明亮。

"我那一招半式，怎么能教人？"老头忧心地说，"况且……"

"老师父，"张清说，"对了，老师父怎样称呼？"

老人沉默了片刻，一抹轻微的阴影快速地掠过他那满是风霜的脸。

"我小姓，姓……杨，"他说，"单名一个斌字。文武斌……"

"杨师父。"张清说。

"我，是个外地来的人，并不久住。"他说，"各位抬爱，我说谢谢……"

"杨师父不知道打什么地方来？"郝先生说。

"远了。"杨斌老头笑了。他说，"不叫师父，叫老杨。"

"能有多远？台湾这么个巴掌大的地方。"郝先生笑着说，"最北，基隆，从咱这儿，三个半小时的自强号火车。南到高雄，一个多小时公路局'国光号'。"

"其实，地方不在大小。"张清的灰色的脸上堆满了蓄意的笑容，"不在乎大小啦，只在于，有没有那个……主体意识，有没有命运共同体的观念。"

归乡

即使是外地来的杨斌老头,这时也感觉到空气中有极轻微的僵硬感。郝先生没收起脸上的笑意,却没说话。张清的女人素娇抬起戴着精细金饰的素白的手,在空中摇了摇,说:"一刻钟不谈政治,男人准会憋死。"

包括张清和郝先生在内的人全笑了起来。张清这几年来特别喜欢谈"台湾的主体性""命运共同体"。他还喜欢谈"吃台湾米,喝台湾水"就应该"爱台湾"一类的话。然而,这早觉会的算是强韧的团契感,始终没有让张清和郝先生之间偶发的争论,影响了早觉会基本上的和谐。其中,张清的女人和郝先生的太太——人称郝妈妈——及时的排解,就起了挺大的作用。

"杨师父,在我们卓镇,可以待多久?"张清的女人说。她一身名牌运动装,把人衬托得年轻而充满活力。"杨师父能待多久,这才是重点,是吧?"她说。

"唉,张太太脑筋多么清楚。"郝先生说,"老张有个了不得的婆娘。"

张清笑了,把烧饼屑喷在自己的运动衫上。张清的女人用手帕掸着张清身上的饼屑,一边抱怨,"每次吃东西,弄得一身,直像小孩一般。"

"我待在这儿,时间不长。"杨斌老头说,"短则一个把礼拜,长也不过个把月。"

"给杨师父拜师的事,不急着今天说定,对吧?"张清说。

"让师父多考虑几天。"郝妈妈说。

杨斌只顾喃喃地说他从来没教过学生,说时间上也不允许。郝先生忽然说:

"杨师父哪儿学的功夫?准定是高人传授。"

"也没。"杨斌老头沉吟着说,"我跟一个营长学的。"

杨斌当时还只是个未满十九岁的、骨瘦如同柴棒似的小伙子。一九四七年七月间,国军七十师在山东的六营集被共军打垮了,师长陈颐鼎在仗还没开打就沦为共军的俘虏。当时杨斌在七十师原一三九旅下一个营部当兵。在六营集垮下来以后,原七十师一三九旅编到杜聿明集团军,在一九四九年一个天寒地冻的春天里,全军覆灭。杜聿明被俘,邱清泉战死——小兵杨斌跟着一个团一个团投降的国军被俘了。"起义"的团,受到共军的优遇,不久全团送到石家庄集中。共军不知什么缘故,把年轻的杨斌安排去服侍赵营长。

杨斌记得,这赵营长很少言语。平时除了读些共军发给他的小册子,就是在一棵老槐树下打太极拳。杨斌小伙子在屋檐下站着随侍。那是一个大宅院子,主人估计都逃走了。共军在这儿安排几个被俘的国民党旅长和营长住着。赵营长打起太极拳时,这种着几棵老槐树的院子,显得尤其之安静,只听得冬天的朔风打老槐树的树梢吹过,发出裸裎的槐树枝在风中颤动的窸窸窣窣的声音,时不时飘落几片枝桠上的残雪。

有一个早上，杨斌照常看着赵营长从容地跨好马步，突然若有所思地收起步，缓缓转身看着让朝阳在青灰色的土墙上拉着长长的影子的小伙子杨斌。他于是慌忙站好了立正的姿势。

"你离家千万里，流落在他乡，"赵营长面无表情地说，"要下决心，活着回家，见爹见娘。"

"……"

"那就得锻炼。"赵营长说，"没有事，就跟在我后面学。站着也是站着。"

赵营长回转身去，背着杨斌重新站好马步，缓慢地打开了拳式。杨斌有些吓着了。看着赵营长推手、抬腿，他只能木鸡似的愣站着。但营长仿佛说说就算，从不促责。战战兢兢地观察了十来天之后，杨斌才在营长的身后边看边送手旋腿。

"跟营长后头胡乱比画，不想就打了半辈子。"杨斌笑着说，"治病，也健身。"

"这位营长就从不曾指点指点吗？"郝妈妈说。

"指点的。"杨斌老头说，"都一个多月了，营长才正眼看我打拳。教我下蹲时裆高不可低于双膝；教我如何以手引肘，以肘领膊；教我向前抬腿时，要先提大腿，把劲道都收集在膝盖上，然后举起脚跟子……"

"他老人家练得早。根基打下去了。"郝先生对张清说，旋又面向着杨斌说,"那时你年轻。部队刚来台湾,个个都是小伙儿。"

"那时,我十九、二十,国民党还在大陆。"

"那么年轻,就当兵打仗哟。"张清的老婆说,"师父的太极拳竟不是来台湾才学的。"

杨斌沉默了。他忽而不想提台儿庄的事,于是索性不说,含糊了过去。早点摊子的生意渐渐疏落了,老朱端上一大盘水煎包,也拉了一把凳子坐下。

"这一盘,我请的客。"老朱笑着说。

"这哪成?"张清的女人说,"生意归生意。"

"唉!别说这些。早上的生意做过了,剩下的。"老朱以粗哑的嗓子说,"这位师父不嫌弃,算是老朱我请师父尝尝。"

杨斌老头欠身道谢,老朱早把白泡泡的煎包挟到杨斌跟前的小碟上,并且用筷子把煎包皮挑开,现出粉红色的肉馅,一股肉香和葱香飘散开来。

"这位师父……"老朱说。

"师父姓杨。杨师父。"张清说。

"杨师父。你尝尝。"老朱说,"我的水煎包,每天早晨,总要卖个二十来锅。"

包括杨斌在内的五六个人,都开始动筷子吃老朱的水煎包了。

"皮没那么厚。肉馅儿新鲜、实在。"郝妈妈边吹气,边说着,"老朱的水煎包子,出名的。"

"杨师父,敢问你一句……"老朱说。

"包子好吃。"杨斌老人说,放下了筷子,从桌上的面纸包抽出两张淡红色的棉纸,抹着嘴边的油渍。

"杨师父……"老朱说,他把肥胖壮实的两个胳臂抱在胸前,"我敢问你一句……"

"叫我老杨。"

"您府上在什么宝地?"老朱说。

杨斌老头沉默了半晌,忽然说:

"台湾。"

一桌的人一时没回过神来,都诧异地看着杨老师父,又继而面面相觑。

"台湾,宜兰……"杨斌平静地说。

"杨师父爱说笑。"大家诧奇地静默了片刻,张清终于坚决地说。

杨斌老头笑了。其他的人像放下一颗空悬的心似的,也高兴地笑了起来。

"杨师父,说笑的啦,我一听就知道。"张清说,"台湾人?说几句台湾话来听听。"

"都忘了。"杨斌老头摇着头说,仿佛连自己也不相信自己的说辞。

"是台湾人,怎么可能忘了台湾话?"张清和郝先生都笑了起来,"师父是说笑的。"

"如果是台湾人,杨师父这个年纪,准会说日本话。"张清的女人说。

张清的女人说她新近在一个日语班学日本语。"哇他库西哇……"她开始不无得意地用刚学的、生硬的日本话,叽里呱啦地说"我是台湾人"。

"杨师父听得懂吗?"张清的女人开心地笑了起来,她说,"杨师父要真是台湾人,就教我们几句日本话。"

"也都忘了。"杨斌老头安静地微笑着说。

一桌的人如今都确定杨斌师父开了一个玩笑。这玩笑一场,大大拉近了大伙和杨斌老人的距离。张清就想,距离拉近了,对于改天再央请杨师父收徒教拳,保证是有利的。

"杨师父真叫人笑。"张清的女人说。

"可说到底,杨师父是什么地方人?"老朱收起了笑意说,"方才听你们聊天儿,觉得老师父的口音很特别,不知是大陆什么地方的话。北方话吧,不全像。南方话?想不起哪里人的口音。"

"大陆地方大的哟。"郝先生叹息似的说。他在桌子上用手指画了一条线,"一个地方,单是隔着一条河,翻过一个山馒头,讲的话就叫你瞪眼,一句也听不懂。"他说。

"河南。"杨斌说,"河南,吴台庙。"

"没听见过。"老朱说,"不过,这么说来,你的口音还是北方话了。我料定也是。"

"靠郸城很近。"杨斌老头说。

"哎,郓城我就知道了。"老朱说,"我有个堂叔,在整编七十师干副营长。那年七月,七十师开往山东鱼台、金乡待命嘛。没几天,命令下来了,部队叫开往郓城增援……"

"你说的是郓城,不是郸城。"杨斌抬起头细看着老朱,"那是一九四七年七月。"

"是民国三十六年七月份。部队还没到,郓城就叫共产党打下来了。"老朱自顾喋喋地说,"我那堂叔说的,在半路上,大部队前头发现了一辆大车,陷在泥巴路上,动弹不得。车身上下,全是泥浆。"

老朱说,他那副营长堂叔说的,有个团长气急败坏,涨红了脸,老远骑着马冲上来。"我 × 你妈的,老子毙了你!"团长拔起手枪怒声喊着,"谁的车子挡住了急行军!"老朱说那泥巴车上坐着一个人,失神落胆,不言不语,全身是半干不干的烂泥巴。一个司机拼命在车上发车,三个抖颤颤的兵在后面使劲推车。

"司机跳下车来了。扑通!跪在那团长跟前,我那堂叔说我听的。"老朱说,"司机说,郓城垮了。车上是从郓城突围逃出的五十五师一个旅长。"

老朱摇着头说,一个旅长该有多威风。但老朱那副营长堂叔告诉他,那旅长有多么落魄狼狈就有多落魄狼狈。

"就是那个郓城是吧？"老朱说。

"不是山东西南的郓城。"杨斌说，"是河南东端的郸城。你说郓城，莫不是在七十师待过？塔山那一仗，惨！"

"唉，都别提了。"老朱叹气了。他说，"这还早哩。隔一年，咱们几十万大军，硬就全栽在天寒地冻的华北战场。"

"杨师父，还说是台湾人哩。"张清说，笑了起来，"台湾人哪来你这身经百战的老兵？"

张清于是带着轻微的嘲讽，说他当年在部队当充员兵时，"外省老班长，凡是几杯米酒下了肚，就开始从北伐、抗战说到剿匪。"张清说。

"打仗，苦哎。"老朱低着眉说，"台湾人，光是没经过战乱这一条，就叫作幸福。"

清晨来三介宫后面这一块公园来做运动的人们，现在几乎都走了。老朱的大女儿开始收拾早点摊子。阳光从相思树林细碎的叶子缝里洒在他们的台子上。

"其实，台湾人也有国民党老兵……"杨斌老头忽而说，仿佛有一层轻轻的伤感，"而且人数还不少。一样的。一样地吃了千辛万苦。"

不用说是张清夫妻，就连郝先生公婆俩也从来没听说过台湾人和国民党老兵扯得上什么关系。

"我在台湾也半世人了。"张清瞪着狐疑的眼睛说，"大半辈子，就没见过一个台湾人国民党老兵。"

归乡

"一九……不，民国……三十五年。"老杨师父仿佛在心里翻着公元和民国对照的一本账。他说："七八月间，驻扎在台湾各地的国军七十军和六十二军开始招募台湾兵员。"

"这就不怪我不知道了。"郝先生说，"我们是民国三十八年来台湾的。"

"民国三十五年，哈，我还没生下来呢。"张清望了望自己的女人，说，"我是一九五四年的。"

老朱他女儿把一桶洗碟洗筷的水提着，走到公园花畦上细心地浇着水。郝妈妈就常夸老朱这个闺女好。她说过，老朱这女儿照顾那花圃能那么耐心，那么温柔，"将来也准能把她男人、她一家子捧在手心上疼。"她这么说过。

"台湾人憨忠啦。日本精神害的。"张清说，"什么人来当家，台湾人就给谁当兵……"

张清接着说，他听他老爸说过，日本打败仗前两三年，台湾人还争着给日本人当志愿兵，争不到还埋怨。

"你说这，我想起来了。是民国三十五年那个秋天。有一家人，把他们家壮丁送到我们营部来。他们的朋友、家人还撑着白布条旗，写'精忠报国'，写'祝某某君出征'。"

老朱说，连长、营长看了这，都傻了眼。大陆上，兵员是用枪杆子拉了来的。老朱皱着眉目说："我自己就是这么拉夫拉来当兵的嘛。"老朱忽然在喉咙里诅咒了："这亡国灭种的。"

"老朱生气了。"张清的女人心细,听见老朱咒人,不免担心。

"当时台湾人入伍,也不能说全是兴高采烈,戴花披红的。"杨斌老头似乎不无感伤地说,"穷,没饭吃,是台湾青年踩进国民党军营的一个主因。"

张清和他的女人以惊讶的眼睛看着老杨师父。张清知道从前的人穷。这是他阿爸过去常说的。然而,对于张清和他的女人,穷也者,大抵是这样、那样的东西比现在欠缺,但何至于饭都吃不上呢?

"台湾别的没有,就是不缺大米不是?"张清说。

张清说着,忽然间他心中有个灯泡亮了起来。他认真地对自己说,米仓台湾居然缺米,这正是"国民党'中国人'统治台湾"的恶果。但他没有作声。郝家、老朱都是外省人,但都算熟朋友。何况这杨斌老师父也是"中国人",以后还要不要人家开班授拳?

"招募兵员的告示写着:月饷四百五,每天两顿大白米饭,还保证只戍守台湾,绝不派调到大陆。"杨斌说。

"还说,两三个月结训回家后,公家给介绍到机关工作。"老朱小声说,而后哼哼地冷笑了起来。

杨斌深深地看了老朱一眼。他喁喁地说:

"老朱兄弟,你待过整编国军七十师了。"

"不提这些,"老朱苦笑了,"提这些做什么?哪个师、哪个团,到头来不全一样?垮了。"

"是啊。几十年了,我想也不愿意去想。不就是这位张先生老弟问:台湾人哪来国军老兵?"杨斌老头缓缓地说,"台湾人老兵,吃大半辈子的苦——我亲眼看见的。"

杨斌老头说,台湾青年进了军营,配了军装,发了枪支装备。他说,每天胡乱上上操,两餐大白米饭,像浇过大肥的庄稼,三四天工夫,这些台湾小伙们精神了,脸上也悄悄地红润了。

"而后有一天,部队里宣布行军演习,要台湾兵打包结实,不带武器,急行军到高雄。"杨斌说,"而一到了高雄,天色已晚,街道的两旁,净是真枪实弹的外省兵,一路戒备到高雄港。"

"我简单说吧。一上军舰,他们就把台湾兵往底舱赶……"杨斌说。

杨斌说,有几个脑筋机灵的台湾兵,猜到了这是送往大陆打仗了。惊悚的耳语在黑暗窒闷的船舱中渗水似的传开。

"小伙子们都开始哭。"杨斌说,声音有些作哽。

张清的女人眼眶红了,眼角分明闪烁着泪光。

"亡国灭种哟。"老朱唱歌似的说,听来悲伤多于愤怒,"咱中国人当兵,这种事,说不完的。"

"后来呢?"张清的女人说。

"后来,"老朱抢着说,"到大陆打共产党嘛……"

杨斌老人没说话，低着头把凉了的小半纸杯的豆浆喝了。老朱的闺女开始用抹布擦早点摊的几张台子。太阳更大了。秋天早上的风，叫半山的相思树温柔有致地摇曳着。白头翁早飞远了，不知在什么地方迢迢地聒噪着。

"连年战乱，中国人遭多少罪。"郝先生说着，抓起椅背上挂着的自己的手杖，掏钱包跟老朱算账。凡有一块吃早点的时候，他们轮着会账，因此郝先生掏钱，就没人拦他。

"你找阿凤算去。"老朱说。

远远看见她郝叔叔从皮夹里抽出来的是一张五百元钞，阿凤敏捷地握着一把零找，接过那五百元大钞，把零找给了郝先生。人们都站起来了，知道早餐碰头的时光已过。

"杨师父，"张清说，"明天你还来不？"

"来。"

"那好。"张清的女人高兴地说，"你在这儿待几天，我们跟你学几天。"

"台湾人老兵，哪天叫我真碰见一个就好。"张清虔诚地说，"我一定带他回家，好好款待他吃顿饭。"

张清的女人默默地把手勾住张清的胳臂弯。

老朱说："你们好走。"

而他于是坐在凳子上，沉默地望着五个人缓步走下公园的下坡石头路。

"爸，收好了，回去吧。"阿凤开心地说，把带轮子的早餐摊推了两步。

老朱没有则声。他默默地看着远去的五个人，从上衣口袋掏出一包香烟，像一只鸟一般啄起一支雪白的烟，用打火机点上。他终于看见杨师父忽然一个转身，一边和另外四个人挥手，一边回头快步向老朱走来。

"老朱，看见我一副老花眼镜没有？"杨斌说。

"这不是？"老朱从他上身口袋拿出了一副旧老花眼镜。

"谢谢。"杨斌老人说，笑了起来。

"我把你的眼镜收起来，"老朱说，"好单独跟你说两句话。"

"……"

"我估计你是七十师的。"老朱定睛看着杨斌说，"整编七十师。"

杨斌没有答话，但一望而知他的无声的回答，是明白不过的肯定。

"我是六十二军。"老朱说，叹息了，"我这么说，你就明白了。"

"哦。"

"你住处离我家才两三条巷子。我看见过你出入。"老朱微笑了，"你要欢迎，改天到你府上，说说往事。"

"那欢迎。"

"六十二军、七十师，全垮了。"老朱黯然地说，"能留下一条命活到今天，就不容易。"

"那是。"

杨斌于是转身要走。"你知道哪一家吗？"他说。

"知道。"老朱说，"不就是楼下开一家家庭式理发店那一家？"

"对了。那你按三楼的门铃。"

"好咧。"老朱说。

天下父母心

过了三四天，老朱果然去找杨斌老人。杨斌开了门，看见爬了三层楼的老朱有些气喘。

"请进来。"杨斌说。

"年龄大了。爬几层，就喘气。"老朱说，仿佛对他自己，或者对杨斌感到歉意似的。

杨斌把老朱让进了客厅。客厅有些幽暗。杨斌说，"要不就小站一会儿，喘过了再坐。"但老朱早已经一股脑儿重重地坐在垫着红色椅垫的藤椅子上了。杨斌看着还在微喘着气的、把几乎全白的头发理成平头的老朱，才想到自己上这三层楼还像走路似的利落。练练拳脚还真有用处，杨斌老人想着，坐到了老朱的对面。

这时里屋出来了一个高个儿年轻人，端着一个茶盘。茶盘上是一壶热茶和两个瓷杯。他安静地把茶盘搁在茶几上。

"这是小侄。"杨斌对老朱说,而后对老朱摊着五指,向他侄儿说,"这位是朱……就叫朱伯伯吧。"

"朱伯伯。"青年说。

"不敢当。"老朱笑着说。

"叫朱伯伯,应该不会错。"杨斌说,"估计你该当比我大一点点。"

高个儿青年对老朱木讷地笑着,露出一排结实的白牙。

"朱伯伯,您们坐。"青年说,"我去改簿本子,不陪着你们了。"

"侄儿是个老师了。"老朱对杨斌说。

"那天说,一九……噢,民国三十五年底,七十师打高雄上船开往徐州,那会儿我小,才十九出头。"杨斌说。

"就那年九月,六十二军打基隆港上船开往秦皇岛,我已经二十二。"老朱说,"说是二十二,都叫二十三了。"

杨斌为老朱倒茶。老朱喝了一口,就知道杨斌这屋子里的人不考究喝茶。

"你们是九月就走了?"杨斌说。

"比七十军早。我们一走,全台湾岛的防务不都撂下来给七十师的吗?"老朱说。

"噢。"

"那天我不是说过,有一家子台湾人,披红挂彩,把壮丁送到咱营部来吗？"老朱说，"那小伙，叫王金木。"

杨斌再为老朱的茶杯倒满了茶，没说话。

"咱中国人讲金木水火土嘛。呃，有人就叫金木。"老朱说，"还有，一家子人把自己儿子高高兴兴送来当兵。这是把亲人往死路上送不是？这就叫你记住了这王金木。"

"都是乡下农村的青年。"杨斌感叹似的说。

"那天，在我早点摊子上，你不是说台湾的当时，穷呀，吃不上饭，因此有许多台湾人来当兵，图的主要就是两餐饱饭。"老朱说，"但王金木不太一样。"

老朱说王金木家是个殷实的自耕农，种着一甲不到的薄田。日本人打败那年，王金木还差一年就从"农业的高中"毕业。老朱说。

"那叫农业专门学校。"杨斌说。

"王金木来当兵的理由，只为一条：学好'国语'。"老朱状若惊诧地说，仿佛他在五十多年后还不能理解王金木的这个当国民党兵的原由。

"招募兵员的告示上不就说吗？入伍当兵，可以免费学国语，有薪水挣，三个月退伍，保证退伍后有工作……"

杨斌带着某种不屑的口气说。但老朱不曾注意到杨斌的脸上掠过一层淡淡的愠怒和哀愁。

"一九……民国三十五年底，把台湾兵送到江苏徐州，人地生疏。台湾兵讲的话，人家一句不懂；"杨斌说，"人

归乡　245

家讲话，台湾兵只会焦急地瞪眼。可怜。"

杨斌叹息了。他想起了当时在连队上的一些台湾青年。为了学"国语"钻到军伍里来的，何止是王金木！穿着并不合身的军装，这些青年都在想，日本天年尽了，祖国天年来了。将来退了伍，分配了工作，就得会说"国语"、会写"国语"……在贫穷、残破的战后，那是个多么幸福的梦想。

"部队要开拔到基隆港的前四天，我在营区门房守卫。我忽而看见有一位矮小、硬朗的老头，怯生生地往营房门口走来。"老朱说，"他要求和他儿子王金木'面会'。"

老朱说，语言不通，老头在会客室登记本上写"王金木"。"这我看懂了。"老朱说，"想起了他把他儿子打锣披红地送进来时，就是这老头走在最前头，笑眯眯地……"老朱又说老头再写"面会"，他就摸不清了。

"会见。"杨斌说，"他要求会见他儿子。"

"可不是？"老朱说，"我把'面会'倒转过来，就成了'会面'。"

老朱说，等他弄明白王金木他爸想见儿子，他忽而变了一副脸孔，把枪端在胸口上，一面恶狠狠地摇手。

"你知道的。部队移动之前几个礼拜，我们外省兵都得到密令，要对台湾兵绝对保密。"老朱说，"谁走漏消息，谁挨枪毙。我连长说的。"

王金木他老爸一脸惊慌和迷惑，老朱说。他端着枪，急了，胡乱在会客登记本上写："十日后来"。老朱说，老头看了，整个脸都笑开了，又鞠躬，又道谢。老头然后把一个装着橙黄中带着晖红的七八个桶柑的小布袋，恭谨地交给了老朱，手指头不断地点着他方才写在会客登记本上的"王金木"。

"老头儿走了。"老朱说，"我却待在卫兵亭子里。眼泪大颗大颗地掉。"

"你哭了？"杨斌不解地说。

老朱说王金木的老人家叫他想起他离家当兵的经过。那一年的秋天，连着好几天，乡长着人打着锣宣传，说个什么时候，城里放映电影。

"他说电影有多美。大美女在布幕上唱歌。"老朱回忆着说，"我那老娘特别怂恿我去。你一年到头，都只顾着田里园里的活，也趁这一回到城里玩去，我娘她说。"

那天一到，村子里的人有的走路，有的撑船进城看电影，像赶着去看年节的大社戏似的，老朱说。在城里国军团部一个大礼堂里头，人挤得满满地。老朱说：

"那是个秋天的晚上吧，你觉着有一些凉意。电灯关上了，接着在黑暗中打出一道青光，在大礼堂的白布幕上果然就照出一个大美人，也说话，也唱歌，把礼堂里的人们都乐得。"他说，"也不知如醉如痴地看了多久，啪！电灯全亮了，亮得刺人眼睛。人们定睛一看，礼堂讲台上冲上来七八个真

归乡 247

枪实弹的兵爷。再一看，整个礼堂早被枪兵重重包围。"

小伙子老朱和其他百八十个壮丁，全被国民党连铐连绑地带走。"连夜被十几辆美式军车拉走了，强迫你给国民党当兵。"老朱说着，沉默了。

过了一会，他说军车全盖着密实的帆布车篷。每辆车都由几个全副武装的兵爷，右食指紧紧扣着扳机押着。车上有几个小伙先哭了，轻声唤着爹、喊着娘。老朱说着，伸手在左胸口袋里摸香烟。

"不抽烟的人就不知道给客人备烟，你看。"杨斌歉然地说，"我去找一个烟灰缸你用。"

老朱给自己点上烟，深深地吸了一口。杨斌从他侄子的书架上找到一个旧烟灰缸。老朱一时默然地抽着烟。杨斌这才注意到那瓷做的旧烟灰缸里塑了一条在池塘上泡水，牛背露在水面上的水牛。

"王金木他家老人留下一小袋柑橘，我就想起我娘了。"老朱说，"我爹早故。那回是我娘她千方百计怂恿着我上城里。在军车上，我就想，这一下，她老人家怕永远不原谅自己了。她怎么受得了……"

老朱说，十天以后，王金木他家的老人家来营部，发现他儿子王金木被带走了，如果说会痛得像心肺被剜了一块肉，他还不知那块痛肉被扔到哪儿了。

"这亡国灭种的。"老朱低下头说，"而我竟也帮着人家把父子拆散呀。"

"说来，你也不能不那么办……"杨斌带着安慰的口气，张着长了眼袋子的眼睛说，"我们七十师，在……三十五年十二月的一天，驶离高雄港。离港不久，就有两个台湾兵从上下船锚的大洞钻出去，跳进黑压压的大海。没多久，甲板上传来人声，向着黑夜的大海扫机枪……"

老朱把一截烟尾巴挤死在烟灰缸里，把已经凉了的半盏茶水一饮而尽。

"我就时常这么想：那是谁开的枪？"杨斌说，"开枪的人，能不那么办吗？"

"事情过去了那么久。都麻木了。可是等上了岁数了，才知道有些事，其实还住在你心里头，时不时，在你胸口咬人。"老朱说，"而我跟我娘那一别，就再没见过面。"

老朱于是又摸出一根烟，点上了火，吹着浑浊的烟，说抽烟其实只有百害而无一益，但就是老戒也戒不掉。

"我闺女意见最大了。"老朱说着，摇头笑了起来，"我对我闺女说，除了烟，我没别的嗜好了。"

"我看你抽得并不算大。"杨斌看着烟灰缸说，"这老半天了，烟灰缸里只有一截烟屁股。"

"那倒是。"

"六十二军是在哪打散的？"杨斌忽然问正眯着眼睛抽烟的老朱。

归乡　249

"打塔山的时候。那时蒋公要我们限时拿下塔山,解锦州的围。"老朱说,"这就得从头说。"

老朱说,民国三十七年秋天,共军险渡辽宁西北部一条大凌河,直逼义县的国民党守军,志在最终拿下锦州城。"这时,蒋公下令组成一个'援锦东进兵团'。"老朱说,"把我们六十二军和其他几个军和师,都拉到一起了。"兵团在锦西市周近葫芦岛上陆。这时,共军在北宁路上猛打。塔山、高桥、绥中和义县,全被攻下了,对锦州国军形成很大的压力。老朱说。那一阵子,长官训话,总是说"东北全局在此一举",要"三天内攻下锦州城"。过了九月份,就是那年双十那一天,听说共军向白台山扩展,指挥官把兵团拉到塔山、白台山共军阵地前,发动正面总攻。

"我们先是飞机去炸,用渤海湾舰炮打,然后全线攻击。"老朱说,"猛攻七次,七次被'共匪'打退。七次!"

老朱说,在这一波猛攻中,六十二军一五一师里,台湾兵很不少。他说近些年有一句台湾话,叫"踢到铁板",用的人多了。但他初次听到"踢到铁板"这词,立刻就想起攻白台山共军阵地那一回。"那时国军装备有多好!况且还有飞机轰炸、舰炮射击。这好比你非但穿着军用大皮鞋,皮鞋头还套着铁帽儿,踢什么、踹什么,必定无坚不摧吧。"老朱说,"咦?你使劲踹,再用力踢,但你总是被一块坚硬的铁板顶回来。打白台山,就是这种感觉。"就在这第一天全线总攻中,王金木有一个同连的台湾兵,在敌人炮弹在他身边开花的时候,被抛出三四米高,摔在地上,老朱说。

"那个台湾兵——名字如今也记不得了——据说是王金木的同乡,在日本人的时代,还读一个小学。"老朱说,"那台湾兵的肚皮炸开一个窟窿,肠、肚都露在外头了。"

老朱说王金木也顾不得枪林弹雨,嘶喊着冲出战壕,一把抱住那个来自同一个故乡的青年,吵架一般地跟伤兵说着什么,一手还拚命地把人家的肠子、肚子塞回开了花的肚子里。

"那台湾兵瞪着大眼,呼、呼地往外吐气,一句话没说,死在王金木满是硝尘和血污的怀里。"老朱说。

两人沉默了。杨斌听着老朱讲王金木,想起了当时他同连队上一位姓高的台湾兵死在徐州的事。

一九四六年底,也是老朱的民国三十五年底,七十师在台湾招募兵员,补足了员额,分梯次打高雄、基隆两个港,送到徐州。杨斌待的那个营,就驻守徐州边边的九里山。这九里山土燥石坚,寸草不生,原因是九里山上找不到一个水源。部队上用水,就得每天派兵走一个多钟头路到山下汲水。山上的碉堡很湿闷,不用多久,这些台湾兵身上开始长虱子了。

"一来湿气,二来呢,没有足够的水洗澡,自然长虱子。"杨斌对老朱说,"外省兵,和虱子相处得久了,自然就习惯。台湾兵就不行。整天全身抓痒,又不会抓虱子,抓痒抓得

归乡　251

都掉泪。"

为了不闷在碉堡抓痒抓得皮破,又兼而可以在山下冲澡,台湾兵挤破头,争着轮番下山挑水。有一天,这姓高的台湾兵,在挑水回阵地的路上,一路频频在石头堆背后拉稀。"回到队部,姓高的台湾兵就病倒了。"杨斌说,"没几天,尿屎都在铺盖上了。死的时候,眼睛怎么也盖不阖。"

队部用那姓高的台湾兵留下的,犹还散发着屎臭的军毯包裹着尸体,就要在碉堡后头草草掩埋。

"那天半夜,二十来个连上的台湾兵到连长室,涕泪涟涟。"杨斌说,"连口说带笔写,才知道他们希望把人葬在阵地背后一个高地上,用一根缠铁蒺藜用的木棍子,穴朝东边,写'台湾大溪高某某之墓'。死了也要向东,遥望着台湾……"

杨斌沉默了。

"在战场上,死了一个当兵的,比死了一条狗都还不如。"老朱说,"能有一条军毯裹尸,有个埋身之穴,还能遥望故乡,这就算是前世修来的。"

"嗯,那是。"

"就是说我们六十二军打塔城的第二天,我们的人是一波一波地冲锋,也一波一波倒下。"老朱说,"死的当下死了。受伤哀号的人,几乎没人理睬。"

老朱继续说,抢救伤兵的卫生兵也往往在枪弹的密雨中应声倒地。

"来台湾以后,老听人私底下说,国军和'匪军'对仗,士气崩溃,兵败如山倒,只有投降的份。"老朱若有所思地说,"我听了,也懒得争辩。国民党都把整个大陆丢了,还有什么话说?"

但是,六十二军打塔山就不能把国军说得那么孬种。老朱说。他说,第一天,国民党先用飞机群猛炸白台山共军阵地,随后以整营、整团的兵力,硬是由连、营、团长带头,冒着共军密集猛烈的炮火,向前冲锋。"先一阵轰炸炮击、再一阵冲锋,一波接着一波……"老朱说,"王金木的老乡就是这头一天被炸开肠肚的。"

第二天的战斗,更是激烈。老朱说,前一天是前头一波波冲,打垮了由后面补上。"那真叫奋不顾身。"老朱说。第二天,共产党忽然改了花样,利用不同火力、不同性能、不同有效射程的武器,铺天盖地、凶猛密集地向全线国军总攻。

"步枪子弹在你头上飞蹿。"老朱说,"手榴弹在你周边开花。六〇炮、迫击炮往你身后打。小炮、野榴弹炮在阵地最后方指挥部轰轰地爆炸。"

霎时间山崩地裂了。爆炸声、炮火声、步枪、轻机枪声,在弥天硝烟、尘土和横飞的血肉中交响。"那炮声和枪声仿佛就是来自地府,人却在这来自地府的爆破声和硝烟味中麻木了,忘记了恐惧。许多台湾兵都咬着牙,找爆击的间隙跳出战壕,向前冲锋。"老朱说,"就打塔山这一场,说国军怯战,摧枯拉朽，不公平。"

老朱接着说，一批人上去，一批人倒下、或者退下，然后又一批人上了。"那个王金木就在这时被打死了。他们四五个同一个县来的台湾兵，从躲枪弹的尸体堆上起身，正要向前跳过一个战壕往前冲，一个六〇炮弹在他们跟前爆开了。"老朱说。四五个台湾兵的破碎的身体，都像几件被用力扔下的大衣，颓然掉落在战壕里了。他看见的。老朱说。

九小时猛烈、拉锯的激战，死伤遍野。"你到哪儿去找王金木的尸身哩？"老朱说，"在战场上，谁倒下，死了，就不算你的数儿了。活下来，也不知道下一个钟头、隔一天，你是否也变成那不算数的死尸。"

"活下来的人，也还有多少折磨。"杨斌感慨地说，"不同只不同在你还有一口气。你还活着，正不知道你要活着等什么磨难来磨。"

老朱现在摸出了他的第三根香烟，点上了火。"你瞧，今天抽多了。"老朱自顾说。杨斌乘隙起身，拿着茶壶到摆在客厅一角的电热水壶添滚水。老朱看着一架新的二十一吋电视机盖着血红色的丝绒布，漠然想起自己家里也该给女儿换一台新的了。

"我也来讲一个台湾兵的事。"杨斌忽而平静地说，口气像是在做一桩重大的决定。

杨斌于是说起一个出身于宜兰的、叫作苏世坤的台湾青年。苏世坤家是三代佃农，经过日本统治下的战时，光复后台湾农村破产，地租苛酷，生活特别困苦。杨斌说，这苏世坤看到了驻在宜兰的七十军贴出来的招募员兵告示。告示上说，入伍后，先发三千元安家费，免费学"国语"，两三年后退伍，安排地方机关里的工作。

"其实,让苏世坤满怀希望走进营区,还有一条。"杨斌说，"宣传参加军队的人说，台湾将来一定实施征兵制。但凡今日志愿入伍的，这一家的兄弟都可免征。"

杨斌说，这苏世坤家里有一个年迈的父亲和一个双眼失明的母亲。兄弟三人，苏世坤排行老大。他和老二，在佃来的薄田上，没日没夜地干，却一仍吃不饱饭。父亲老了，母亲什么活也干不了，长年坐在床上、不见一丝日光，把她一张宽瘦的脸，荫得苍白了。这是苏世坤告诉他的。杨斌说。

"苏世坤有个老三，右腿有一点瘸。苏世坤说他从小担心这老三干不了田里的活，一心想让这老三读书识字，将来也或者能照顾他自己一身子。这是苏世坤说的。"杨斌说，"老人家老了。倘若老二另日再征去当兵，这家可如何维持？苏世坤这样想，就和老父、兄弟说好了，高高兴兴地志愿当兵来了。两年、三年就回家，而且现成还发给三千元安家……苏世坤对家人这样说。"

杨斌说，刚刚入伍初的两三个月，还准许家人来探访。

"台湾人管会见叫'面会'，原是日本话……听说的。"

杨斌回忆着说，"在'面会'的时候，常常有那么几个台湾新兵把当天自己的饭菜，让家属带回去。苏世坤就是其中的一个。"

杨斌说，来会见苏世坤的总是他那瘸腿的老三。当乡下农民的孩子，老三长得算眉清目秀了。"兄弟俩在会客室见面，欢喜的。苏世坤首先就把自己的早餐——除了两个白馒头让老三手拿着，他把酱菜、花生都盛到便当盒，交给老三。"杨斌说，"那时一天只两餐。下午四点钟吃的是糙米饭、咸鱼和炒酸菜。天气大冷，饭菜不易馊腐的时候，苏世坤就把前一天的第二顿饭菜装便当盒，在隔日会见的时候交老三带回家。"

七十师从光复那年十月来台湾接收和布防。隔年，六月招募台湾新兵进行整编，十二月，一个家伙调徐州，一直到一九四八年九月，才拉到东北，支援遭到共军围困的锦州城。杨斌说。这时台湾新兵已能结结巴巴讲一点普通话了。

"苏世坤说，他们兄弟三个，知道家道贫穷的三兄弟，非特别卖力、特别互相帮衬，才能过日子。"杨斌说，"老三腿瘸了，苏世坤怕老三遭同学欺负，天天陪老三上学，接他下学。"

"穷人的孩子早当家。"老朱说，"那时，台湾新兵多半纯朴、老实。"

"逢年过节，一点儿猪油炒咸萝卜大蒜，苏世坤总让给两个饥饿的弟弟吃。刚到了徐州，苏世坤每回部队厨房端出猪油炒咸菜，就会想起台湾老家，瘸腿的老三。"杨斌说。

"当时，就是这种青年，大批大批来志愿当兵。"老朱说，"我营长看傻了，连说他一辈子没见过……"

杨斌说，苏世坤和其他的台湾青年都是那一回投进国民党军队。有人为了经济窘困，有人当了几年日本军夫捡一条命从南洋或华南回来，几个月半年找不着工作，相当多的人为了学习中国普通话适应殖民地结束后的生活……而走进了军营。"十月，部队调到冈山。然而在营约莫三个多月之后，苏世坤便渐渐感觉到失去了自由。不准回家探亲，活动只能限在连队范围；再钝的人都明白了外省兵端着实弹的真枪，明里暗里在监视着台湾新兵。兵营这就成了监狱。"杨斌说。

但长官常告诉台湾新兵，这是军队的纪律，是军队的秘密性要求，来安抚新兵。那年初冬的一日，长官宣布要举办行军训练。"台湾兵的武器全被缴了去，行囊打了包，连夜从冈山行军到高雄港，紧接着就上了军舰。"杨斌说，"整个高雄市布满了实枪的哨兵，尤其是台湾兵走向港口的街道两旁，两步三步就有一个端枪的哨兵。"台湾新兵上了那一艘接收自战败国日本海军的"宇宙号"，看见甲板四处竟有机枪瞄准着他们，如临大敌。

"台湾兵顿时绝望了。他们感到骇怕，不知道这条舰艇要押着他们到什么迢远陌生的地方。"杨斌说，"有人流泪了。

继而有人哭出声音,终于有几个人放声大哭,用台湾话、客家话,呼喊着爹娘。"

"你都看见了?"老朱哽着喉咙说。

"嗯。"杨斌说。

老朱发现杨斌背着他把眼镜摘下来擦拭,也就沉默不语了。

"人都是,人生父母养的。"老朱终于说,"这亡国灭种的事呀……"

杨斌轻声叹气了,为了平抑心中的波涛,他动手为老朱斟茶。

"才生离死别,硬生生从台湾拉出去,就把台湾新兵往枪林弹雨的战场里扔。"老朱说,"六十二军援锦州城,就是这样。"

"原来的七十军在台湾补了一万多个台湾人兵员,接收了日军装备,整编成七十师,在……民国三十五年底一送,送到徐州增援。"杨斌说,"等到共产党那刘邓大军抢渡了黄河,向郓城逼近,七十师又从徐州给拉到山东西南边的金乡待命。"

"我那堂叔副营长说的,你们部队还没到,郓城,不,郓城就吃紧了。"老朱说。

"那都是后来了。七十师在六月底听说共军过了黄河,怎么就慌张失措了。台湾新兵感染了这慌张的暗流,开始有人逃亡……"杨斌说,"一会儿说是两个机枪手带枪跑了。一会儿说是一个号兵溜了。"

"六十二军打塔城,就不是这个样。"老朱说,"只是敌人的火力意外地强大,士气意外地高。"

"搜索排的一个台湾新兵溜号了。在战地,这有多严重!"杨斌说,摇着头,"连长坚决要活埋这个被抓回来的台湾逃兵,逼他自己挖个坑,集合全连的官兵围着看。"这时候,苏世坤突然双膝点地,跪下来为那逃兵代求一条性命。不料连上几十个台湾新兵也跟着全跪下了,哭着求饶命。呜呜哇哇地哭。杨斌黯然地说。

"出门在外,一条命又朝不保夕。"老朱说,"我们六十二军里的台湾新兵也一样,平时战时,特互相照顾。"

"连长气急败坏。掏出手枪一挥,就把逃兵当场打死在他自己挖好的浅坑里,掉头走了。"杨斌说,"那苏世坤的脸唰地变青了,冒出冷汗。其他的台湾兵都噤声了。"

杨斌细想着说,七十师慌张失措,是从上面慌乱起的。朝令夕改,全乱了套了。指挥部门知道有敌情,却完全摸不清敌人的意向。命令一道一道接着下,一会说把部队拉到济宁,一会又要部队调到嘉祥、巨野。鸡飞狗跳。

"台湾新兵们身上背着、扛着沉重的装备,跟着紊乱的军令,马不停蹄地急行军,忽东忽西。"杨斌说,"台湾新兵,讲话根本上不通,也弄不清大陆的东西南北,整天行军,搞得人仰马翻,叫人家怎么打仗?"

"六十二军的台湾新兵也是。"老朱说,"连长告诉他们,我们打的是土匪。王金木说,怎么土匪整营、整团地来,火力那么强大。连长说我们打的是共产党,"共匪"。王金木茫然地问,什么叫共产党?"

七月,部队在六营集和共军干上了。杨斌说。国军有飞机轰炸,却怎么也打不开共军的包围。困在六营集的时候,长官为了加强士气,有一天特别宣传"共匪的残暴",杨斌说。长官宣传:谁要被"共匪"俘虏了,抓去了,一律割鼻子耳朵,剜出心脏下酒吃。

"第二天,台湾新兵中一个高山族,用刺刀在肚子上捅上了一个大洞,自杀了。怕的。"杨斌说,"这台湾高山族新兵,据说也给日本人当过自愿兵。"

"给鬼子当过兵,变得跟日本人一样狠了。"老朱说。

七月中,有命令要七十师突围,撤到金乡,"但一出六营集就中了伏兵。"老杨斌说。子弹霎时从四面八方打来,炮弹天崩地裂地在你四周开花。国军这边溃不成军。成百上千的台湾兵,一堆一堆,缴械了。他说。

"受了伤,满身血污的台湾新兵,到处乱窜奔逃,就像家里杀鸡,割了喉了,却不小心让它跑了,带着喷出来的血,到处颠颠扑扑地窜。"杨斌说着,给自己倒了茶。待他要为老朱倒茶,老朱忙说:

"我这儿还有，不用添。"

兵乱了，官也乱了，兵溃如山崩。杨斌说。车子、马、辎重和乱军，把路都堵死了。车马就那么横冲直撞，把倒在地上的人活活辗死、踩死。

"兵败真如山崩。"老朱说。

"幺七七团二营一个营长，负伤倒地了，却活活被马当场踩死。"杨斌说，"大盘官帽掉了。断了气的脸上，瞪着惊讶的眼睛。"

"郓城丢了。"老朱说。

"你那堂叔副营长说的就是这一段。"杨斌说，"七十师师长陈什么来着——突围时，落了单，被俘了。"

六营集一战，不知死了多少台湾新兵。杨斌说。七十师一共招募了台湾兵一万几千人。尤其一三九旅的台湾新兵，还有一场劫难在陈官庄等着。

"三天三夜说不完的。"杨斌说，"我就简单说，说我那个台湾新兵苏世坤。"

七十师在塔城打散了。师长被俘，换上一个新师长，收编到杜聿明集团军，守徐州。但华北的初冬，早已经使台湾人新兵感觉到军棉衣已经难以御寒。杨斌说。十一月底，集团军好不容易逃出徐州，在开往河南永城的路上，被共军团团围困在徐州西南百多公里的陈官庄。

"陈官庄的十二月初，啊呀，大雪纷飞呀。冰天雪地里

归乡

的苏世坤，手指、脚尖和脸颊都冻出不断流出血水的冻疮。"杨斌说，"苏世坤的台湾新兵伙伴，死的死，伤的伤。但他却在这时认识了一个厦门来的刘班长。"

因为语言相通，苏世坤和刘班长自然就靠得近了。杨斌说。那大雪一连下了一个多月。苏世坤的头发、眉毛、胡子楂楂，终日都是白色的雪末。杨斌说。粮食断了，刘班长带着苏世坤到麦田里拔幼嫩的麦苗来吃。整个集团军十几万人困在冰雪封实的大地上，军车、大炮、帐篷全盖上一层皑皑的白雪。

有一天，苏世坤倒在地上了。刘班长摇着他的肩膀。"起来，起来！"刘班长说。把脸贴在雪泥地上的苏世坤不觉得冷了，仿佛睡到故乡台湾家里的木板床上。杨斌说。

"刘班长用力地刮他耳光，硬拖强拉，才把苏世坤拉回了人间。"杨斌说。

"他要睡了，准就死了。"老朱说。

"苏世坤醒来。刘班长问他还想不想回台湾见爹娘。"杨斌说，"苏世坤就呜呜地哭了起来。"

"我们被国民党用强，拉去当兵，起初还不是碰到委屈，只能哭。"老朱说，"有时候，被老兵油子听见你哭，还得挨骂：我 × 你的妈，哪个儿子在哭丧？老子还没被打死咧！"

粮食断了。雪地里烧来取暖的柴也尽了。陈官庄方圆几十里，像个被白雪深埋的死城，老百姓早已跑光。杨斌说。

门板、窗棂、树木，能烧的全烧了。杨斌说。

"终于有人想到去坟场挖出棺材板来烧火取暖。"杨斌说，"没过几天，一传十，十传百，军机场附近乱葬岗三四十具棺材，全被挖出来劈成柴火。"

树皮被扒下来吃。皮带以小火煮成皮胶吃。最后各连、营逐渐不能不把瘦成皮包骨头的军用马、驴杀了吃。

"营部来电话了。有一天。要我们去分马肉回来。"杨斌说，"刘班长带着两个兵，扛着担架去了，设想着把分到的马肉、内脏、骨头摆在担架上，盖上毛毯，当它是伤病人抬回来，掩人耳目。"杨斌说。

"怎么了？"

"避免遍地饿鬼似的兵来抢呀。"杨斌说。

"徐蚌会战都快打完了，还这么惨呢。"老朱皱着眉说。

"但马肉还是在半路上被那些在雪地游荡的饿鬼抢了。"杨斌说。

"啊！"

"刘班长端起步枪抵抗。对方一排子弹打来，刘班长就躺下了。听说的。"杨斌说，"消息传回来，几个连上兄弟立刻带着枪往雪地里奔。几代世仇，都不比这时节抢人家活命用的粮食还仇深怨大，更何况是马肉。"

杨斌说，苏世坤听说刘班长打死了，蹲在雪地上，浑身发抖，满脸全是眼泪和鼻涕。"刘班长，刘班长……"苏世坤喃喃地说。

十二月过尽，依然是冰雪封地的第二年正月。

"正月九，共军开打了。第二天，陈官庄就叫人打下来了。"杨斌说，"国民党一个团、一个团地，连人带枪投降……"

"兵败，真如山倒。"老朱说。

杨斌没说话。然后若有所思地伸手拿老朱的茶杯，说：

"换一杯热茶，我去冲。"

"不用了。"老朱说，"六十二军打垮的时候，也一片混乱，死尸遍地。我逃命呀。后来碰上二十八军，编在一个团的搜索排里吃饭，胡乱打了几场小仗，又混着逃到上海，最后是跟着青年军又来台湾。"

"转了一圈，又回台湾。"杨斌说，"但活下来的台湾兵，却都回不了家。"

"那苏世坤哩？"

杨斌沉吟了半晌，说：

"在陈官庄打散了。这往后就没有了他消息。"

"我们回台湾怎么的？一九五六年以后，我们才知道'一年准备、二年反攻、三年扫荡……'全是骗人的，"老朱说，"就那年，天天夜里蒙着被头哭。许多人，一下子白了头。"

"哦。"杨斌说。

"那年以后，逢年过节，我们老兵就想家，部队里加菜，劝酒，老兵哭，骂娘……"老朱说，"有些人因骂娘、发牢骚，抓去坐政治牢。一坐就是七年十年。"

老朱把茶几上的自己的白壳长寿又收回他的左手口袋里。

"你是怎么回到台湾来的？"老朱说，"不容易呀。六十二军、七十师的，不是打死、伤病死，就是当了共产党的俘虏……"

"我，还不就跟你差不多，就回来了。"杨斌沉思着说，"七十师、六十二军连哄带拐，把台湾新兵带走，却把人家扔在大陆上，自己撤来台湾……"

"亡国灭种哟……"老朱摇着头说。

老朱于是站起身来，说是他得回去洗黄豆、泡黄豆，第二天一清早磨豆浆、煮豆浆。

"你那豆浆，香。"杨斌说，"对了，你回大陆探亲吧？你没见着你老娘，你说的。"

老朱于是叹气了。老朱说八九年前他回了一趟老家。

"我娘她在一九五六年，就是我们的'民国'四十五年，病死了。"老朱说，"我一个老嫂交给我一只牛骨做的发簪，尖尖的一头，包着一小截薄薄的一层金。"

"……"

"老嫂说，我娘要她有朝一日，把这发簪交给我，"老朱黯然地说，"要我送给我媳妇儿……天下父母心啊。"

杨斌默然地站了一会，低声说：

归乡 265

"那真是。天下父母……心。"

老朱于是走了。

老家

送走了老朱,杨斌回头看见侄子林启贤出来收拾茶盘和茶杯。收了一半,林启贤忽然坐到方才老朱坐过的藤椅上。林启贤看着杨斌回坐到他自己坐过的位子上,忽然说:

"大伯,我都听见了。"林启贤说,"你说的苏世坤,就是你自己。"

杨斌看见林启贤凝望着他的一对大眼,逐渐潮湿了。杨斌平静、舒坦地坐在椅子上,默然无语。

"我阿爸常说起你们小的时候。"林启贤说,"田里的事再忙,你总是伴着送我阿爸上学,接我阿爸回家。我阿爸常说的。你入伍当了兵。会面的时候,把便当塞得满满的,交给我阿爸带回家……阿爸说的。"

"你阿爸说起这些吗?"杨斌说着,把因为年老而半阖的眼睑睁大了。

"说。常说。"林启贤说。

"……"

"大伯,你受苦了。"林启贤终至于流泪了,"受,苦了,大伯父……"

杨斌想起在不到一个月前,初次踏上暌违了四十六年的故乡台湾,在中正机场初次见到林启贤时,就看见过于男子为少有的他的一对大眼里的泪光。"你长得跟阿爸一模一样。"林启贤后来这样告诉杨斌。林启贤说,和大伯杨斌取得联络的头两年,杨斌寄来过几张照片。六〇年代的两张,都戴着工人帽,穿着把风纪扣子扣到下颔的列宁装。"看起来就像是个大陆人。年轻一些,瘦一些。"林启贤说,"年纪大了,头发灰白了,在机场见到大伯,直如见了我阿爸,一眼就认出来了。"

回故乡台湾会有那么多周折,杨斌是从来没想到过的。八〇年开始,政策改了。过去,他和滞留大陆的绝大多数原国民党军台湾人一样,打五〇年代中后,就戴上"历史反革命"和"蒋帮特务"的帽子,送到河南郸城外的五台庙劳动教育,几十年低着头做人。八〇年代初,"拨乱反正""改革开放"的新政策,突然把他们从劳改场、从山洼洼,从穷乡恶水里,打着灯笼找了出来,脱帽子,平反,补贴损失,杨斌还被七劝八劝当过县里的几届政协委员。

但于他为莫大的幸福的,是政策的翻转,从天空中突然掉下来一个不可思议的机会和可能性,让他能回到几十年朝思暮想的宜兰故乡,看看父母兄弟,看看小时的左邻右舍,看看在无数个梦寐里出现的辽阔的、在风中打着稻浪的兰阳平原和山山水水。在辽沈战役连天的烽火中,在五〇年代初几年成了家,以及在生下头生的儿子时,心心念念,总是故乡的家园,父母的慈颜,和已经不知道如今是个什么模样、少小就相依相持的兄弟骨肉。几十年来,这些切切的思念和对于此生还乡的绝望,互相纠缠,让杨斌在明知的绝望中又不禁款款思亲,在钻心的乡思中面对此生终须客死他乡的冷墙……这样地度过了多少年年月月。

没有人曾经敢于想象,命运和天年会来一个巨大的挪移和完全的翻转。那一天,地委书记找上门来,问了政策落实到他家的情况,而后有如忽然想起似的说:

"跟台湾家里联系了没有?"

"没有。都几十年了。"

"政策是真改了,老杨。"老把工人帽搭在后脑勺的书记说,"先写信联系。往好处想,说不定赶得上回去见爹娘一面。"

于是杨斌的乡心逐渐又苏醒过来了。他觉得手尖端有些发凉。"可不知道怎么办呢。"他说。

"我去问问。"书记说,"县城里已经有台胞接到回信了。接到回信是什么意思?意思是,咱们先去了信,个把月,家人回复了。"

过几天,他真按照地委书记说的——先按老地址写信回宜兰,信封上写父亲林阿炎的名字。他日日兴奋又焦急地等待着从故乡亲人寄来一封音讯皆渺凡四十余年后的来信。

一个月过去了,没盼着回信。"急什么,人家不是个把月了才收到回信吗？"杨斌的老伴说。等了三个月，杨家于是都同意这解释：说不准是搬家了。投递错误，也有可能。杨斌于是再写一封，又写一封……四五封信就叫杨斌盼了一年多回信，却仍旧石沉大海。杨斌的老伴看着等信等得落落寡欢的杨斌，有一天，她说：

"说不准是老人家……不在了。老杨，你都六十好几了。"

她劝杨斌下回写信，写给弟弟。他于是又按老地址写了一封信，信封上写了老二、老三的名字。然而三个月、半年过去了，写去的信，仍然是渺无回音。

又翻过一年的一九九三年，县台办的领导拉老杨出来接待一个台湾来的姓黄的商人。在餐桌上，交换了名片。杨斌戴上老花镜看着名片，忽然惊讶地说：

"你是礁溪人！"

"是。"

"啊呀，你竟是礁溪来的——"杨斌接过名片的手有些颤抖了。

"是呀。"黄先生诧异地说。

"礁溪离宜兰有多么近哟！"杨斌激动地说，"礁溪……"

"坐火车，只一个车站。"年轻的商人说。

"坐火车？我们小时候到礁溪，走路就到了。"杨斌说，老泪就唰地挂下来了。

县城统战部的缪组长明白过来了。他像碰上喜事似的笑着。他向年轻的台湾商人介绍,这"老杨"原籍宜兰,少小离家,来大陆住了四十年。他提议为老杨他乡遇着同乡人而干杯。年轻的台湾商人瞪着眼看他,像是发现了一块珍奇的化石。

"汝台湾人喔?"商人用台湾话说。

"是。"他抹着泪花笑着说。没有人能说清楚杨斌说的这"是"字,是大陆确切什么地方口音的普通话了。

"宜兰住什么所在?"商人再用台湾话热心地问。

"台湾话,都不记得了。"杨斌像是给谁道歉似的,腼腆地说,"离开故乡,都……四十六七年了。听着还行。说,就困难了。"

商人把杨斌在宜兰老家的住址,父亲和老二、老三的姓名全抄在他的记事本上,指天誓日,一定要帮杨斌老人找到家人。

这以后六个多月,杨斌收到了老三的孩子林启贤的来信。据信里说,二伯搬到台北住了。"二伯家说您前前后后的来信都收到了。"信上写道,"可能是二伯父家很忙,不暇奉复……"

杨斌把这亲侄的信前前后后读了几遍。父母都不在了。老三患肝病也死了四年多。杨斌他老伴在一旁看他一边翻来覆去地看信,一边呼儿呼儿地擤鼻涕,一回回用自己的衣角揩老花镜,就递给他她自己揩眼镜片用的一方用旧了的小呢布。

"你可是有高血压的人。"杨斌他老伴放低声音说,"要见亲人,就别把身体搞坏。"

杨斌听着老伴劝,忽而想起了在石家庄那个种着槐树的庭院里,耐心教过他打太极拳的赵营长对他说过的话。现在想起,他就更知道赵营长那一张冷冷的国字脸下,有一颗心,心疼着从千万里外被拉进了战争的修罗道的台湾人小兵。

第二天,杨斌就写了一封长长的回信。那年在石家庄待了不到两个月,上过几堂政治课,共产党就说:愿意留在解放军的留下,依照能耐平等叙用;要走,要回家的,给路条,发路费。台湾兵回乡无路,绝大多数人只得留在军中,更换帽徽。就那几年,杨斌开始学文化。到了军中"肃反",到了"反右""文革",杨斌就能写洋洋洒洒的检讨刮自己耳光了。他在给林启贤的信中,除了概括地叙说了他能明说的遭遇,介绍了自己的家小,就说了更多浓浓郁郁的乡思。

"实在没想到我能等到这一天。现在我急于回家探访,祭拜父母的茔墓……"他在回信里这么写。

然而料想中从此密集热情的鱼雁往返,并不曾发生。台湾的回信,总是滞迟不前,让人觉得启贤有什么难言之隐,欲言又止。

这样地又过了几个月,启贤来了一封信。信上说,大伯,申请回台湾的事,原想请二伯出面申请和具保的,现在改由

归乡

他启贤出面办理。"我没大伯*家忙，"信上写道，"而况我年轻，到台北办大伯入境申请，不怕跑不动……"

杨斌于是又眉开眼笑了。儿子、媳妇也都替他开心。只有老伴老劝他不能激动。

"台湾，四十年不曾回去的家呀。"杨斌叹息着说。

"这次能回家，启贤你出了大力气。"杨斌和蔼地说。

"应当的嘛。"林启贤说，拉了两张面纸揩鼻涕。

"不论如何，这一趟能回家，了了我一大心愿。"杨斌说，"可是办申请入境，就折腾了你。"

"那没什么。"林启贤说，"不就是改名字的事麻烦一些罢了。"

那一年被骗进了国民党的军营，第二天，连长点名时把他端详了一番之后，说：

"从现在开始，你不叫林世坤，叫杨斌。"有一个福建人下士跟在连长身边，帮着"翻译"成闽南语："本子上有一个叫杨斌的缺子，叫他顶着。"连长说。

从此，林世坤就平白地姓了杨。直到现在，他儿子正杰、孙儿小虎也姓着无缘无故的杨姓。但申请回台，头一关就是户籍名不对头，手续就挡死在那儿，动弹不得。两岸之间，

---

* 初刊版和洪范版均为"大伯"，依文意应为"二伯"。

伯侄俩也不知通了多少次电话，往返了多少封信，各自挖空心思去找、去申请补发一些复杂的证明文件，才把事情办通。

林启贤把茶壶、茶杯都收在茶盘里，起身端到厨房。这时，在林启贤修改簿本的、里间桌子上的电话，忽然兴冲冲地响了起来。

"哎呀，是大伯母！"林启贤对着手上的移动电话笑着说话，走向杨斌，一边说，"大伯在呢……您说哪儿的话。大伯不住我这儿住哪？都是亲人……"

杨斌接过电话，他老伴还在对林启贤说，他大伯多么夸赞着他。杨斌听了一会，轻声说：

"喂。"

——噢。是你哟。小虎找你。

杨斌听见电话换手的声音。

——爷爷，我想你。

唯一的孙儿小虎劈头就说。

"爷爷也想小虎。"杨斌说着，把整个脸都笑开了。

——爷爷——

杨斌听见小虎哽咽，而后放声，终至号啕了。杨斌只能听清楚"爷爷"两个字，其他的都被小虎自己震耳的哭声干扰着了。杨斌大吃一惊，从座椅上站了起来。

"小虎，什么事！"杨斌心慌地说。

——爸，没事。这两天，小虎老想你。今天我们看着他憋不住了，就让他给你打个电话。

是儿子正杰在分机上的声音，带着笑意。他听见小虎说：

——爷爷……

"哎。爷爷也想小虎，快别哭。"杨斌笑了，在客厅里，细声对着电话机哄着小虎，慢慢地踱着大步。

小虎的情绪回稳了一些。小虎不住地说："爷爷回来，爷爷回来。"

爷孙俩终于有说有笑地挂了电话。杨斌把电话机还给了林启贤，沉思了一会儿，说：

"启贤，我看，我也该回去了。"

"不！你的身份证，两个礼拜内就能下来了。"侄儿讶然地说。

"噢。"杨斌说。

一回到台湾，启贤就着手为他办台湾的身份证。办台湾的身份证，是为了久居、甚至定居在台湾。再退一步说，有身份证，来日办入台签证，也方便许多。他也不是不曾盘算过落叶归根。然而，来了台湾，不知道事情没那么简单清爽。依台湾的规定，原国民党军人台湾人士要回台湾定居，还不至于很难。但有一条，规定了在大陆的亲属，七十岁以下八岁以上的，绝不能跟来住。

"我在大陆四十年，想了四十年的家。"有一回，杨斌对林启贤说，"我要是同老伴回台湾定居，人到了老年，还得苦苦想那边的孙子、儿子、媳妇。"

然而杨斌明白，侄儿启贤为他申办台湾的身份证，主要是想为他打一场要打起来就锥心彻骨的官司。

回来台湾没多久，杨斌逐渐知道了一九五二年前后，台湾实行"耕者有其田"，林家几代佃农，分得了两来甲地。过了十几年，老父亲临去世之前，就把土地分成三份，对老二、老三百般嘱咐："你大哥这一份，他要活着回来，留他一份。要是神主牌回来，留给他妻儿。"

又过了七八年，农产品越来越不值钱，而不断地往村子里伸展的都市，使土地凡沾上城市发展的范围，点石成金一般，地价就节节哄抬，造就了一批生活穿着土气，却家财数亿的农民暴发户。就在这时节，有人带了台北的一个财团，商请老二卖地，老二隔夜就发了家。

"接连才两年，二伯父家变了。全变了样。"林启贤说，"像蜜糖招引蚂蚁那样，二伯家的门庭热闹了，台北、高雄老远都有人来找二伯父。这个要他盖贩厝卖，那个要他投资搞贸易，另外一个要他儿子先选镇代表，而后开酒馆……"

林启贤羞涩地说，朴素老实的二伯父不久买了新车，养着一个油头粉脸的司机，成天带着二伯父到礁溪赌博、喝酒，甚至养了一个女人。二伯母气得喝了农药。

"二伯母没有死成。这时，也不知道什么地方来了一群三姑六婆，对二伯母说，没见过这么傻的人。死了白死了一个你。亿万家财你有一份。你那一份能牢牢抓在手上，你那老头爱去哪儿疯，随他去。这样才对。那些三姑六婆对我大婶[*]说。"林启贤说。

天上掉下来的一笔横财，使老二里里外外变了一个人。他老来入花丛，一个勤苦朴素的农民，变成花天酒地、胡天胡帝的老头。他的大儿子，林启贤他堂哥林忠，果真用钞票先选上了镇代表，用大钱炒买地皮、开酒家，后来索性搬离了卓镇，住到新市半山腰上的别墅区。第二年，林忠选上了县议员。林启贤说。

三年多前，杨斌从大陆寄出的第一封信，辗转送到林忠家。

"没料到我大堂兄立刻就想到交托在二伯父家的大伯的地产。"林启贤沉重地说，"他怎么一下子就想到你回来，专为了分这份地产。"

"我离家时，咱家还是三餐不继的佃农。"杨斌怅惘地说，"四十年来，我从来没想过我们会有地，也没想回来分半平米的地……"

林启贤说，杨斌的一连好几封信，都抓在林忠手里，却来个相应不理。"直到有一天，忽然一位黄姓商人，去了大陆见着你了，回来找到我说，我才到新市去找堂兄。"林启

---

[*] 初刊版和洪范版均为"大婶"，依文意应作"二伯母"。

贤说,"大堂兄,大伯还在人世!他在大陆。我说。但他的反应却出奇地淡。"

林启贤大半不敢向眼前这大伯父全说的是,那时林忠堂兄皱着眉忖思了半晌,突然打开柜子里拿出大伯的四五封来信。

"你看看这个。"林忠说,"信封、信里,全写的简体字。"

林启贤疑惑地盯着他堂兄看。

"有谁能证明他是我们大伯?"他挑出一个信封,摇出一张杨斌戴着工人帽、拉长了脸面对镜头、穿着一身把风纪扣都扣上下颔的蓝色列宁装、和大婶[*]合照的照片。

"一看,就是个共产党。你看吧。"林忠说,"他还要我们当保人,保他来台湾。我现在是做大生意的人。三保六认,生意场上都要一查再查。"林忠接着说,给一个"共匪"作保,万一出事,他财产充公还不能善了,人都会抓去打枪的。

对于共产党,林启贤固然没见过,但也是骇怕的。蹉跎了几个月,林启贤忽而风闻他堂哥林忠开始串同一个地产商合计把坡顶那一块属于大伯名下的地卖了。他透过在县政府地政课上班的小学同学一调查,才知道这两个月来,林忠堂兄运用地方政坛的关系,经法院公告大伯父林世坤在一九六三年客死大陆。目前,林忠正在办土地"假买卖",把土地所有权转在他人名下。愤怒的林启贤于是写了那封表

---

[*] 初刊版和洪范版均为"大婶",依文意应作"大伯母"。

归乡

示由他出面为大伯办入境和担保的信。

"这得当事人自己来料理。"林启贤低着头说,仿佛要吞占土地的是他自己似的苦痛羞愧。"那可是当初祖父分明要分给你的地。我阿爸不时地说,有一天你回来,生活不愁没有依靠。堂兄不是,二伯父也不说话。我就想,非把你办回来不可。"

杨斌刚回来不久,林启贤远远还没有把二伯那一房的计谋说破时,约好了一天由林家陪大伯上祖父母的坟。杨斌在盖成小房子似的墓室前跪下来,开始全身颤抖,而后放声哭了。林启贤从来没见过这样哀切的男子的哭号,仿佛要诉尽一生的苦楚、漂泊和离散。他和大伯之间,原本隔着年辈,隔着他无从攀登和探视的历史,隔着辽阔、陌生的地理。但那一天,杨斌那至大的哀伤和悲怆,深深地渗透到他最里面的心坎,使他泪流满面。就打这回起,林启贤忽而从生命中感觉到大伯是亲人、是骨肉,他甚至感觉到上天竟活生生地又给了他一个新的父亲。

杨斌恸哭了一会,站起来接过林启贤为他点上的香,再三揖拜。坟地的秋天,显得萧索。这里那里簇生的菅花,像一丛丛白色的旗子,向着风孤单又愁苦地摇曳。杨斌自然从来没见过盖得像小屋子似的墓室。站了一会,又和林启贤双双点上香,给厝置在同墓室中的老三祭拜一番。

"坟墓这样盖,把家族都摆到一起,很方便。"杨斌说。

"我老了。不管事了。一切都林忠在打点。"

二伯父独语似的说。后来林启贤为林忠吞占大伯地产的事去新市找过二伯父。那时,满身酒气的二伯父也正是这样说的。

"身份证下来,我们先上法院打注销死亡宣告的官司。我那地政课的同学教我的。"林启贤说,"我们人明明还活着。你的户籍资料,连日据时代的,还有当年志愿入伍的兵籍资料,都找全了。"

"……"

"还有,大伯的身份证,准能在两个星期左右办下来的。"林启贤说。

杨斌叹气了,沉默了半晌,他说:

"我看这事,是不是就算了。"杨斌把背全靠在椅背上,像一个疲倦已极的人。

"哦。"

"我知道了有一份财产,也没想过一定要。大家欢喜乐意要分给我,我要。要争、要抢,伤心啊,我不要了。"杨斌说,"四十多年来,我想的是家,是人。"

"……"

"电话里,我也同你大伯母合计过了。她说,我们不要。别为了财产就不做人。"杨斌说。

"大伯……财产是你自己的。你怎么想,就怎么办。"林启贤安静地说,"只是,人不能像二房那样。不可以那样……"

"人不能那样……"杨斌喃喃地说。

林启贤用手掠了掠他乌黑的头发。他望着他的亲人,他的大伯父,大大的眼睛流露着亲情。

"大伯怎么说,都听大伯的。"他说。

"你说人不能那样。你大伯母也说,人不能为了争财产就不做人。"杨斌说,"你们都说到一块了。我来给你说说,为什么你大伯母那么说。"

杨斌告诉林启贤,林启贤曾经问,杨斌四十几年在大陆过得好不好。杨斌说,他当时含混说了什么,记不得了。只记得他并没真说。

"现在我就告诉你。在大陆这四十多年,两头甜,中间苦。"杨斌说。

一九五〇年初几年,打过了朝鲜战争,台湾兵很多在解放军里继续干,有一些人也转业在机关里干。在这些年,有工作干,找对象,陆续也都结婚了。杨斌说。

一九五五年,部队里,机关中,搞起了"肃清反革命"。一九五八年"反右",一九六六年"文化大革命",绝大多数台湾出身的人,都戴上"历史反革命"和其他的帽子。杨斌说。

"台湾兵有两条过不了关。给国民党干过,打反动内战。这是'历史反革命',有反革命的历史背景。"杨斌说,"第二条,有不少台湾兵给日本干过,去过东北、海南岛当日本军夫。这就是帝国主义走狗了。"

"这些都由不得己,是不是?"林启贤忧愁地说。

杨斌说,人生有很多由不得自己的事。这叫命运。从五五年开始,为了政治,人和人忙着划界限。丈夫和老婆、部属和长官、同事和同事,都划了界限。林启贤说他不懂。

杨斌回答说,严格讲,他也不懂。"人为了信念,或者为了自保,人跟人就那么对着干,是由不得自己。但也该有个限度。好好一个家散了。受不住苦,或者竟为了保护家小,不能不自杀的也有……"杨斌说。

林启贤说他还是不懂。谁懂呢?杨斌说。那时候,思想上最难于过关的,是在战火中为了生存始终互相扶持的台湾同乡,也互相写告发信,也把人不当人地整。

"那时,就是你大伯母一个人撑着我。她老说,老杨,你别发傻,想不开。每天出去挨批回来,我不说,她也不问,只是下一小碗面疙瘩,再不就煮开水让我洗个澡。"杨斌说,"有批斗我的会,她一定参加,坐在我只需一抬头就看得见的地方。她不是来听批斗。她是要让我知道,我最艰苦的时候,她总是在场。"

杨斌的声音有些哽咽,但脸上却堆着虔诚的笑。他说他提这些,不是为了诉过去的苦。

"事情全过去了。苦过了以后,我和你大伯母就只得出一条结论。"杨斌说,"这条结论是,以后再有什么大风大火,

归乡 281

也绝不能就不做人。"

杨斌说，就算在那风风火火的岁月，仍然有同情勉励的眼神抛给你。仍然有人塞给你半块馒头。交给贫下中农教育的时候，也有农民想方设法保护你，嘴上却凶巴巴地说，"要认真学习，把自己改造好了！"

"我还是不怎么懂。"林启贤说。

"我再说，你行许就懂。我在大陆做了几十年中国人，这回回到台湾老家了，没有人认我这个台湾人，还当我外省人！"杨斌说，"张清、郝先生、老朱，都硬说我是个大陆老兵。"

林启贤想着眼前这个一句台湾话也讲不溜，曾经几十年戴着工人帽在大陆生活的大伯。

"连自己的亲弟弟、自己的亲侄子，想吞占我的财产也就罢了，"杨斌苦笑说，"还硬生生编派我是共产党，是冒牌来抢财产的外省猪。"

"你怎么也知道了？"林启贤诧异地说。

"有一回，左思右想，兄弟一场，一些话总得说清楚，就拨了电话找你二伯父。"杨斌说，"林忠接了，借着酒意，说了那些话，说我是外省猪，还挂我电话。"

"哦！"林启贤说。

"我气。我哪能没气？"杨斌涨红了脸说，"我答应了让你办身份证，就想争这口气。"

"大伯你千万不要激动。"林启贤站了起来，惊慌地说，"大伯母说过，你血压高。"

"没事。你放心。"杨斌笑着说。

林启贤这才又坐到椅子上。他说："撤销死亡证明，控告伪造文书的官司，大伯你慢慢再想过。不必急着现在。"

"方才和小虎打了电话。我怎么忽然就明白了。"杨斌说，"你方才老说不懂。你懂的。你不是说，人不能那样。这就同你大伯母说到一起了。她说，再怎么，人不能就不做人。你懂的。"

"……"

"可是，别人硬要那样，硬不做人的时候，我们还得坚持绝不那样，坚持要做人。这不容易。"杨斌说。

"可是你做到了，大伯父。"林启贤说，他的大眼睛闪烁着喜悦和孺慕。

"你明天去帮我办机票。我一个礼拜内走。"杨斌说，"想家了。"

"大伯你得常回来。"

"我会。下回带你大伯母，带小虎来。"杨斌笑了起来，"毕竟，台湾和大陆两头，都是我的老家，对不？"

"对！"林启贤简洁地说。

作于一九九九年五月

初刊于一九九九年九月二十二日至十月八日《联合报》副刊

归乡

夜雾

丁老从厕所出来,才听见客厅里的电话响着。耳朵背啦。不知道它响了多久呢。丁士魁对着自己嘀咕着,走向被落地窗的光线打得通亮的小客厅,脚底下又深怕老化的膝关节让他跌跤,不敢快步。

"喂。"丁士魁拿起话筒说。他听见竟而是女声在电话的对头说:

"喂。"

"喂。"深深地坐在沙发上,丁士魁说,有些微喘气了。

"丁老。是我呢……"

"……"

"丁秘书,是我呢,月桃。"

"噢!"丁士魁讶然地说。

邱月桃于是恭敬地问他:"如果您有空……想来拜望您。"

但没等丁士魁回答,邱月桃就说:

"清皓哥,他留下了一些……写的东西。"

"什么东西?"

"写的东西。横竖我也不懂。但就是觉得应该交给丁秘书,比较妥当。"

丁士魁约定她在下午两点钟左右来,挂掉了电话。

落地窗外是暮夏近午的时光。他手植的细竹,把薄薄的绿色的影子打在窗帘上,随微风静静地摇曳。

丁士魁的老妻在十年多前过世了。一个儿一个女,分别住在美国东部和中部,一个就业,一个读书。这于今日的台北市已经罕见的、他独自居住的日式木质房舍,被一个每周来清扫一次的越南女佣打理得窗明几净,在暮夏近午的小院子里老樟树的树影下,显得尤其宁静和寂寞。

丁士魁把瘦削却颀长的身体嵌进那暗红色的、半旧了的沙发,紧紧地抿着没装上义齿的嘴,沉默着想起了李清皓的丧礼。

三个月前,他到市殡仪馆里一间小礼堂,参加李清皓的告别式。李清皓住在加拿大的妻子和儿子回来料理后事。小礼堂里的座位即使坐满了,也不过十来二十个人,而况也没坐满人。丁士魁没看见局里有人来,不觉默默地张望的时候,李清皓的妻子小董认出了他,就缓缓地走了过来。

"丁秘书。"小董说,而她原本漠然的眼睛,遂逐渐红了起来。

他拘谨地、轻轻地拍了拍小董的肩膀,在礼堂里萦绕着的、薄薄的线香的雾中,沉默地陪着小董,坐在前排。

李清皓的放大了的彩色肖像,被镶在插满了白色的大百合与康乃馨的镜框里,挂在灵堂的中央。理着平头,在暗暗的眉宇下,一对温和的、不大的眼睛,仿佛在全心全意地盯着丁士魁看。这应当是三十多年前李清皓初到山庄受训时证件上用的标准照片去放大的了,丁士魁想。当时,李清皓看来年轻、精神,脸上不胖,却显得饱满。但半年多前见了面的李清皓,苍老、萎靡、消瘦,乍见几乎认不出人来。

"局里,有人要来吗?"他低声问坐在一旁的小董。

小董轻轻地摇了头,低头去把手上的手帕无谓地叠成小方块。丁士魁忽然想到,听说了李清皓是自己寻了短路死的,估计遗族因而不愿意把丧事办得张张扬扬吧。

"他早不在局里了……"小董细声说。

"嗯。"

李清皓自台北Ｃ大毕业,因为长了鸭子一般平板的脚底板,不要他当兵服役就考到局里来了。以Ｃ大生的程度,笔试自然出众。招那一期学员的时候,丁士魁刚升调九职等秘书,年轻的李清皓归他口试。口试前,丁士魁看过卷宗里的自传、简历:冈山眷村一个老少校的儿子。Ｃ大法律系毕业。

"没想过到国外深造吗？"丁士魁记得，当时他把看卷宗的眼睛抬起来，这样问。

"家里，没有条件啊……"

李清皓说着，以他那温和的眼睛直视着丁士魁，却对他那"没有条件"供他留学的家庭毫无怨怼之意。丁士魁看见他那乌黑、刚硬不驯的头发，打着薄薄的发蜡，在他的左额左右两边梳开来。在略嫌小了的领子上，蹩脚地打着一条旧的领带。穿着雪白的、短袖衬衫的李清皓，看来就诚实、憨厚，竟而给丁士魁留下了印象。

"说一说，为什么想考进我们局……"

李清皓沉默了片刻，温和地、仿佛理所当然似的说：

"报效国家……做一点有意义的事。"

世上有一种天生正直的人，坐在灵堂里的丁士魁这样想着，天生的正直，但绝不是拿自己的正直处处去判断别人，不肯饶人的那种正直。李清皓这人就是。丁士魁默默地凝视灵堂里的遗像。想起了那年夏天，李清皓考过了关，来山庄报到受训时，把钢刷似的他的不驯的头发理成了平头，站在他跟前微露门牙而笑的、对新的生涯充满了热情的年轻的脸庞。自己在这种机关过了大半辈子，应该早就看出李清皓不适合干这行，他想着，竟而有一层悔恨，不觉叹息了。

因为老人常见的摄护腺肿大问题，丁士魁感到似有似无的尿意逐渐困扰着他了。他于是又起身上洗手间。被越南女佣打理得干干净净的洗手间的瓷砖地板，反映着窗台上养着的一盆黄金葛的绿色的影子。当他终于按下冲水的把子，在潺潺的冲水声中恍惚又听见了电话的铃声。他连忙走出洗手间，却发现屋子里依旧在暮夏的中午里寂静无声。每每遇到这情形，丁士魁老是无法弄清楚：究竟是电话响了，他没来得及接就停了；抑或电话根本就不曾响过，只是他幻听罢了。

他重又坐在沙发上。伸手可及的电话机旁边也养着一小盆精神得很的黄金葛。都十多年了，他想，李清皓第一次带月桃来看他，月桃就带来一盆生发昂然的黄金葛送给他。爱好园艺的丁士魁，几年下来，把那一盆黄金葛分成了四五盆，养在院子里老樟树的树荫下。客厅的这一小盆和洗手间里的那一盆，也全是月桃的那一盆分出来的，至今率多长得昂扬闹热。

山庄结训以后，李清皓派到桃园的一个站里工作，但由于个性老实、谨慎，工作积分偏低些，但他干得还很热心。二十七岁那年，也不知怎么的就和小董结了婚，还特地央请他这个丁秘书去证婚。然而由于某种做长官的人不便于闻问而无法知道的理由，李清皓和小董虽然分别对他敬若父执，但他们两人就是怎么也合不来，有时甚至势若水火，弄得两人都痛苦不堪。

那一年，美国断然在外交上舍弃了台湾，政局大为震动，局里忙着抓思想、言论不稳人士。第二年冬天又爆发了Ｋ市事件，局里一下子"请"进了一大批人。李清皓参加了侦讯工作，前前后后忙了一年多，人竟瘦了一圈。神色变得疲倦而沮丧。丁士魁看出没日没夜的工作对李清皓的心灵造成强大的震动。

"小董她好吗？"

有一回，只剩下两个人的时候，想着随便找个话题，逐渐疏导工作造成的压力，丁士魁漠然地这样问。

李清皓沉默地苦笑。"还可以吧。"他说。

"也许，生个孩子，两人行许就会好一些。"

丁士魁像一个担忧的父亲，这样说着，却不觉感到话语的奇突可笑。

"丁秘书，我想出去读几年书。"

李清皓忽然说，神情肃穆。

和美国"断了交"，继之又是震动全岛的Ｋ市事件，对于局里年轻的调查员，暗自形成了一种震撼。丁士魁望着阴雨的窗外，想着这个无论如何也不适于端这个饭碗的年轻人，沉吟了半晌，吩咐李清皓写离职深造的报告。

"你上个报告，我签转。"

丁士魁说，便兀自默然起身，撑起黑色的雨伞，走进迷蒙的雨中，留下茫然如失的李清皓，枯坐在空无一人的大办公室里。

第二年秋天，小董和李清皓来看他。小董的怀中抱着满月不久的男婴。

"丁秘书，我们下个月动身，到蒙特里奥。"李清皓说。

丁士魁欠着身专注地看着在母亲的襁褓中沉睡的婴儿。

"好看的小子呢。"他说着，把身子坐直了。"好好读书。"他板着脸对李清皓说，"我在局里说过了，让你在那儿兼点工作，多少有点津贴。"

"谢谢丁秘书。"李清皓说，"我们，想请您为孩子取个名字。"

"嗯。"

丁士魁漫应着，竟笑了起来。

"不着急。等丁秘书想到好名字，电话告诉我们。"小董说。

然而，甚至于生了一个孩子，又甚至于两人在人地生疏的异国相守，都没有挽救他们那终于破灭的婚姻。四年之后，李清皓拿到法学硕士，小董在蒙特里奥城区一个香港人开设的会计事务所找到待遇丰渥的工作。他们终于协议分居。孩子归于小董。李清皓索性立刻收拾了三件行李，只身回到台湾。

由于李清皓暗暗地不想靠局里的关系找工作，顶着一个洋硕士，却仍旧到处碰壁，找不到吃饭的活。约莫过了半年，李清皓终于坐在丁士魁家那光线充足的小客厅。

"局里的研究部门要一个人。"丁士魁说。

"是。"李清皓无力地说，捧着杯子喝半凉了的茶。沉默了一会，丁士魁说：

"我知道你不想回……"

"那时，小董闹着要分，部分原因，她不喜欢我的工作。"

"你也别提小董。"丁士魁皱着眉说着，叹了一口气。"主要是你自己不愿意。"

"……"

"别的不说了，现实上，你需要一份工作。"丁士魁说，"在海外拿了人家四年的津贴，总要尽一点义务。何况要你搞分析研究，不是办人……"

李清皓于是怀着无奈，回到局里，默默地上下班。

第二年的夏天，李清皓大学里的一个同学找他帮忙。同学在仑背乡下一个亲戚的女儿嫁错了人，十几年来弄得走投无路。说是那女婿是个流氓。平时一不顺心就拳打脚踢，成天花天酒地，也就罢了。他去和地方上体面人合伙盖房子卖、开轮胎店，钱周转不动了，他就用他女人开户的支票到处去搪塞，票子退了，连邻县的商人都来逼债。这个叫作邱月桃的苦命的女子，不能不为丈夫滥开的支票逃亡躲债……邱月桃躲起来包粽子、做肉丸子卖，开小裁缝铺，把没日没夜挣来的钱分成一笔笔还债。但那不良的丈夫总是挥霍胡为，一次次丢给她沉重的债务，还时不时找上门来要钱花费。

李清皓给仑背的站上挂了电话。不到一个月，那流氓判了刑，邱月桃赢了离婚诉讼。至于债务，地方建商和地方的情治单位利益共生，关说之下，七折八扣，很大地轻减了邱月桃的债负。

又将及一年，在宝庆街靠圆环的一栋陈旧楼房的三楼租房子，开一爿小裁缝铺的邱月桃，怎么地就和李清皓在一起了。带着一盆绿意盎然的黄金葛，低眉拉着李清皓的手，双双出现在丁士魁家的玄关，就是那个时候了。

门铃响的时候，丁士魁一边抬起手腕看手表，一边出去开门。准两点。即使老樟树成荫，院子里一仍是暮夏的悒热。丁士魁开了木头做的旧门，不料看见一身黑色、洗尽铅华的邱月桃。丁士魁把她扯进了客厅，随手打开冷气机。

"丁秘书怕冷气吹，就不用开了。"她说，一边用手绢轻轻地揩着额头、鼻尖和脖子上的汗珠。"开低冷，送小风，我就不怕了。"丁士魁说。

她坐在他的斜对面，背着落地窗的光。邱月桃不算是一个好看的女人。她的鼻子微塌却结实，眉毛生得淡，以故把眉画得尤其地深。她的单眼皮看来有一点土气，但看久了，却不是没有一层淡淡的妩媚。

"清皓的丧事，没有张扬地办。"他说，"但也算简单、严肃了。"

"嗯。"她说，低下了头，"我去看过了。"

"啊。"

"我躲在隔壁别人家的灵堂看。"她说,"我看见您在张望……我站直了,想着您若看见我才好。"

"你去了。"丁士魁喟然地说。

他想起丧事前两天,邱月桃打电话来。

"我想去殡仪馆。清皓哥他会要我去的。"她说着,安静地哭了。

丁士魁委婉地说:"那恐怕,恐怕不方便吧。"他说,"小董带着她儿子回来了……"

"他们母子回来,又怎样了。"月桃幽幽地说。

她说她不是要跟小董争名分。"没有名分,我不也死心塌地跟了他十多年。"她说,"这几年清皓哥病了。可怜哪。还不全是我陪着他,先后在几家医院进进出出。"

丁士魁默然了。

"丁秘书,对不起,我只是觉得,清皓哥他,在礼堂看不见我,一定会害怕。"

丁士魁听着电话的另一端的月桃呼呼地擤着鼻涕。他觉得不让月桃去殡仪馆,不论如何,是理亏了。但他只能呢喃地说:

"清皓什么都知道的。他知道你对他好。"他说,"清皓知道的。"

邱月桃没说话。丁士魁听到了从电话筒里传来的隐约的市声。

"月桃。"他说。

"丁秘书,其实,我不会去的。"她平静地说,"就是不去,不好去,才打电话。"

"……"

"我只想让您知道,我多么想去。"她于是哽咽了。

"我知道。"丁士魁沮丧地说。

"再见。"

她挂掉了电话。丁士魁像一个犯错的人忽而被怜悯地宽赦了那样,懊恼又有些羞愧。

盛夏的明晃晃的日光,把院子里的两盆桂花和落地窗的窗棂的影子打在客厅的墙上,但客厅里却是满室人工的凉爽。

"我还是去了。对不起,我按捺不住。我央了那清皓哥的同学,我仑背家的亲戚,带了我去殡仪馆。"她说,"我偷偷地站在那儿,心里不停地叫唤着,清皓哥,我在这儿送你哩,你不怕,不害怕……"

丁士魁为她斟茶。他们都沉默了,似乎都在专心倾听着冷气机轻微的、嗡嗡的声音。

"这两年来,清皓哥变得特别容易害怕。"她说。她说她出去买菜,李清皓就可以在家里淌着冷汗怕她遭什么不测的灾祸，直怕到她进了门。刮风下雨他也怕。"他也怕为什么他会没来由地怕这、怕那……他怕坏了。"她说。

"怕出门，怕人多的地方。"她说，"您看，他不在局里多少年了，还怕人家把他找回局里去，书也不能教。"

那些年，林家血案的祖孙公开发丧，党外公然为之啸聚，接着，上峰竟公开宣布蒋家此后再"不能也不会竞选总统"，又接着是突然宣告成立了反对党，旋又爆发桃园机场闯关事件……这些都像一波又一波强大的风浪，摇撼着人们的生活和思想，局里也不例外。就是这时候，李清皓默不作声地找到了一个专科学校教书的工作，来找丁士魁帮他辞掉局里的工作。

"清皓哥每次提起您，就像提到他亲生的爸。"她说。

"真对他好的，其实，就是你。"丁士魁说，"他都知道，知道你的好。"

邱月桃在她的大皮包里找面纸，低着头擦泪。

"我没碰到清皓哥，就一生也不会知道女人被一个人疼着，是怎么回事。"她说。

邱月桃说她也知道自己命苦。"可是碰上清皓哥，才知道自己从小到大，竟而从来没有被人疼过。"她说，"是他，对我好……"

这时丁士魁又得去洗手间了。他一边解手一边想着，新的调查员，只消到几个地方上的站里绕几个圈，大抵酒色财气全习惯了,但就是李清皓愣头愣脑,叫人挂心。现在他走了。丁士魁觉得李清皓就像一个要结案归档的卷宗,反正从此就要封藏起来了。他从洗手间出来,到小厨房冰箱里倒了两杯橙汁,却看到客厅的茶几上多摆着一捆大纸包,一时不知把给月桃的橙汁搁在哪儿的时候,她连忙伸手来接了杯子。

"清皓哥留下的东西。"她推了推大纸包说。

"哦。"

"像是日记什么的。"她说,"我读过了。里头记着不少私事。但他就像是您的儿子,也就不必遮拦了。"

邱月桃说这两年多以来,李清皓的病时好时坏。好些的时候,他就写。

"看见他趴在那儿写字,我就知道他的精神好些了。他写了,就锁在抽屉里。"她说,"他走了以后,我开了锁。我书读得不多,读了也不全明白。"

她说她原本打算读过就烧了。"想了几天,总觉得烧不得,又总觉得不能留下来万一让别人读了。"她以寻求答案的眼光凝视着丁士魁,"后来突然想到交给您最合适。您读过了,听您要留要烧。"

"清皓是可以写点东西。"他沉吟着说,想起来在山庄受训时,李清皓写的励志广播稿,写得最生动、鲜活。

"清皓哥一直都当您是他父亲。"她站起来告辞了,"交给您,我就放心了。"

她终于浅浅地笑了,露出了结实却长得有些错落的门牙。

丁士魁花了几天的时间,读完了那一大纸包的李清皓的日记。但丁士魁以为其实那又不能称为日记,而是一些慌乱的回忆、纠结和内心思想感情的葛藤的札记,一些在工作上适应不良引起的忧烦与矛盾的纪录,既未署明日期,又并不全是逐月逐日的记事。到了发病以后,记载更不免其凌乱,语言也恍惚杂乱了。

然而,月桃竟而是个伶俐的女子,丁士魁想。李清皓这些东西,固然是扯不上多大的安全顾虑,但也确实很不宜于流落出去。丁士魁又复花了几天的时光,把这些资料细加整理,大量汰去不很相干的东西,思忖着要附上一个报告,呈到上面去。把汰除的烧了,把选出来的呈上去专卷研究存档,这件事就结了。

1

还是无来由的心悸和胸闷。

前天半夜里,好不容易睡了,忽然觉得身上有千斤大石压着,直欲窒息。我睁开眼睛,四肢乏力,怎么地也叫不出声音。心里想,人就要这样死去的吗?我听见在窒息中即将停止而奋力挣扎的心跳,砰砰地仿佛打着我的耳膜,震耳欲聋。我感觉到从来不曾知道过的大恐惧与大黑暗。

将近一年多了,老是睡不好觉。我以为,失眠最是要害了。耳鸣,爬楼梯只爬两层就喘气、乏力……这些一定都是长期的失眠所造成的。每天上床,就开始着急,害怕又整夜睡不着,使我全身僵直,膝盖以下发冷,大半夜都暖不起来。

漫漫长夜,失眠了就不能免于翻身。这个月里,月桃赶好几套衣服,日夜忙碌,还需分半个心在一旁为我的健康发愁。晚上她登床来的时候总在凌晨翻点时分,我总是佯为熟睡。

每夜,月桃总是把她的脸靠近伴睡的我的脸,观察我的睡眠。有时候,我甚至感到她的鼻息吹拂在我的脸颊上。"清皓哥,"她耳语似的呼唤,而后独自对自己说,"睡了就好。"

她然后很快地在我的身旁进入了梦乡。整个黑暗的卧室,就只剩下闹钟的机械的切切之声,以及月桃令人羡慕的、酣睡的鼻息。

为了不至于弄醒她,我越是全身僵直,不敢动弹。然而,失眠就不能免于翻身。迫不得已的、小心翼翼的翻身有时果然没弄醒她,但有时也把她惊醒。"清皓哥,你又没睡吗?"她带着浓重的睡意,梦呓似的说。这时我总是装睡,以缓慢、深沉的鼻息安抚她。而她总是又一下子在我的枕边沉睡了。

这样的时候,我总是最悲伤和痛苦了。我背向着她侧卧着,感觉到无际的孤单、害怕,有时竟也独自流泪。

我疑心我已重病。胸闷已经过了一年了。

但上个月花了大半天去挂心脏科,做了几项检查,一个礼拜后去看结果,那年纪轻轻就在鼻子底下留一撇胡髭的、肉白的医生说:"你什么病也没有。至少心脏是好的。"

我极为憎恶他那时骄慢自信的样子。

2

学校的周老师热心指导我静坐,已经三个礼拜了。他说静坐保证能治因失眠引起的烦闷和心神涣散、四肢乏力。上星期,月桃恍然大悟似的说,精神萎靡、身体无力、失眠耳鸣,其实就是民间所说的肾亏。她于是一口气抓了七八帖中药,不论裁缝台上有多忙,一定亲自一天煎两次药让我喝下。

静坐总是不行。满脑子都是不连贯的事,纷纷繁繁,胡思乱想,怎么也静不下心来,却反而感到自己终究怎么也静不下心来而悲痛和忧虑。那又浓又苦的中药汁,看来也没有什么功效。

然而,我没有对周老师和月桃说的是,近来除了窒闷、心悸,有时还感到某种无来由的焦虑和不安。我估计我已经得了绝症,病入膏肓。我看报纸的卫生版,就知道我胸闷、胸痛、心律不整和颜面潮红,准是心肌梗塞和别的什么病加到一起。想到下一个月考就要轮到我出共同科的考题,我就惴惴不安,不知道怎么办才好。

昨日半夜,我偷偷起来静坐,糊涂中,也不知道竟坐着睡了,还是终于通了经络,醒过来,继续闭目而坐,怎么就觉得清明朗爽。我坐着想,悄悄地问自己,我为什么害怕,忧愁着些什么……问我自己,鼓励我自己慢慢想,这十年中,最早,什么事让我怕,让我担忧……

想着想着,想到了那些年。

在那些年,先是因K市事件判了刑、在监执行的一些人,政府把他们分批释放、假释了。当年我们在侦讯室里费多大的功夫,之所以把一干人的口供,勉强按照上头的需要,将人犯敲敲打打,凑成一个大政治阴谋事件,明里暗里,总有一个大前提:这些人一送到牢里,起码也要十年二十年,永无翻身之日。现在上头怎么就把这些当年他们要我们不择手段送进去的人全放了，猛虎出了柙了。"坏人""国民党特务"的帽子让我戴一辈子，上头的人却去充"开明""民主"的好人。

这是个什么局，我逐渐害怕了。

接着不久是桃园机场闯关事件。那时候，局里给了我一张桃竹苗地带"阴谋分子"的名单，要我去现场录音、跟监。那天啸聚的民众少说也近一万人。警宪用水柱冲，便衣用棍子打。但不料对手竟有了一个新武器，轻便型录影机。他们拿录影机搞反搜证，拍侦警打人，和我方录影搜证的人员对着拍。特情人员的大戒，首先是不能让自己的形貌曝露。后来听说有几个同志仓皇躲避对方的镜头，被群众判定是"国民党特务"，有落荒而逃的，有挨了打的。

我盘算，在人群中，我定然也被他们拍下来了吧。事后想起，将来有人认出来，我该怎么办？为此，我悒悒很久，甚感忧虑。

就只两个月前，阴谋分子一哄而上，发动突袭，宣布组成政党了。这之前，局里就很紧张。许多"内线布建"，甚至"侦破布建"的人，不断地从他们的核心送来大批紧急的情报，敌人组党，箭在弦上，我们都明如烛照。虽局里不眠不休，不断向上反映，

夜雾

却迟迟不见果决打击的意志和命令。这个几十年来不计代价、一定要加以扑灭的、很有被"共匪利用"之虞的不祥组党运动，竟然也就眼巴巴让它组成功了，闯过了关，平安无事。那最高、最高的上头，依我来看，显然手软了。局里的人议论纷纷，不能理解。有一个老调查，趁着酒疯，据说就问副局座说："我们这些党国鹰犬，日后还要不要干？"

就是那些时，我头一次感到晨起时无缘故的、极端的沮丧。月桃为此忧愁不已，还到处求神问卜。

及至到了第二年一月，"小蒋总统"逝世了。我于是明白，一个时代已经结束了。等到专科学校的教职敲定了，就打定主意请丁秘书帮我办理辞职。

想着想着，我终于想到了，就是在那些年里，我第一次日复一日感到灵魂深处无边无涯的害怕和解不开的忧虑。那些年的起因于外在具体事件的恐惧和忧悒，又逐渐汰尽了具体的内容，长年以来，竟而成为没有具体内容和面貌的、无来由的惊悚和焦虑了，人生变成一片沉重的黑暗。

然而，回想起来，离开了局里，去S专当讲师的头几年，是多么地幸福。虽然学校的薪水远远没有在局里拿的多，我和月桃常常约在一个德国馆子吃饭。月桃爱它的各色德国香肠，我则爱它的德国啤酒。我们一起去看电影,开车到石碇乡买文山茶叶。

那时候,啊,阳光灿烂,鸟语花香。如今却一日日沉落于阴冷的忧悒,有时铺天盖地的黑暗的绝望,若大海汪洋,直要人窒息灭顶。往日难再的幸福,多么叫人羡慕和向往。

啊,月桃,我一定要振作起来,重新找到那灿然的阳光才好。

3

今天月桃陪着我到士林的R医院看脑科。几年来头部闷痛,近来则转为突发性剧痛。发痛的时候,竟而可以痛到呕吐,眼内压力升高以至于觉得眼球要爆了出去。一个多月来,我曾到N大学医院看病,检查脑波,做了脑部的核磁共振造影,但医生却只会苦恼地说没病。明明发作时头痛欲裂,怎么就能睁着眼说没有病。我很疑心长了脑癌,医生不肯说破罢了。但医生说即便是初生期的一丁点脑瘤,绝对逃不过核磁共振造像的法眼。我张大眼睛看着看片箱上两大张一格一格把我的脑部割成一层层切片照出来的相片,但觉得自己竟能看见自己脑部的几十个切片图而惊叹不已之外,也看不出什么道理来。

医院开给我的药，他们也明说，主要是止痛药、维他命，再就是镇静剂。我患的明白是必死的脑癌，叫我吃这些平常药，就不知医生是何居心。月桃苦苦劝我吃药。我苦口向她解释我不吃的原因，她只会急得哭。"你不会是脑癌的。光只说人经年失眠，就会整得一个人头痛。"她说。她说我真是脑癌，她也不要活了。这我们才合意改到著名的R医院去看，透过她一个顾客的关系，挂上了号。

这个医生据说是脑科医学的专家。他挺亲切，问诊十分详细。他也开了单子叫我去检验部排日程作四种检查，一个礼拜后作结论。

我感到鼓舞。但是细细地想，若结论又说没病，我必又不信，必又去找别的医院。这两年我跑了多少家医院，看了多少种病……但是若说我果然是脑癌，往后我身心交瘁的日子要怎么过？

我于是隐隐约约地想到了死了。而想到了死，慢慢地竟想起一些内疚的事，不能释怀。要是死了，月桃一定伤心欲绝吧。这就越发想到了我唯一的一次对不住她的一件事。

和月桃在一起了不到一年，台北县的一个"文化据点"偶然间从一个大学社团里的一张小纸条，扯出了一个"爱国先锋党"的案。为首的竟是一个退伍的单少校,为副的则是我母校C大学的研究生。那单少校高瘦个子,皮肤皙白。这样一个文弱的"军官",居然把非法组织扩大到大学生、中学生、社会青年和军中青年里去。侦破时,陆陆续续请进局里来的青年就有二十来个人。他们主张,政府里除了"蒋总统"一人,其余党政官僚都是贪污无能、祸国殃民之辈。他们在大、中学校、军中、社会上组成"爱国先锋队",要推翻政府,"清君侧"里的共产党和"台独"。他们甚至两次在海边"检阅""先锋队"。内线拍下来的十九张照片,早就送到局里,让看过照片的长官摇头苦笑。

单少校看过抗战时期翻译的希特勒的《我的奋斗》。他在侦讯室里声泪俱下,说再不除贪锄奸,消灭共产党和"台独",政府覆亡只是旦夕间事。局里的一位专委,很快地设计了一套侦讯方针。我们几个小调查员上去搞车轮侦讯,众口一词,都说我局工作和主张和单少校完全一样,苦心孤诣,专打击"蒋总统"身边的奸佞,对于单少校的爱国忧国,对于涉案青年们对领袖、国家的悃悃孤忠,十分感动。而单少校果然数度泣下,像是见了亲人似的,一五一十,把该说、该供的,连同不必说、不必供的,洋洋洒洒写了三大卷供证。

但谁也没料到这么一个幼稚、荒唐的案子,却很获上头的重视,送军法不久,判了单少校死刑,其余四个无期、六个十二年,其他十年、八年、感训不等。这样的结果,连局里长官也没料想过。

处座这就立了大功。判决定谳后,处座请来了两位县地方上土木建筑商人出来会账,另外邀请了县里团管区、党部、警局各长官和我党"立委"大宴狂欢以庆功。酒女不够,还特地到邻县动员……酒色喧哗。

我的酒量小,很快就醉了。处座兴致高到极点,一定要酒女各拉一个人去开房间。

就那一回,我和一个满嘴烟味的女人进了房间。原来有多少年以为只不过逢场戏,没放在心里,只觉得全处官长部属集体疯狂,自进局工作以来,很长了见识。不料近日来,想着和月桃的日子将尽,极觉得那一回我竟背叛、欺骗了月桃,愈想愈是惴惴难安于心,又羞恼,又悲伤,对自己感到说什么也不肯原谅自己的不齿,弄得失眠和头痛加剧。

4

上礼拜四去R医院看检查结论。医生说脑部查不到具体的疾患,倒查出高血压来。医生说收缩压和舒张压皆明显偏高，自然有头晕的症状。他判断我的病由心因引起，甚至建议我不妨到精神科挂号。

我对这些自作聪明的医生感到厌烦。我心里冷笑。头痛、高血压、肠胃闷痛……都是生理症状、器质性症状，却可以硬说成心理症状、心因性疾患。

我忽而想到局里研究部门曾有一项调查，说律师、医师、会计师之中，"台独"思想比较普遍。我逐渐不能不忧虑他们终竟看穿了我的工作历史了，有意延误对我的治疗，以便把他们的敌人置于死地。近来看政府这样纵放他们，有一天，他们一定要找我们报复的。往后，等他们更为壮大，他们一定会天涯海角，追杀不赦，像犹太人在战后追杀德国纳粹。

但近日，我忍着头痛和心思涣散，左思右想：他们果而是犹太人，而我们竟是纳粹的吗？

在山庄上课的时候，教官教育我们，抓台湾人，要考虑政治社会效应。"他们本地人，我们随便抓了一个人，起码就得罪了他们的父母妻子儿女、再起码堂表亲、同学朋友……都会对政府不满。"教官说，"外省人咧，全是孤家寡人，少数朋友全是军公教，不怕不服管，外省人搞阴谋，尤不可赦。抓一个就消灭了一个。"

但是记得在侦讯室,偶尔会听到对人犯这样子暴跳如雷:"你们台湾人还不知足!冤枉你怎样?冤枉你这不知足的台湾人,你能怎样?哈……"

这就和教官讲的原则不一样了。但是,对外省人犯,有时候也凶巴巴地捶桌子:"像你这种历史不清楚的外省匪嫌,杀一个就少一个,收尸做忌的人都没有。你想活命,就跟我合作。"有时候也能和颜悦色,也装着苦口婆心,对一个老兵说,"像我们外省人,在台湾,死了一个就少了一个了。因此,我们保护你都来不及,怎么会坑害你……你就说你一时不满现实,一时糊涂……我们交了差,一定设法把你放了,就凭你态度好,知所悔悟。"

但究其结果则毫无差别。千方百计叫你编一个案情之后,台湾人、外省人,全送进黑牢,短则七年,长则十年十二年。管你是冤假错案。而凭良心说,外省人往往还真判得比台湾人重。

则究竟谁是犹太人,谁是纳粹?

他们凭什么天涯海角追杀我?

凭什么?

头痛欲死。他们凭什么?

5

昨夜,月桃和我拉东扯西地说话,后来我终于听出来,她委婉曲折地要我去精神科挂号。我说你不要和那些自视很高、其实没有什么大本事的医生一般见识。"不就是穿那一身白衣服,脖子上挂个听诊器罢了。"我说。月桃紧抿着嘴,估计是生我的闷气了。"你为我好,对我好,我都知道。只是看病的事,由我主张,"我说,"这一年多来,我拖着你到处找医生,我看病还嫌少吗?还嫌不勤快吗?"

但未料月桃竟开始戚戚哀哀地流泪了。她说,她眼看着我憔悴了、瘦了,有时看着我脸上发白、喘着气呼吸,恨不得这些病都生在她身上。我说此生有她,是我福气。说她对我真是好。我说,这生病期间没有她,料想我早死了。月桃听了,竟开始扬声哭了起来,几近于号啕了。渐渐地,我才听清楚她说,她从做女孩的时候起就命苦,"苦过了黄连",她说。嫁给了那个"路旁尸"以后,真如下了地狱,一回是刀山,一回是油锅,又一回是虎头铡。"是你,这个观世音菩萨,把我……救了呀,这样疼人家……"她嘤嘤地哭着,"从来……就没有人疼过我,你还说我对你,好……"

夜雾

月桃扑在我的怀里,哭得全身发颤。而我又何尝想死。想死就不会去看医生、作检查,那么勤快。但不想死,他们究竟还是要找上门来报仇讨债的。但我这心思和忧愁,是断不会说给月桃知道的。而我其实真是害怕……

但偶尔我就想,如果我能像月桃那样相信神明就好了。自我生病,她不知道为求神问卜跑了多少路,花了多少钱,闻凶则忧烦,闻吉则欢喜。但他们迟早终于要寻上门来报复,是一个定局了。我想着这桩事,已非一日。要是我有神明可信,就可以把这些捂在心里的全倒给神明去。

就比如说快一个月前的一个夜里,我从一个梦里醒来。我梦见我不知因何为一个老太太搬东西。我以两手环抱着一只极其沉重的箱子,为她搬上一部蓝色的小货车,搬得两臂酸痛。但后来我也很快地忘却这并不特别离奇的梦。然而这三天来,我的一双胳臂忽而开始觉得酸痛,时而痛得灼热炙人。月桃说这大约是人说的"五十肩",去看过治跌打损伤的师傅,他说不是,说五十肩的症状有个特点,手抬不过肩胛,我没有这现象。

一直到昨天半夜,在失眠的恍惚中又复想起了那搬箱子的梦,突然记起了在梦中我曾不无埋怨地问那老太太:"什么东西会这么沉?"

"还不就是一些书吗?"在梦中看不清其形貌的老太太说。

我于是惊骇地想起了一件往事,心悸如鼓了。

那时候,我和小董才认识不久,突然一个命令把我调到S市的一个"文化据点"。我的前任将布建在S市几个高等院校的学生移交给了我,其中T学院物理系的林育卿表现最积极。那时候,美国好莱坞式的电视连续剧《无敌神探》(*CIA Stories*)很受年轻人的欢迎。穿着竖起领子的风衣,英俊潇洒,神出鬼没,既擅智谋,又专搏技,连连打击来自邪恶苏联的间谍,捍卫了美国的民主……林育卿就很迷这部连续剧。

娶了小董后几年,"外交"上的风雨余波未平,我局奉命在全岛范围的文教界悄悄清洗一些思想、言论和政治不稳人士。我和各校的布建学生吃饭,传达任务,反应和表现最热心的,也是这出身于东部乡下的林育卿。也说他注意到一位共同科历史教授的、隐约的"亲匪言论"。我当然鼓励他凡这位历史老师的课和他课外、校内讲演要全程参与,并且进一步接近这位老师。

不到一个月，具体情报相继送来。这位昆明籍的阮老师说共产党早在十多年前试爆了原子弹，鸦片战争之后，中国这才有了自己的国防；说共产党其实也搞一些建设，铺了不少新铁路，"这其实是在按照国父孙先生《建国大纲》的蓝图办事……"

不久，阮老师果然被抓走了。对于我和林育卿，这是头一次经验，感到莫名的兴奋，但也有一层害怕。

林育卿受命继续监视阮老师的宿舍，查看有什么生人出入联络。打回来的报告，都说什么人也没来，连隔壁宿舍老师的家眷也避之唯恐不及，无人闻问。原来阮老师七年前丧偶，就和年老无依的本省岳母一起生活。现在阮老师叫人带走了，老太太终日以泪洗面。林育卿原来躲在远远的地方观察，后来我同意他去认识老太太，帮忙她打理生活。

"阮老师家，竟而很穷苦呢。"林育卿低着头说。他说老太太年纪大了，收掇被搜查得一团乱的阮老师的书房，老太太都泪流满面，没有力气收拾。洗衣机坏了，老太太一个人用手洗衣服。"搓两下衣服，揩一回泪水，几件衣服就洗上一个上午。"林育卿沮丧地说，"煮一锅稀饭，也没怎么吃。"林育卿还说，老太太不会讲"国语"，一边闷声哭，一边问这么孝顺的女婿怎么会是歹人。

有一天，林育卿来，不料突然说："李大哥，我们是不是抓错人了。"他独语一般地说。他说他过去查报阮老师，"也许说得不够准确。"我想起了他用极为工整的字写成的报告：某月某日，在课堂说了什么。"例如，阮老师说共产党爆原子弹成功，但人民生活苦。他也说共产党说，宁要核子，不要裤子。"林育卿说，"李大哥，比如这一条，后面那两句话，我就没写上。"他说他现在很苦恼，弄不清当时是忘了写上，还是故意不写。而这样说着，林育卿竟而有些哽咽了，使我大吃一惊，不知所措了。

我连忙劝慰他，说政府一定毋枉毋纵，依法秉公办理，绝对不会冤枉无辜的人。五个多月之后，判决下来了，阮老师"为匪宣传"，判了七年徒刑，林育卿几乎崩溃了。有一天他来，对我怒目而视，又泪流满面、不言不语地坐了一会，黯然离去。这以后，他开始给校长，给"内政部""教育部"写信，追悔他查报不实，力辩阮老师的无辜，力言政府必能查实，还以清白，而且他愿随时候传作证。当然，这些写得工工整整的每一封信，皆如石沉大海，渺无回音。到了最后，他开始给当时的蒋经国"院长"写信了，据说始则一月一信，继而一个礼拜一封，再继而每日一信，我被局里叫回去究问，遭到一番训斥，还亏了丁秘书缓颊方才过去。而林育卿早已精神恍惚，形容枯槁，终至于由警察陪伴着从东台湾迢迢而来的老农民夫妇，办了休学，把林育卿领回家去。

这件事使我受到局里的申诫，说我处理不得当，万一闹了出去，就不能收拾。

一日，上头通知要把我调离这个文化据点，同时给了我在据点上最后的一件差事。由于阮老师判决定谳，学校必须把阮老师的宿舍要回去。老校长究竟不忍对老太太煎逼过甚，宽限了近半年了，但终于必须让老太太不日搬走。上头要我就近监看，搬家时有没有出现不明来路的人……

我站在学院宿舍一棵垂着飘飘的须根的老榕树下，看着白发的老太太把捆得不结实的家当搬上蓝色的小发财车。司机看了一会，卷起袖子为她搬了床架、桌子和两篮满满的厨具。我看着老太太在烈日下艰难地搬动，不觉走出了榕树的树荫，还没等回过神来，就发现自己正加入搬家的行列了。我搬的是一箱箱沉重的纸箱，只搬了几趟，我就开始气喘，臂膀酸痛。

"什么东西这么沉？"我憋着气说，笑着。

"还不就是一些书吗？"老太太细声说，"我哪知道哪些书他要,哪些他不要……"

"嗯。"

"我只好全部搬走了。"老太太茫然地说,"要不然,将来他回来了,找不到书……"

我忽然觉得无所措手足,不觉讪讪然走开了。"……将来他回来了……"老妇人的自语,在我的耳际回荡不去。

记得就是当日的第三天开始,我的臂膀开始酸痛,至第三日为最。我买了"擦劳灭"软膏擦了几天,也逐渐就好了。

如今,这无来由的双臂灼痛,使我忽而想起了这密实地尘封多年的往事来,想起了那无依的老妇人,尤其无法不去不断地想起那写得一手工整的好字的林育卿,痛苦不已。

而如若是他们来寻仇,我只有默然受死了。

6

月桃说我近来喜欢关门闩户,问我究竟害怕什么。她哪里知道他们已经在踩着猫步,寸寸进逼而来了。他们终于要来取我性命的。林宅祖孙双尸案发生后,现在我回想起来,那个新竹乡下的陈专员就冷笑。那不分明在说"逆我者死"吗？

其实应该说我老早就料到了。解严以后，开放有线电视台以来，他们就巧妙地偶或通过 Call-in 节目，把讯息传给我。

前天晚上，我又看见那赵委员在节目中说话。他总是说，"台湾、中国，一边一国"。他说这是历史现实，也是现状。而倘若国民党和共产党要联合起来，并吞了台湾……赵委员讲话时，嘴角总是带着一抹白沫，让人很想为他揩去才安心，因而往往使听的人分了神，不能完整地听到他的发言。

从荧光幕上，他偶尔装着若无其事地用他的眼角余光扫着我。他自然是知道我在收看他的发言的。然而，我却禁不住苦苦思量，那一年，他在侦讯室里挺了两天，又哄又劝，就是怎么也不开口。换了那位新竹乡下出身的陈专员上阵。他先是和颜悦色，不料突然勃然大怒，对着这赵某左右开弓，"你说是不说！"陈专员怒声说，"×你娘！你当我们吃饱了饭没有事，陪你在这儿慢慢耗？你，给我站起来！"

赵某的脸涨得血红，目中露着恐惧和悲愤。他喘着气，缓缓地站了起来。"你们怎么可以打人呢？"他用颤抖的声音哀怨地说。"啊呀！"陈专员色若极其诧异地说，"你居然不知道我们会打人哩。"他一个箭步扑向赵某,拳打脚踢,大声嘶吼,"×你的妈,我就打,打死你这个国家民族的败类!"

长官带头的暴力,竟然使我们坐在一旁的几个小调查员也感染了某种对于暴行的嗜欲,不知不觉间,也参加了拳打脚踢。

我当然也出了手,踹了腿。但是,赵委员,我可以发誓,这是我平生第一次,唯一的一次打了人,事后想起,也不是没有悔恨。但就是那一顿打,把你赵某也变了一个人。你变得十分沮丧、软弱、无助。陈专员于是就没有再出现了,换来一个白面斯文、戴金丝眼镜的、在山庄高我五期的史学长,声音温柔,和风细雨。你变得那么谦恭、合作,把我们希望你供、希望你攀连的人,希望你来补圆的案情破绽全供了,全圆好了。最后史学长说:"这三个月来,我们长官对你良好的态度都很夸奖、很感动。"他说赵先生热爱政府、关心台湾的用心,"我们都知道。正因为知道,才请你来把话说个清楚,将来我们还要合作、继续请益之处多着,"史学长诚恳地说,"大家都为了爱国、爱乡嘛……"

后来,听学长说赵某他"终于为我们所运用了",大约因此在大审中果然判了感训——虽然不到两年后又因"悛悔有据",提早释放。对我来说,重点

夜雾 317

是，他如今在电视上瞄着我说些政治上的狠话，如果都是他的真话，就分明是冲着我说了：天涯海角，终究要算那笔账。如果是假话，果真被"我们所运用"，那也是伪装。他们的党也组成了，戒严令解除了，他们怕什么？还能被"我们所运用"吗？不可能。他们在伪装，无非等有朝一日，伺机对我下手。

其实，当年在山庄上课的教官就曾说过，为了保卫国家，像我们这种"无名英雄"，在不同的机关、单位，层层叠叠，全岛一共少说也有十几、二十万人。就像我一样，他们都还健在。只不过和我大大不一样的是，我疑心这一二十万人也已经各自秘密地成为他们的人了。我其实也想变成他们的人，只是不知道跟谁接头去，以便把那次对赵某动了粗的事解释明白。就是昨日，我也还在电视上看到了满头染过的黑发，穿着笔挺的西装的N教授，在一个座谈会上，说台湾今日的民主化，是几代人对抗独裁政权、前仆后继、不惜破身亡家的结果。我记得他。二十多年前，局里把在全省各地布建的人全部聚在一起，包了两辆高级游览巴士，带到恒春公园度假，局里指派我去当旅程的招待。这些人里面有记者、教授、狮子会的会长、中小学教师、播音员、村里长……当时我就不明白，把他们一锅子公开煮到一起，都互相认得了,怎么就不讲一点秘密原则。N教授——当时还只是个讲师——还带了他新婚的妻子参加了旅行,一路上恩恩爱爱。

但是问题却是一样的。如果现在N教授在电视上讲的是他的真心,他就已经背离了我们。而那些话,其实就只有一个意思:时代要变了,你们当年要了去的,一分一毫也不能少,看我们找到你,全要回来。如果他们讲的是门面上的假话,其实也是伪装的,目的还是伺机袭击。

十几二十万人,在茫茫人海中四处漂浮。他们平常都像赵委员、N教授,都装着一副若无其事的脸孔。其中估计倒向他们的也倒过去了;隐遁起来的也隐遁好了,却只剩下我一个人,没有人来接头⋯⋯十几、二十万人,他们在一旁冷眼窥伺着你,有人冷笑,有人等着食我之肉而寝我之皮,有人把什么都推得干干净净,一切事不干己⋯⋯十几、二十万人啊⋯⋯有人也还在录音、跟监、搜证⋯⋯

7

月桃总是说,近来我变得疑神疑鬼了。她不知道,我关门闭户,也是为了她安全。她哪里知道,他们只不过因为我曾对赵委员不礼貌,就坚心要除去我,说不定也连带地要除去她。

失眠的情况,曾经有一度稍愈,但不久又难眠如故。过去头痛,是突发时才觉剧痛,现在则似乎已经慢性化了,终日闷痛、耳鸣不已。我委婉地劝告月桃尽量不要出门,月桃是听的,然而她如何能知道我的苦心。

我忽然想起我在C大读书的日子了。那时,日子过得多么年轻、单纯,三年级的时候,我还在一个社团刊物上刊了两篇散文,在人前装着一副无所谓的态度,回到寄宿舍里,却一个人来来回回地把登在刊物上的自己的文章读它几遍也不厌烦。

而后来,我怎么就去考到局里了呢?

否则,我是不会落到今天这步田地的。

8

看报才知道蒋经国"总统"逝世都十周年了!时光飞逝,竟有这么快。但是报上的消息刊得不大,只有一个巴掌大的篇幅。然而怎么就那么凑巧,前天晚上发了一场大病,竟也因十年前的一次遭遇引起。

"这巧合的十年,有什么意思呢?"我困惑地问月桃。而月桃只是凝视着我流泪。她用双手抚摸着我的脸。"清皓哥,你病了。真病得不轻。"

她说当她把做好的衣服分送到几个顾客家,回来就看见我昏倒在床边的地板上。"回程里,我不该在一家鞋店里看鞋子,看了半天,也没舍得买。"她自怨地说。她说她二不该为了省钱,虽然惦着我一个人在家,还是去搭了公车,"都让我误了回家的时间。"她看着我的脸,问我怎么回事。这次我就没像过去那么有把握了。怎么回事?我只是忽然想到一件往事,就全身发颤,一身都是淋漓的冷汗。然后,就眼前一片黑暗,不省人事。"你是呀,是一身冷汗。"月桃说,"都擦湿了两条干毛巾……"她嘤嘤地又哭了起来。"清皓哥,你病了。我们去看病……看精神科。"她说。

现在我又睁着眼在夜半里瞪着天花板。月桃在睡梦中轻轻地拉着我的手。我开始细细地想着前日发病的前前后后。

那天,月桃出去送衣服之后,心中感觉到那可怕的、没来由的凄楚,直要叫人掉泪。我随手以遥控器打开电视,竟是新闻纪录片《十年烟云》。一九八八年元月,蒋经国"总统"去世,接着是继任"总统"视事。二月,在野党组织了"二二八和平促进会"。

夜雾

这在那时一年前,准抓人了,我看着荧光幕自语地说。三月,他们继之发动"'国会'全面改选大游行"。

电视荧光幕的镜头是从大厦高楼俯拍下来的。我看仔细了,才知道是D街和E路的交叉口。荧光幕的右上方,排列着重重拒马、保警的囚车和两辆雄伟的喷水车。我想起来那时我正是在万头攒动的人潮中。虽然提出了辞呈,因为尚未批示,我仍然衔命便衣去现场搜证。电视机传来鼎沸的人声。我回想起来,当时我人在地面上,不知道后头早有政府镇暴的阵势,但觉前后左右,全是他们亢奋地呐喊的人群,我感到了胆怯。这时,从路上开进来一小队群众,拉着上写"台湾、中国,一边一国!"的白布条。队伍跟前,有一个穿灰色夹克的男子,用绳索拴着一条小白猪,小白猪在人声中惊惶失措地窜,而小白猪身上被人用利器刻着"中国猪"几个歪歪斜斜、渗着血丝的字。人群中传来笑声。小白猪"呜呜"地叫。我听见了抑压而亢奋的声音:

"台湾'独立'万岁!"

那时候,我第一次感觉到外省人的自己,已经在台湾成为被憎恨、拒绝、孤立而无从自保的人。我想起了一家"地下电台"里有一个人说,他是外省人第二代。他去他老爸在东北的老家,人家请他在炕上吃酸菜火锅,"又脏又臭,叫人恶心"。他于是说,他对大陆完全没有感情。"我里里外外是个台湾人了!"他说。有一个台湾人用闽南语说,他反对"一个'几拿'政策"。问了别人,才知道人家把中国都叫成"支那"了。我感到一阵突如其来的、空虚的、深渊似的恐惧。眼前荧光幕上的呐喊,沸沸扬扬,使我顿时仿佛又置身在十年前的街头。而他们竟而从高处拍下了全景。他们必然可以用计算机定格调近放大,把当时潜伏其中的我找出来的。我感到一种远远比担心自己被指认出来还更大的忧虑、不安全和从骨髓里传向全身的恐惧,冷汗直流。我想我是必死无疑了。我挣扎着要走进卧室躺下,但巍巍颤颤的四肢,究竟让我摔在床边。

"月桃救我。"我绝望地呼喊,而后人事不省。

报复寻仇的厉鬼就要上门。我又想到那鼎沸的呐喊和万人行列中,到底谁是犹太人,谁又是纳粹的问题,却总不得其解。

然而,我终于让步了。我深思之后,终于答应月桃让她带我去 R 医院看精神科……她哪里知道,这是因为我已经绝望至于无极的缘故。

夜雾

9

我其实是早就料到的。那个把下巴刮得像早收的青色的高丽菜似的医生，东问西问，后来果然开始问我有没有某种"被压抑不宣的内疚"，又问我有什么长期让我不安和忧虑之事。

我当然斩钉截铁地说没有。"没有。我能有什么内疚，笑话，什么叫罪意识？"我笑着问他。他狡黠地耸了耸穿白衣的肩膀，"随便谈谈罢了。"他说。

"随便谈谈"，其实就是侦讯方法中的一种，一旦"谈"出了破绽，那就紧咬不放，没完没了，这是我受过的专业训练，他们岂能欺我？我在心中冷笑了。我自投了罗网，他们竟扮成了医生，来套你的口供了。我竟无所逃于天地之间吗？

医生说这一次先不开药给我。他做对了。我怎么会去吃他开的药呢？但护士带我去量取我的身高、体重这些基本资料时，我看见医生对月桃简短地咬着耳朵说话。

我想，如果月桃都是……我就认了。我大不了受死就是了。

隔日晚上，月桃劝我吃下一颗黄色的药片。"菜市场那家新药房买的，德国新药，专门营养精神系统。"她说。我料想无碍,胡乱吃了,不料竟蒙头大睡,至翌日早上六时方醒。

10

月桃终于说那让我沉睡的黄色药片其实是医生开处方单,她去买了来。"医生怕你不吃他的药。"她说,"你睡了这两天,我就知道我们找对了医生。"月桃喜形于色了。然而,我怎么就没想到亲如月桃,也会背着我和他们同谋呢?我悲哀得绝望了。

事实上,我睡得绝不安稳。我被连连的噩梦折腾通夜,苦苦挣扎,却全身无力,睁不开眼睛。"医生开药,绝对地是为你好。"月桃为我打气似的说,"现在你能一天睡上大半夜,我就有了指望。"她要我对她"行行好事",按照医嘱,看病吃药。

吃了几天药,照实说,对病情基本上并没有改善。我自己的病,我自己最知道了。我依旧感到彷徨不安、焦虑无依,心情无比悲戚。只是那黄色的、一种叫作 Iproniazid 制剂的药锭,似乎使世间万事变得迟滞缓慢,而其实是让人沉落到更深、更其彻底的绝望罢了。

而医师和月桃却欣欣然以为我的病况有所改善。

上个星期的一天，月桃说："医生说，你不能这么终日关在家里。偶然也得出去，晒晒太阳，活动活动。"她帮我刮胡子，为我穿西装时笑说我一口气瘦了几圈。她然后说她要把几套做好的衣服送去给几个客户，约定我中午十二点在一家台北市最大的百货公司大门口见面。"我带你去吃馆子，逛逛街。"她说。

我来到据说是日本人开的那一家大百货公司。百货公司的两扇大门不断地吞吐着万头攒动的客人。五月的阳光已略觉炙人，明亮地照耀着这首善之区的高楼和大厦。街上熙攘往来着车潮和人潮。时间才过十一点半，但是我却开始感到轻微的烦躁了。我随着人潮，在百货公司的门口空地上绕着圈子走。百货公司的大门两旁，竖着波丽隆雕成的、漆成金色的大蟠龙，应该是庆祝龙年新年留下至今的美术工程。两个谁家的小孩搬着金龙的尾巴，聒噪地嬉闹。正觉无趣，我忽而听见身边有人说：

"李先生，你瘦多了。"

我一抬头，看见一个头发灰白的高个子老人。我确定我必然不认得他。我环顾左右，怀疑他本就不是对我说话。

"我在这儿看着你很久了。"老人局促地笑了起来，低声说，"准是你没错的，李先生。"

"你怕是认错人了。"我说。

"我是福建南靖师范那个案子的张明。"老人说,"记不得人,也一定记得这个案子。"

我感到肚子开始抽痛,心在剧烈地跳动。也是刚刚考进了局里,"外交"上刮大台风的那些年,台中一个专科学校的老校长出来办"自新",交代了他在福建南靖师范读书时代参加过一个读书会。上头顺藤摸瓜,要把撤来台湾的、和他同期和前后期的南靖师范生从台湾各个角落全请到局里,经过一番"敲敲打打",让口供互相咬死,这就终于破获了"南靖师范潜匪案"。当时在一个高级职校当教务主任的张明,就是在这个案子里被攀供出来,最后到案的人。他胆子小,挂虑重。抓进局里后,他很快地按照原就快要完成的剧本作供。他日日记挂病重的妻子,担心丢了学校的饭碗,一边哭,一边写供状。到了最后,看过供状的长官特地到侦讯室里来看张明,赞赏他"深明大义,坦诚合作"。张明从此满怀着被政府从轻发落的信心,被移送军法处。

但张明被判了十年。

"你一定是病了。"张明关心地说,"你脸色不好呢。"

张明扳住我的肩膀,像个老朋友那样走在人挨着人的大街上。我觉得我的肩膀僵直了。我开始头皮上和脸上冒冷汗。

"这些年,身体不太好。"我嗫嗫地说,"你好吗?"

我立刻被自己的"你好吗"所透露的愚蠢,悔恨不已。

张明没说话。我忽然感觉到他的扳着我的右肩的手在微微发颤。

"第二年,我那老太婆就死了。"他茫然地说。

现在我像一个被押往法庭上的重罪犯。哦,他们终于直接找上我了。

"女儿没有嫁出去,现在背着我这个无用、累赘的老人过苦日子。"

"……"

"小儿子早离家出走了。他爸被说成是匪谍,他受不了。"他喁喁地说,"天地良心,我哪里是什么匪?这你们最清楚不过了。"

我猛地一个转身,甩掉他的手。张明却很快地追上了我。他拉住了我的衣角,"你别走。我想问个明白,当时你们何苦睁着眼瞎编派,硬派我们是奸匪……"他说,语声开始激昂了。

我开始气喘,我感到至大无边的恐慌,心脏酸痛。我拨开他抓住我的衣袖的手,快步走进那家挤满人群的大百货公司。"喂,你别走。"他在我的后面喊叫,"你们害的,家破人亡呀!"

我慌乱地在化妆品柜台间拨开人群急走。把整个脸涂满了脂粉的柜台小姐对着我笑。"先生,母亲节护肤系列礼盒,买了送给夫人……"她说。我迅速地看了看周围,没有一个人注意到我,情侣自顾一边走一边说悄悄话;士女们聚精会神地围着看一个化妆师为一个顾客在她脸上涂涂抹抹。"你们何苦,我们家破人亡呀……"张明在人群中叫喊,几个把头发染成黄金色和蓝色的女孩循声回头去看,然后掩着嘴吃吃地笑。

我快速攀上到二楼去的电动扶梯。我压抑着面临大祸的恐惧,随着电扶梯向上升起。我看见了张明在地面上东张西望,焦急地找人。"你别走,我只想问个清楚。"他挥舞着长臂说着,抬头望见了我,快步走向电扶梯。"拦住那个人。"他喊着说,"我要问问他。家破人亡哟……"

我看见他站在电扶梯上慢慢上升时,我已经到了二楼。山庄里上过跟踪和反跟踪的课。我一个转身,躲在一个胖太太身旁,踏上下降到一楼的、满是客人的电扶梯。我看见张明仰着头向上张望。我躲在胖太太身旁,把脸别开。"拦住那个人呀!"张明大

夜雾 329

声说。他突然看见我了。"拦住他,他是国民党特务!"然而他却不能不继续随梯上升,很快地和我拉开了距离。

我想我一定会被在这百货公司里的人众揪住,乱拳打死。"那个人一定是个疯子。"那满面脂粉的胖太太笑着对我说。我心境惨恻地笑了。但我注意到满场鼎沸的人群中皆都若无其事,拎着满载的购物袋,笑容满面。没有一个人在意张明的凄厉的叫骂,有人看着张明窃窃私语,有人对他咧着嘴笑。"拦住他!国民党的特务!"张明有些声嘶了,"我几十年忠贞党员,让他陷害忠良……家破人亡哟……"

我的心在猛烈地悸动,胸口窒闷。我逐渐明白了。这百货公司和这城市里满坑满谷的人,都佯装不知,伪装若无其事,事不干己,其实就是要对我下手的前兆。我看见三个百货公司的警卫在电扶梯口守候着叫嚷着的张明。我看见在我身旁向上升去的电扶梯上的拥挤的人们,全都耐心而漠然地等待着电动扶梯把他们慢慢送上他们要去的楼层。

"拦住那个国民党特务!丧尽天良的,"张明呼喊着,"害得人家破人亡!"

我仿佛觉得张明在声嘶力竭地向整个城市叫喊。而整个城市却报之以深渊似的沉默、冰冷的漠然、难堪的窃笑,报之以如常的嫁娶宴乐,报之以嗜欲和麻木……

而这正是他们的险恶。多少在过去到处矗立的铜像,早被悄悄地一个个拉下来了。现在电影院开场早已不唱"三民主义,吾党所宗"了。K市事件的、当年千方百计硬送进黑牢去的阴谋分子,如今大抵都成了委员、代表和知名学者。十几、二十万曾以"同志"称呼过我的人,如今倒向他们的都倒向了他们,隐遁起来的全各自隐遁了;变身成为教授名流的,全都忙着在荧光幕上吹牛皮,但就是没有人,至于今竟没有一个人来找我接头,指给我一条生路。我曾经一直相信丁秘书终于会来接头的。过去有多少难关,莫不是他老人家帮衬才过去的。半年前,我觉得无路可走了,特意去看过他老人家。但他只是不住地说,"怎么你就瘦了几圈,有病吗?"除此以外,他老人家就铜墙铁壁,守口如瓶了。我们要倒过去吗?要隐遁吗……我不住地在心里问他老人家,他老人家却自沉默不语。

电扶梯终于把我送到一楼地面。

十几、二十万人哪!你们是这城市里到处飘流笼罩着的夜雾。我做了什么,竟让你们把我一个人扔进了豺狼的洞窟,却又铁了心肠不肯来联系。哦,你们这笼罩着这大城市的夜雾，无所不在、阴狠、寒冷的白色的夜雾……

"我要拦住那人……"我听见张明在我的身后嘶喊着说，"你们为什么抓着我不放？拦住那个人哪！"

我冲撞着走出百货公司的大门，无目的地疾走。不久，我听见一阵高跟鞋急迫的步伐。月桃从后面一把抓住了我的胳臂。

"等你半天，你这个人……你是到哪里了？"月桃喘着气说，"把人急的呀……"

我泪如雨下了。

丁士魁细心挑出了这十篇札记，给邱月桃打了电话。

据邱月桃说，自从打百货公司叫计程车把李清皓带回家，李清皓就开始悒悒不语，整天面向壁板，弓着身体躺卧在床上，每餐都要她百般央求，才开口吃几口饭。R医院的精神科派车子来，冷不防在他胳臂上打了一针，趁着他半昏睡之际，送到医院住院。

住院治疗确乎时或使他好转。只是他变得表情、行动滞缓了。他变得嗜睡，整天可以是一个睡姿在床上睡睡醒醒。有时候情况更好一些，医生就允许他回家小住。在家中，李清皓总是沉默地坐在客厅，沉默地吃饭，但他的脸上已经明白地失去了往日某种无告的苦痛和焦躁，但觉得他人在家中，心神却不知驰走何方。从而，在安静地坐着的李清皓的陪伴下，邱月桃专心地在裁缝台上剪剪裁裁，时而熨烫，时而车缝，又时而望一望沉思里的李清皓，竟也感到某种酸楚的幸福了。

但病情时好时坏。转坏时，李清皓就被送回医院，迨缓好时再回。但总的趋势却在往恶化徐徐发展。

直到约莫四个月不到之前，邱月桃最后一次把李清皓送回医院病房。他变得更加缄默无语，神情僵木，表情茫漠中透露着某种深不可探其底的凄恻。医生和护士问他什么话，他一概只低头不语。他几乎失去了摄食的任何意欲，只有护士——尤其是来探望的月桃喂食时，他才偶然勉强地、缓慢地把喂进嘴里的食物吞咽下去。

这样浑浑糊糊地，李清皓在精神科病房过了三个月。而忽有下着大雨的一日，李清皓把睡裤倒着绑在浴室的莲蓬上，把头伸进了裤裆，而后猛然跪坐下来，自缢而死。

和邱月桃通了电话以后的次日，丁士魁透过医院人二部门一个相识的学生，到医院约见了主治医生。

"他表现为虑病、焦虑和忧悒。"医师说。他说通常这些精神症状源于潜入下意识的、病人的严重内疚和犯罪意识。医师翻着李清皓的病历说，在治疗上，除了药物治疗，最好能配合心理治疗才好。"我们试过了，希望他逐渐把他的内疚透露出来。"医生叹息了。"但他守口如瓶，什么也不说。"医生说。

"他什么都没说吗？"丁士魁说。

"有些病人就是这样。"医生说，"要他们说，需要很长时间。"

"他什么也没说了。"丁士魁说，舒了一口气。

"守口如瓶。"医生说。

丁士魁从医院换几道公车才回到他那种着一棵老樟树的院子里的家，随手打开了冷气。现在他终于可以把李清皓作为一个卷宗，关起来归档。"他什么也不曾说，好家伙。"他默然地说。

然而这以后，丁士魁忽然因为无来由的高血压，足足养了五个月的病。病愈之后，他想开始写一份报告附在李清皓留下的文件上，然后送到局里研究，而后存档封存。

丁士魁想写的是，时代剧变，调查工作的三大支柱——领袖、国家、主义——已经全面遭到变动的世局极其强烈的挑战。他想起了一九五〇年后随着几年强烈的"肃共"斗争，他把成千上万的共产党在风风火火的"肃共"行动中经过百般拷讯，送上了刑场，送进了监牢，终竟保住了国民党的"江山"，当时靠的正是对领袖、国家和主义的不摇的信仰。今天的挑战，对调查工作的冲击，李清皓内心严重的纠葛，就是生动的说明。

但冬天过去,接着是一连几个月,新"总统"的选情不断翻搅,直至尘埃落定,整个局里的工作情绪,上上下下,一片错愕与混乱。丁士魁开始认真盘算退休,到美国东部投靠儿子,李清皓案的报告也于是又搁置了下来。

一日,丁士魁从厕所净手出来,踉踉跄跄地抓起了也不知响了多久的电话。

"打搅您睡午觉了。"电话里说。

那是一个丁士魁最早期的学生,现在在政府中央的局级安全机关工作的许处长的电话。

"早就没有午觉的习惯了。"

他笑着说。他想起了终年理着平头、长得踏实、出身于嘉义乡下的这个学生,廉洁干练,深受赏识。

"丁老师……"

"不敢当。"

"新政府了。"他说,"他们指定了我找几个老同志商议商议……"

"哦。"

"国家安全,片刻都中断不得哟。"许处长说,"我已经荐举了您,提到中央上来,咱们一道把工作承担起来。"

"可是,时代变化这么大……"沉默片刻,丁士魁说。

他的心脏不由得欣快地跳动起来。

"丁老师，时代怎么变，'反共'安全，任谁上台，都得靠我们。"

"那也是。"他压抑着喜意，状似平淡地说。

当丁士魁挂了电话，这才发觉大雨竟不知道从什么时候开始唰啦啦地打在落地窗外小院子里的老樟树上了。

二〇〇〇年三月二十八日初稿，四月一日定稿
初刊于二〇〇〇年十一月二十四日至十二月五日
《联合报》副刊

忠孝公园

1

马正涛站在厨房里的流理台边，看着在小白铁锅里慢火焖着的肉。他喜欢番茄炖梅花排骨，隔两三天就炖上一小锅，以又鲜又带着果酸的肉汤泡白饭，就着焖烂的肉吃。抽风机嗡嗡地哼着。他时而拿着干净的抹布，在火炉边不锈钢的流理台上抹来抹去。马正涛爱干净。人都说东北人不爱洗澡，但马正涛这东北老汉却格外喜欢洗澡。一九七九年他因糖尿病提早从机关退下来，托关系到银行贷了一笔不算多的钱，在和镇的一条老街上买了一幢老旧平房。那时的房龄都快二十年了。加强砖造，又薄又旧。但马正涛看上它独门独院，可以不必与左右邻舍拉扯，可以一个人过日子。然而即使这么老旧的房子，马正涛除了请人彻底打扫、重新粉刷过之外，基本上没怎么装整。但唯独不惜把旧浴间敲了,改成较大的、一律进口瓷砖和卫浴设备的新浴室。

马正涛北人北相。年已八十了,但老龄并没有使他明显颓萎。来台湾之后,打了几十年光杆儿,总是习惯一个人吃饭。他有一张方形的、旧的桃花木餐桌。他把那一小锅肉端在饭桌中间,一个人开始默默地吃饭。他的个头大,庞然地占着饭桌的一方,以故虽然还空着三个位子,在垂挂在饭桌上的、暖人的电灯光下,却绝不嫌空荡寂寥。

马正涛爱吃。他时常叹息,来台湾之后,再也没有往日在东北时的讲究了。收拾冲洗碗筷的时候,他漠然地想起日本打败的那一年。那时整个东北固然万众腾欢,但也是遍地的生灵苦哀。然而就有一撮商人和"满洲国"时代的官绅特务,成天忙着贿拢从四川的中央来的方面命官,日日大宴。烤乳猪、酥脆石榴大虾、生扣鹅掌等打仗时期在东北连日本人也不曾见过的佳肴美味,那些绅豪官商就能变戏法儿似的张罗了来。马正涛在回忆中笑了起来,无声地诅咒了。日本人驰骋全中国的时候,全都躲到后方的再后方去的中央大员,一说收复,兵都没到,这些将军、委员、督察早全到齐了,纸醉金迷、灯红酒绿。

"呵,他妈的……"

马正涛轻摇着头咧开嘴对自己笑、对自己说。马正涛天生的一张笑脸,他说话的时候带笑,听别人说话的时候也带笑。甚至于跟人争执起来,也能看到他一张大国字脸上的阴气的笑意。在路上走,一个人在家里,想起了什么即使不是开心的事,他也总是咧着嘴巴笑。在东北,他有个诨名,叫"笑面虎"。

事实上,马正涛方才吃饭的时候,因为想到了一个林老头儿,就一边啃着嫩骨,一边无声地笑着。现在他坐在他的小客厅里一张藤摇椅上,轻轻地摇着蒲扇,想着早上看到的林老头的模样。

马正涛在住家附近的一个社区小公园里认识了他自己私底下叫成"林老头儿"的林标老人。这个因为坐落在忠孝路上而命名为"忠孝公园"的小公园说小也不小,种着十六株老樟树和六株木棉树。樟树的树干不直,树皮上的裂纹疙瘩乍见仿如青松树,但那枝叶婆娑,叶色在春天新嫩时和在夏天最葱悒时都很好看。木棉树在夏天开花的时候,竟能在亚热带的台湾,当众树正茂时,把树叶摇落净尽,却在槎丫光秃的树枝上盛开着橘红色的、大朵大朵的花,像是人在一棵假树上扎上纸做的假花似的。马正涛每回在五六月间看见裸露着枝梢的木棉,就会想起遍地雪封的东北农村里,一排排枯索无叶、在飘雪的北风中颤动着枝丫直如枯树的白杨来。忠孝公园里一直有早起的老人打拳、做体操。但这五六年来,停在忠孝公园旁的私人轿车越发多了,终竟把一个小公园团团围住,连出入口都堵着了。来公园活动手脚的老的和半老的人于是逐渐地少了，两年前，就只剩下来甩手的马正涛、每每一板一眼地做完一大套柔软体操才走的林老头儿，和一个小小的太极拳班子。总共只十个人还不到，天天见面招呼，自然就认得了。

就是今天早上，马正涛甩了近一个钟头的手，手心发热，身上也出汗。他走出了忠孝公园，照例走过一条小巷时，却一眼就看见马路对过的公车站牌上，站着一身日本海军战斗服、头上戴着战斗帽的林老头。白色的战斗帽上圈着蓝色的带子。白短袖衬衫，白短裤。两条瘦削的、发黄的腿下，白色的棉袜规规矩矩地翻在一双满是灰尘的老皮鞋上。

马正涛躲在一棵路树茄苳的背后，张大了眼睛，看着在马路对过往右张望着公车的林老头儿。马正涛想起来，头一回看见一身日本海军战斗服的林老头，是十多年前的事了。马正涛正好上高市办事，猛一抬头，就在高市东区的大马路上，看到林老头和三几个也穿着日本海军战斗服的老人，在斑马线上挡着来车过马路。马正涛看呆了。这是哪一宗事儿？马正涛对自己说。要是"满洲国"垮了之后，还有人穿着"满洲国"军的服装在沈阳街头瞎逛，包准被打出人命。他想。

今天早上，马正涛在茄苳树背后看着公车来了又走，但林老头儿却依旧站在站牌边张望。但下车的人们，却很少人注意到林老头的打扮。和十五年前在高市区看到的，林老头真老了不少。那时候，林老头还不见这么佝偻，两条腿也没那么削瘦无力。马正涛在日本人治统下的东北那几年，即使到了战争末期，日本兵源枯竭，调来很多日本老农民来充当关东军的时节，全东北街上也看不见像林老头那样衰老、萎弱甚至滑稽的日本兵。没多久，连续有三部不同路线的公车进了站。当三部车都开走，站牌边的林老头就不见了。估计是又上高市去的，马正涛想。

现在马正涛坐在那不大的客厅里。天色渐晚，他却把客厅、饭厅甚至厨房的灯全都开着。马正涛喜欢灯火通明，甚至睡觉时都留着一盏小灯。

他记起来，十来年前在高市东区看到日本兵打扮的林老头以后，对林老头起了极大的诧奇心，无法释怀。第二天、第三天马正涛看见林老头在清晨的忠孝公园里若无其事地做柔软体操。他突然记起来，在"旧满洲"时代，他就经常看见日本人组织的"协和青年团"的东北青年，在清冷欲雪的操场上，也这样一板一眼地做完一整套柔软体操。

第三天，马正涛有些捺不住越积越强的好奇心，在那小小的忠孝公园里，老远堆着笑脸，走到正在做弯腰运动的林老头跟前，不经意地用日本语说：

"你早。"

林老头霎时触电似的停下体操动作，目瞪口呆地看着马正涛。

忠孝公园

"你,为什么,日本语,懂得?"林老头用日本话说着,脸上漾开了最真挚的笑颜。"外省人,为什么,日本语……"

林老头的容光像是一盏油灯似的、被马正涛的日本话挑亮了起来。马正涛说他在"旧满洲"长大,读过日本书。

"啊,旧满洲。"林老头快活地说。

"是的。旧满洲。"马正涛微笑着说。

"小名林标。标是标准的标。"林老头用日语说,热情洋溢地伸出手让马正涛握住。还没有等待马正涛回过神来,林老头忽然以肃穆的立姿,以朗诵古日语的腔调吟哦起来……

"……赖天照大神之神庥,天皇陛下之庇佑……庶几国本奠于唯神之道,而国纲张于忠孝之教……"

马正涛脸上笑着,心中更为诧异。事隔四十多年,马正涛竟然在台湾的一个小公园里,乍然重又听到"旧满洲国"皇帝溥仪在昭和十五年——民国二十九年东渡"亲邦日本",去纪念日本开国"纪元两千六百年"回满后,颁布了"国本奠定御诏书"上的语文!

"还记得吧?"林老头得意地用日本话笑着说,"一定记得的。"

"哦。那记得的。"

马正涛喟叹似的说。那一年,他从日本人在满培养精英的"建国大学"法律学部毕业。溥仪的"国本奠定御诏书",在寒冷辽阔的东北的机关、学校普遍背诵吟读。马正涛记起来，在红、黄、绿、白、黑五色"满洲国旗"下，悬挂着溥仪御像的大礼堂，近千师生齐声哄哄地诵读的声音至今犹在耳际。如今，马正涛还能清晰地记得溥仪的模样。斯文的脸上，戴着金丝眼镜，清瘦的身上挂满了各种勋章，披在胸前的绶带诉说着寄生皇帝的荣华。他左手叉腰抚剑，衣领、肩上和袖口全是华丽、繁复的绣金图案，两肩上戴着辉煌的肩章。

林标老人问马正涛，在"旧满洲"做什么营生。"做点小生意吧。"马正涛用流利的日本话说，虽然笑着脸，却逐渐对林老头的喋喋不休、半生不熟的殖民地日本话感到愠怒。"大豆生意。"他细声说。

马正涛的脑子里，在瞬时间浮起了日本人把持的"兴农组合（合作社）"。在"旧满洲"，一切农产物的买卖，一律只能经由那个日本人大会社把持的"兴农合作社"直辖下交易。农民把大包大包黄澄澄的大豆用拖车、驴车、挑担蜂拥着运送到日本人和亲日的东北绅商把持的交易场。在春寒雪后的、用土砖围起来的偌大的"入荷场"中，到处都是用藤席、麻袋围成房子高的、贮存大豆的堆子。场子里清冽的空气中，飘浮着农民的体臭、驴粪和倾倒大豆时扬起的灰尘的味道。而马正涛的父亲马硕杰——人称马三爷，就是这交易场的二把手。那些穿着满是补丁的棉褂棉裤的农民拉来的一车车大豆，先经交易场盗斤偷两，再经压低收购价格，才经由马三爷和他一帮亲日豪商雇用工人精细筛选过，供应日本商社输出到日本。而其时马正涛才只是个放荡、胡为的十八岁上的小伙子，一个人仗着父亲在东北的财势，在北平住在一家鹿鸣饭店，交结一帮纨裤恶少，声色犬马。

第二年盛夏，日本军突然开炮占领了北平近郊的卢沟桥。过不到一个月后的早上，在鹿鸣饭店二楼的马正涛的房门被叫开了。马三爷穿着一身薄绢长衫，头上戴着西式毡帽，出现在房门口。马硕杰看见房子里还睡着一个赤条条的女子、两盏鸦片烟灯和散落一地的酒瓶和赌具。马正涛在回忆中叹息了。

林老头和马正涛在忠孝公园里绕着圈子走。林老头叽叽呱呱地说日本话。马正涛听出来，林老头的日本话太蹩脚，难免用错的助词全用错了，而不该用错的助词也错误百出。马正涛听得烦心了。"几天前，我看见你穿日本军服……"马正涛笑着说。

马正涛开始一径用普通话说话。那时林老头才说他在战时被日本人征调到南洋。事隔多年，当年的台湾人日本兵要问日本人要赔偿。"去高市，组一个战友会，交涉补偿……"林标说。

窗外不知在什么时候全暗下来了。马正涛觉着嘴馋，开了一个挪威进口的螃蟹肉罐头，就着冰过的德国啤酒吃。马正涛想,林老头那个狗×的。马正涛自从知道了他穿日本海军战斗服去申请赔偿,就再也懒得理他了。那时候,林老头话很多。他说少年时代听说了"满洲国"的"王道礼教、民族协和",马正涛只是笑而不答,岔开了话题。林老头……这狗×的,他无声地说。他给自己又斟上啤酒,想起那鹿鸣饭店。那时候,全身近于赤裸的少年的马正涛站在马硕杰跟前,全身颤抖不已,看着都站不稳了,他的脸上全没了血色。"你这没出息的畜生。"马硕杰不疾不徐地说。马三爷不怒而威。马正涛太知道他父亲阴狠凶残的个性。第二天,他还清了赌债,砸了烟灯,踹走了女人,付了房钱,乖乖地回到东北去。

回到家里,马三爷一句也没问他在北平鹿鸣饭店的胡天胡地,也没问一声像流水样花掉的大把大把银子。中秋过后,马硕杰把儿子叫到跟前。

"天要变了。"马硕杰若有所思地说,"日本人都打了上海了。"

马正涛想起电影院放映的宣传新闻片。日本兵仗着日本国旗骑马进上海城。夹道的中国人,零落地拿着日本旗,神情滞木地看着日军壮盛的行军。

"日本人要在中国坐天下,还得中国人帮衬。"马硕杰说,"溥仪就任'执政'那年,两旁有多少长袍马褂,戴着墨镜,留着胡子的东北大绅商在一边儿,跟全副军装的日本人挨着站。"

"……"

"要发家,光在日本人鼻息下做生意,不行。"

马硕杰说着就沉默了一会,移目正视着在眼前垂手而立的马正涛。

"那还得混进日本机关,当日本官儿。"马硕杰说。

没几天,马硕杰就请来了一个冷面圆脸的大夫来为马正涛把脉,连针灸带煎药,住在马硕杰大院里,为马正涛戒烟毒。马硕杰也请来一个每见了马三爷就哈腰请安的、朝阳大学毕业的中学教师,给马正涛补课,再请来一个日本小商人的儿子来教日本话。不久,马硕杰动用了几个日本人关系,贿送了一把条子,硬把马正涛送进了"建国大学"法律学部。

马正涛大学毕业的那年,共产党领导的游击武装东北抗日同盟军第一军军长杨靖宇,在长白山的一场战斗中战死。报上刊出醒目的照片,满脸森黑的胡子,穿着臃肿的棉大衣,身材颀长的杨军长的尸体边,簇立着几个穿着军大衣,腰里挂着长长的日本刀的日本军官。马正涛人长得粗壮,却天生口齿灵活,在"建大"几年,他把日本话学得特别溜转。加上马硕杰是个著名的亲日绅缙,马正涛毕业后还不到秋天,日本宪兵队的武藤少佐就传他去谈话,第二天就编到宪兵队侦缉组里负责调查和通译。从此,马正涛现学现练,不几年就学会了拷讯、绑票、缉捕和刑杀的各种本领。

"而你狗×的林老头……"马正涛咧着嘴对着空寂的客

厅诅咒起来。

而你狗×的林老头。马正涛噤着声冷笑了。你也只不过是个小小的日本"军夫",连个正规的日本小兵都不是。跟在关东军屁股后的台湾人军夫、军属,我在东北可看得多了。马正涛对自己说。而你林老头却还大白天穿着日本海军战斗服到处招摇现眼,还哇啦哇啦讲着破日本话。这是怎么回事,马正涛想着。他回想起自己在日本宪兵队时,连日本人小兵对他都得立正敬礼,那就不用说那些由东北军阀杂牌军混编起来的"满洲国国军"和警察了。而今一个日本小军夫倒是比日本宪兵队神气了。嘿,这狗×的。马正涛一个人哑然地笑了。

在东北的时候,马正涛岂止是"神气"。日本宪兵手持上了刺刀的步枪,在路口、城内遍设岗哨,检查过往的中国人时,他总是站在一边,摆着一张不喜而笑的脸,看来格外阴狠。岗哨的日本宪警和"协和治警"查看每一个过往的中国市民和农人的文件,时而动手搜身,打开篓篓箱箱。而马正涛只以笑脸上一双枭眼去咬住每一个凄惶不安的过路人。"这个人。"当马正涛用日本话这样轻轻地说一声,十之八九,总能在那个人身上查出东西,让宪警立刻把人押上笨重的警备车,疾驰而去,留下飞扬的、黄色的尘土和笼罩在街路上的沉重的恐怖。

民国的三十一二年那年月,宪兵队的警备大卡车在全东

忠孝公园 347

北呜呜地奔驰,搜捕那些就不知道从哪里不断滋生的抗日反满分子。马正涛终日在侦讯室里,看见在他的指挥下,人被滚烫的开水浇烂,被拷打得像是剔了骨头的一摊子血肉。有人讨饶作供,就立刻循供再去抓人进来,敲敲打打,鬼哭神嚎,血肉模糊,但往往到头来证实只是半真半假的供词。有些人至死不供,终至严刑猝死,往往也不是什么抗日英烈,而是破产的农民一心要往死里奔来罢了。但马正涛却越来越感觉到,在沉默、辽阔、冰寒的东北大地上,到处潜伏着越来越多"不祥"的意志,幢幢作祟,向他缓慢地包抄而来。

一直到现在,只要马正涛肯让那被自己牢牢密封的记忆之门稍微松开,一些长年被他牢牢抑压的回忆,就会从那黑暗的记忆的洞窟中,带着尸臭,漂流出来。在睡梦中,他看见被弃置在为防共而把农民迁徙净尽的"无人地区"的残废老人冻死在破烂的农舍,看见家破人亡的一群孤儿穿着一身褴褛,在火车站的铁道旁流连,等待捡拾过站军用车厢上日本兵丢下来的残食充饥。

像这样的噩梦,在近五年中显然开始越来越困扰着年已八十的马正涛。在燠热的屋子里,当马正涛摇着发黄的大蒲扇枯坐时,他的记忆就会像走马灯似的在他的眼前流转。由日本军队和宪兵队押送下,上百个东北农民和他们的驴马、推车、扁担被强迫征集来搬运日军的粮食和弹药,跋涉在被寒冬冻得像石头一样坚硬的栗色的土地上。那时候,押队的马正涛听到队伍的末端起了一阵骚动后,一声枪响,日本兵开枪打死了一个奋力要奔逃的、不堪劳役的农民。马正涛走过去探看。一个头上裹着汗巾的、脸色铁灰的农民仰躺在地上,两眼圆睁,张着大口,露出黄色的牙齿,状若极其诧异。枣红色的血,从他脑口上的两个窟窿,浸染脏得渗油的棉衣,汩汩地流淌。

就是那时候,马正涛身穿毛呢军大衣,右臂上圈着写上"宪兵"的白布,和一个班的武装军警押送抗日枪决犯到刑场去。刑场是一片渺无人烟的空旷的野地。每一个死犯都双手反绑,脖子上挂着各自的名牌:"反日赵善玺""重庆分子周启""宪兵抵抗杨树德""共产分子刘骥驰"。他们被推上日制军用卡车。车肚两边拉着白布条幅,写着"枪决"两个稚拙斗大的字。车子飕飕地开过大街。两边的行人不免伫足,以细心掩藏着仇恨与悲哀的茫漠的表情,目送着囚车。马正涛在囚车上观察着路人。几趟来回之后,就发现那无数迟滞的东北农民的眼睛,只聚焦于死囚和他们项下的名牌。对于车上军服和便装的宪警,却仿如视而不见。

刑场的空旷和辽阔,使气温降得更低。朔风利刃一般地刮着。日本宪兵们把战斗帽上的毛护耳拉下扣好。然则被反扣着双手的死囚,却只能让北风一顶顶揭去他们头上的破毡帽。小队长给这十八个满脸粗胡子的死囚递烟,有三个人大胆地伸长脖子用嘴唇去衔住香烟。宪兵为他们点上火。他们

忠孝公园

也就木然地抽起香烟来。有好几个人在寒风中抖索。有人低头。有人无目的地看着沉沉的灰暗的天空。

一支烟的时间过后,他们被带到一处较低的平地。有几个配着刀、穿着马靴的日本军官远远地站着观看,军刀会偶尔随着长长的军呢大衣于朔风中在腰间晃动。待决反满抗日囚人坐成一排。每一个人后面两步地方,都站着一个"满洲国"宪兵,用手枪瞄准着每人的后脑。一声令下,应着毕竟不能不参差的手枪声,被反绑的人都像是被纵放的田蛙似的,向前冲跃了出去,极不舒适地趴在严冬的野地上。

接着,满洲宪警在日本宪兵班长指挥下,把每一具尸体仰翻过来,整齐地排成一列,让执刑官河合少尉"检证"。马正涛跟在河合少尉后面检视每一具尸身。大部分都闭目如安睡,但总有那么几个瞠目结舌,有的半张着眼睛,似是将醒不醒。血从他们的鼻孔、嘴巴和破碎的下巴潸潸地流下。在大雪的时候,马正涛记得真切,那血就在白雪地上迅速凝固、变黑。

马正涛不喜欢这些记忆。一点儿也不喜欢。要不是他老了,那密封着记忆的栓塞就不许有一丁点松动,让那些黑色的、总是带着尸臭和血腥的记忆,乘马正涛之不备,而恣情作祟。

然而只不过是一个日本"军夫"——就像在战地后方跟着关东军干伙夫,种菜开垦,修筑工事,开车开船、运搬运输的军事劳工的林标林老头,今天早上可为什么又穿上那一身海军战斗服上高市去?马正涛静静地想着。在他记忆中横行过全东北的、穿着毛呢军装,束紧腰带,斜挂着肩带,脚穿长筒皮靴,戴着白手套、手把着右腰上的日本刀的日本军官的形象,不时和早上那衰老、佝偻、悲伤而又滑稽的林老头儿的形象互相重叠。而马正涛对自己杀人绝不眨眼睛的过去,几十年来,都绝对地守口如瓶,密不透风。然而那狗×的林老头……马正涛嘲笑似的诅咒着,就着挪威蟹肉,喝光他的第二罐啤酒。

2

林标老人从高市回来,绕过忠孝公园走到他家,已经接近下午五点。他流了一天的汗,真切地觉得体力大大不如从前了。他脱下日本海军战斗服,把战斗帽挂到卧室的墙上。他到浴室冲洗,看见自己衰老、干枯的身体,想到如果这次在陈炎雷委员带头下争取日本政府赔偿未付军饷和军中邮政贮(储)金再被驳回,他怕再也等不到及身而领取那一笔渴想了将近二十年的日本钱。

他换了一身干净的衣裤,坐在客厅的假皮沙发上,才发现了门缝里塞着邮差送来的信。光是看信封上的字,就知道是孙女林月枝的来信。"祖父大人:久未通信,常以大人安康为祷。"信上说。月枝说她打算下周中回家探望,"可能带一个朋友回去"。

十多年前,一向温婉、孝顺的孙女儿月枝,在她的十七岁上,突然跟着一个外地来的理发师傅私奔的时候,林标老人像是身上被剜了一块血淋淋的肉那么伤痛。

那时候,林标正三天两头疯了一样和周近几个从华南和南洋战场活着回来的台湾人前日本兵往高市跑。南洋战场上的宫崎小队长,竟在三十多年之后,突然就来了台北,由住在台北的曾金海四处联络,居然在分散台湾各地、几十年来无人闻问的台湾人原日本老兵中引起了一阵骚动。原来曾金海在一九七〇年代初盖成屋卖,发了财,一九七九年左右到日本旅行,找到了一个也是当年被征用到大陆东北当日本军夫、日本打败后被苏联军押到西伯利亚拘留劳动、一九五〇年代又被遣返到日本,之后就一直再没回台湾的小学同学,透过他和一个由日本当年驰骋纵横于南太平洋战场的旧军人官士兵组成的"战友会"搭上线,却不意碰到了旧连队上的宫崎小队长。优有资财的曾金海慨然答允出资将在日本旧连队上的年迈潦倒的宫崎小队长迎来台湾。

在台北一家著名的日本料理店的一个大榻榻米房间,曾金海从各地约来的六七个当年同一连队、但其实并不属同一小队的台湾人原日本兵老人,在宫崎小队长面前排成了横队。曾金海看到队列站齐,一声"立正",几个老人以肃然的表情挺胸而立。曾金海用力向前跨出一步,对穿着西装、却端正地戴着黄星标志的战斗帽的宫崎老人,大声争吵似的,用日本话从他的丹田喊着:

"○○连队、第三小队、曾金海,报告……"

老宫崎的眼眶红润起来了,回礼的手不住地颤动。待到大家都日本式地坐在榻榻米上享用料理时,宫崎已经涕泪横流了。"在南方、战争中,真辛苦了大家……"宫崎坐着向大家深深地欠身。曾金海用比较流利的日本话抢着说:"大家都很怀念在南方的日子呢。"有几个老人于是忙着附和。"那时,也许对大家太严厉了。"宫崎带着几分惭色,又向大家欠了欠身,那时刻,林标老人想起当时充当驾驶员的自己,有一回出任务晚归,早已过了开晚饭时间,就溜到厨房找剩饭残羹吃,恰恰就被宫崎小队长撞见。宫崎小队长脱下军靴,用靴跟打掉了林标的两颗血牙,脸上嘴里肿了四五天,粒米不能进。

可是,在台北这家日本料理店里的、充满了怀旧和欢快的重逢,看来老宫崎和其他的原台湾人日本老兵都把林标的两颗血牙全忘得一干二净了。酒过三巡,大家仗着酒精的兴奋,开口讲起遗忘得差不多了的日本话的胆子也大了,使一个小房间里叽叽咕咕地漂流着破碎的、台湾土腔的日本话。但听在宫崎的耳朵,这些破碎的、不正确的日本语何等动听,恰恰表现了殖民地台湾对"母国"日本深情的孺慕和向往。

宫崎受到了感动。霎时间，宫崎不再只是个战后吃国家"恩给俸"的潦倒老人，而又复是当年帝国军队小队长了。宫崎于是渐渐失去了开头时的矜持，开始肆情喝酒，把一个发皱的、鼻子下长着一撮胡子的脸喝得通红，越发衬出了稀疏的头发和胡髭的枯白。

"喂，曾君！"老宫崎的舌头有些打结了。

"是！"曾金海坐直了身子说。

"告诉他们：日本……绝没有忘记，在台湾的日本忠良的臣民！"宫崎以军人腔的日本话说，他的红脸在灯光下因渗着汗水和油渍而发亮。"这难道不是我宫崎小队长，来台湾的目的吗……"

"是。"曾金海说。

曾金海于是郑重其事地以比较流利的日本话作了介绍。就在战争结束都快三十年的"昭和四十九年"，从菲律宾摩洛泰岛深山里跑出来一个当年的台湾高砂义勇队，日本名叫中村辉夫的阿美族原日本军夫，曾金海说。因此在第二年，日本的"有识之士"，组织了一个"研究（思考）台湾人原日本兵士补偿问题会"，曾金海说。

曾金海接着说，日本政府终于被迫表示了态度。"日本对大战中因战死、战伤所订定的《援护法》和《恩给法》，只适用于有日本国籍者。"这就是日本政府的立场。曾金海说。

女侍者在这时候端来用一只玩具似的大木船，上面盛满了各色好吃的生鱼片。从隔壁房间里，突然传来台湾酒拳的呼喝。曾金海以坚定的语气，用日本话说：

"诸君！在南方战场上，我们，每一个人，不都是作为一个日本人、一个忠勇的帝国兵士，而战斗的吗？"

举座开始骚动起来。"是的，是的。"老人们带着日本烧酒的兴奋喃喃地说。"诸君，我'比岛（菲律宾）派遣军战友会'正在发动一个视台湾兵士如日本人的、为台湾战友争取正当补偿的运动。"宫崎说。

"只有在那个战场上一起浴血战斗过的战友，才能体会台湾战友，是日本皇军无愧的一员，曾经为天皇陛下尽忠效死。"曾金海说，声调激越，"小队长来的目的，是要我们快快组成战友会分会，为了在台湾的帝国兵士争取正当的补偿，一起奋斗。"

曾金海说，争取补偿的意义，不是金钱的问题。"补偿运动，是争取我辈为日本人、为天皇赤子的运动……"曾金海说。当时，几个老人逐渐如梦初醒：他们即将得到日本国家的一笔大得无法想象的"恩给"，安度夕阳余年，因为他们原是像三十多年前出征当初日本人就说过的，是日本皇军无愧的一员！

不沉的、钢铁的城堡，
守卫、进攻皆所依仗。

不沉的城堡，

捍卫日本的疆土四方。

真钢的城堡，

击灭日本的敌国……

不知什么人开的头，老人们以日语唱起了《军舰进行曲》。女侍笑嘻嘻地推开纸门，又送来一瓶一升装的、温过的日本清酒。老人们击掌而歌。

从此之后，一大笔巨额日元"恩给"金，在老人们的思想中发出激动人心的耀眼光芒。在曾金海的指挥下，老人们成了台湾战友会的骨干，到全岛各地去联系下过南洋、为日本当过军夫、军属的"战友"。林标开始穿起他的日本海军战斗服，三天两头跑高市，跑南市、嘉市甚至台北，往往几日不归。正是这时候，孙女月枝竟悄悄地与一个外乡来的小理发匠私奔，不知所之。

组织台湾的"战友会"，争取日本政府比照日本军人发给优渥的"恩给"和"年金"，像高烧不退的热病，使林标失去孙女月枝的愤恨和羞耻混成的苦痛，变得麻木了。现在坐在假皮沙发上的老人林标，把月枝孙女的信丢在电视台上。他于是想起月枝的父亲、自己的儿子林欣木。十九岁那年的一天，林标和春天才进了门的新媳妇阿女，息了盛夏炙人的田间重活，一道回家，一身淋漓的汗水。他看见他的父亲老佃农林火炎坐在阴暗的土砖草房里发呆。"阿爸。"林标唤着老火炎,才看到老人的手里抓着一张日本人来征兵的红色的单子。刚刚怀上了孩子的新妻阿女开始哭泣。

春天过完未久,火炎伯的儿子阿标就穿上配下来的"国防服",戴着战斗帽,扎好绑腿,由哭红眼睛的媳妇阿女陪伴着,到两里外的村役所报到。"祝林标君出征"白布黑字的幡旗和写着别的人名的白布幡旗在村役所前的广场上,迎着热风招展。林标漠然地望着村役所铺着黑色的日本式炼瓦的屋顶上,簇飞着两百只不止的黄色的蜻蜓,但心中满是因为不知道如何与怀着孩子的新妻道别,觉得焦虑忧苦。

"诸君的家属,国家一定会照顾周全,所以不必有后顾之忧。"穿着黑色警官服,佩着短剑的日本上官,以像是诵读祭文似的腔调训话,"诸君要作为忠良的日本国民,作为大日本皇军的一员,做天皇陛下坚强神圣的盾甲……"

通译用闽南话转译。林标和村庄七八个青年,就这样"志愿"被送到一个军营接受短期训练,又复辗转送到炎炎赤日的南洋前线。

回想起来,十多年前的宫崎小队长说得在理。"……你们是、大日本帝国皇军的、无愧的一员!"林标仿佛又听见宫崎带着酒意的、军人腔的日本话。台湾军属和军夫确实被美军、被菲律宾人游击队当作他们所仇恨的日本人,用炸弹炸烂四肢，用子弹轰开脑袋。当台湾兵走在大街上，开店的华侨表面上堆着谄笑，但眼中深处却透露着把台湾人日本兵当作真日本人的恐惧、憎恨和嫌恶。林标想起了日本战败后被俘遣返之前被美军用火车送到一个大集中营去的那个夏日。日本人和台湾人日本兵衣衫褴褛，满脸胡子，羸弱疲乏地堆在四个没有篷顶的破旧的货车厢。火车在热带的山峦脚下喘着大气急驰。他记得铁道的两边都是层层叠叠的椰子和杂生的槟榔树，和高大、茂盛的各种热带树林。急驰中的火车带来阵阵强风，使车厢上的日军俘虏在不断晃动和吱叽作响的货车厢中张口流涎地沉沉睡去。

突然间，几声巨响，从山坡上砸下来了成排巨大坚硬的大石头，铁路边也突然窜出成群的菲律宾农人，用力地向车厢上扔石头，嘴中愤怒地咒骂着。一时间各车厢砸出了轰轰尖锐的巨响，传出一片哀号与呻吟。押车的美国兵哔、哔地吹着哨子，朝天上开枪，阻止土人的袭击。后来一加清点，一共即时砸死了九人，轻重伤四十九人。那些愤恨的石头就不分日本人、台湾人，林标常常想：土人把台湾兵也当成了日本人。石头也把林标的胳臂打伤了，鲜血浆渍了整个右臂。

然而在实际上，即使需要台湾兵在南洋的战场上为日本拚命的时候，日本人也会不时地提醒台湾人其实并不是真正的日本人。林标想到，被小队长宫崎用皮鞋打掉两颗血牙的那一回，就听见宫崎暴跳如雷地对他叫骂"清国奴"。有一个据说在日本读过中学的客家人也被调来菲律宾当军属。他白皙美目,满脑子不打折扣的"日本精神"。"我是真正报名的志愿兵。"有一回,他因为送文书到几里外的团部,坐了林标的车,在车上细声说。他说没想到他虽然取了一个日本名梅村,当军方知道他是台湾人,就硬是不让他当"光荣的皇军兵士",而派他在大队部管非机密性文书的第一种军属。"我一定要奋力炼成,证明我是个优秀的日本人。"梅村说着下车走进团部的时候,林标才发现梅村有一点淡淡的女儿态。但没过多久,林标就听说了梅村被一个喝醉的日本兵鸡奸后,连捆带踹,连声喝骂"清国奴,畜生"。台湾人的梅村终于用皮带上吊死了。他的尸身静静地挂在一株横向槎出的老椰子树上,在酷暑的热带林中蒸曝了两天,才被人掩住鼻子找到。

到菲律宾战场的第二年,军邮为林标送来一封家里央人用日本语写的短信。信上说,他的女人阿女为他生了一个男婴,而"家中一切安好。希望你一心为国奉仕"。就是那翌年一月,战局全面逆转,美军反攻登陆菲律宾各岛。美国炸弹、炮弹和枪弹像狂风暴雨似的从空中、从舰炮上把各线日本军队打得落花流水。林标所属的兵团打散了。两个连队凑在一起逃入了深山,一群日侨妇孺也跟着队伍在热带莽林中跋涉。

在林中行军,人人心中渐渐明了,这是一场绝望的、死亡的行军。深山岁月,逐渐没有了时、日的计算。这时,从事战地农耕的台湾军夫起了重要作用。他们在山野中采掘野山芋、山薯、野生豆、野椒,用陷阱捕捉野味。莽莽的热带雨林的世界里,开始逐渐没有了国家机关的威权,军政军令系统自然崩溃。也不知什么时候起,对上官事事行军礼的纪律荡然不存。行军队伍逐渐打散,各自带着一批人选择料想会更安全的方向脱队自去。几千个逃入深山雨林的日本官兵员,变成为了日复一日的生存和觅食充饥、四处艰难地、饥肠辘辘地漫游于山峦野涧的野生动物。

在逃窜的途中,林标常常想着他自己在台湾的、未曾谋面的儿子。对自己骨血男婴的不可思议的爱念,在他的内心燃起了强烈的求生意志的火焰,使他逃窜的脚步更加坚决和谨慎。在林标估算着自己的男婴应该有二岁多的一个季节雨季,滂沱的大雨倾盆而下。整个森林笼罩在震耳的、大雨打在莽林宽阔的热带树叶上的唰唰啦啦的声音里。雨水很快湿透了流亡的兵员的衣服、枪械和脏乱的发须。

就在那大雨的密林里,蹉跎行进在崎岖中的队伍逐渐停止了脚步。他们来到了深山中一个荒废了的日军的防线据点。几个坑道口上都留着美军火焰枪留下来的黑色烟熏的遗迹。坑道到处是裹在烧焦的日本军衣下的骸骨,任大雨浸泡。日本兵的钢盔不整齐地扣着一个个头骨,枪械散落,在一具尸骸旁还遗落着一把初锈的日本刀。

百来个褴褛的官兵员都沉默地围立在战壕的岸上,在豪雨中静静地看着狼藉着战死经年的尸体的旧战场。为了辨识成为群鬼的部队番号，眼眶深陷、沉默不语的小泉大队长叫身边的林标去挑衣服完整的尸体的口袋找文件。百几双眼睛默默地注视着台湾人军夫林标翻找尸身上的口袋和背包，然后走向小泉大队长，在泥泞中立正，举手敬礼。

"算了。"

小泉大队长忧悒地、轻声说，伸手从林标接下搜出来的文件。

雨嚎嚎地下着。小泉大队长在雨中无语地检视着文件，把看过的东西随意丢到地上，却在几张有颜色的单张上久久端详。

雨声已经近于咆哮，却越发显出百来人屏息的、死亡一般的沉静。不知过了多久，小泉以冷漠的声音说：

"日本早已战败了。"

没有人立刻明白小泉大队长的话。但林标却立刻想到了自己竟然可以活着回去看到朝暮思念的孩子和他的女人阿女。

"大队长！您在说什么？"有人叫喊。

"日本早已战败了。"沉默了一会儿，小泉说，声音颤动，"传单上都说了。"他高举了他手上的，白色、浅红和黄色的，美军空飘的传单，在雨中晃了一下。

"骗人的！"另一个绝望的叫喊声，"那是谎言！"

小泉低下了头。雨水顺着他低着头的胡子一串串地滴下。

忠孝公园　361

"你是在说天皇陛下的御诏书、国防省的命令都是谎言……"他沉静地说,"传单上都有。"

大队长小泉孤单地站在密林的大雨中。日本刀在他的腰间稳当地下垂。开始有日本官兵的哭声从四处传来。有人开始在身边的尸体口袋上找传单。那是千真万确了。林标看着手上的传单想。无条件投降御诏书、国防省对各战区日军的通令。但对于林标最大的震动,是战后处置的决定。"朝鲜脱离日本恢复独立。台湾、澎湖列岛,返还中国。"

日本战败了。包括林标在内的台湾人日本兵却几乎没有一个幸灾乐祸的人。"为什么就打败了?不甘心!"有一个台湾人军属陪着日本人吞声。但看了传单以后,台湾兵的心情混乱芜杂。小泉大队长下令队伍在这个被弃置的据点休整,清理骸骨,把宽大的连队指挥山洞打理成临时营房。当时,小泉召集了二十几个台湾人日本军属和军夫,就着烘干衣服的篝火,和蔼地说:

"从此,你们都变成中国人了。"

包括林标在内的十来个台湾兵都没有说话。小泉提出从此台湾兵和日本兵分开生活,废除一切台湾兵对日本兵的军事礼节。"你们都是战胜国的国民了。下山去吧。"小泉说,"那不是投降。那是向你们战胜国的同盟军报到。"

第二天雨停了。残留在宽阔的热带树叶上的雨水聚成的水珠滴滴答答地落下。一国的人究竟要怎样在一夕间"变成"

另一国的人呢？林标苦想着这无法回答的问题。开始有日本军官躲到坑道背后的树林去自杀。刺刀插进了他自己的胸膛，鲜血使落叶凝成一团。随军流亡的日侨有举家大小"全员自决"的。茫然、悲伤和痛苦浸染着不肯离队的台湾兵。但一旦被以"战胜国国民"之名和日本人分开，林标觉得一时失去了与日本人一起为败战同声恸哭的立场。而无缘无故、凭空而来的"战胜国国民"的身份，又一点也不能带来"胜利"的欢欣和骄傲。

第四天，连日缄默不语的小泉大队长也自杀了。锐利的日本刀贯穿了他的肚子。树林中开始闷热起来。林标和其他几个台湾兵商量好，静静地结伴走出了莽林，一路上为了不知道在小泉大队长死后应该向谁辞行，而终于不告而沉默地离开了队伍，感到苦恼和不安。

下山后的林标和其他的台湾人日本兵被收容到由美军和菲律宾游击队荷枪看守的俘房集中营，和日本战俘一道，在烈日曝晒下从事修整军事机场的沉重劳动。两个月后，台湾兵才被美军甄别出来，集中到另一个小军营等候遣返。营房的五十公尺外，有一间小教堂改成的拘留所，旧教堂的门口站着两个面貌黧黑、个子矮小、穿着宽松的美军迷彩战斗服，佩带手枪和水壶的菲律宾军人。林标不久就听说拘留所里竟关着一些被当作战犯、为日本监管过美军俘房而残暴虐待过美军战俘的台湾人日本兵。在日本俘房和甄别出来的台湾兵遣返时日还遥遥无期的时候，有一天傍晚，那小教堂的门打开了。二十几个被反铐的、穿着日本战斗服的台湾兵，在美国宪兵的戒备下，押上一辆大军车。林标想起了有一天夜里，从小教堂飘来轻声吟唱的日本军歌：

　　替天行道打击寇仇，
　　我兵士忠勇无双。

"×你的娘。你穷唱个什么×！"小教堂里有人用台湾话咒骂了。

　　欢呼声中送征途……

那军歌像是独语，在热带的夜中带着一丝幽怨传来，歌声已经没有了当年为征人入伍壮行时唱在村役所广场上的勇壮。
"叫你不要唱了……"
歌声停止了。唱歌的人用台湾话说：
"日本人说台湾人是日本人，要跟着他们去打美国人……"
"……"
"现在美国人也当我们是日本人，看时看日，要送咱去判罪、去当枪靶子。"
林标倾听着夜空中传来的对话，静静地抽着美国人发下来的香烟。他想起他当驾驶军夫时，几次到集中了美国俘虏的集中营去搬运美国人的尸体。尸体被监管俘虏营的台湾兵一具具排好了。菲律宾的烈日使尸体迅速肿胀、变黑、发臭。深陷的眼眶里的、长着各色睫毛的眼睛，或紧闭，或瞠目。极度的削瘦使他们的肘关节、腿关节和双手掌显得特别硕大。林标早已听说这些美国和加拿大战俘被管监俘虏营的日本人和台湾人用棍棒、枪托殴打，甚至开枪打死。林标把尸体运到森林里挖好的大坑，连同早已扔进大坑里的、其他的俘虏集中营运来的一堆白种人的尸身，一铲一铲往大坑里堆着掺杂着腐败的落叶的黑色的泥土，掩埋起来。而在日本枪兵护卫下抬尸、埋尸、穿着短裤、头戴日本战斗帽的那些人，正是在各俘虏集中营工作的台湾人日本军夫。

出乎林标意外的是，远远在成批成批地背着背包，提着大小包袱的日本战败兵员被美军优先用军舰送回日本之后好几个月，才轮到台湾兵搭着破旧的运煤船回到台湾。当林标和其他幸活下来的同袍在高雄港码头上岸，没有欢迎，没有来慰问的人，没有欢迎的行列，甚至家属也没有接到通知来码头接人。那是"昭和二十三年"的民国三十七年秋天，林标回到了家乡，发现妻子阿女在前一年贫病而死，四岁的儿子欣木怯生生地躲在林标的一位满脸皱纹和老泪的姨父身后迎接了他。

林标向一个东攀西扯后勉强也算是远亲长辈的地主，带

忠孝公园

着两只阉鸡，恳求还让他续佃在战时被日本人逼着改种蓖麻的一甲多地，带着幼小的儿子，拚着命把蓖麻田翻耕成水田。欣木九岁、农地改革使林标变成了一个小自耕农的那一年，林标心喜得不知所措，就在屋后种下两棵龙眼树苗。早早晚晚，林标用一个破铝盆浇水。龙眼树长得慢，却经常看见不断地生出土黄色的嫩芽长成了绿色的成叶，往上抽长。等到龙眼树长过了屋檐的时候，葱翠如盖，每到夏天，不但能挡日晒的西墙，还能蔽盖出一片荫凉。当其中的一棵龙眼树忽然开出黄色的碎花的那个夏天，年已过了二十的欣木从湳寮那边娶来了一房亲。第二年，吃过第二次收获的龙眼，就生下了孙女月枝。

林标在回想中叹了一口气，起身从冰箱里端出肉汤在厨房热过，泡着一大碗白饭，打开了电视，坐在原先的假皮沙发上，大口扒着饭吃。七十好几了的林标，饭量依旧不减。他漠然地看着电视新闻时，突然间被荧光幕上出现的影像大吃了一惊。

那是早上在屏市举行的"南洋战殁台湾兵慰灵碑"落成揭幕仪式。

一个用帆布拉成顶篷的观礼台，坐满了年纪都在六十、七十的，衣着整齐的绅士淑女。

观礼台前，站着分成三排的、穿着浆烫过的日本海军战斗服、头戴战斗帽的老人。

最前一排最右一个瘦高老兵，在前胸双手掌着一面日本海军军旗。

偶然的一阵轻风，撩起了巨幅军旗。每当血红的、向着四面八方放射着旭日光辉的日本海军军旗飘动时，瘦高的掌旗老人身体不免摇晃。

三排衰老、有几个已经显得佝偻的原台湾人日本兵们，在特写镜头中板着脸孔。阳光照着他们头上的日本海军战斗帽下的面孔。在迅速流动的镜头中，林标瞥见了一张张眼袋凸出、紧抿着嘴唇的，认真严肃、却又力竭失神的表情。

俄顷，由一班小镇上送葬仪队凑成的乐队，突如其来地吹奏起日本人的《军舰进行曲》。也是一身海军战斗服、手上戴着白手套的曾金海，陪着西装革履的陈炎雷委员进入式场。

霎时间，瘦高老人"哗！"地把日本海军旗扳向前下方致敬。老人们在高昂的敬礼令下，不免其参差地仰首抬手，敬以军礼了。

近景：陈炎雷委员的讲话。

特写：观礼棚中的仕女向正前方的慰灵碑行军礼，表情骄矜、光荣。

中景：日本海军军旗飘扬，旗上血红的旭日突兀而夺目。

特写：慰灵纪念碑上几个镌刻楷书："南洋战殁台湾兵

忠孝公园

慰灵碑"。

林标屏息凝神地看着电视。他首先想，总共只有一两分钟的电视报道，除了他自己，再不会有人认出被人挡住大半个脸的他来。他头一次看到镜头中老态龙钟、疲乏不堪的"军容"，不禁吃惊。慢慢地感觉到他自己和那些老人仿如受着不堪的嘲笑和愚弄。今天一大早赶火车到屏市的路上，林标想起了这三四个月来忽然恢复了要求日本补赔偿之热劲的曾金海。月枝与人私奔后，推算她都二十五六岁那年，日本东京地方法院第二次驳回了台湾兵补偿的要求，理由根本上也是说老人们"已丧失日本国民的身份"。"日本人无血无眼泪。"到东京聆判的曾金海回来后说。曾金海也说包括他在内的、各索赔团体代表想直接诉诸日本国民，临时在东京当地印制了传单，说明他们曾"作为忠良的日本人转战华南和南洋……"。他们曾想：接到传单的一般日本人，一定会报以热情的握手、慰问、感谢和支持。不料偌大一个东京市，过往如织的东京火车站口，居然没有一个日本人，不论老少，肯接过传单，而用冷冷的、嫌烦的面孔，拒绝了老人们伸到他们鼻子跟前的传单。"×他的娘。日本人，无血无眼泪！"曾金海说。

就是这曾金海，在这半年来竟又活动起来了。"从前台湾人去日本索赔，国民党的政府不出面。"曾金海说，"委员陈炎雷说了,咱们帮过日本人打中国人,能指望这个政府为你出面做主吗?"而又据曾金海说,如今就会有机会"换一个台湾人自己的政府",换成了,台湾人向日本政府索赔,就有人做主。曾金海带着体体面面的陈委员到处找台湾人日本老兵为"换一个政府"拉票,马不停蹄。

而在明年三月间,如果真就换了一个政府,陈炎雷的官就会做得更大些。这次就是陈委员发动竖慰灵碑,"设法请几个日本参议员和自卫队校佐来参加慰灵碑落成,先和日本政军界拉好关系。"曾金海来说过,动员林标一定要军服整齐地参加落成式。

人赶到落成式场,林标见到了许多旧知和新识的原日本台湾老兵。慰灵碑落成式场上的仕女和老兵中间,漂流着流利和生硬的日本话。落成式结束后,曾金海一边脱下白手套,一边纳闷似的对林标老人说,"陈委员说请了几个日本人……怎的一个也没到……"

停在落成式场旁边的、擦洗光鲜得能在车窗玻璃上照映出周围的树影的几部黑色轿车,一辆辆带着那些能说和不能说日本话的仕女绅士们离去。林标看着草地上的车都走光,只剩两部因为两个车主人还在车旁边谈话没有开走。林标听见站在一旁的曾金海说,"我们一年一年老了。下回能不能召集起来,就不知道了。"曾金海还说,希望将来新政府果真能为台湾兵做主。"你看东西南北,这些老人还得自己赶

忠孝公园　　369

回家去,连发个便当,陈委员都没安排。"曾金海埋怨了。

从屏市回去和镇的火车上,林标想着儿子欣木。欣木是个勤勉的小伙子,干起田里的活来,从来不知疲累。林标从他身上看到了自己还是个贫穷佃农时的意气和模样,心里欢喜。但欣木有一样跟自己不同:他老想有一天离农发家。林标时常告诉他儿子,往日当农民如何的苦和穷。"人要知足,要守本分。"林标说。

媳妇宝贵在枕头边怂恿,估计也有关联。林标坐在火车上想。欣木二十四岁上下的那些年,种稻子的收入已经远远追不上肥料、农药和日用品的开销,村镇上的年轻人逐渐到城市里去打工。但欣木不一样。"阿爸,我想到外头去,跟着人开个铁工厂。"欣木说。他的朋友坤源在台北三重一家不锈钢加工厂当了几年工人。"贸易公司来订货外销。赚钱快。"欣木说。林标沉着脸,不肯答应。直到光是种稻实在已经打不开生活开销时,有人来牵线,林标把地卖给了台北来的一个"李董"去盖房子。欣木拿了地价的三分之一,带着女人和三岁大的小月枝远走台北三重……

3

第二天早上,马正涛起得早些,先到忠孝公园里两棵樟树间,站好了马步,闭着眼睛甩了一回手。这天早上,马正涛准备了要出门上北市，甩过了手，就拎着小包走出公园。他在马路上等着一辆老旧的军车通过后，左顾右盼，小心地走过马路，再沿着马路上的公车站牌走。忽然间，他听见了一声尖锐的刹车声。马正涛循声望去，听见驾驶兵高声咒骂："我×你的娘，寻死来的是吗？"马正涛的老花了的眼睛，看见一个人影在车下和驾驶兵对骂。看着军车开走，没有发生车祸，马正涛拐过一个弯，走进了一家豆浆店。

马正涛喜欢这家台湾人开的豆浆铺。它烤出来的烧饼不像别家的那么脆得吃起来一桌子都是半焦不焦的饼皮。这家的烧饼很有咬劲，这就叫人嚼出了面饼皮和着油条的香味。马正涛叫了一套烧饼油条，一碗打了蛋的热豆浆，突然听出来隔桌有几个外省人老兵模样的人，似乎在议论昨晚电视新闻的一景。

"都穿着日本兵服装呀，"一个穿蓝格子衬衫的瘦小老人说，"手里还举着一面很大的日本海军军旗。嘿！"

"都是一群汉奸。"一个四川口音的人愤慨地说。马正涛认得他。他常常看见那瘦老头在忠孝公园里打拳，不到一套拳打完，他就不张开他那紧闭的眼睛。

"我一看到那日本海军旗，就觉得心头绞痛。"穿蓝格子衬衫的瘦子说，"那年呀，日本海军陆战队，就是举着那面海军军旗进了上海。我亲眼见到的。"他说在日本旗飘扬下，日本人在上海和全中国烧杀掳掠。"我忘不了！"瘦子老人说。

"都是一群汉奸呀。"四川老头说。他说他老了。要是十几二十年前,让他在场,先杀个精光自己再去见官。

"看不得呀,"蓝格子衬衫的瘦老头说,"血一般的太阳旗,染着多少中国人的鲜血……"

"跟你说吧,都是一群他妈的汉奸。就不知道哪里冒出来的、一群汉奸!"四川人说。

马正涛默默地吃完了早餐,搭公车到火车站赶上了北上的快车。"都是一群汉奸。"四川人的咒诅在火车飞驰的嘈杂声中萦绕不去。他看着窗外。一辆灰色的轿车在田间小路上奔跑着。马正涛想起了南满洲的铁道。

日本宣布战败前一个星期,李汉笙先生打电话到宪兵部队要他立刻去沈阳看他。"有急事,你来一趟。"李汉笙先生简捷地说。就那一回,马正涛坐在火车上奔驰于辽阔的东北的平原。他看见为了不使反帝抗日游击队"抗联"藏身以攻击火车,日本人把铁路两边种得密密实实的高粱田,像是用日本人的理发器推掉的那样,在铁道的两边各铲掉了十五步宽的高粱秆,裸露出灰黄色的泥土。那时候,日本军已经在广大的华北、华南和辽阔的南洋陷入了致死的泥沼。太平洋战争中呈现出来美英庞大的战力,和日本战力的窘迫、招架无功,形成了强烈的对比。而曾经沉寂一时的抗联的游击破坏则有增无已。才是三个多月之前,李汉笙先生坐着黑色轿车到宪兵队部来开会。车子在大院里刚停下,就有日本宪兵趋前去打开车门,向头戴灰色呢帽、身穿羊羔毛衬里的皮长裤,脸上戴着深黑的墨镜的李汉笙先生敬礼。开过了一上午的会,在队部内高官餐厅用过饭,李汉笙先生传他去说话。"抗联的活动,不但压不下去,火势倒越是旺猛了。"马正涛压低了嗓子说。李汉笙先生没说话。他的深黑色的眼镜使马正涛感到局促不安。马正涛说,宪兵队把稍有"容疑"的市民、农民,略有抗日反满倾向的青年和学生,能逮的逮了,要杀的杀了。"逮了、杀了这么多年,这么多人,倒使他们变得更加机灵狡猾了。"马正涛说。李汉笙先生依然沉默地抽着套在烟嘴上的烟。"我要他们把你调离侦缉部了。"他说,"调到总务部去吧。部、局里很大的家当,你去管起来。"李汉笙先生望着窗外说。窗外的两棵银杏树,在冬阳下,映照得满树通亮。

李汉笙先生原是个留学日本的青年,早时跟在马正涛的父亲马硕杰的身边帮着掌管买卖大豆的生意,周旋在日本商人、军部和东北当地亲日商绅之间。李汉笙先生熟练的日本语和处事的精明圆融,受到日本军部、特务和权商的赏识。何等狡慧的马硕杰顺势慨然把李汉笙举荐给了日本人。十年不到,李汉笙先生就深受满洲日本当局的信赖,出任"满洲国"警察署的"嘱托"(咨议),成为满洲特务系统中权位很高的中国人之一。

忠孝公园

那时候，马正涛看见那奔向沈阳的头等车厢的车门开处，进来了一个列车长、一个日本宪兵和一个"满洲国"警察，查验旅客的身份和车票。随着游击抗日活动的活跃化，车船旅客的安全检查也越发严厉了。马正涛想起来，在近日的一份治安报告中说，"抗日不祥活动"正随着局势不安地扩大，提出了"打击汉奸"的口号。亲日派官僚、文化人和绅商遭到暗杀的案例虽然还不多，却渐有所闻了。车窗外是一望无际的高粱田。谁能想到日本人在中国的天年会这么短促呢？马正涛想着。

李汉笙先生住在一幢德国商人留下的大花园洋房。围墙内外，站着公服和便衣的警戒。当马正涛从大铁门旁边的一扇小门进入李汉笙先生的邸院，三只被铁丝网圈住的大狼犬即刻以后腿站起，趴在铁丝网上向他极其凶恶地露着尖锐的牙齿狂吠起来。佩着手枪的门房一边并不很当真地斥责猛吠的畜生，一边把马正涛让进了一间壁炉里烧着熊熊之火的大客厅。

李汉笙先生走进客厅的时候，马正涛在他的脸上看到了整个"满洲国"上下都在焦虑、彷徨的时节所不能一见的气定神闲。李汉笙先生仔细问了马正涛在总务部的工作情况，问宪兵队的财库、资产、武器、房舍、土地各项细节。

"重庆来联系了。"李汉笙先生轻声说。马正涛大吃一惊，哑然地坐着。

"重庆离开东北太远了。他们一时无力阻止苏联军和八路军在战争结束时从日满手中接收东北。"李汉笙先生板着脸孔说,"他们求到我们了。"

马正涛依旧瞠目哑然。战争结束……"到了这田地了吗?"他茫然无措地想着。

"把日本宪兵队部一切财产和资源都紧紧抓到手中。"李汉笙先生命令似的说,"我早算了几步,及早把你调开杀人放火的侦缉处。"

马正涛一时全懂得了。日本正式宣布投降之后不久,重庆就派人把正式盖有中央关防的任命书送到了李汉笙先生手里。当日本战败,万民腾欢,李汉笙先生居然就以重庆潜伏在东北的国民党地工身份,摇身一变,正式发表为"华北宣抚使署"首长,交换的条件是确保日满在东北一切财产、武装、情报特务及警宪体系,和资源、安全档案及继续羁押狱中的共产党系反满抗日分子名册资料,等候移交给国民政府。而当一些"附日附逆"的小小文人和官警被扣上汉奸的帽子,受众人唾骂、遭新权力逮捕、审判甚至于下狱处决的时候,马正涛仗着李汉笙先生的关系,也就摇身一变,突然成为长期潜伏东北敌区的"爱国"地工,并且参加了"军统局东北办"的工作。这以后,李汉笙先生还密集贿买国民党先遣人员,把已经被肃奸行动下在监中的重大附日官绅重新挖出来,发给证明文件,以潜入东北国民党特工身份,从阶下囚变成座

忠孝公园

上宾。"就中国的大势言,几十年来,'反共'一贯是头等大事。"李汉笙先生有一回在宴请旧"满洲国"留用下来的新的特情班子时这样说,"我们在……就说在旧满洲时代吧,所作所为,主要也是'反共防共'。今天,党国要'反共防共',也得依仗各位无名英雄。"坐在末座的马正涛还记得,那宴会大厅满室辉煌的灯光,佳肴美酒,兴高采烈。墙上原先巨幅的溥仪肖像,早已经换成了委员长的肖像了。脸长的是两个人两个样。但是一身勋章绶带和肩章袖纹,两人就几乎没有两样。那时的马正涛这样想。

透过了李汉笙先生,重庆得以在战后迅速和日本关东军部有了畅通无阻的管道通气。几百万关东军和宪兵队受命只认国民政府一家去投降,也受命中央军政机关未到之前,坚守岗位,不许将一枪一弹缴给苏联二毛子占领军和八路军,还受命在国民政府先遣人员指挥下,与在旅大的美国军方合作,抵制苏军南下全面占领东北。李汉笙先生告诉马正涛,重庆最高当局是把战略眼光放在未来美苏冲突引发的第三次世界大战的高度上的。"委员长看到美中两国联合反苏抗共于来日的大局了。高瞻远瞩,这叫作。这就要讲化敌为友。"李汉笙先生说。据他说,国民政府已经委由他向日本关东军高层传了话。"日本在战后东北的'防共反共'上和我们合作,我们就保证第一不办冈村宁次以下几个战犯,第二保证两百几十万关东军和日本侨民安全遣返。"李汉笙先生说。书桌上的大灯台照着他的左脸，使他的右眼在阴暗的右脸颊中炯然有光。"连冈村宁次都能用，我们，还怕什么……"李汉笙先生近于微笑地说。

坐在驰往北台湾的快车上，马正涛兀自冷着面孔微笑着。车窗外的稻田正是稻子开花的时节。从急驰的火车窗口看去，开着花的稻田像是罩着一层淡淡轻纱似的雾气。"都是一群汉奸！"马正涛想起了早上在豆浆店里的一场议论。都几十年了吧，再没听人以"汉奸"骂过人了，马正涛想：天下的事，要都像那些粗人想的，就简单了。他记得那年八月日本人打败，"满洲国"垮了。十月初，美国人帮着把重庆的大员和少数军警从天上、陆上和海上送到广阔的东北来。李汉笙先生人家真是胸有成竹，带着马正涛和一些干员，为中央大员找气派的临时办公室，帮着地方上过去附日的大官豪绅和商人安排连日连月、三餐不断的宴请，夜夜不停的笙歌舞会，去巴结、讨好重庆来的新主子。"山珍海味、醇酒美人，无日无之。"李汉笙先生说。他很快地获得了中央先遣大员的宠信。因为在他授权下，机灵的马正涛能从日本人遗留下来的庞大"敌伪财产"中，为接收大员依其官职大小而张罗不同大小和规格的华邸豪宅及汽车。而"旧满"时代附敌致富的豪绅巨贾也没闲着。他们忙着用金丝银线织成了天罗地网，透过马正涛穿的针、引的线，以配分走私鸦片的厚利、贿赠黄金和美妾歌妓,去换得在宣抚使署或先遣军司令部谋个专门委员、参谋、秘书之类的名衔,一夕间变身为爱国绅士。他们在战后一片衰疲的华北大地上,"经营了一个封闭的城堡,过着纸醉金迷、酒池肉林的生活"。大胆的报纸杂志开始这样批评。

那城堡稳妥牢固,即连那年春天,南京突然传来戴笠撞机身死了的消息时,也没有撼动过那隐秘的堡垒。李汉笙先生通令东北各省市为"戴先生"举行告别礼,一时政军特各界,不论真心假意,全都送了挽幛,亲临致祭。到了夏天,当军统局摘下了招牌时,李汉笙先生照样在全面接收军统局的中央保密局下出任长春督察支局当局长。

再过一个月,国军突然向全国几个重要的中共根据地开打了。在督察处一次干员会议上,李汉笙先生把手放在厚厚的公文夹上说,上海、南京的学生、工人和野心家都闹起来了,唯独东北还能平静。"上面很称赞。"他说,"这自然不是偶然。"李汉笙先生站起来,用他的手掌盖住了挂在墙上的全国地图上大半个东三省。"东北远离内地,自有天地。内地的风雨打不到东北来。"他说,"再讲,'日满时代'我们早就逮了、杀了多少奸匪?今日东北的平静,'日满时代'的工作有贡献!"

但是李汉笙先生毕竟说早了,并没说对,马正涛想。冬天,大雪把整个长春市封住的时候,东北南沿的北平,就突然地闹出从北京大学哄起来的"沈崇事件",还叫嚣着要美国军队撤出中国。督察局的神经紧张起来了,不断给北平的处里摇电话,才渐渐知道了沈崇事件竟而能像兴安岭上大森林的野火,卷着热风和滔天的烟火,向全中国延烧燎开来。

督察局连连开会,灯火通明。凌晨或入夜,日本人留下的笨重的几辆军用车和美式新型吉普车在督察局的大院匆匆进出,抓进来一批又一批"奸匪嫌疑"和民盟分子。许多日本人留下来的花园官邸,挂上了类如"静园""雨园"和"怡园"之类的小石牌,都变成铁门深锁、警卫森严的秘密看守所和侦讯所。马正涛夜以继日地指挥秘密逮捕、诱捕、拷打和审讯。他惊讶地看到他认识的、"日满时代"、曾经和政府"弘报处"合作无间,时而在半官方的《满洲公论》和《大同报》的副刊"夜哨"上写些亲日应景文章、出席过日本人主宰的"大东亚文学会议"的评论家周恕竟也抓进来了。"别问我怎么回事。你不也是从日本宪兵变成军统局吗?"周恕用肿成半个馒头似的、破裂的嘴唇对拷讯室中的马正涛说。周恕一点也没有充英雄好汉。他一身都是瘀血和挫伤。他痛苦地呻吟,恐惧使他发抖,唯独不论强灌椒水、吊起来殴打,都不能逼他从那满是血水的、破碎的嘴里说出一个名字、一个地址、一个机关。马正涛的职业性的眼睛突然看出了周恕休克致死的危险,走上前去察看。周恕忽然在马正涛身上呕了半身鲜血,紧闭着眼睛死了。马正涛变得越来越爱洗澡,就是从那以后开始的。

但是马正涛的心底深处,逐渐感到挥之不去的淡淡的不安和忧悒。特警布建的缜密比"日满时代"只有过之而无不及,拷讯的技术,比起"日满时代"只有更硬、更狠。然而,这久战疲惫的民族,渴想着和平与安顺的日子,看来早已经到了愤怒的地步。夏秋以后,反对内战,要求和平建国和民主改革的呐喊,随着东北局势的逆转,在全国崛起了罢课、罢工、罢市的风潮,震动中国大地。

第二年夏天,中央保密局指挥的全国性一次最为雷厉的逮捕令下,长春督察处无日无夜地抓进来大批的教师、大学生、编辑、工会分子和民主人士,塞满了整个东北的秘密监狱、看守所和侦讯室。东北的形势严重。当千千万万的人敢于起来赤手空拳地向手枪和皮鞭逼近,马正涛第一次理解到,一贯令人战栗的特务权力,也会像烈日下的坚冰那样融解和蒸发。拘留所和侦讯房里几千个新抓进来的"匪嫌"还来不及拷讯,在树叶摇落日甚一日、关外吹来的秋风一天比一天萧索冷冽的八月底,国共间的大兵团殊死决战,就在广袤的东北大地上的辽沈、淮海和平津三个地区开打了。九月,长春被解放军团团包围,李汉笙早一日专车逃脱,马正涛化装突围,半路上被解放军和民兵拦截下来,和一批国民党官警送到吉林集中起来。

火车过了中市已有好几个站了。台北已经不远。今天是李汉笙先生的忌日。李汉笙先生比他早了将近一年到台湾。来台以后，保密局虽然还在，但全国五湖四海各省各市的嫡系保密局老干部全都水淹似的来到了台湾，僧多粥少，何况像李汉笙这种从伪满投靠的特务。李汉笙深识时务，早早从工作上退了下来，过了好几年才因老衰死在"荣民总医院"的头等病房里。每年此时，马正涛总要上台北来，到草山一个旧墓园去给李汉笙先生上个香。"陆军少将李汉笙之墓"，马正涛想起那一方孤单的墓碑。墓碑上的字还是毛局长亲自题的。李汉笙对马正涛半生的提携、指点和影响太大了……马正涛在回忆中回到了落在吉林公安部专门集中国民党军政警特的"解放团"的围墙里了。

解放团设在吉林市郊一个年久荒废的古庵里，正殿上的泥塑观音身上满是厚厚的灰尘。但这妙音草庵的占地，连一片菜圃算起来，总共也有一亩多。庵中禅房静舍、饭厅厨灶俱全。草庵的泥土墙不高，新架了并不紧密的铁蒺藜。解放团的管理松懈，不没收身上的钞票细软，不搜查行李包裹。马正涛心中诧奇，总觉得其中必诈，而忐忑不安。所好的是庵里集中的绝大多数是被俘的国军军官——有不少人还大刺刺地穿着熨线还很新鲜的美式毛呢军装晃来晃去——但很少有人认得马正涛。

一个十月天的早上，马正涛在盥洗台上洗脸，有一个微胖、秃了前额的人在马正涛身边低着头忙着刷牙。"马老师，马站长，您也到了。"他头也不抬地说。马正涛认出那是长春市警察局保安队里的一个小组长。马正涛在临时的特训班上过课。"别叫站长了。"马正涛咧着嘴笑，把毛巾盖在脸上抹。"我现在叫刘安。第五军一个后勤连队的少尉排长。"他小声说，"在这儿之前，我们不认得。"

"知道了。"小组长用力漱口，把水吐到水槽里。"您好。"他提高声音对马正涛说。笑着。

"天冷了。"马正涛拧干毛巾说。

"可不是。听说锦州都解放了。"组长说。

"噢。"马正涛说，"再聊吧。"他向组长摆出十分客气、和善的笑脸，使了一个眼神走开。

锦州这么快就丢了呀。马正涛想着，大吃一惊。锦州陷落了，沈阳的国军就叫作"瓮中之鳖"。他想：长春再一解放，共产党把打长春的解放军再开赴沈阳……马正涛心焦如焚。"不要说现在人陷在吉林的解放团，就算共产党让我马上出去，战争的形势垮得比我逃跑还快。"马正涛对自己嘀咕起来，"我这不是走投无路？"

第三天早上，草庵围墙里的人三三两两走在一块，绕着院子打圈。马正涛想起了过去被他关在看守所的政治犯也一样在监狱围墙下的一块泥土地上打转放风。草庵里种着一排白杨树,树叶都快落尽了。马正涛一个人用稍快的步子走着,眼角余光看见了那想起来叫赵大刚的小组长。马正涛老远就向赵大刚扬手。"你早。"马正涛说。赵大刚也向他挥了挥手,果然像是初认识的两个人。赵大刚放缓了步子,马正涛赶了上去。

"昨天发了登记表。"马正涛说,"该怎么填?"

"这烦人。"赵大刚说。

赵大刚说,大多数的人,除了那些没什么好瞒的、除了那些大刺刺穿着美式军服晃来晃去、垂头丧气的国军校尉,都得仔细推算,编一套也真也假的经历,揣在身上。"往后填什么表格,写自传……就按照编好的写。"他说。

"免得前后矛盾。"马正涛说。

"其实,有时先后不一致,他们也不怎么问你。"赵大刚叹了一口气说,"他们像是料定了天罗地网,我们再怎么也终于无处隐遁。"

马正涛沉默了。"你还是放老实的好。我们对你们,清楚得很。"他想起自己曾在侦讯室中几次对着充满着焦虑、无助和恐惧的大学生说过的威吓的话。"我还是照你的办法。先打好一个草稿。"他对赵大刚说。

"那样保险。"赵大刚说,"你以后还得填别的表,写经历概况什么的。"

"哦。"

"表递出去了，政治保卫干事往往还会找去谈话。"

马正涛皱眉头了："那还得背稿儿？"

"也没那么严重。"赵大刚说，在寒风中，哈着轻白色的雾气。"不过，我们这种身份的人，不能不仔细，有备无患。"

当天晚上，马正涛挑亮油灯编稿子。化名、化装、假身份、编制假经历都难不倒他这个在日本宪兵队和军统待过的人。但是编着编着，却老是心虚骇怕。马正涛想起了那些落在他手里的青年。当他们用被打肿的手指吃力地编写好的口供，被马正涛看出了破绽而咆哮着撕碎时，他们那苍白、恐惧和绝望的眼色，这时一一浮现在油灯的光晕里。他太明白：他一个人绞尽脑汁写的，逃不过一个小组人的仔细检查。马正涛写了撕、撕了再写，心焦虑乱，不知所措。

就在这时，马正涛忽就想起了李汉笙先生。解放军重兵围城的前夕，一部小车在深夜的李汉笙公馆院子里熄着灯等候。李汉笙先生亲自烧完了重要文件，准备登车脱逃。在只有马正涛和李汉笙先生在场的偌大的客厅里，李汉笙先生忽然对马正涛说：

"人落在国民党手里，即使坦白招供，也八成活不成。"他说，"人要落在共产党手里，真坦白交代了，可能有八成死罪换缓刑的机会。"

马正涛把李汉笙先生送上熄了灯热着引擎的轿车上。公馆的大门静悄悄地打开。这时车灯忽然大亮，照见了院子里几棵修剪过的柏树和几个便服警卫的幢幢黑影。车子在院子里静静地转弯掉头，迅速地驰出大门，开进了满地细碎的霜华的黑夜。

像是得到了神谕，马正涛突然决定了自首投降。他从来没有在意过押进解放团时发给每一个人油印好的"宽大政策"说明书。但他想到沈阳危在旦夕，东北易帜，整个华北就会陷落。他想起李汉笙先生的话，不知何以竟就确信自首投降是唯一可能求活的路……

说明了来意，解放团里立刻派了专车把马正涛送到吉林公安处。一个穿着半旧的解放军装，满腮斑驳的胡子楂的刘处长对马正涛说他做对了决定。"我们是知道你的。"他说，"你自己走出来，对你自己好，主要还是对人民有很大好处。"马正涛想起了李汉笙先生带着他从日本宪兵队投入军统局。要是李汉笙先生也落到八路军手里，他会怎么做？他想着。他开始向刘处长交代。他从建国大学、日本宪兵队讲起。"这些材料，以后慢慢写还等得及。"刘处长递给他一支烟，自己也点上了一支。

"那就说说我在长春督察处下沈阳站的工作。"马正涛说。他说在他指挥下，估计杀了百七八十个人。"其中你们的地下人员应该占了多数。"马正涛说，低下了头："这是大罪。"

"这也可以慢慢再交代。"沉默了一会，刘处长说，"你知道我们急着要什么材料。你放胆说，不要有顾忌。"

整个下半天，马正涛巨细不遗地说了保密局在沈阳部署好的潜伏小组，说了埋起来的地下电报台机组，说了沿沈阳到长春一路上没有撤离、潜身在商界、文化界的旧军统分子，连埋藏起来的军械子弹都交了。

过了两个礼拜，刘处长找他谈话。"你交代的，没有半点假的。"刘处长恳切地说，"该抓的都抓起来了。"那是十一月初的早上。"顺便跟你说，沈阳解放了，涌进吉林的难民很多，"刘处长说，"说不定你会碰到几个熟人。"

马正涛一下就明白了。"兵荒马乱，还没有人知道我已经被捕投降，"马正涛想，"要把我当鱼饵了。"他想起了自己在军统时代的故技。他太清楚：他已经无法回头了。

马正涛走到吉林市上人多的地方，三个公安在他前后十来步也充当行人走着。马正涛碰到了长春警察署督察长。

"马站长，怎么听说你在沈阳抓起来了？"督察长压低嗓子说。

"谣言。你哪时走？"马正涛说。

"这几天。"他说，"我住的人家复杂，想找个干净地方。"

"我那儿稳妥，但只能住一两天，久了也不方便。"

马正涛说着，给了一个地址。那天晚上，那个人带着行李来找，就被抓了起来。马正涛在街上碰人，他给人家地址，也要问人家地址。几天下来就抓上了十几个人。马正涛决心把自己交代到底，果然得到公安局极大的信赖。

"沈阳解放了。那一头有些工作想请你去一趟。"有一天，刘处长和马正涛吃两菜一荤的晚饭时说。马正涛说沈阳他熟，长春更熟。"明天就走。"马正涛说。

第二天，一个沉默的年轻干部陪着他去沈阳。在走到吉林火车站的路上，马正涛想和穿着半旧的灰色的解放军装的青年搭几句话，但回答马正涛的却总是一堵墙壁似的沉默。在人声嘈杂的火车站等着慢了点的火车时，马正涛不由得想起了保密局侦讯室里的年轻的、在沉默中包裹着仇恨的共产党地工。"我终究还是他们说的阶级敌人啊。"他突有所悟地想着。

"我去厕所。"青年迟疑地说。

"我陪你去。"马正涛立刻说，"我在厕所门口等。"

青年如释重负。厕所里挤得都是人。排队踏上排尿沟。青年干部几次回头来看站在门口的马正涛。马正涛朝他笑时，青年也报以腼腆的笑容。当青年开始低头解手，马正涛几乎本能一般地脱逃，很快地隐没在万头攒动的难民潮里了。

4

昨天深夜，林标被一阵电话铃声惊醒。是一个称呼他"表叔公"的亲戚，从高市盐埕地区挂来的电话。电话里说，他找到了林标的儿子林欣木。"我注意着他，好几天了。虽然他满脸的胡子,我认得阿木表叔的一双眼睛。"欣木的眼睛自小就有些凸肿,但却能张开一双双眼皮如刀刻一般明显的大眼睛,看来坚定而又忧悒。就为了这。就快七十四岁的林标一早就先在忠孝公园做了一套柔软体操,才走到公路总局车站准备去高市。

在路上,林标想着那晚辈亲戚的话。形容瘦削,满脸胡子的林欣木,每隔两天就到一家马来西亚餐厅去清理厨房的阴沟,得一点工钱,顺便带一些餐桌上剩下来的饭菜。"我表叔不爱说话。身上衣服也不像其他流浪的'街友'那么脏得出油。"电话里说,"我看他的手脚也不像别的'街友'那么肮脏。"林标听着,沉默了一会说,"找他多少年了,这不孝子。"那晚辈亲戚说,他终于跟到了欣木睡觉的地方。"是高师专隔壁巷子里一个高压电线座下。你来,我就带你去。"

林标心中凄苦。他记得欣木夫妻两人在离家北上的前夜,媳妇宝贵做了一桌酒菜。"咱们林家这块田产,虽然是'三七五'得来的,我跟着阿爸一起在地上拖磨、流汗,也好几年了。"欣木说着,用微颤的双手把一盏小酒杯向着林标捧到齐眉,"卖了地,就像也割了我一块肉。"林标没说话。他看见从不喝酒的欣木,凸肿的眼睑已经抹上了酡红,睁着大眼,流露着决意。"生意没做好,不把这笔土地公钱完好、加码捧回家来,我就回不来家乡。"欣木说。

林标还是沉默着,仰首喝干了杯中的黄酒。他一百个不想卖地给那个"李董"。但是何止是自己家的欣木，眼看村中的青壮人力就像挖了开口的田埂，让田水汩汩地往外流去。"我何曾要硬拦着你。不卖地就留地，卖了地就留钱，全都为了使你将来有个万一，要记得回来还有个退路。"林标在心中对着欣木说。现在他真悔恨当时没有把这些话明明白白说出来，否则这样一个负责、勤勉的青年，也不会落到眼下这步田地。

第二天，林欣木把阿爸交给他的一大包现钞，用报纸包实了，再把旧被单撕成条条，用来把那一大包钞票紧密地包扎在自己的腰上，再穿上衣服，一清早带着女人和孩子，红着眼眶走了。来到了猬聚着小型地下工厂的、空气污浊、却沸腾着对于成功发家的强烈欲望的三重市，林欣木和刘坤源在秽乱的巷弄中找厂地，到处打听，买下关厂倒闭流出来的中古机械，开始了压制不锈钢调羹、西餐刀叉、耳鼻喉科专用的压舌匙和小汤碗的生产工作。三个人油黑着脸孔、衣服和双手，没日没夜地赶工。欣木觉得整个地下工厂区就像混乱、黑暗、窒息而肮脏的矿区，千万人在这矿区里瞎淘胡洗。很多人都淘不到像样的金沙，但总有几个人淘出了几斤重的金块。掷尽仅有的小额资金的人，怅怅地从流淌着黑水的矿区退出，却有更多带着小资本从乡下赶来的人，不顾一切，噗通噗通地往黑色的泥沼里跳。他们互相以让价厮杀，一任冷血的贸易公司肆情剥削。他们以烈酒、女人甚至赌博来缓解筋疲力尽的竞争和过劳造成的疲乏和紧张。但在这竞逐求活的修罗地狱中,欣木他们三人都集生产、外务、记账于一身,加上长久沉重的劳动,总算撑持了下来。

布袋戏棚下常听说"天有不测风云"的戏词。那年平地刮起了国际石油涨价的大波浪时,林欣木才愕然地理解了这句戏词的意思。像病害突然连片扫过广阔的田野,在怔忡间,稻穗干了,黑了,喷洒农药的速度也赶不上病害扩散的步伐。贸易公司接不到订单,这就像断了上游的田水使下游的田地干涸一样,地下工厂接不到转包下来的订单,开始像土崩那样,连片地倒塌。林欣木他们终于也逃避不了倒闭的噩运。

那时候,离农出乡的青年都因为失业,像鳟鱼一般溯河回流,回到自耕的老家。林标天天盼着林欣木一家人回来,半年过去,却仍是音信渺然。林标突然想起欣木辞别时的话:"……不把这笔土地公钱捧回家,我就回不来家乡。"林标皱起稀疏的眉头,开始心焦虑烦,坐立不安。他于是更加抱怨自己当时怎的就没把心底那句最要紧的话说出口:"将来有个万一,要记得回来还有一个退路!"

就在这时候,一辆大卡车发出尖锐的、至急刹车的刺耳的声音,在他身边停下。

"我×你的娘哩,寻死来的是吗?"

驾驶台上一个穿着军服的驾驶兵愤怒地用台湾话叫骂。

"瞎了眼睛,也找个人拉着。"驾驶兵嚷着说,"明明是红灯,偏偏只顾冲着去投胎!"

林标还没回过神来,只顾说:"失礼。对不起。"但气急败坏的驾驶兵却还是连连骂娘。林标生气了。

"我会开军车时,你人还不曾出生哩。"林标说,"你神气? × 你娘……"

军卡车吐出一阵黑烟开走了。林标看见车上都是蔬菜鱼肉,两个押车的阿兵哥冲着他笑。林标闻到了鱼肉的腥膻和排烟的臭味。这是山脚下一个军营的采买车了,林标想。

林标坐上开往高市的公路车。车子往回头绕过了忠孝公园外的马路,开出了和镇,虽是秋深,一路上却艳阳高照。自从两年前白内障开了刀,林标的眼睛就开始有些畏光。车窗外是白花花的日光,使他感到刺目,车内的冷气却从头上的冷气口直接吹在他那白发早已稀疏的头顶上。"真的。我在菲律宾开日本军车时,他还不知道在哪里呢。"林标想到了方才军车上的小驾驶兵,冷笑起来。

他"出征"到菲律宾时,日本军刚刚把美军打败,浩浩荡荡地进了马尼拉市后未久,乘胜登上巴丹半岛追击美、菲军队,势若破竹,掳获了美、菲败军约七万人。日军把有限的军用陆上运输工具全部调来输送军火和武器到挺进中的前线。林标一到了马尼拉,就被调赴巴丹,编入一个运输连当

忠孝公园

驾驶军夫,日夜循环,跟着漫长的车队奔驰在烟尘弥漫、暑气蒸人的黄土路上。由于没有多余的军车载送,日军强迫这七万个美菲俘虏在巴丹半岛上的炎天赤日下,徒步解送到一百公里之外的圣菲南多集中营。在运输车队里的林标,就在这时从驾驶座上看见过那数万人的行列,在酷暑下颠蹈而行,在路边处处留下被押解的日军用棍棒打死,用手枪格杀,用刺刀砍死的路倒、掉队甚至企图脱逃的俘虏的尸体,都像断了线的傀儡一般,瘫倒在肮脏的血渍中,任炎日煎曝。

自从得知他的亲儿子欣木也成了那些情愿和现代社会的生活脱钩、流浪露宿在茫茫城市街角的"街友",林标就会时而想起巴丹半岛上濒死的和已死的俘虏。白人俘虏多半还能戴上布盔,看来像是默片里的白人探险家,只是形容枯槁、满脸于思、奄奄一息了。菲律宾俘虏则服装不整,只有少数几个能戴上草帽,其他的人则只能以手帕、破布盖住头部,在烈日下摇摇晃晃地跋涉。炎天使很多患了痢疾的俘虏拉在裤裆里的秽物变干,却发出更令人窒息的臭味。林标曾经到台北大稻埕、台北大桥下"街友"猬居的地方去逐一探问。

"我怎么会知道?"一个胖子街友望着别处说,"在我们这儿生活的人,谁也不知道谁的来历。"

林标问到一个满头密密的灰发的瘦高个子。林标看到那人在一点也不冷的秋日,却把毛衣、毛呢衬衫和毛料破西装全套在身上，露出满是油垢的细瘦的脖子。他盘腿而坐，身体却在轻轻晃动。在他跟前坐着的一瓶喝去大半瓶的红标米酒，使他的脸冒汗发红。他神情愉快。

"你找人找多久了？"灰头发闭着双目说。

林标叹气了。"都十……十二年了。"

灰头发这时忽然睁开了眼睛。"十多年了，还有人来找。"他语声诧异地说，"通常，家人头一两年还找，过了三年，再没人来找了。"

林标心情忧悒。他徐步走过这"首善都城"的一个完全被摒弃的、晦暗的角落。他看见有几个人铺开捡来的大纸箱当床铺，蜷曲着腰身熟睡。这看起来太像那些半路仆死的俘虏了。林标的卡车就运过那些俘虏的死尸。破旧的皮鞋被活着的人剥下。菲律宾人的尸体张着黑色的、浮肿的脚丫，白种人的脚丫却显得特别苍白，因长途行军破皮糜烂的伤口渗出血水。菲律宾人的胡子像山羊胡子。白人的胡子却像蔓藤，密密麻麻地爬在灰黄色、眼窝深陷、鼻子高而峻削的脸上，任热带的苍蝇营营地在尸体上飞来飞去。

公路车在高速路上驰走。林标突然瞌睡了。不知过了多久，他忽然听见左前座上有人用一连串单音节的外国话有说有笑。林标惊醒，坐直了身子往左前座看，才看到上车时低埋着头沉睡的一男一女早已醒过来了，看着竟而是肤色栗黑的、一看就知道是菲律宾来台的工人。这时他们从提包里拿出大包小包的零嘴，配着可口可乐吃着，笑语欢欣。林标当然听不懂那些话，但他太熟悉那短促、单音节的菲律宾塔加罗语的语音。但在他记忆的深处，塔加罗语的语调却充满着死亡的恐惧、绝望、和为了求得活命的凄厉的哀求。

日本人攻下马尼拉不久，就拉出一个荷西·劳瑞尔组织了傀儡政权，和日本军部联结，肆行法西斯军事统治。平素和善懒散的菲律宾人，终竟也在法西斯恐怖统治下崛起。林标记得叫作"虎克"的抗日人民军，逐渐在菲律宾许多小岛上活跃起来。在柯雷希瑞尔岛上，就发生了游击队伏击日本军车队的事件，铁桥被炸断了一大截，车子被破坏了五十辆。日本人气急败坏，派林标的车子载了十四个武装的日本宪兵，把周近三处草房聚落起来的小村子里的男性一两百人，全拉到一个茂密的竹林里，集体屠杀了，随后还派了两个枪兵对着还没有死透的人体戳刺刀。林标记得村庄里那热带种的竹丛，长得比台湾乡下的竹丛还要高出许多，在南洋的热风中婆娑摇曳。但竹丛下却是一大片殷红的血泊。就是在村子里的青壮男子被拉出来强迫蹲在地上等候处决时，在一旁的老人妇孺就开始大声哀号，以那短音节的土语，发出林标所从来不曾听见过的，表达最大的惊惶、恐惧和绝望的人的语音。

但那短促、快速的单音节的语言，也表达过愤怒与无畏的意志。菲律宾游击队的反日破坏事件，像是锣槌用多大力气去擂，铜锣就回报多响亮的锣声那样，随着日本军政当局困兽似的疯狂滥杀，而不能阻遏地向菲律宾各岛燎烧开来。林标的军卡车，就载运过一批又一批被反绑的菲律宾游击队，由日本宪兵押解到市郊的一条溪流边。男子们大都沉默地被推下了卡车，不无茫漠地在一个预先挖好的大坑的岸上站队。然而，每次也总是有几个人，用那单音节的塔加罗语，以高亢、愤恨、坚定的语气，呼喊着口号，然而也总是在语音未落之前，就被日本宪兵从身后一枪打下土坑去，留下凝结在河边夜空中的那铿锵的、单音节的语言，在林标的心中绕萦不去。

左前座上的两个菲律宾人还在吃着零嘴，并且笑语春风。两个人都穿着浅蓝色的牛仔裤和夹克，状颇亲昵。林标望着车窗外急速后退的风景，想到当年美军反攻登陆马尼拉市区时，日本步兵第十七连队在巷战中对菲律宾市民所进行无甄别的狂屠滥杀，奸淫烧掠。但几十年之后，从那屠刀下幸活下来的种族，而今竟也生气勃勃地到世界各地打工赚钱，直有隔世之叹。林标记得，在那些年，日本人即使在战地上，也不给台湾军夫配备任何武器。然而，也因为身上没有了武器，才使林标和其他台湾人军夫只成了杀人炼狱的旁观者。这又绝不能说在天皇军队中的台湾人的双手就能不沾上日本军队兽行的血迹。从大陆广州湾、雷州半岛调来巴丹半岛的台湾人军夫,就传来在大陆的少数台湾志愿兵,和日本兵一样,对中国百姓烧杀奸淫。"你没见过,就不知道。"有一个从广州湾调来菲律宾、癞了半个头的台湾人驾驶军夫对林标说,"因为知道都是台湾人,你跟那些台湾人志愿兵讲台湾话,未料他一个巴掌打得你的鼻血双管齐流。巴格鸦罗!他还骂。我 × 他娘。"

癞痢头接着说,就是这些"志愿的",还真以为自己是日本人了。"有一个押粮船的台湾人小军曹,在广州市大街上,大白天里强奸了一个女人,还用刺刀挑开女阴。"癞子抓着头皮说,"台湾人拿到人家的武器,就变成了畜生。× 他的娘。"

那时候,林标默默地抽着日本军烟。他想起了在马尼拉市郊一间狭小、阴暗甚而有些秽乱的小杂货铺。杂货铺的老板是个姓叶的泉州人华侨。林标第一次到小杂货铺买土酒时,那老板满脸谄笑。林标当他是菲律宾人,向他比手画脚时,姓叶的泉州人以试探的语气用闽南话说:

"买烧酒吗?"

林标大吃了一惊。"你讲台湾话?"他惊喜地说。"我跟你们台湾人一款,都说福建话哩。"泉州仔说着,堆着满脸的笑纹。后来,林标问泉州人,怎能知道他就不是日本人?"台湾人的日本兵不配枪。连刺刀都没得佩。"泉州人说。

从此,"福建话"像是这恶山恶水的战地里唯一的一泓汩汩甘泉，开始执拗地引诱着林标借口买些日用，去照顾杂货铺寒伧的生意。有一天，坐在杂货铺门口的木椅上，林标和那泉州仔互相交换着烟抽，说着闲话。林标一抬头，突然看见了杂货铺里微暗的内室，闪过一个十五六岁的少女的身影。她眼睛大而明亮，微张的嘴唇流露着少女独有的妩媚。"我的女儿。"泉州人慌张地说，脸上的笑容显得更其谄媚。但林标却突然明白了泉州仔这一向的谄笑中，包藏着多少恐惧、猜疑甚至憎恶。在这奸淫抢掠直如日常茶饭的乱世中，把蓓蕾初绽的女儿深藏在内室的这老泉州人，是在以他那绝望的卑屈和表面的巴结去奋力保护着他的家小。当身穿日本军服的林标瞥见了内室的少女，泉州人的笑容看来就是绝望、讨饶的恳求。林标明白了穿着日本军衣的自己，从来就是这泉州人可怕的敌人和仇家。林标沉默地抽完一支烟。"我走了。"他低声对局促不安的泉州人说，蹬上他的军卡车，扬起燠热的土尘走了。这以后，林标感到孤单，心中疼痛。几次想去那家寒微的杂货铺子，但想到那泉州小商人惊惶、警惕而又卑屈的笑脸，林标宁可坐在车队调度室的台阶上，一个人抽烟。

战争结束的前一年，即使是连一个驾驶军夫林标，也感受得到战局在严重逆转。日本对菲律宾的海空支持已经濒临瘫痪。菲律宾抗日人民武装更为活跃了，反日破坏事件此起彼落，无日无之。而一向表面上看来乡愿怕事的在菲华侨暗通菲共，偷偷地为游击队供应粮食，又捐款支持大陆中国抗日的迹象日益昭著，日本宪兵队于是暗中发出了"肃正敌性华侨"的密令，开始从马尼拉市中心展开对华侨绅商抄店抄家，逮捕杀害，后来很快地发展成为对华人的几乎无差别的疯狂逮捕、拷问和杀戮。有一日，林标在队部晚饭桌上无意中得悉，就在次日凌晨，宪兵队要调用军车把"肃正"推向市郊。林标放下碗筷，胡乱编了派车理由，跳上他的卡车，直直奔向马尼拉市郊区那小小的杂货铺。泉州人叶老板那美丽的女儿的大而澄澈的眼睛，透露着惊惶和无助的美目，一路上在林标的脑海里明灭。林标把车子停在杂货铺前，正走向站在店口以疑惑的笑脸凝望着他的老泉州人时，忽然就看见一个日本宪兵带着两个日本枪兵的巡逻队突然从一排椰子树边出现了。林标悚然一惊，但随即用皮鞋猛踢了一只在脚边拱着泥土的瘦小的、泉州人饲养在地上随地乱窜的土猪。土猪尖声嚎叫。林标满脸怒容，气冲冲地向那可怜的泉州人高声用"福建话"咆哮：

"暗暝时，日本人就来剿村！你们赶紧收拾好！全家人紧走！"林标挥动拳头，怒声说，"赶紧！听明白！"

泉州人瞪着死鱼似的大眼睛。连连哈腰鞠躬。"是啦，是啦。"泉州人说。林标看着日本兵走近，一个箭步冲了上去，用全部的力气甩了泉州人一记响亮的耳光。泉州人踉跄地跌倒在地上。

"全家走！紧走！"林标用闽南话咆哮，然后改日本话骂人："巴格鸦罗！"他然后回身向走近的日本兵立正敬礼。"什么事？"宪兵问。"他骗了我的钱。"林标用生硬的日本话说，又回过头去对泉州人发出恶声，"巴格鸦罗！"三个日本人笑着坐上了林标的军车，扬着土尘开走。"巴格鸦罗！"林标凶恶地说。他在杂货铺前调转车头时又用闽南话叫骂似的说："日头落山就走！"

泉州人一家连夜逃入山林，终于保住了性命。但林标就从此再也没有了他们的消息。

公路车滑下进入高市的交流道，天色已经黄昏。车子到站前，林标就为了一个一路上不时困扰着他的难题发愁。他这个七十五六的老人，要怎样面对一个流浪了十多年的、五十好几的儿子？"阿木，我们回去吧，什么话都不用说。"林标准备这样对欣木说。也许欣木不愿意，觉得再没有脸回去，林标忧心地想，那么林标就想说，"阿木，月枝也三十多了。她一直要找到她爸，经了多少风霜苦楚，你知道吗？"车子终于驶进了高市总站。林标在心里对着儿子阿木说，"何况，人若要死，我这把年纪，说不定就是今暝明早的事。总得有个人把我装进棺材，送我上山……"林标老人在心里向阿木说，不觉热泪盈眶。林标用手背拭着泪，下了公路车。他站着，看见一个霓虹灯光闪闪烁烁，人车喧嚷的夜的城市，不觉茫然了。

5

马正涛出了台北火车站，打了一个电话给祝大贵的儿子祝景，告诉他人已到了站，随即转搭前往市郊那个大公墓去的公车。一个中学生模样的小伙子站起来让座。"谢谢你呀。"马正涛说。他坐在座椅上，开始感觉到从里到外的疲倦。毕竟是年逾八十的老人了。李汉笙先生过世的时候，有十几个私服的将校都到灵堂去烧了香。但是等到人一落了土圹，清明、忌日、冥诞去上坟的学生部属就只剩几个人，后来很快地就只剩下马正涛、李汉笙先生的贴身侍从祝大贵和李汉笙先生的上校秘书赵松岩。十多年前，祝大贵胃癌拖了三年，死了。翌年，赵松岩忽就老痴了，看不紧，一溜出门，就认不得路回家。这以后十年来，想起来了，或者来了台北顺便上这公墓旧区来探李汉笙先生的，一直就只剩马正涛一个人了。马正涛去年没能来，至于今而墓草蔓生，几乎就要盖过了墓石。年事日以老，体力衰退得一年比一年快。所好祝大贵那个儿子祝景，每次都愿意和马正涛配合，否则马正涛无论如何一个人是没办法整这些怒生的荒草的。

马正涛在坟边的石板上坐了下来。墓场里空无一人，远远地只看见一个把脸包在一块旧花布里以防日曝的女工，在墓场西边新区有钱人家的墓园里打扫，为花木浇水。马正涛于是想到了保定清河边上的乱葬岗。

那年，他从吉林火车站的厕所门口脱出，没有向开往沈阳、升火待发的、人山人海的火车站台窜去，反而疾步走出了车站，隐没在往南方逃亡的鼎沸的人潮车流里去。走了数日，来到了风声鹤唳的保定市。

"马处长，果真是你呢。"

马正涛慌忙回头，看见一个农民模样的人挑着小包，细看就认出来是长春保密局一个科长刘立德。马正涛迅速地往前后左右瞟了一眼，心里想着他自己在吉林给公安局当鱼饵的事。

"如果不是路上有共产党在查问您的下落，看着您这一身干部服装，我准得离您远远的。"刘立德笑着说。

"我跟着你走了。"马正涛说，"闭着眼睛跟人潮走，心里不踏实。"

刘立德说沿着这条路走到明天晌午，就碰到清河了。"在那儿，应该可以找到咱们的人。"他说。马正涛心里又是一惊。"我饿了。"马正涛说。

"马处长，你别再猜忌我了。"刘立德笑着说。"我也没放心您呢。早听说您被共产党抓进去了。跟在您一旁走了半天，看见您脸上都饿瘦了、黄了，我才确定：真给共产党在难民中当眼线的人，就不该饿着。"

刘立德在包袱里摸出了半个面饼交给了马正涛。"没有水就着吃，要细嚼慢咽，不要呛着了。"他说。马正涛觉得自己接过那半个硬饼的手有些发抖了。

"你说得对。我这一身干部服太抢眼了。"马正涛啃着饼说。他想问刘立德有没有多带衣物,却说不出口。"穿干部服有不便,也有好处。"刘立德说,"看情况,是吧?到了清河边儿,设法弄一套旧棉裤和棉袄子。"

"清河边儿"有什么方面的人等着?马正涛不由地想,感到灾祸在不断地逼近的恐惧。"我跟着你走对了。"马正涛讨好地笑着说。刘立德说起几年前在长春时犯过局里的家规,是马处长为他开脱的。"我都忘了。"马正涛说。其实他记得。当时刘立德睡了一个抓在他手里的政治犯的妻子,被告到总局去。半个硬面饼像是给汽车添了汽油,马正涛的步履长了力气了。

天黑以后,他们找到一处干旱小溪上的断桥下,张罗着睡下。入晚以后吹来的风,逐渐变冷了。马正涛在黑夜中睁大了眼睛,听着风声。等待刘立德很快睡沉之后,马正涛悄悄地起身,抡起扁担,使了全力往刘立德的脑袋上打。刘立德轻轻地哼唧了两声,这兵马荒乱的深夜仍归一片寂静。马正涛伸手去摸两个布包。一包硬,一包软。马正涛抓着软的一包,头也不回地往大路边的山岗上疾走。

不知道在黑暗中横冲直撞地跑了多久,天上拨云见月,泻下一片清冷的月色。马正涛这才知道自己竟已闯到一个遍生着枯草的乱葬岗。他一边喘着大气,一边打开布包。就着月光，他在布包里找到三捆当时日日水泄一般贬值的大面额钞票、五六根条子、一些金饰和干粮。除此之外，就是几件折好的农民衣服。"杀错了人了。"马正涛木然地想着。他坐在一块墓石上，渐渐地从这山岗上看到了黑夜极目之处，有一抹水光，在月色下忽隐忽现。那里该是清河了。他想。他知道这清河一路东流，从渤海出海。出了渤海，海阔天空，自由自在。但他却被牢牢地困在步步艰难的逃亡潮里。"是错杀了刘立德了。"他默默地坐看天色由暗而明时，紧抿着嘴唇，无可如何地想着。清晨的天色像舞台上逐渐转亮起来的灯光，照出了山岗下的没有炊烟的村庄，照见赶早上路的难民潮，看见在远处发出并不刺眼的白光的清河。

比起从清河边的乱葬岗看下去的残破的、听不见鸡鸣和狗吠的村落，眼下从这台北市郊山坡上的公墓瞭望的北市，却是栉比鳞次的高楼大厦。"马伯伯。"马正涛循声望去，祝大贵的儿子祝景来了。他高头大马，戴着镜框嫌小的墨镜。

"你看着又胖了。"马正涛笑着说。

"我，喝水都长肉。"祝景叹气说，"您一个人想事儿？"

祝景穿着长袖黑衬衫。手上套着棉手套，右手抓着小束白菊花，左手的塑料袋里装着两把旧镰刀。

"休息一下，喘口气。"马正涛说。他叹息了。他说他在想他马正涛当年竟然从保定一路披星戴月，逃到北平，再从

忠孝公园　　403

天津奔了上海，从上海跑到云南。知道四川就要解放，才设法过了边界，到泰北游击队上待了近一年，"找到你爹和李汉笙先生具了保，才到台湾。你爹早一年跟到李先生来了台湾。"马正涛说，"如今他走了也多少年了？"

"十二年了。"祝景说。他从塑料袋里拿出一把半锈的镰刀和一瓶矿泉水。他把矿泉水给了马正涛。

"你爹来台湾结婚得晚。四十才结婚的吧。"马正涛说，他把矿泉水打开，对着嘴大口喝水。祝景开始卷起袖子割草。马正涛记起祝大贵结婚时，在眷村小房子里只请两桌酒，李汉笙先生主婚。那时李汉笙先生看来又比马正涛在一九五二年春间来到台湾重逢时更老弱了一些。来台湾以后，马正涛找到了住在士林保密局小宿舍里的李汉笙先生。李汉笙先生为他关窗闭户，让马正涛把自己在吉林投降、又"为敌所用"的全部经纬，一五一十和盘托出。李汉笙沉默了很久。"我来台湾时想过了。如若留在大陆是死路，而回台湾也是一死，我宁可死在国民党的手里。"马正涛对李汉笙先生说，"今后该怎么走，全听局长的。"

"被你牵了进去的人，将来被共产党杀了，算是灭了口。活着关起来的，十几二十年也还出不来。"李汉笙先生沉吟着说。过了一个月，在李汉笙先生的保荐下，马正涛到当时承担着全岛风风火火的"肃防"工作的保密局大楼去报到了。具有从军统到保密局长期资历的马正涛，现在已不进侦讯室去直接拷讯从台湾四处夜以继日地抓进来的"匪嫌",而在幕后不断地开会,判读堆积如山的供状,指出供状的破绽,揭示侦问的方向。成千上万的台湾和外省青年被送到马场町刑场,被推进长期徒刑的监狱。

祝景把墓冢周边的乱草割得差不多了。马正涛看见他微喘着气,一边用衣袖揩去脸上的汗。"歇会儿吧。"马正涛笑着说。祝景解开胸前的纽扣,迎着山风抽烟。

"你爹你娘结婚,就是这李汉笙先生主的婚。"马正涛说。

"听说了。"

"你的名字祝景,也是李先生取的。"

祝景抬起头来,"这倒没听说。我还时常想,我爹用这景字,有什么学问在。"他说。

"景,是宏大的意思。"

马正涛说,古人说了"景行行止"。"景行,走大路,康庄大道吧。"马正涛说,"景行行止,是说走路得走正大之路,不走到底不休止。这是李先生对你的期许。"

"哦。"

那是一九六三年了,马正涛记得。祝大贵请吃婴儿的满月酒,李先生就在席上为婴儿当场亲自取了名。酒席散了。"正涛你送我回去。"李汉笙先生说。马正涛叫了一部计程车。

李汉笙先生上了车，望着车窗外面。"到植物园去看看吧。"他说。

马正涛扶着明显衰老了的李汉笙先生，走进了植物园。李汉笙先生走得很慢。"您累了。"马正涛不安地说。李汉笙先生没有说话，在一个有林荫的便椅上坐了下来，微微地喘着气。坐在一旁的马正涛看见他脸色阴暗而苍白。

"我看到资料了。"默默地枯坐了一会，李汉笙先生说，"共产党特赦了几批战犯。"

李汉笙说共产党在一九五九年底特赦了第一批"战犯"。"全是我们国民党政、军、特高层人员。"李汉笙先生说，"天津警备司令陈长捷你记得吧。"

"记得。"

"他就是第一批出来的。"李汉笙先生说，"去年又赦了一大批。军统少将沈醉也出来了……今年又赦了一批。"

植物园里的蝉鸣益发聒噪。马正涛感到心头长了一块沉重的石头。

"依我看，到现在，放出来的还都是被俘国民党里最高阶人物。"李汉笙微喘着气说，"军统里和戴先生齐名的康泽，今年就放了。"

马正涛说，万一这些人公开透露他曾投降、替共产党抓人，他就一个人承担。"将来问到您了，我什么也没对您说，您什么也不知道。"马正涛低下头说。

李汉笙轻轻地叹了一口气。不远处有几个男女学生架着画架写生。"那一年你帮共产党牵进去的,全都是芝麻绿豆大的人物,一时怕还出不来。"他说,"再说,我这病身,棺材都钻进一半了。他们还没牵扯到我,我行许就走了。"他笑了起来,"正相反,你得把事儿全部往我身上推。"

"李局长!"马正涛说,眼眶红了。"我绝不能这样做。"那年的下半年,马正涛听从李汉笙安排,从"警备总部"退下来,自动外调到地方外县的政府里去担任管保密安全的小官,以他那一副天生的笑脸,远离了中心,在小县外地里逍遥养晦。一九七五年共产党释放了所有的"内战战犯"。马正涛在地方上得知这机密资料时,事情早已过了三年,这期间也没什么动静。他还知道有几个释放出来的旧国民党特务申请入台,人都到了香港,却全被台湾方面硬是截住不让来台。马正涛偷偷地舒了一口气。

祝景把杂草割得很干净,却已满身是汗了。现在李汉笙先生的墓座,看来就像是一个刚刚理过头发的人,光鲜干净。祝景开始把杂草堆集起来,用打火机点火。

"忘了带旧报纸引火了。"几次都没把火点成,祝景带笑着说。马正涛在自己的口袋里摸出两张发票和一撮面纸。祝景小心翼翼地引上火。一股青白色的烟向风尾飘去。祝景专注地看着火苗。"下个月我想到苏州看看去。"祝景说。祝大贵是苏州人。马正涛没说话。潮湿的杂草显然不能完全燃烧，发出浓浓的白烟。有白头翁的鸣声从远处传来。祝景说他知道他参到了病重了，才开口说他想念在苏州的老家。"每次说，就流着泪花儿。"祝景说，望着远处尘烟中的台北市抽烟。

马正涛当然听得懂这世侄祝景的话。归结起来，就是问马正涛没想过回家吗？马正涛想，他跟共产党结的怨太深了。李汉笙先生从东北脱走以前，在马正涛指挥下抓的、杀的地工嫌疑，少说都有两百上下。现在杀人放火比他凶的人都给放了，他对自己说。放了也不行。他又对自己说，他在大陆上结的民怨更深。再说，人到了大陆，怎么好跟自己在吉林牵出去的老同志见面呢？马正涛对自己无声地自言自语，跟自己争辩着。

杂草的湿度大，火苗拉出一阵白烟就熄灭了。祝景忽然如获至宝地想到包着白菊花束的旧报纸。这回火烧得旺了。祝景用镰刀尖把草堆撩松，使更多的氧气和闷烧的火种接触，吐出橘黄色的火舌。在毕毕剥剥的火烧声中，浓烟把祝景呛出了眼泪。

"马伯伯，我想了好久了。"祝景说，"现在台湾人都把我们当外人了。你怎么装孙子，你还是个外人。"他说如果外省人也把自己当成大陆的外人，路的两头就全叫堵着了。"我爹在台湾过了半辈子，一死百了。"祝景说，"但我们这一代还有多少长日子要过……"

马正涛站起来躲着一阵逆风吹来的浓烟。他不说话。他知道不说祝景也明白。他们其实为这争执过。马正涛说,许多外省人和共产党有很深的过节。"只要国民党在台湾当着家一天,我就紧跟、紧靠着国民党一天。再没有别的路。"马正涛这么说过。"可是现当今国民党到哪儿去了?打换了人家上来当总统那天起,国民党就亡了呀。"祝景涨红了脸说。"那不能这么说。政治、权力、财经、安全体系,还有军队——这你别忘了——还是在我们国民党手里。'青天白日旗'还在飘……"马正涛似笑非笑地说。

"反正先回苏州看看,"祝景说,"看看合适,下回把我爹的骨灰也送回去……了他老人家一个心愿。"

"也是。"马正涛说。李汉笙先生、祝大贵和他自己,注定了永远回不了家乡,不能给大陆的亲朋写信,注定了终生只能背对那一片早已长在血肉里的山野河川……马正涛想着,不觉有些凄清。

割下来的野草烧成了殷红的余烬。马正涛把白菊花束摆在墓前的石台上。他站了起来。他的右手拉着祝景的左手,伫立在李汉笙先生的墓前,一连鞠了三个躬。

"汉笙先生是我同您爹的再生父母。"马正涛凝视着墓碑,沉思也似的说。

两人在暮色中离开了墓园。祝景让马正涛坐进他停在小坡边的中古喜美车。车子沿着山路下滑。马正涛从皮夹里掏出了三张千元钞。

"马伯伯,您这是……"

"这不是给你的。"马正涛说,"每次你都为我对汉笙先生尽一份心意。我还能来几次,也难说了。"

"马伯伯……"

"汉笙先生若知道你的孝心,不知道有多么高兴。"

马正涛望着窗外,咧着嘴说。

"马伯伯,什么时候我真该去看看您。"祝景收下钱,望着后视镜说。

"你来呀。"马正涛开心地说。

"马伯伯您住的地方还不好找呢。"祝景说。

"你先找到忠孝路上的忠孝公园就找到了。"马正涛说,"忠孝公园门口右首一条巷子就是。"

"哦,明白。"祝景说。

6

林标想:常说"论辈不论岁",那称呼林标为表叔公的周明火,其实只比欣木小了四五岁,现在五十了。林标从南洋回来,租得一块蓖麻田改种了稻子,咬着牙种地种到了三七五、田竟变成了自己的田的那年,欣木九岁才过。那时欣木就经常带着四岁大的阿火在田里抓泥鳅、钓田鸡。明火的父亲是个穷苦的雇农,三七五也没能使他变成一个小康的自耕农。欣木常常带流着鼻涕的阿火回来吃晚饭。林标为两个小孩各盛一大碗白饭,泡上猪油炒香的丝瓜汤,两个孩子就坐在门槛上呼噜噜地扒饭吃。小了欣木四岁多的阿火,吃得和欣木一样快,一样多。穷人疼穷人,这些周明火全都记得,一直到今天,还总是依乡下规矩叫林标"表叔公",在林标跟前提起林欣木,不敢直呼阿木,还是照旧惯叫"表叔"。

周明火接到了林标,天色将晚,带了林标上小馆吃过,就领着林标到师专隔壁巷弄的一座高高耸立的高压电线塔。铁塔的基座,是十分厚实的水泥砌成的,看来像是四个脚的桥墩,可容一个人在里头立卧。

"我表叔就在这儿睡。"

周明火指着四个墩柱框起来的,仿佛没有砌上墙壁,光有厚实屋顶的"屋子"说。林标和周明火走进了欣木的"屋子"。老林标觉得心中苦楚,看见水泥地板上有几片不知从哪个院子里飘来的枯叶。在靠内侧的墩脚下,堆着几个空罐和空瓶,压着一张昨日的晚报。林标四下望了望,"怎么没看到他的被铺?"林标锁着眉心说。"这里有几个大纸箱呢。"阿火指着靠在另一个墩脚上的、土色的大厚纸箱说。林标在台北桥大稻埕那儿看过。他的脑中浮现了睡在铺平的厚纸箱上,再用两个大纸箱折合成挡风的屏风的流浪汉,觉得眼热喉哽。"我认清楚了,那是我欣木表叔不会错。"周明火说,"这回一定苦劝他回家。"林标出神地望着墩脚旁的瓶瓶罐罐。"这不孝的、不孝子。"他喃喃地说。这巷弄是一排人家的后院。有人在后院里种着开黄花的丝瓜,有好几盆花草因为没有人浇水,早就枯萎了。天色逐渐黑暗到林标和周明火都要互相看不清对方的脸孔了。周明火抬起手来,借着人家的厨房漏出来的灯光看表。八点过十五分。"九点左右,我表叔就应该会回来了。"周明火说。开始有蚊子向他们嗡嗡地攻击。蚊子这么多,欣木要怎么睡?林标抓着胳臂上的痒处,默然地想着。

然而两个人等到九点四十五了,巷弄里还是没有人进来的动静。在夜色中,一栋栋黑黑的楼房的窗口,透露出黄色的温蔼的灯光。

"表叔公,欣木表叔他一定会来睡的。我跟踪他都几天了。"周明火恳切地说,"但我得去上十点的大夜班了。"阿火在电话中提过,他在一个塑料射出厂里管生产线。"你去,你去。"林标说。"找到我表叔,在车站打电话来。"周明火说,"也许我能抽空去车站看看欣木表叔。他小时候就疼我。"林标说那是一定的。阿火匆匆走了。但是,林标心里想,如果真见到了欣木,而欣木真愿意回家,他就要花一把钱雇个计程车,再远也直奔到和镇去。

过不多久,巷弄那头有人跑来了。林标站起来张望,看见竟又是周明火张罗了蚊香和便利商店弄来的茶水和零吃。"见了面,你可千万不要对我欣木表叔说重话。"阿火说,"过去的,放水流去。无论如何也要劝他回家。"周明火说完又匆匆离去。"我去上工了。"他说。"你去吧。"林标说。

十点过半,仍然没有人走进来的声影。林标站着乏了,索性就坐到高压电缆铁架下的"屋子"里去。他点燃了蚊香。带着某种药味的青烟,从一小点殷红的火光向四面飘散。林标睁着眼睛盯着这黑暗的弄巷的唯一的入口。他开始一个人对欣木诉说着从心底泉涌的话。

欣木,你听我说,如果这次果真是你,如果这次你心愿和阿爸回家去,我们一家就团圆了。你女儿月枝,你自己算算也知道,如今都是三十出头的人。她就在下星期回来看我,说是也带一个朋友回来玩。你果真回来,我们一家三个人就团圆了。也没有战争,也没有天灾地变,怎样我们一家就这样四四散散?讲这是命,我信不下。当年卖了土地,剩下的钱都还在,也不是没有家让你回来,欣木你何苦来流浪,乞丐一样?

那年你一家子搬出去,月枝才两三岁大。等到你把月枝送回来,她十二岁。你带她回到我们和镇,你竟不肯踩进我们家,在公路站下车,画一张地图,写上地址,叫阿枝一个人摸路回来。怎样你心肝这样枭狠。

可是阿枝这个孩子也特别。两三岁被你们带出门，十二三岁回来，却像才出门两三天回家似的。她转来那天，我还记得。阿公，我是林月枝啦。我傻了半天。我说，我的孙是吗？她笑纹纹地说，是啦。阿木，你这女儿长得好不说，生性也乖巧。一进了门就知道亲，叮叮咚咚地和她阿公说话。我这才知道你把工厂收起来的那年，她都小学五年级了。第二年，你和你女人宝贵开始到台北大桥头、万华龙山寺边去等人来叫零工，以日工算工钱。阿枝说你们在穷人住的水门下租了一个小房子。日子过得辛苦。阿枝说她升六年级的时候，你女人就抛下家，走了。问她为什么，她也笑纹纹地说，生活太累，太苦，我妈过不下去吧。那你怎么不怕苦？你女儿说了，我要是也怕苦，我阿爸谁来照顾？阿木，你听一听，十几岁的女孩讲的话。

听说了你女人宝贵丢下你父女径自去，我也气，也舍不得。宝贵是湳寮你阿嬷那边的亲戚。当年，人家没嫌咱家穷，亲上加亲，最好了。入了我们的门，只差不爱说话，好女德呀。月枝说她母亲怕苦，走了，我自是不信。湳寮人种地作稻吃重，这是出名的。男男女女都从死里做回头。进了我们家，宝贵和你两人透早出门，暗暝入门，看她做得也欢喜甘愿。宝贵会走，必有缘故。你要给我讲个明白。你没有小妹，宝贵就像我女儿。说她不能吃苦走了，欣木，我信不下去。

咱们这个月枝，十二岁出头，煮饭做菜、打扫、洗衫，样样都会，帮我把一个猪栏样的家，没有几天就打理干净了。你们白天上工，照这么看，你们家事轻重全是我这孙料理的。月枝来我这儿升中学，成绩也差不多。这么乖巧的孙，未满十七岁那年，正说要去读商业高中，她跟了一个外地来的理发师傅跑了。

阿木，这些你都不知道了。你怎么会知道？你四界到处去流浪、当罗汉脚，我们公孙俩有个三长两短，你也不会知道的……呵，我气呀！那个剃头师真在我面前，真叫我碰到了，我非把他打死不可。我跑到火车站，跑到公路站去追人。今日坐车这么方便，到哪里去找人？明月理发室的老板骂那个理发师给每一个去理发的人听，说是理发师带走了几件理发家私工具。明月理发室有三张椅子，两张给女人家洗头发、做头发，一张就专理男人的头。后来才知道，我们月枝时常去看女人洗头、做头，还半说笑说要到明月学功夫，但是从来也没有人看过我们阿枝跟那理发师讲过话。我气呀，阿木，一个家好好的，你不回来，才出这种事。

不过，实在讲啦，我才有责任。那时候，我和五路南北去过南洋做过日本兵的人，正在发疯哦，疯着想问日本政府讨补偿，把日本败战后该当发给的恩给，补发给我们。如果我当时不是那么疯想、癫想，想要那一笔据说很大一笔日本钱，时常五路南北奔走，两三天不回来睡是经常的事，否则我也不会让月枝偷偷跑了我还不晓得。

一个十六七岁的女孩，跟着一个有路无厝的剃头师走了。另外一头咧，日本东京地方裁判所，在那一年就把我们的上诉驳回来了。阿木，说是我们已没有了日本国籍，没有资格领日本国家的"恩给"。彼当时，日本发红单子来调人，谁能不去？日本人发下军服让我们穿上了，就说日本天皇多么恩典，让台湾人能做日本人。"内台一如"。我讲这日本话，你就听不懂。就是说内地日本人和我们台湾人平等，都是天皇的好儿子。要我们欢喜甘愿，为日本国、为天皇陛下拚生死。但是今天要他们比照日本复员军人发年金，却又翻面不认人了。

一个乖孙走了。日本人又明说他们不给钱了。阿木你又天涯海角，不知道生死下落。但我总想，你欣木父女，死了也得让我见尸，活着我要见到人，这我林标死了才瞑目。这样再经过了七八年，有一天半夜，有人在敲门。打开门，看见一个年轻女子，双脚落地，跪着你了。那年轻女子说，阿公，我是月枝。阿木，你女儿月枝回来了。我牵她起来，月枝坐在厨房饭桌边哭个不停。我的心也痛。这八年风霜，一个十六岁的女孩在社会上滚搅，怎么能不遭人糟蹋、拐骗、欺负。我倒了一杯水给她。回家了，应该让她哭个够。在外头，要哭都不容易。

但我没料到，阿木，从头到尾，她哭的都是为了她阿爸你。

她说,十三岁那年,你把她带到我们和镇的公路车站,要她一个人摸路回来跟我住。她说欣木你在车上、在车站里,三番两次赌咒兼发誓,等到月枝中学毕业那年,一定回来带她上台北读高中,但要她绝不向她阿公透露你的计划。这我才记起来,月枝中学读完那一年,扭着不愿意去考高中。欣木你害了月枝盼你盼了快两年,都没有你的消息。十六岁那年,月枝跟人家跑了,一大半是因为那理发师傅答应带她到台北找她阿爸。这是月枝说的。

你女儿和明发,那个剃头师,去了台北,先包下人家一个机关的福利社理发部,后来两人也自己出来在街巷开一个小理发美容院。初到台北的几个月,你女儿每有空闲,就和明发到台北大桥头、万华龙山寺口去找、去问你的下落,竟然都没有消息。月枝说,经过三四年,在台北大桥头、龙山寺口等人来叫工的人,都换了一批了,再没有人记得我阿爸了。我问你女儿,为什么这许多年也不给她阿公一个消息。你女儿说了,当初时,跟着明发到台北,阿公一定气得饶不了她。她以为除非有一天她能找到你欣木,一道回家,她阿公才会饶过她。她这样讲,就不知道你们父女个性这么相像。

直到有一天落着大雨,你女儿说,都快大半夜了。雨下得像大盆水从天上倒下来。月枝虽然撑着小伞,衣服裙子都打湿了。月枝说她半跑半走,躲到一家早已关门的银行的骑楼躲雨。这时她就在身边看见一个流浪汉抱着自己的一卷被

忠孝公园　417

铺，蹲在走廊上，躲着溅进来的雨花，望着街上疾驰的车子。

即使是黑暗的雨夜，月枝借着街灯，几乎一眼就认出了改变了模样的你。月枝说她叫你一声，阿爸，我是女儿月枝，你们这就相认了。就在那雨夜的走廊下，月枝说你们父女哭一回、说一回。你告诉她日雇工不好做。年龄大了，没人要你。你只剩下粗重、工资便宜的工可以做。公司搬家去当搬运工，到工厂清洗油槽，再不就是当长途运货卡车的捆工。到后来，终于再也没人来找你当零工了。阿枝说，她问你，这么多年怎么就没想回去找她阿公。你没说话。月枝说她想到你吃了多少苦，就哭个没停。你沉默地望着雨势渐歇的马路。你忽然对阿枝说，阿枝，你带我回去你阿公家。月枝大哭。你说月枝不要哭。天色蒙蒙亮起来了。你先回去准备好，我等你回来带我去剪头发、洗澡、换衫裤。我照实说，欣木你的心肝也太枭狠了。月枝翻过头，搭计程车回家，抓了一把钱，和她男人明发赶到，前后不到一个小时，走廊下只剩下你的铺盖和一个大纸袋里肮脏的换洗衣物，却已看不见你的踪影。

欣木，现在天也快亮了。一整晚，这巷弄除了有一个醉汉走进来呕吐，吐完了还撒了一泡长尿，一直就没有你的踪影。我照实说，阿火带我来这儿，一看是空空荡荡，特别是没看见你的铺盖，我就想，你一定是又走了。你不可能知道今天我会找来才躲着我。我只能说，一定是我们歹命的父子还没有缘分。你又走了。天涯海角，明明有一个家，你偏偏要这样流浪。你女儿找不到你,几天都不言不语。这是后来她男人告诉我的。她突然向她男人要离缘。不论怎么说,非离不可。阿发,我对不住你。你女儿对她男人说,我再不能守在美发厅过日。我得到处去把我阿爸找回来。她离开了明发,北、中、南都去拉保险,卖健康食品,做美容师,当餐厅领班……每到一个地方,打探哪里有街友,她就到那里找人。

一般人都说,流浪的"街友"都是只要吃、不干活的懒汉。别人我不知道。我儿欣木就绝不是这样。把媳妇宝贵娶进我们家门的前后,你早起晚归。下田作稿,村子里哪个小伙子能跟你比评?那时候,我看着你出力做、甘愿做,我就会想起在南洋的丛林里接到军邮,报知你娘为我生下了一个男孩的事。欣木,你不会知道的。一个人在凶险的战地,即使在二线的军夫军属,只有每天还活着的一分一秒才算还活着的。下一分、下一秒,是死是活,没有人能算到。因此,你和你的亲人、家族、故乡……全断了线。算不到能不能活着回去相见的亲人和故乡,其实已经和你没有了关系。可是那一封军邮却顿时在我和婴儿的你,连带是婴儿的妈、婴儿他阿公,拉上了一条又粗又韧的牵线。活着回去,突然就变得极为重要了,而且无来由地相信我一定要回去,一定能回去,只因为我有了自己的骨肉。我把那封军邮搋在口袋,不时拿出来读。阿木,那信纸都让我读烂了,但每一处模糊、消褪的字

忠孝公园

迹，我都能清楚记得，一直到在森林中逃美国兵时遇到的那几天大雨，终竟把那封信淋成口袋里的一团纸浆了。又有一回，在深山林内，确实知道了日本战败。日本人哭，日本人自杀。不少台湾人也跟着哭，感觉到自己前途茫茫。怪奇的是，日本打输我也没有欣喜若狂，但我的内心却笃定得很，笃定我终于真能活着回家看到我儿，并且在别人垂头丧气的时候，不住地推算你有几岁了，捉摸着你应当长得多高。

从菲律宾坐土（煤）炭船回来台湾，在高雄港下船，东张西望，没看见你娘抱着你来接人，心脏突突地跳个没停。办公的一个外省人和一个台湾人接了我们，发给一点路费，叫我们自己回家。我到家那天，家里来了左邻右舍和几个穷亲戚。你姨婆说你阿母前一年才过世。穷病不治呀，你姨婆哭号着说。阿标转来了，是喜事，不要嚎。一个邻居说。在那一霎时，我看见躲在姨父身后的一个小孩。他长得多么好呀，我的儿。我想。你长了一双略突的大眼，双眼皮刀刻一样。我一看就知道是我儿。你的眼睛不像我，但太像你阿母的了。太亲像了。我那满脸皱纹和泪痕的姨父把你推给我。"叫阿爸。"我姨母说。你吓哭了。我这才放声大哭……

欣木，你要回家来。是什么苦情呀，让你流浪吃苦，你总得讲明白。我老了。别日我不能起来穿前夜上床时脱在床脚下的鞋子，我还得要有个人把我洗好、穿妥，装进棺材，点几支香送我上山去。现在天已经亮了。人家的厨房里飘出了煎蛋的香味。上一回,月枝让你跑了。这一回,老父又没有见到你。但是生要见人、死要见尸,我一定要找到你才瞑目。你回家来吧。

林标拎着表侄孙阿火为他买的一小塑料袋零嘴,拖着疲倦的身子,走出了巷弄。巷弄外是人车逐渐熙攘起来的大马路。欣木,你这戆儿,你这不孝儿。林标对着这逐次苏醒的城市无声地说,眼中闪着泪花。

林标在返回和镇的公路车上睡着了,梦见听说是满脸胡子的儿子欣木就睡在忠孝公园的角落上的小凉亭里……

7

马正涛到台北给李汉笙上坟回来不久,身体却忽然无来由地感到虚弱。现在他已经很少到忠孝公园去甩手了。过完阳历年,原本难得有冷天的、这偏于南台湾的和镇,突然袭来了打从蒙古草原汇流而来的强大的寒流。然而大选的热度却在全岛各地节节升温。许多几年不通音问的老同志从各地打电话给他,咒骂"台独"。"老马,真要叫他们上了台,我们外省人,死无葬身之地呀。"一个山西籍的、退休了的曹厅长说。"不会的了。"马正涛说,"国民党玩选举,进攻不足,守卫政权有余。当年我们帮着党搞选举,是怎么组织动

忠孝公园　421

员的，你都记得。"曹厅长说马正涛躲到乡下十几年，早已经不知道形势大变了。曹厅长极力叮咛马正涛，一定要选"宋先生"。祝景几次来电话也是一样。"我投我的国民党。"马正涛说。"要是你爹还在，也会跟我一样。没有国民党就没有了马正涛，没有了祝大贵。"祝景隔着南北电话，大着胆子骂国民党"总统"："国民党早没了，马伯伯，早被人搞垮了。"祝景恳求似的说。祝景接着说，现在外省人过日子，表面上从从容容，骨子里骇怕呀。只要有台湾人在场，就绝不敢说出肚子里的话，还结结巴巴地学闽南话。"马伯伯你……你年岁大了。我和我媳妇儿子没有能力搬到美国、加拿大去住，一走了之。"祝景说，"但我们不能每天每天一家子过担心受怕的日子。"马正涛沉默了半晌，说，"离开了国民党，宋先生就连他自己也保不了，他还能保护谁？"马正涛没想到祝景生气了。"好。马伯伯，您继续睡觉做梦。"祝景冷着声音说，"到时候，怎么死的，您自己还不知道。"

马正涛一惊，用力挂掉了电话。

"这孩子放肆了。"马正涛一个人嘟哝着说。

大选揭晓，国民党果真失去了在台湾的江山。马正涛一个人在家里发了几天傻，不能理解这对他而言是天翻地覆的大变故。接连半个月，他在电视荧光幕上看到了成千个挥舞着"青天白日满地红旗"的外省老人，啸聚在台北"总统府"

的广场上。马正涛在大陆上看过多少被"奸匪"利用的学生、新闻记者、教授和民主人士鼓动成千上万的群众,要打倒国民党的示威和游行,但他从来也没有见过成千累万、像他一样把国民党当作归宿,当作亲娘,当作庇荫的人都聚集起来,在博爱特区上国民党五十年权力的象征——"总统府"前鼓噪,表达他们对国民党丧失了政权的绝望、愤怒、恐惧和悲伤。第一次,马正涛从荧屏上的呐喊、老泪和愤怒中,明白了祝景在电话中透露的,深深的彷徨、不安与恐惧。

顷刻间,马正涛感觉到仿佛他半生的纪录都成了白纸;他的户口簿上的一切记载消失了,他的存款簿剩下一片空白,他的身份证上的注记不见了,他的党证、退役官兵证件上的记载全都褪色,无法辨读。他那从"旧满洲"宪兵队,而军统局,而"保密局",终而"警备总部"这半生的绑架、逮捕、拷问、审判和处刑,都曾经因屹立不摇的国民党而显得理所当然、理直气壮,而没有自我咎罪的梦魇。自今而后,那密密地封存在各个机关里的,附有他亲笔签注的无数杀人的档案,难保没有曝光公开的一日。他成了坠落在无尽的空无中的人。他没有了前去的路途,也没有了安居的处所。他仿如忽然被一个巨大的骗局所抛弃,向着没有底的、永久的虚空与黑暗下坠。

马正涛变瘦了,变得足不出户。他开始整理橱柜抽屉,把一些文件和证件集中起来。他从一个箱子的箱底摸出一副铜手铐。这副铜铁合金的手铐，从"旧满洲"时代就在他的箱子里跟着他半辈子。这几日间，每天晚上，马正涛在灯下聚精会神地以擦铜油逐渐把被时间长期锈蚀而变成暗赭色的手铐，擦得像黄金般闪亮。马正涛再给手铐上机油，只要轻一碰触，那带着齿牙的铜手铐就立即润滑地打了半个圆圈铐上。在东北的时光，他在多少青年的手腕上轻轻地用经常上足机油的这把手铐一敲，手铐就轻巧敏捷地咬住了青年们的手踝，越是挣扎，越是咬紧。马正涛总是感到乐趣。

约莫一个月之后，人们循着异味，在马正涛那家孤独旧屋里，发现马正涛在睡床上被一把金黄的手铐反铐着的尸体。他的整个头被密实地套进一个大塑料袋里。地上有一小堆烧过的文件。一把同样金光闪烁的手铐钥匙被远远地丢在卧室的门边。马正涛那不喜自笑的嘴角，挂在他那半睁着眼睛的脸上，显出无法读透的深深的悲愁。

  房内丝毫没有打斗挣扎的痕迹，但警方认为尚不能完全摒除他杀的可能。全案正在进一步调查中。

在隔日报纸地方版社会新闻的一小角，刊登了这样一则并不显目的消息。

8

林标从高市回来以后，在信箱里看到月枝的另一封信。她说年底结算，工作很忙，怕要忙过完了年才能带朋友回家。这时大选的形势逐渐沸扬起来了，几乎牵动着各地男妇老小的心。每天早上，忠孝公园里的早起的人们，无不谈论着"大选"，而曾金海就尤其地热心了。他说陈炎雷委员对那一次阅兵十分满意；说他虽然赶不上当日本兵，但他父亲却是死在南洋的台湾人日本兵；说那天他看到日本海军旗迎风招展，"眼泪都要掉下来"。

曾金海坐车、坐飞机，全岛北、中、南部奔波，把去了南洋和华南的"战友"全动员起来了。曾金海说，现在不谈复员军人的恩给了。"他们日本人不承认我们是日本人，那也可以。我们现在只谈你日本人败战时拖欠到今天的未付军饷、没有结算的军邮储金……"曾金海说。

"日本精神，讲的是信义。"林标说，"欠钱还债，这就是信义。"

曾金海说，看来日本人是要还钱的。只是五十年前的日本钱，拖欠到今天，要怎么折算？为了选举拉票，曾金海特地在南市叫齐了南市周近的十几个台湾人原日本兵吃日本菜。

"最先，日本人说乘一百二十倍计算来计算补偿。"曾金海说，"我们不肯。最后说两百倍。再说也不让。我们也没有答应。"

日本菜馆里的老人不平不满地议论着。当时几千日元的储金,按照一百二十倍折算下来,也不过几十万。"台湾人的命,就这么不值钱吗?"一个把头发染成很刺目的黑色的老人说,"我们只要求依照这五十年物价比率算。我们也不想占日本人的便宜。欠钱还钱,他日本人也要讲一点公道。"

"岂有此理。"有人用日本话说。

曾金海说,他和陈炎雷委员依据各种指数,算出来这五十年间,连本带利,带物价指数,应该以一千七百倍算。举座于是有喜悦的、片时的沉默。"将来换成了我们自己的政府,陈委员和日本政军界人脉强,代替台湾人交涉争取。"曾金海说。"其实,日本人是疼惜台湾人的。"最后这一句话,曾金海是用了日本语说的。

"为了胜选,战友诸君,胜选万岁!"染了黑头发的老人站起来用日语喊着。而举座的老人都很日本风地三呼万岁。

三月,果真就换了一个政府了。"台湾人的天年了。"曾金海兴奋地在电话里说。

两个月后,林标听说了那个会说日本话的、"旧满洲"来的外省人马桑,突然死在他那独门独院的、旧的独孤房子里。救护车呜呜地绕过忠孝公园到马正涛的独孤房屋,把盖上白布的尸体运走了。

五月,陈炎雷委员当了"资政"。但日本交流协会已经很长一段时间直接在各大报上刊登大幅广告,越过各种索偿组织——包括陈炎雷的"战友会"——要台湾人原日本兵或其遗属直接去找日本人洽领两百倍的补偿金。

"这就是说,两百倍计算,你要领不领。"染了黑头发的老头在电话里连声骂娘,"日本人明明要等我们这些人全死光了,这笔账就消了。恶毒,他娘!"

经不住各地战友们的催问,陈炎雷"资政"叫曾金海逐一打了电话。

"'新政府'是我们自己的了。我们的'新政府'特别需要外交支持,需要日本支持不能为难日本,因小失大。这是陈资政说的。"曾金海在电话中诚恳地对林标说,"为了咱自己的政府,请大家无论如何要体谅。两百倍就两百倍吧。"

曾金海是用日本话强调了"为了国家"这句话的。

"日本人当时不就是以'为了国家''为了天皇陛下',骗了多少人死在南洋没有回来……"林标提高了嗓门对着电话筒嚷起来。

门铃响过后,开门处是三番两次推迟了回家日期的月枝和一个灰白了头发的男子。

"曾金海你是图了谁的什么东西,这样骗死一片老人?"林标怒声说,"这些老人没有被美国炸弹炸死,倒要被曾金海你们骗到死了才甘心。"

忠孝公园　　427

林标重重地挂了电话。月枝睁大了眼睛,不明所以地看着林标。"阿公。"月枝说。林标气冲冲地走进厨房倒水喝。月枝跟了进来。"阿公什么事生气?"她说,"客厅那个朋友叫阪本桑。""怎么是个日本人?"林标说,从厨房里看了看客厅里那个两手提着大包小包的见面礼的中年的日本人。"你是想嫁给人家做女儿是吗?"林标悻悻地说。

"阿公!"月枝说。

林标走到客厅。月枝也三十出头了,他想,可是她朋友怎么是个日本人?

月枝跟了出来。

"这是我祖父。"月枝用普通话说。"林先生您好。"阪本以浓重的日本腔调的普通话说。月枝把阪本两只手上的礼物都接了过去。

"中国话讲得好呢,阪本桑。"林标用日本话说。

"我在台湾做小生意,住了十多年了。"阪本还是用日本腔的普通话说,"讲得不好。中国话,很不容易呀。"

"讲日本话吧。"林标笑着说。

"啊,是这样吗?"阪本如释重负地笑着用日本话说,"林桑的日本话说得好啊。"

林标愉快地笑了起来。说不出什么原因,林标自己也常常纳闷,一看见日本人,不管怎样,就油然地感到亲爱,心情畅快,一听见日本话,就自然地调转舌头,即使结结巴巴,也充满热情地讲起日本话。这时的林标早已把日本在补偿问题上的铁石心肠引起的愤恨，抛到九霄云外了。

月枝开始在厨房里忙着做几样酒菜。猜想她阿公林标正在谈着南洋的战场，看来进门时她阿公的某种怒气已经烟消云散了，她想。她端上第一道菜，也摆上两瓶冰过的啤酒，回到厨房继续做菜。

阪本把啤酒喝得满脸通红，林标的脸却越喝越苍白。
"我曾作为一个日本人，为了日本，出去打了仗。"林标说。
"败战时，我才五岁。日本人几乎都成了一无所有的乞丐。"阪本说，"战争很可怕，是吧？"
"那是很可怕。"林标的舌头有些打结了，"可是，那时候，日本人告诉我，为了国家，为了天皇陛下，要像一个真日本人那样战死。"
阪本不安地、涨红着脸笑着。"可是现在的日本人，已经很少人去理会国家呀、天皇呀……"
"那么你是说，我们受骗了。"林标脸上笑着，逼视着有些局促不安的阪本。月枝看到她阿公有些激动起来了。
"阿公，不要喝多了。"月枝听不懂所有的日本语对话，担心地用闽南语温婉地说。
"没关系，再给我倒一杯。"林标也用闽南话对月枝斥责似的说，苍白的脸上渗着汗珠。

"那时候，日本人，要我们以一个无愧的、日本战士、去赴死。"林标的舌头变得更加迟钝了。"可是，碰到补偿问题，日本人就当着你的面，明明白白地说，什么呀，你们，不是日本人！"

"啊，对不起，是什么赔偿呢？"阪本怯怯地笑着说。

"哈。日本人甚至还不知道要对台湾兵补偿。"林标状若愉快地笑着说，但眼色透露着愤怒。

"真是对不起。"阪本感觉到气氛在僵硬着。他不知所措了。

"打仗的时候，你们要我们以'天皇之赤子'去送死……"阪本红着脸，不安地看着坐在一旁的月枝。

"阿公，有客人在，声音不要那么大。"不明就里的月枝忧心地微笑着说。

"实在对不起。"阪本满头大汗，怯怯地在座位上欠身说。

"现在你们又说，我们又不是日本人了，不给钱！这不是……不是对不起的问题。"林标睁大眼睛说，"我问你，我，到底是谁？我是谁呀！"

林标咆哮了。他开始抽泣。

"林桑……"阪本吃惊地说。

"日本人骗了我。"林标哭着说，"巴不得我们这些人早些死光，吞吃我们的军饷和军邮储金。"

"阿公，你是怎么了？"月枝皱着眉头说。

"现在，又轮到我们自己的人，说，为了国家……要听日本人的。巴格鸦罗，骗来骗去呀，骗死一片可怜的老人呀……"

月枝的脸上有一阵怒意。

"阿公，论日本人，你这辈子见得还少了吗？"月枝用闽南语说，声音有些颤抖了，"你怎么这样闹酒，这样削我们的体面！"

她站了起来，随手拿了自己的手提包，走出了家门离去。

"我是谁呀——"林标用日语哭号着，"我到底，是谁呀——"

"林先生，林桑……"

阪本手足无措地说。

忠孝公园已经暗得只见幢幢黑色的树影了。林月枝绕过了忠孝公园。阿爸，我要找你回家。阿公老痴了，你一定要回来。她想着。她在忠孝公园对面的路口，拦住计程车走了。

二〇〇一年六月六日写竟，六月十九日定稿
初刊于二〇〇一年七月《联合文学》第二〇一期

后街：陈映真的创作历程[*]

陈映真

一

陈映真生于一九三七年的台湾竹南，后设籍台北县莺歌镇。到了他十岁的一九四七年春天，发生"二·二八"事变。他的孪生小哥在前一年死去，留下他一个人恹恹然地、孤单地玩耍。但他仍然记得五六个故乡复员原日本兵，穿着破旧的、并不齐套的皇军军服，唱着日本军歌，在关门闭户的小街上，踩着军步，渐行渐远；他记得在莺镇的小火车站前，一个外省客商被人打在地上呻吟，穿着长袜和黑布鞋的脚踝，浆着暗红的血渍；他也记得大人们噤声谈论着国民党（二十一

---

[*] 初刊于《中国时报·人间副刊》（一九九三年十二月十九日至二十三日），署名许南村。

师）军队横扫台北，眼色中充满了恐惧和忧愁。

一九五〇年夏天，他上六年级。级任老师在升学辅导自修课上，捧着《中央日报》看朝鲜战争的消息。那年秋天，一个从南洋而中国战场复员、因肺结核而老是青苍着脸、在五年级时为了班上一个佃农的儿子甩过他一记耳光的吴老师，在半夜里被军用吉普车带走，留下做陶瓷工的白发母亲，一个人幽幽地在阴暗的土屋中哭泣。冬天，他家后院住的外省人陆姊姊兄妹俩，分别在莺镇和台南糖厂被人带走……白色恐怖肃清的寒流弥漫在四面八方。

一九五一年，他到台北上初中。每天早晨走出台北火车站的剪票口，常常会碰到一辆军用卡车在站前停住。车上跳下来两个宪兵，在车站的柱子上贴上大张告示。告示上首先是一排人名，人名上一律用猩红的朱墨打着令人胆战的大勾，他清晰地记得，正文总有这样的一段："加入朱毛匪帮……验明正身，发交宪兵第四团，明典正法。"

人们以悚动的静默，涌向告示。有时候，他会看见农民模样的人，因为在告示上看见亲人的名，突然在人群中失声，瘫倒在地上。

他的初中生的生活，便是在那白色的、荒茫的岁月中度过。寒暑假，他从莺镇的养家到邻站的桃镇生家去做客。一次在书房中找到了他的生父不忍为避祸烧毁的、鲁迅的小说集《呐喊》。他不告而取，从此，这本有暗红色封皮的小说集，便伴随着他度过青少年时代的日月。

而就在成功中学的隔壁,台湾省"警备总部"看守所就在青岛东路上。上课、下课,他总会看见不知来自什么地方的农村的老妇人,卑躬地带着衣物食品,时而也带着幼儿,在守卫亭等着传呼入内,接见重重政治天牢中的或者丈夫,或者儿女,或者叔伯、兄弟。从看守所高高的围墙下走过,他总不能自禁地抬头望一望被木质遮栏拦住约莫五分之三的、阒暗的窗口,忖想着是什么样的人,在那暗黑中度着什么样的岁岁年年。

该初中毕业的那年,他竟留级了。在学校公告栏上确认之后,一个人顶着暑天的太阳,从济南路走到今日中仑一带,去找他的慈爱的养父。

"没关系。你先回去吧。"

一向语言不多的他养家的父亲,这样对他说。他于是又走到火车站,搭车回到莺镇。养家的姐姐正忙着做裁缝。对于他的留级,没有半句责备。

就是在那个夏天,他开始比较仔细地读《呐喊》,到大汉溪游泳、钓鱼,觉得留级其实并未见得就是极大的灾难。

越一年,他考上了同校高中部,开始并无所谓地、似懂非懂地读起旧俄的小说。屠格涅夫、契诃夫、冈察洛夫,一直到托尔斯泰……却不期因而对《呐喊》中的故事,有较深切的吟味。

后街:陈映真的创作历程　　435

五六年春天的一日，养父忽然和他说起要把当时赁居的房子设法买下来的事，他自然什么主意也没有，只是诧异养父竟把他当成一个大人，同一个高二的儿子合计像要不要买下房子那么大的事。那年夏天，他的养父病倒了，而后，终于在他瘦小的怀中死去。本已并不富有的家，乃益发衰落。次年五月，纯粹出于顽皮，他打造一个抗议牌参加"五·二四"反美事件，不数月，他被叫去刑警总队，问了口供，无事释回。

二

一九五八年，从贫困的家中，带着昂贵的学费，他到淡水当时的淡江英专注册，心情愁悒，却完全不曾知道生活的旅程上，一个全新的阶段在等候着他。

那时的淡水，尤其是一个安静、美丽的小镇。淡水多雨，而每在雨后，他站在校园向海的一端，看观音山，看淡水河，看常常被台湾著名画伯入画的、错落的住屋，都清新怡人。

就在这小镇上，他不知何以突然对于知识、对于文学，产生了近于狂热的饥饿。远远超前于老师指定的进度，他查英语字典读着英国文学史而不能满足，开始把带在身边的从父亲的书架上取来的厨川白村《苦闷的象征》、不记得什么人写的《西洋文学十二讲》，津津有味地啃着，写一本又一本的札记。

在文学上，他开始把省吃俭用的钱拿到台北市牯岭街这条旧书店街，去换取鲁迅、巴金、老舍、茅盾的书，耽读竟日终夜。但这被政治禁绝的祖国三〇年代文学作品的来源，自然有时而穷。而命运不可思议的手，在他不知不觉中，开始把他求知的目光移向社会科学。艾思奇的《大众哲学》在这文学青年的生命深处点燃了激动的火炬。从此，《联共党史》、《政治经济学教程》、思诺《中国的红星》（日译本）、莫斯科外语出版社《马列选集》第一册（英语）、出版于抗日战争时期，纸质粗糙的毛泽东写的小册子……一寸寸改变和塑造着他。他几乎日日觉得自己在不断地蜕化、不断地流变，却不知道自己终于要蜕化成什么，深深恐惧着不让即使父母朋友察觉到自己不能自抑的豹变。

这些禁书使他张开了眼睛，看穿生活和历史中被剥夺者虚构、掩饰和欺瞒的部分。这些禁书也使他耳聪，让他隔着被封禁的历史，听见了二十世纪初年新俄诞生以来，被抑压的人民在日本、在中国大陆、在日据的台湾惊天动地的怒吼和呐喊。在淡水的寒夜，读思诺笔下壮阔的史诗，他泪流满面，竟呜咽不能自抑。在更深人静的夜晚，他从床底下摸出普列汉诺夫的美学思想，屏息苦读冗长的日语文句时，忽然注意到在岁月中氧化的、用沾水笔端正地写在画眉的眉批字迹。他猛然想起了初中时代台北火车站大柱子上杀人的布告；想起了青岛东路上那堵高而肃杀的围墙后面，一道道幽暗的窗子里漫长、神秘而又令人恐怖的年年月月。他心潮澎湃,满眶都是不由自己的热泪。他凝视在旧书的扉页上的、书的主人的签名,抚摸褪色的印章。啊,那个和他一样咀嚼过普列汉诺夫的"美和审美的社会功利性""艺术的劳动起源"……的人,现在究竟在哪里?他可曾在诸神噤口的暗夜,被穿着黑灰色中山装的人押上吉普车拖走?可曾在拷问室中被鞭挞昏厥,在屠夫的枪声中扑倒……不,也或者他还幸活,在流放的岛上漫长的缧绁中,眺望着黎明。

曾几何时,他愈来愈觉得他的生活周围的语言、思想和知识是那样地空泛、欺罔、粗暴和腐朽。他孤独地走在校园里,让秘密而又足以家破人亡的思想在他的心中燃烧和煎熬。生活是极为困窘的。他曾一连几个月主要地啃着坚硬的"火烧"为主食。但即使今日回忆,在知识和思想上,他却饱足而幸福。

一九五九年,朋友尉天骢为其主编的文学同人刊物《笔汇》向他拉稿。从来不曾做过小说的他,把当时大二因作文作业写的故事,加以改写扩充,付邮寄去。不久,短篇《面摊》竟而神奇地印成铅字,刊在《笔汇》上。

一九六〇年,二十三岁。他在这一年一口气于《笔汇》上刊出了《我的弟弟康雄》《家》《乡村的教师》《故乡》《死者》和《祖父和伞》。

感谢这偶然的机缘,让他因创作而得到了重大的解放。在"反共"侦探和恐怖的天罗地网中,思想、知识和情感上日增的激进化，使他年轻的心中充满着激愤、焦虑和孤独。但创作却给他打开了一道充满创造和审美的抒泄窗口。他开始在创作过程中，一寸寸推开了他潜意识深锁的库房，从中寻找千万套瑰丽、奇幻而又神秘、诡异的戏服，去化妆他激烈的青春、梦想和愤怒、以及更其激进的孤独和焦虑，在他一篇又一篇的故事中，以丰润曲折的粉墨，去嗔痴妄狂，去七情六欲。

他从梦想中的遍地红旗和现实中的恐惧和绝望间巨大的矛盾，塑造了一些总是怀抱着暧昧的理想，却终至纷纷挫伤自戕而至崩萎的人物，避开了他自己最深的内在严重的绝望和自毁。而于是他变得喜悦开朗了。自我封闭的藩篱快速地撤除。他更能锢守他思想的隐秘，同时又能喜悦地享受着因《笔汇》而逐渐开阔起来的动人的友情和文艺的网络。文学创作像一场及时的、丰沛的雨水，使他因意识形态的烈日剧烈的炙烤而濒于干裂的心智，得到了浸润，使他既能保持对历史唯物主义基本知识与原理的信从，又能对人类心灵最幽微复杂的存在，以及它所能喷发而出的创造与审美的巨大能量，保持高度的敬畏、惊诧与喜悦……

一九六一年，他从改制后的淡江文理学院毕业的那年，他写《猫它们的祖母》《那么衰老的眼泪》《加略人犹大的故事》和《苹果树》。他把抑压到面目暧昧不明的马克思主义同对于贫困粗粝的生活的回忆，同少年时代基督教信仰的神秘与疑惑，连同青年初醒的爱欲，在创作的调色盘中专注地调弄，带着急促的呼息在画布上挥动画笔，有时甚而迷惑了他自己。

六二年，他到军中服役。军队里下层外省老士官的传奇和悲悯的命运，震动了他的感情，让他在感性范围内，深入体会了内战和民族分裂的历史对于大陆农民出身的老士官们残酷的拨弄。一九六三年的《文书》和六四年的《将军族》和迟至一九七九年才出土发表的《累累》，是这种体会的间接和直接的产物。

一九六三年，为了养活他自己和亲恩如山的养母，他在退伍不久，就到台北市一家私立中学执英语教鞭。次年，他结识了一位年轻的日本知识分子。经由这异国友人诚挚而无私的协助，他得以在知识封禁严密的台北，读到关于中国和世界的新而彻底（radical）的知识，扩大了仅仅能从十几年前的旧书去寻求启发和信息的来源。也经由这可纪念的友谊，他第一次生动地体会到，对于建立一个真正和平与进步的世界深信不疑的善良的人们之间，真挚又严肃热情的超国境的团结与友谊，是完全可能的。

一九六四年，他的思想像一个坚持己见的主人对待不情愿的伙计那样，向他提出了实践的要求。命运竟是这样地不可思议，竟然在那侦探遍地的荒芜的时代，让几个带着小资产阶级的各样软弱和缺点的小青年，不约而同地、因着不同的历程而憧憬着同一个梦想，走到了一起。同一年，除了《将军族》，他还写了《凄惨的无言的嘴》和《一绿色之候鸟》。一九六五年，他翻译《共产党宣言》和大正末年一个著名的日本社会主义者写的入门书《现代社会之不安》，为他的读书小圈（circle）增添读物。然而在实践上的寸进，并没有在文学上使他表现出乐观和胜利的展望。被牢不可破地困处在一个白色、荒芜、反动，丝毫没有变革力量和展望的生活中的绝望与悲戚的色彩，浓郁地表现在六五年的《兀自照耀着的太阳》《猎人之死》，和一九六六年的《最后的夏日》。

六六年，他写了《最后的夏日》（发表于同年的《哦！苏珊娜》事实上是写于服役的一九六〇年顷），六七年，他写《唐倩的喜剧》和《第一件差事》，六八年被捕前不久，他发表《六月里的玫瑰花》，都明显地脱却了他个人的感伤主义和悲观主义色彩，相对地增添了嘲弄、讽刺和批判的颜色。究其根源，他受到激动的"文革"风潮的影响，实甚明显。而正是在六六年底到六七年初，他和他亲密的朋友们，受到思想渴求实践的压力，幼稚地走上了幼稚形式的组织的道路。

三

一九六八年五月，他和他的朋友们让一个被布建为文教记者的侦探所出卖，陆续被捕。同年十二月三十一日，他被判决徒刑十年定谳。七〇年春节前，他被移监到台东泰源监狱。在那里，他头一次遇见了百数十名在一九五〇年朝鲜战争爆发后全面政治肃清时代被投狱、幸免被刑杀于当时大屠的恐怖、在缧绁中已经度过了二十年上下的政治犯。

在那个四面环山，被高大的红砖围墙牢牢封禁的监狱，啊，他终于和被残酷的暴力所湮灭、却依然不死的历史，正面相值了。他直接会见了少小的时候大人们在恐惧中噤声耳语所及的人们和他们的时代。他看见了他在青年时代更深入静窃读破旧的禁书时，在书上留下了眉批，在扉页上写下自己的名字，签上购买日期，端正地盖上印章的那一代人。在押房里，在放风的日日夜夜，他带着无言的激动和喟叹，不知餍足地听取那被暴力、强权和最放胆的谎言所抹杀、歪曲和污蔑的一整段历史云烟。穿越时光的烟尘，他噙着热泪去瞻望一世代激越的青春，以灵魂的战栗谛听那逝去一代的风火雷电。狱中多少个不能成眠的夜晚，他反反复复地想着，面对无法回避的生死抉择、每天清晨不确定地等候绝命的点呼时，对于生，怀抱了最渴切的眷恋；对于因义就死，表现了至大至刚的勇气的一代人。五〇年代心怀一面赤旗，奔走于暗夜的台湾，籍不分大陆本省，不惜以锦绣青春纵身飞跃，投入锻造新中国的熊熊炉火的一代人，对于他，再也不是恐惧、神秘的耳语和空虚、曲扭的流言，而是活生生的血肉和激昂的青春，他会见了早已为故乡腐败的经济成长所遗忘的一整个世代的人，并且经由这些幸存于荒陬、孤独的流放之岛的人们、经由那于当时已仆死刑场二十年的人们的生史，他会见了被暴力和谣言所欲湮灭的历史。

四

七〇年，他即使在泰源监狱，也能从《中央日报》看见"保卫钓鱼台运动"的风潮在岛内外激动地展开。他更从在狱中订购，由他日夜怀念的文友所创办的《文季》季刊、从《中外文学》中，惊讶地闻到一股全新的、前进的气息在围墙外的文学圈中，带着难以自抑的激越，强力地扩散着。作为一代显学的现代主义诗，遭到岛内外新起的评论家猛烈批判。文学的民族形式与民族风格问题；文学语言应该让广泛群众普遍理解的问题……文学是什么、为什么、为谁……这些文学观的基本问题被提出来了。他像是听到了人们竟然咏唱起他会唱又因某种极大的威胁而不敢唱的歌那样地激动。他在那些论战者的名字中，看见许多他的朋友和他所知道的人们，在前进与反动的双方，鲜明地站上了立场。他感到囚壁以外的故乡，不知如何而来的一阵春风，是怎样开始要煽动星星之火……

在狱中，他的阅读和学习受到最野蛮的限制与打击。有一次，他打报告要买一本英日辞典，监方为执行"不准受刑人阅读外文丛刊"的命令，驳回购书申请。接到驳回的通知，他感受到一种锥心的痛楚。那是一种与肉体的拷讯、行动自由的丧失完全不同的痛苦、悲哀与愤怒。感受之深，他至今不忘。然而，感谢思想检查，感谢藏书贫弱的狱中图书室，他借读了《诗经》《史记》《宋词选》，一些经史子集。当局以为政治上"安全"的这些古书，不但让他补了一些起码的课，在缧绁之中，他因这阅读获得意想不到的知性上、审美上的释放。

他在狱中最不意中培养起来的兴趣是中国社会史。在绿岛，他获准购读《中国农业史论》，书中收集了三〇年代中国社会史论战的论文。书中杰出论客之一，是马乘风。在狱中，他才知道马乘风是国民党"立委"，早已经在台北新店军人监狱服无期徒刑。他在押房中读马乘风氏以历史唯物论的语言剖析中国封建社会的文章，遥想斯人却同在政治镇压系统下兀自憔悴。这样的"读者—作者"关系，令他掩卷沉思，不知马先生尚幸而健在否？

五

一九七五年，他因蒋介石去世百日忌的"特赦"减刑而提早三年获释。台湾社会在他流放七年中经历了"独裁下经济发展"的高峰期。重回故园，他颇有沧海桑田的感慨。但台湾的思潮已一反五〇年以降冷战和内战思维，更使他吃惊。

他于是知道了保钓运动左翼的思想和文化影响。大专校园的社会意识萌芽发展。高信疆主持的《中国时报·人间副刊》在世俗水准上不断地激起新的知识和文化的涟漪。朱铭和洪通的艺术使人们对深蕴于民间的强力审美发出了惊叹。"云门"的集结与创作，让人们感受到创造性的舞的语言照样深深地使人们的灵魂骚动不已。

七六年，他为杂志《夏潮》的编务，尽一些打杂写文章的义务。同年，他的小说由远景出版社集结成两本集子，其中的一本，于出刊不久遭到禁止发行。七八年，他在出狱后第一次发表小说《贺大哥》《夜行货车》与《上班族的一日》。

同一年，在余光中发表《狼来了！》、彭歌发表的点名批判《没有人性，何来文学？》之后，乡土文学论战在"反共"法西斯恐怖中登场。乡土文学系的同人作家在大恐怖中勉力抵抗。国民党全面动员学者、"文特"、党团刊物对乡土文学进行恐怖围剿，至召开"国军"文艺大会而达到高潮。而今日在"台独"文学论坛上无任意气风发的作家、理论家，在当时似乎一致采取了识时务的缄默。经历了国民党白色镇压的他，敏锐地感受到形势的险峻。

就在此时，胡秋原、徐复观和郑学稼公开发表文章支持了乡土文学，形势一转，保卫了乡土文学。

一九七九年十月三日早晨，他突然遭到调查局以"涉嫌叛乱，拘捕防逃"拘捕令逮捕。三十六小时之后，他奇迹一般地获得保释。

他被前来具保的妻带回到被恣意搜查得凌乱不堪的书房，在地板的一隅，他捡起了一本他为《夏潮》工作时的采访笔记。笔记上竟记载一个被压杀的工会运动的始末。虎口归来，读着数年前的采访笔记，不禁眼热。他突然悟解，当他生活在随时可能被逮捕的日月中，写作竟是唯一的抵抗和自卫，他把采访笔记的材料小说化，就是八〇年发表的《云》。

一九八二年，他发表《万商帝君》。八三年，他回应了早在一九六八年爱荷华大学国际写作坊对他的邀请，平生第一次获准出国赴美。同年，他发表了以五〇年代的"反共肃清"历史为题材的两个短篇小说《铃珰花》和《山路》。后者竟获选为那一年时报推荐小说奖。

六

一九八五年，他和几位共同谋生的年轻朋友经一年余的筹划，创办结合了报告摄影和报告文学、深度报道的月刊杂志《人间》。在"从社会弱小者的立场去看台湾的人、生活、劳动、生态环境、社会和历史，从而进行记录、见证、报告和批判"的宗旨下，他惊叹地发现生活和劳动的现场本身是何等深刻善诱的教师，让一个个从来只知道生活的肤浅的表皮的年轻人快速地成长，在文字与摄影报告上很快取得不能不叫人刮目相视的进步，留下至今叫万千读者难于遗忘的作品。《人间》在一九八九年深秋因不胜财务亏损而休刊，但至今受到读者历久不衰的评价。他知道这一切全都源于当年茹苦共事的青年们喜人的创意、大量艰苦工作和学习直接的结果。

八七年，他发表《赵南栋》。

七

九〇年春天，他和中国统一联盟组团访问了大陆。北京之行的前后，他断断续续地听到论敌甚至朋友对他的访问北京有公开的和私下的批评。然而期望他会和反民族派、和自由派一道参加当时包括台湾朝野双方在内的大协奏，是基于对他的思想——例如他在"悲伤"和"等待"中的思想的不理解。作为一个作家，他另一个普遍受到不理解和诟议立场和思想，是他鲜明的民族统一的立场和思想。

他是两百多年从福建泉州来台移民的第八代子孙，但他家世代穷苦。到他父亲一代，四房叔伯，皆下无寸田，上无瓦片。然而就在这贫困的世世代代，文盲的祖父对父亲的兄弟们说，咱的旗不是那日章旗，是大清的九色旗。小时候，他知道把大伯教他的祖籍地址背下来，最能取悦大伯父。而那地址竟是"大清国，福建省，泉州府，安溪县，龙门乡，石盘头，楼仔厝"。

他的家境贫困，公学毕业后，无法升学，只能依靠文官考试的途径在教育界找出路的父亲，是启发他民族思想直接而深刻的教师。这些家族的、民众层次的、生动的民族教育，使他在听说"台湾人是中国人"意识与认同是一种"虚构"的时候，不能不嗤之以鼻，而这家族的民族影响，是他的二十多岁上，一生只能有一度的青春时期，在因"反共"恐怖的六〇年代，独自燃烧对祖国和民族的强烈思慕的根本情感和心灵的基础。一九六五年，他在幼稚的文件中写下"以马克思列宁主义……毛泽东思想……为台湾的解放和祖国统一最确实的指导思想"，终于无法挽回地走上了投狱之一途，是其来有自的。但也是在狱中，他更一步和五〇年代台湾的民族统一运动——中共地下党运动的幸活者发生了活生生的个人和历史的连带。

从政治上论，他认为大陆与台湾的分裂，在日帝下是帝国主义的侵夺，在朝鲜战争后是美帝国主义干涉的结果。台湾的左翼应该以克服帝国主义干预下的民族分断，实现民族自主下和平的统一为首要的顾念，对于开放改革后的大陆官僚主义、腐败现象和阶级再分解，他有越来越深切的不满。但他认为这是民族内部和人民内部的矛盾和课题，它从来和反对外力干预、实现民族团结与统一不产生矛盾。

在文学上，他认为，不论是台湾社会史上的殖民地半封建社会阶段（一八九五——一九四五），是半封建半殖民地阶段（一九四五——一九五〇），是新殖民地半封建阶段（一九五〇——一九六三），还是一九六三年以降的新殖民地半资本主义阶段，反对外来干预，反对封建主义，克服民族分断，是台湾文学思潮的主流。二〇年代的"白话文运动"和新旧文学的斗争，二〇年代到三〇年代初的第一次乡土文学论争、三〇年代台湾的无产阶级文化运动和文学运动，都是作为帝国主义从中国割让出去的台湾针对帝国主义和与之相为温存的封建主义，在文学领域上进行斗争的文学。一九四七年到一九四九年的"台湾新现实主义文学论争"，实际上就是如何开展台湾的新民主主义文学的论争。一九五〇年，"反共"、亲西方的现代主义一时支配台湾文坛。但横贯七〇年代的现代诗论战和乡土文学论战，明明白白地是批判西方影响、具有强烈中国指向的文学论争。一九八〇年代以降，反民族、"反共"、亲西方的"台独"文学论有所发展，但尚不足以和二〇年代以降回应台湾殖民地、新殖民地条件下反对帝国主义和封建主义，克服民族在外力干涉下的分断这样一个巨大文学传统抗衡。八〇年代开始，他从反省和批判台湾在政治经济与心灵的对外从属化的"华盛顿大楼"系列，转轨到以五〇年代台湾地下党人的生活、爱与死为主题的《铃铛花》系列，是他把当代台湾人民克服民族内战、克服民族分裂的历史——台湾地下党的历史加以文学化的营为。

八

从二十几岁开始写作以迄于今，他的思想和创作，从来都处在被禁止、被歧视和镇压的地位。一九七九年十月他被捕侦讯时，知道有专门对他的作品和言论做系统的思想检查分析和汇报的专业思想侦探。八〇年代中后，"台独"反民族学术力量在台湾的政坛和高等教育领域扩大了可观的影响力，成为当前台湾既成政·学体制不可缺少的组织部分。在这新的情势中，和他二十几岁的时代一样，他的思维和创作，在一定意义上，一直是被支配的意识形态霸权专政的对象。

他大体上是属于思想型的作家。没有指导的思想视野而创作，对他是不可思议的。然而，他认识到，并且相信，创作有一个极为细致而有一定程度自主性的领域。真正的创作之乐，也在这个神奇的领域，和一般的印象极为不同的是，他并不特别喜好理论和社会科学。一个搞创作的人去搞理论、搞社会科学，对一贯读书不求其甚解的他，是一件无味的苦事。而他之接近理论，是由于他必须求思想出路，又没有一群进步优秀的社会科学队伍作为他的依靠之故。

他自知只有中人之智。文学所有永远保持深厚兴趣的命运，却像是紧紧相扣的一个又一个环节，选择了他，驱使他在四五十年中，走过台湾当代历史的后街。正如他为《人间》杂志采访时，他看到的是饱食、腐败、奢侈、冷酷、炫丽、幸福的台湾的后街：环境的崩坏、人的伤痕、文化的失据……他走过的历史巷道，是小学吴老师的失踪，是枪决政治犯的布告，是被带走的陆家姐姐，是禁书上的署名和印章，是禁书为他打开的激进主义的世界，是他在政治监狱中相逢的五〇年代残酷肃清的大狱中一段激烈、喑哑、抑压着一代青春和风雷的历史……

如果要他重新活过，他无疑仍然要选择去走这一条激动、荒芜，充满着丰裕无比的，因无告的痛苦、血泪，因不可置信的爱和勇气所提炼的真实与启发的后街。对于他这半生，他基本上无所悔恨。但如果他能一切重来，他但愿更用功些、对待自己更严峻一些，想得更深一些，从而写更多、更好一些的作品。当然，对于盛年而初老的他，这一切并未为晚。

陈映真文学年表

一九三七年

十一月六日，出生于台湾苗栗县竹南镇中港。本名陈永善。

一九五〇年

莺歌小学毕业。

一九五七年

省立成功中学高中部毕业，入淡江英专。

一九五九年

九月，《面摊》发表于《笔汇》第一卷第五期，署名陈善。

一九六〇年

一月，《我的弟弟康雄》发表于《笔汇》第一卷第九期，署名然而。

三月,《家》发表于《笔汇》第一卷第十一期。为首篇署名陈映真发表的作品。

八月,《乡村的教师》发表于《笔汇》第二卷第一期,署名许南村。

九月,《故乡》发表于《笔汇》第二卷第二期,署名陈君木。

十月,《死者》发表于《笔汇》第二卷第三期,署名沉俊夫。

十二月,《祖父和伞》发表于《笔汇》第二卷第五期,署名林炳培。

一九六一年

一月,《猫它们的祖母》发表于《笔汇》第二卷第六期,署名陈秋彬。

五月,《那么衰老的眼泪》发表于《笔汇》第二卷第七期。

六月,淡江文理学院外文系毕业。

七月,《加略人犹大的故事》发表于《笔汇》第二卷第九期,署名许南村。

十一月,《苹果树》发表于《笔汇》第二卷第十一、十二期合刊本,署名陈根旺。

一九六三年

三月,《哦!苏珊娜》发表于三月一日《好望角》(香港)。

九月,《文书》发表于《现代文学》第十八期。

进入强恕中学担任英文教师两年半。

一九六四年

一月,《将军族》发表于《现代文学》第十九期。

六月,《凄惨的无言的嘴》发表于《现代文学》第二十一期。

十月,《一绿色之候鸟》发表于《现代文学》第二十二期。

一九六五年

二月,《猎人之死》发表于《现代文学》第二十三期。

七月,《兀自照耀着的太阳》发表于《现代文学》第二十五期。

就职美商辉瑞药厂。

一九六六年

九月,《哦!苏珊娜》发表于《幼狮文艺》第一五三期。

十月,《最后的夏日》发表于《文学季刊》第一期。

一九六七年

一月,《唐倩的喜剧》发表于《文学季刊》第二期。

四月,《第一件差事》发表于《文学季刊》第三期。

七月,《六月里的玫瑰花》发表于《文学季刊》第四期。

十一月,《最牢固的磐石——理想主义的贫乏和贫乏的理想主义》发表于《文学季刊》第五期,署名许南村。

《期待一个丰收的季节》发表于《草原》杂志创刊号,署名许南村。

一九六八年

二月,《知识人的偏执》发表于《文学季刊》第六期,署名许南村。

五月,应邀赴美参加国际写作计划前,因"民主台湾同盟"案被"警总保安总处"逮捕。

十二月,判刑十年。

一九七〇年

二月,《永恒的大地》发表于《文学季刊》第十期,署名秋彬。

一九七二年

十一月,《累累》发表于《四季》(香港)第一期,署名陈南村。

本年,《陈映真选集》由香港小草出版社出版,刘绍铭编。

一九七三年

八月,《某一个日午》发表于《文季》第一期,署名史济民。

一九七五年

七月，因蒋介石去世"特赦"出狱。

十月，以笔名许南村发表《试论陈映真》，自我剖析；并由台北远景出版社出版《第一件差事》《将军族》两本小说集，复出文坛。

一九七六年

十二月，《鞭子和提灯——代序许南村〈知识人的偏执〉》发表于十二月一日《中国时报》第十二版。

一九七七年

二月，与陈丽娜小姐结婚。

七月，《文学来自社会，反映社会》发表于《仙人掌》第五期。

八月，《原乡的失落——试评〈夹竹桃〉》发表于《现代文学》复刊第一期，署名许南村。

一九七八年

三月，《贺大哥》发表于《雄狮美术》第八十五期。

《夜行货车》发表于《台湾文艺》第五十八期。

五月，《在民族文学的旗帜下团结起来》发表于《仙人掌》第二卷第六期，署名石家驹。

六月，《台湾长老教会的歧路》发表于《夏潮》第四卷第六期，署名张春新。

九月,《上班族的一日》发表于《雄狮美术》第九十一期。

一九七九年

十月三日,第二次被调查局拘捕,三十六小时后始释放。

十一月,《累累》发表于《现代文学》复刊九期。

年内,与宋泽莱得第十届吴浊流文学奖。

一九八〇年

八月,《云》发表于《台湾文艺》第六十八期。

一九八二年

七月,《云——华盛顿大楼系列(一)》由台北远景出版社出版。

十二月,《万商帝君》发表于《现代文学》复刊第十九期。

一九八三年

四月,《铃珰花》发表于《文季》第一期。

八月,《山路》发表于《文季》第三期。

与七等生赴爱荷华大学国际作家工作坊。

十二月,以《山路》获《中国时报》小说推荐奖。

《陈映真小说选》由福建人民出版社出版。

一九八四年

三月，《反讽的反讽——评〈第三世界文学的联想〉》发表于三月二十四日《自立晚报·副刊》第十版，署名许南村。

《西川满与台湾文学》发表于《文季》第六期，署名许南村。

四月，《"鬼影子知识分子"和"转向症候群"——评渔父的发展理论》发表于四月八日至十三日《中国时报·人间副刊》第八版。

五月，《大众消费时代的文学家和文学》发表于《中国论坛》第二〇七期。

六月，《美国统治下的台湾——天下没有白喝的美国奶》发表于《夏潮论坛》第十五期，署名赵定一。

《万商帝君》由中国友谊出版公司出版。

九月，《山路》由台北远景出版社出版。

一九八五年

十一月，《人间》杂志创刊。《创刊的话——因为我们相信，我们希望，我们爱……》发表于《人间》创刊号。

十二月，自选、插绘《陈映真小说选》，作为纪念《人间》杂志创刊收藏版，收入《将军族》《唐倩的喜剧》《第一件差事》《夜行货车》《山路》等五篇，由台北人间出版社出版。

一九八六年

《夜行货车》被改编为同名电影，谢雨辰导演，张丰毅、林芳兵、寇振海主演。

一九八七年

六月，《赵南栋》发表于《人间》杂志第二十期。

九月，赴美国爱荷华参加国际作家写作计划成立二十周年志庆。

本年，《赵南栋及陈映真短文选》由台北人间出版社出版。

一九八八年

四月，《陈映真作品集》（共十五卷本）前十卷由台北人间出版社出版，包括《我的弟弟康雄》（小说卷一九五九——一九六四）、《唐倩的喜剧》（小说卷一九六四——一九六七）、《上班族的一日》（小说卷一九六七——一九七九）、《万商帝君》（小说卷一九八〇——一九八二）、《铃珰花》（小说卷一九八三——一九八七）、《思想的贫困》（访谈卷：人访陈映真）、《石破天惊》（访谈卷：陈映真访人）、《鸢山》（随笔卷）、《鞭子和提灯》（自序及书评卷）、《走出国境内的异国》（序文卷）。

参与筹组中国统一联盟，任创盟主席。

五月，《陈映真作品集》（共十五卷本）后五卷由台北人间出版社出版，包括《中国结》（政论及批评卷）、《西川满与台湾文学》（政论及批评卷）、《美国统治下的台湾》（政论及批评卷）、《爱情的故事》（陈映真论卷）、《文学的思考者》（陈映真论卷）。

九月，《赵南栋——陈映真选集》由香港文艺风出版社出版，丘延亮编。

一九八九年

四月，赴韩国采访访问。

五月，赴美国加州波尔娜斯参加中国研讨会。

九月，《人间》杂志因亏损停刊。

一九九〇年

二月，率中国统一联盟代表团到北京访问。

一九九二年

二月，《将军族》由人民文学出版社出版，郭枫编。

一九九三年

十二月，《后街：陈映真的创作历程》发表于十二月十九日至二十三日《中国时报·人间副刊》第三十九版，署名许南村。

一九九四年

一月，报告文学《当红星在七古林山区沉落》发表于《联合文学》第一一一期。

九月，《华盛顿大楼》由中国人民大学出版社出版，赵遐秋编。

一九九五年

三月,《陈映真小说集》精装版五册由台北人间出版社出版,包括《我的弟弟康雄》(一九五九——一九六四)、《唐倩的喜剧》(一九六四——一九六七)、《上班族的一日》(一九六七——一九七九)、《万商帝君》(一九八〇——一九八二)、《铃珰花》(一九八三——九八七)。

一九九六年

七月,《夜行货车》由时事出版社出版,古继堂编。

一九九七年

三月,《陈映真代表作》被收入"中国现当代著名作家文库",由河南文艺出版社出版,刘福友编。

一九九八年

十月,《陈映真文集》三卷本由中国友谊出版社出版,包括《小说卷》(短篇小说集)、《杂文卷》(散文、评论集)、《文论卷》(评论、受访纪录集)。

一九九九年

九月,《归乡》于九月二十二日至十月八日《联合报》副刊连载。同月另刊于《噤哑的论争》。

二〇〇〇年

一月，散文《父亲》发表于一月二十日至二十二日《中国时报·人间副刊》第三十七版。

三月，《陈映真自选集》由北京三联书店出版。

十一月，《夜雾》发表于十一月二十四日至十二月五日《联合报》副刊，再刊于《复现的星图》，人间出版社，十二月。

二〇〇一年

四月，小说集《归乡》由昆仑出版社出版。

七月，《忠孝公园》发表于《联合文学》第二〇一期，另刊于《那些年，我们在台湾……》，人间出版社，八月。

十月，《论"文学台独"》发表于十月九日《文艺报》第二版。

《陈映真小说集》六册由台北洪范书店出版，包括《我的弟弟康雄》（一九五九——一九六四）、《唐倩的喜剧》（一九六四——一九六七）、《上班族的一日》（一九六七——一九七九）、《万商帝君》（一九八〇——一九八二）、《铃珰花》（一九八三——一九九四）、《忠孝公园》（一九九五—二〇〇一）。

二〇〇四年

一月，《我的文学创作与思想》发表于《上海文学》第三一五期。

八月，散文《生死》发表于《印刻文学生活志》第十二期。

本年，《铃珰花——陈映真自选集》由香港天地图书公司出版，刘绍铭编。

《陈映真小说选》由香港明报出版社出版,郑树森编。

二〇〇九年

十二月,《陈映真文选》由北京三联书店出版,薛毅编。

二〇一二年

三月,《忠孝公园》由江苏文艺出版社出版,陈友军编。

二〇一六年

十一月二十二日,于北京病逝,享年七十九岁。

十二月二十三日,中国作家协会在北京举办"陈映真文学创作研讨会"。

二〇一七年

十一月,《陈映真全集》二十三卷本由台北人间出版社出版。

译名对照表 *

人名

德米崔·D·萧斯塔科维奇：季米特里·D·肖斯塔科维奇

思诺：斯诺

地名

帕丽那斯：帕利纳斯

书名

《中国的红星》：《红星照耀中国》

其他专有名词

摄护腺：前列腺

塔加罗语：塔加洛语

---

* 为尊重原作，本书保留台湾译名。对照表前为本书译名，后为大陆通译名。